CB045128

A MESA

Francis Ponge

A MESA

Edição bilíngüe

Tradução de
Ignacio Antonio Neis e Michel Peterson

Textos introdutórios e notas críticas de
Ignacio Antonio Neis e Michel Peterson

ILUMI/URAS

Título original:
La table

Copyright © :
Francis Ponge
© Editions Gallimard 1991 e 2002

Copyright © 1996 da tradução:
Ignacio Antonio Neis e Michel Peterson

Copyright © 2002 desta edição:
Editora Iluminuras Ltda.

Capa:
Fê
Estúdio A Garatuja Amarela
sobre *Buste d'homme barbu* (1933), escultura [85,5 x 47 x 31 cm],
Pablo Picasso (Paris). Cortesia Musée Picasso.

Revisão:
Ignacio Antonio Neis
Michel Peterson

Editoração eletrônica:
Tera Dorea

ISBN: 85-7321-168-7

2002
EDITORA ILUMINURAS LTDA.
Rua Oscar Freire, 1233 - 01426-001 - São Paulo - SP - Brasil
Tel.: (0xx11)3068-9433 / Fax: (0xx11)3082-5317
iluminur@iluminuras.com.br
www.iluminuras.com.br

SUMÁRIO

APRESENTAÇÃO 9

LISTA DE SIGLAS 11

ÍNDICE DAS ILUSTRAÇÕES 13

FRANCIS PONGE: *DE EMENDATIONE TEMPORUM*
— Michel Peterson 15

    A manobra do texto 17
    A forma audível 26
    Ponge em português 34
    As ressonâncias da obra no mundo 55
    O texto original 62

A FÁBRICA D'*A MESA* — Michel Peterson 67

    A coisa e a tela 69
    O dicionário, *o* Bíblia 80
    A física do texto 97
    A consolação materialista 107

O CANTEIRO DA TRADUÇÃO — Ignacio Antonio Neis 119

    Por uma poética da tradução para *A mesa* 121
    — Traduzir o sentido, traduzir o estilo? 121
    — A significância do texto poético 125
    — Por uma tradução da significância poética 128
    Da decriptação à recriptação d'*A mesa* 136
    — A decifração e a tradução de *table* 136
    — Tradução com mudança de valência 142
    — Do francês pongiano a um português pongiano 146
    — Versos, dicionários e etimologias em tradução 150
    Bibliografia de obras sobre teoria da tradução 159
    Bibliografia das obras de referência 162

NOTA SOBRE ESTA EDIÇÃO 165

PROTOCOLO DE EDIÇÃO 167

LA TABLE — 21 novembre 1967 - 16 octobre 1973 170

A MESA — 21 de novembro de 1967 - 16 de outubro de 1973 171

NOTAS CRÍTICAS 309

DADOS BIOBIBLIOGRÁFICOS 315

ELEMENTOS BIBLIOGRÁFICOS 321

NOTA SOBRE OS TRADUTORES D'*A MESA* 327

APRESENTAÇÃO

Os originais da presente edição estavam prontos há quase um lustro. A publicação d'*A mesa* constituía, na realidade, a etapa inicial de um projeto mais amplo, no qual prevíamos a tradução de outras obras integrais de Francis Ponge. Entrementes, quiseram os destinos editoriais dar a lume antes *Le parti pris des choses* (*O partido das coisas*, Iluminuras, 2000), traduzido por nós com a participação de Adalberto Müller Jr., Carlos Loria e Júlio Castañon Guimarães, e *Douze petits écrits* (*Doze pequenos escritos*, Instituto de Letras, Universidade Federal do Rio Grande do Sul, *Cadernos de Tradução*, n. 13, 2001), que traduzimos com a participação de Ricardo Iuri Canko. Aguarda ainda no prelo a versão de *La fabrique du pré* (*O pré-prado: a fábrica*), realizada igualmente com a colaboração de Ricardo Iuri Canko.

Pareceu-nos pertinente realizar uma edição bilíngüe, não só para propiciar a possibilidade de conferir a tradução com o original, mas também, e principalmente, porque os textos de Ponge são dificilmente acessíveis no Brasil e porque o próprio poeta permanece desconhecido e ausente dos programas institucionais de literatura.

Essas últimas razões, além do fato de que a maior parte da literatura francesa contemporânea continua na sombra entre nós, convenceram-nos ser indispensável um aparato crítico, concretizado pela redação de notas críticas para a tradução e de três textos que desenvolvem aspectos fundamentais da obra de Ponge em geral, da *Mesa* em particular e dos problemas implicados na tradução deste poema. Ainda que cada um dos textos introdutórios seja assinado e, conseqüentemente, tenha sido elaborado por um ou outro dos tradutores, o trabalho foi feito em estreita colaboração recíproca.

Assinalamos que as citações em português de textos em línguas estrangeiras, quando o tradutor não é mencionado nas referências, foram traduzidas por nós. Quando, nas notas, a referência se limitar a citar o título da obra, ou quando uma obra ou autor for citado no texto sem referência em nota, isso indica que as respectivas referências completas se encontram incluídas na "Bibliografia de obras sobre teoria da tradução" (seção "O canteiro da tradução") ou na seção final "Elementos bibliográficos".

Fazemos questão de agradecer calorosamente a Michel Quevillon, do Departamento de Literatura Comparada da Universidade de Montreal, pela inestimável ajuda que nos prestou ao longo de todo o trabalho, através de pesquisa e busca de bibliografia pertinente para o desenvolvimento de determinados temas específicos. Um reconhecimento sincero devemos a Elias Maalouf, bibliotecário da Biblioteca Samuel Bronfmann, da mesma universidade, por sua prestimosa colaboração, que se materializou em fazer-nos chegar documentos indispensáveis para a preparação deste livro. Sentimo-nos obrigados para com nosso colega Donaldo Schüler, que, com toda a gentileza, pôs à nossa disposição sua grande erudição, esclarecendo-nos sobre questões pontuais que permitiram elucidar zonas sem isso obscuras do texto de Ponge. Uma pessoa dedicada que, em silêncio, passou horas e horas devassando páginas e páginas, obras e obras, para localizar a presença de Ponge na crítica brasileira e fornecer-nos subsídios enriquecedores, foi Louise Jutras-Peterson, a quem exprimimos um agradecimento carinhoso todo especial.

A Haroldo de Campos, além de homenageá-lo por seus reconhecidos méritos como poeta e tradutor, somos gratos por ter-nos estimulado a empreender a tradução da *Mesa* e propiciado contatos com pongianos brasileiros. É finalmente a Samuel Leon que desejamos exprimir nossa gratidão, por ter aceito prontamente viabilizar uma publicação que exige tanta meticulosidade técnica, o que testemunha sua sensibilidade cultural ao difundir no Brasil um poeta da estatura de Francis Ponge.

Ignacio Antonio Neis
Michel Peterson

LISTA DE SIGLAS DAS OBRAS DE FRANCIS PONGE CITADAS NESTA EDIÇÃO[1]

AC   *L'atelier contemporain*. Paris: Gallimard, 1977.

AR   *L'araignée publiée à l'intérieur de son appareil critique*. Paris: Aubier, 1952.

CFP   *Comment une figue de paroles et pourquoi*. Paris: Flammarion, 1977.

CPP   Jean Paulhan, Francis Ponge. *Correspondance*, t. I, 1923-1948; t. II, 1946-1968, édition critique annotée par Claire Boaretto. Paris: Gallimard, 1986.

EPS   *Entretiens de Francis Ponge avec Philippe Sollers*. Paris: Gallimard, Seuil, 1970.

FDP   *La fabrique du pré*. 2. ed. Genève: Skira, 1990.

LY   *Le grand recueil. Lyres*. Paris: Gallimard, 1961.

M   *Le grand recueil. Méthodes*. Paris: Gallimard, 1961.

NIO   *Nioque de l'avant-printemps*. Paris: Gallimard, 1983.

NNR   *Nouveau nouveau recueil*, t. III. Paris: Gallimard, 1995.

NR   *Nouveau recueil*. Paris: Gallimard, 1967.

---

[1] Nas referências às diferentes obras de Ponge, serão utilizadas as respectivas siglas, seguidas, quando for o caso, dos números das páginas.
    Para as citações d'*A mesa*, em francês ou em português, serão indicados entre colchetes os números das respectivas folhas.

PE   *Pratiques d'écriture ou l'inachèvement perpétuel.* Paris: Hermann, 1984.

PI   *Le grand recueil. Pièces.* Paris: Gallimard, 1961.

PUM   *Pour un Malherbe.* Paris: Gallimard, 1965.

S   *Le savon.* Paris: Gallimard, 1967.

TP   *Tome premier.* Paris: Gallimard, 1965.

ÍNDICE DAS ILUSTRAÇÕES

Francis Ponge fotografado por Izis ao lado de sua esposa, em 1947 — 14

Francis Ponge fotografado por Sylvain Roumette, em outubro de 1967 — 118

Francis Ponge fotografado por sua filha Armande Ponge diante do Mas des Vergers, em novembro de 1977 — 169

Fac-símile da folha 35, "Le mur, la table", do manuscrito de *La table* — 308

Francis Ponge, 1967 — 320

Francis Ponge fotografado por Izis ao lado de sua esposa, em 1947.

Francis Ponge:
DE EMENDATIONE TEMPORUM

Michel Peterson

A MANOBRA DO TEXTO

Stéphane Mallarmé morre em 1898. Francis Ponge nasce em 1899... Continuidade, sem dúvida, permanência de um perseverante trabalho de esterilização da língua, mas também mudança de direção, bifurcação, ou antes, como se isso ainda fosse possível, radicalização do questionamento da linguagem poética, da comunicação, do senso comum. Mallarmé queria devolver sentido às palavras da tribo. Ponge terá desejado fazer-nos apreciar um pedaço de sabão, um camarão, um cravo ou um prado, porque cada uma das coisas do mundo pode gabar-se de ser *a* forma deste mundo. Trata-se, para apreender e transformar o mundo, sua vastidão, sua movência, para fazer explodir o Mistério, de deixá-lo falar, de despojá-lo da sujeira da linguagem. O mundo não pode exprimir-se, construir-se, a não ser que o homem renuncie a seu orgulho e lhe dê rindo a palavra.

Entre a obra de Mallarmé e a de Ponge, indissoluvelmente ligadas pelos ziguezagues dos signos, a crise de versos cresce, o sonho essencialista se dissolve definitivamente ao mesmo tempo em que a vaidade antropológica revela sua futilidade. Mallarmé lamentava-se porque o discurso era impotente "para exprimir os objetos por toques que lhe respondem em colorido ou em feição, os quais existem no instrumento da voz, entre as linguagens, e às vezes em um". Mas acrescentava logo que a *força*, a *tensão* constitutivas do verso, o estilo do ritmo, a própria palavra *ritmo*, nascem justamente das discordâncias que conferem às línguas sua plasticidade: "— *Só que,* saibamos *não existiria o verso:* ele, filosoficamente remunera a falha das línguas, complemento superior"[1]. Invariavelmente noviço ao longo de sua obra, Ponge constata e assina sem hesitar essa falha. Até a faz frutificar, transformando cada texto, cada verso, num ateliê no qual as fronteiras entre a prosa e a poesia, entre os textos ditos acabados e os antetextos tornam-se caducas a tal ponto que cada um deles pode sem problema ser recolocado no

---

[1] *Crise de vers*. In: *Igitur. Divagations. Un coup de dés*. Paris: Gallimard, 1976, p. 245 (Col. Poésie).

cavalete de todos os demais. Ainda mais: o fato de Ponge ser um poeta *francês, absolutamente francês*, não impede de modo algum, muito ao contrário, que seus textos atravessem as línguas e que funcione plenamente o significante translingüístico.

O não-gênero e o não-poema impõem-se, portanto, doravante, pois, como a retórica se busca sem jamais poder encontrar-se, o texto e sua crítica se entrecruzam e se justapõem para afirmar que não há "meta" e, principalmente, que não há metalinguagem. Os "gêneros" nomeiam-se *proema* (o prelúdio dos tangedores de lira na poesia arcaica, o *prooimon* dos aedos que vem antes do *oimé*, isto é, do canto), *momo* (que contém sua própria caricatura), *sapato* (presente precioso numa embalagem de aparência comum, como é o caso da ostra escondendo uma pérola), *eugenia* (forma que ostenta sua espontaneidade), *fuga* (no sentido de Bach) e *objoego*[2]. Todos esses gêneros, que na realidade não constituem senão um só, têm em comum o fato de não resgatarem os gêneros defuntos e de exibirem ironicamente a própria produção do texto, de imporem ao leitor as imperfeições, erros, hesitações ou gaguejamentos que formam a verdadeira matéria poética em fusão, em devir[3]. Numa entrevista com Philippe Sollers, Ponge explica, com efeito, que procura "dizer no sentido intransitivo do 'dizer', isto é, falar no momento presente, como homem, como animal, no momento presente, e mostrar como as coisas se fazem no próprio momento, criar a comunicação direta, não pela recitação de um produto acabado, mas pelo exemplo de uma operação em ato, de uma palavra (e, portanto, de um pensamento) no estado nascente" ("La peinture et les lettres. L'opération orale", EPS, 99). Essa prática da algaravia exprime, no entanto, uma sensibilidade sem lirismo que acompanha uma recusa encarniçada de qualquer romantismo, de qualquer realismo e de qualquer objetivismo abstrato, pois a "comunicação direta" só é possível se se tomar o partido do gesto, se o texto for uma tensão na qual as palavras se unem, como em Paul Celan, "para outra coisa que seu sentido, somente orientadas para —"[4]. As palavras são direções imprimidas, nos termos impossíveis das quais se desvela a física do mundo.

A insuficiência mallarmeana é assim recompensada por abrir um espaço gramatológico em que o tempo das línguas se desdobra no ma-

---

[2] Esses gêneros são definidos, respectivamente, em PUM (198), S (41), "Préface aux sapates", in: TP (126-7), "La pratique de la littérature", in: M (264), e FDP (46). Abordaremos adiante o objoego.

[3] Júlio Castañon Guimarães aproxima Murilo Mendes de Ponge em função dessa oscilação dos gêneros e dessa indistinção entre poesia e crítica da poesia. Ver *Territórios/Conjunções. Poesia e prosa críticas de Murilo Mendes*. Rio de Janeiro: Imago, 1993, p. 274-5.

[4] Maurice Blanchot. *Le dernier à parler*. Montpellier: Fata Morgana, 1984, p. 11.

terialismo semiótico do Livro. Por mais consciente que fosse da Natureza, Mallarmé permanecia diante dela como diante de uma superfície. A voz de Ponge, mais concretista ainda, chega finalmente a atravessar a chama de espelho ("*O Miroir! Eau froide par l'ennui dans ton cadre gelé*") ou, antes, a desvelar a ilusão que representa o espelho natural ("*Le miroir azuré des lacs*"). A distância que se pensava intransponível entre os homens e as coisas vê-se, senão absolutamente abolida, pelo menos reduzida a sua dimensão descarnada. As palavras, e sobretudo suas ramificações infinitas, são a chave dessa mudança de escala. O mundo é, sem dúvida, um Livro a ser decifrado, lido, mas, na medida em que se diz por si mesmo, se exprime por suas raízes, deve ser escutado antes de ser visto. O mundo ressoa *contra* a Razão, é audível, inicialmente etimológico. Convém ouvir seu ouvir-dizer, pois Ponge não é Rimbaud, embora guerreie como ele: "**É que: não trabalho,** quanto a mim, **para me tornar 'vidente'.** [...] **Sei muito bem que: Hae nugae seria ducent... Quem esconde seu louco morre sem voz.** [...] **Eu não é um outro**"[5]. Aos olhos de Ponge, Rimbaud o pirotécnico persiste, apesar de tudo, em posar de artista. E, na realidade, o "longo, imenso e desarrazoado *desregramento de todos os sentidos*" buscado pelo ladrão de fogo, o multiplicador de progresso, não impede que ele pareça saber bastante bem como anda a poesia. Sejamos preciso: *Ponge não sabe o que é a poesia e absolutamente não está interessado em sabê-lo*. Se consente de bom grado doar-nos suas pranchas, recusa-se, contudo, a vencer o Mistério das Letras. Pendura as chuteiras.

O empreendimento de Ponge vai mais longe ainda. Consiste em combater a filosofia, em desfigurar as metáforas do olho e da vista com o objetivo de lutar contra a propriedade privada da língua, encenando o *acontecimento*, não de sua destruição definitiva, mas de uma *manobra* que visa a marcar passo a passo, palavra por palavra, o trabalho enérgico da Palavra. A conseqüência para a poesia é de monta, e ninguém a terá anunciado melhor do que Derrida: "luxar o ouvido filosófico, fazer trabalhar o *loxós* no *logos*, é evitar a contestação frontal e simétrica, a oposição em todas as formas do *anti-*, inscrever em todo caso o *antismo* e o transtorno, a denegação doméstica, numa forma totalmente diferente de emboscada, de *lokhos*, de manobra textual"[6]. Tomar o partido das coisas levando em conta as palavras equivale, conseqüentemente, a

---

[5] CFP, 100-1. Ponge discute a posição de Rimbaud citando longos extratos da célebre carta de 15 de maio de 1871 a Paul Demeny. Ver Arthur Rimbaud. *Œuvres complètes*. Paris: Gallimard, 1972, p. 249-54 (Col. Bibliothèque de la Pléiade).

[6] "Tímpano". In: *Margens da filosofia*. Trad. Joaquim Torres Costa e António M. Magalhães. Porto: RÉS [s.d.], p. 14 (tradução modificada).

ocupar uma posição poiética versátil pela qual o *scriptor ludens* desvela o potencial de ressonância do conjunto dos fenômenos, sua matéria incoercível. Em vez de opor-se ingenuamente à Razão, Ponge a faz ressoar. É essa vibração oblíqua que autoriza a transgredir finalmente o mutismo fundamental do mundo dos objetos.

A física e a matemática mallarmeanas do acaso faziam parte de uma "angelógica"; as de Ponge não procuram abolir-se na inanidade sonora e fazem parte, antes, de uma "otológica" diretamente conectada à biologia: "Suspeitamos, escrevia Georges Canguilhem, que, para estudarmos matemática, bastaria sermos anjos, mas, para estudarmos biologia, mesmo com o auxílio da inteligência, precisamos por vezes sentir-nos bestas"[7]. Ponge realmente muitas vezes é besta, isto é, corporal, ao mesmo tempo animal, vegetal e mineral[8]. A questão não é tanto saber se é verdade que as bestas ou os anjos de Mallarmé conhecem ou não o prazer ou o sexo, pois sabemos desde sempre que eles os vivem no corpo do Livro. Enquanto a vertigem dos seres espirituais ilumina a morte e suspende "a neutralidade idêntica do abismo", a disseminação atomista desenha um espaço de produção, de crescimento, de geração ideogramática. O relógio da chuva pode então começar a funcionar, o cigarro, deixar cair as cinzas, a esponja e a laranja, comparar sua respectiva aspiração a retomar a forma uma vez passada a prova da expressão, a letra do ginasta, saudar-nos, o marimbondo, guiar-nos em seu frenesi até o diafragma onde está sediado o pensamento, os *Reféns* do pintor Fautrier[9], transformar o horror em beleza, e lá sei eu? Ah sim, uma estrumosa rã, fazer ver a virtude do fluido na elasticidade de seu corpo, ou uma mesa, se for de madeira, produzir um som surdo e frio e vibrar com os ruídos da língua. O essencial é isto: a coisa não está, como em Wallace Stevens (*The Palm at the End of the Mind*), além do pensamento; a coisa está aí e não pode ser posta entre parentêses.

É por isso que Ponge continua sendo, entre os poetas do século XX, um daqueles — e eles são, queiram ou não queiram, raros, raríssimos

---

[7] *La connaissance de la vie*. Paris: Vrin, 1965, p. 13.

[8] Em CFP, lê-se: "Será a poesia uma fruta? Não, a meu ver é antes uma besta (uma besta um tanto louca, um tanto alada, um tanto repugnante" (30). Assumir essa "besteira" é, como veremos, consolar-se materialistamente.

[9] O ginasta e os reféns remetem a dois textos de Ponge: "Le gymnaste", PPC, e "Notes sur les Otages, peintures de Fautrier", AC. Na referida letra do ginasta, pode-se ver o Y da palavra francesa *gymnaste* que representa, para Ponge, as duas dobras das virilhas e a posição dos braços que saúdam ao final de uma exibição. A partir de sua leitura da interpretação, por Éluard (em *Dignes de vivre*), dos quadros de Fautrier (os O*Tages*), Ponge concebe o ideograma ⊕, no qual o círculo (a letra O) representa ao mesmo tempo a cabeça e o seqüestro, e a cruz (a letra T), o suplício. O ideograma T será, como o Tau, de fundamental importância na *Mesa*.

— que problematizaram o fazer poético a ponto que sua força reside doravante justamente no fazer, e não no feito. Falando brutalmente: a poesia teve o mesmo destino que Deus: morreu, e foi o homem quem a matou. A poesia (a palavra não é mais usada senão por comodidade)..., pelo menos aquela que persistia em se dar sob o signo da Obra, do acabamento. Foi esse assassinato que Mallarmé perpetrou. O drama é que ninguém, ou quase ninguém, disso se dera conta, exceto, é claro, Ponge e alguns outros. Mallarmé, escreve Ponge, "criou um instrumento antilógico. Para viver, para ler e escrever. Contra o governo, os filósofos, os poetas-pensadores. Com a dureza de sua matéria lógica". O que equivale a dizer que o lance de dados letal é bem mais do que um simples choque lúdico: ele joga ironicamente com a Lei do texto. A gratuidade atinge assim o Estado através de seus retoricões, de seus propagandistas, de seus sofistas: "Mais tarde chegar-se-á a mandar servir Mallarmé como provérbios. Em 1926, ele ainda não serviu muito. A não ser muito aos poetas, para se falarem a si mesmos" ("NOTES D'UN POÈME (*sur Mallarmé*)", TP, 155-6). "Mandar servir Mallarmé como provérbios"... É que o Nome tomou o lugar do Texto. Pouco importa: o acaso muitas vezes arranja as coisas e às vezes nos ensina a viver melhor. Ponge destrói a imagem aforística de Mallarmé, devolve-o à sabedoria da afirmação e ao mundo público, o único ao qual talvez pertença. Mallarmé, Ponge: dois poetas ruidosos que, como Joyce, dizem SIM! e gravam a tensão dos fenômenos. Deve-se saber desdenhar as fórmulas prontas e ruminar alegremente a linguagem a fim de que ela funcione a todo o vapor. A obra a ser escrita, lida, não pode parar.

A crítica, no entanto, pretendeu por muito tempo que a obra de Ponge se desenvolvera em duas fases bem distintas. A primeira, de 1916, data da publicação de seu primeiro poema, a 1952, data da publicação de *La rage de l'expression*, teria sido a dos poemas fechados, das fórmulas "fechadas a sete chaves", dos textos curtos, com prosa densa, cerrada. A segunda, de 1952 até os últimos textos publicados nos anos 80, teria sido a do "inacabamento perpétuo", dos textos abertos, intermináveis. As pesquisas dos últimos dez anos mostraram a que ponto fora apressada e cômoda aquela divisão, que continua a impor-se com base em certas declarações do próprio poeta, as quais, no entanto, são contraditas por outras que geralmente se esquece de citar. Porém, cada texto de Ponge é um ateliê, um diário em que se oferece, através das reescrituras, a raiva da expressão de um homem que luta menos com os objetos do que com a linguagem. E o fato de se encontrarem textos mais homogêneos, bibelôs ou bombas, absolutamente não significa que eles estejam definitivamente encerrados nem, sobretudo, que figurem o estado último e acabado da produção. Um texto de 1922, "Fragments métatechniques" (o título é por si mesmo altamente significativo e plenamente irônico, não sendo o *meta-* aqui senão um engodo), mostra, aliás, que a estratégia de guerra muito cedo já está quase afinada e não visa nada menos, uma vez mais, do que o Estado: "Aqui, todo o aparelho da sociedade se encontra: o Estado e os costumes. [...] É menos o objeto que se deve pintar do que a idéia desse objeto". Tudo está disposto para dar a idéia de um cratilismo, quando na realidade se trata de um questionamento do real a partir da concepção da *mimesis* exposta por Platão no Livro III da *República*. Pois a idéia e o conceito devem ser eliminados, e não perseguidos. Pouco importa então em que grau da realidade se encontram o leito, a mesa, uma ESCVLTVRA de Giacometti, um prato de Picasso ou *A lembrança dos pássaros* de Rameau. O essencial é que despertem em nós a memória textual, pictural ou sonora, o essencial é que sua elaboração se faça no homem por ocasião de sua repetição permanente:

> O estado de graça é, pois, o da tábua rasa. Para nele nos mantermos, devemos deixar não somente as obras dos autores, mas até o mais vago hábito de sua maneira. Para tanto, o melhor é entulharmos a memória com torneios e ritmos impossíveis, que não tentem o estilo. Assim fazia Stendhal uso do Código Civil.
> O maior perigo pode, aqui, vir da sintaxe, armadilha do bom senso, triunfo da escola. Para ligar as palavras, é um molho, cujo excesso estraga o gosto (NR, 16-7).

Não se terminaria nunca de comentar este enorme texto e de pôr em foco todos os paradoxos poéticos que ele suscita. A começar pelo da tábua rasa, que poderia levar a pensar que Ponge se alinha do lado da metafísica cartesiana, quando ocorre exatamente o contrário, como o demonstra *A mesa*.

Contentemo-nos de momento em observar a importância conferida à soltura da sintaxe, soltura iniciada com força por Mallarmé (mas já Hugo, Verlaine...), apesar de todas as confusões às quais pôde prestar-se a obra do grande sintaxista. Pois estragar o gosto do texto, seu sabor, é sem dúvida manchá-lo, mas é igualmente engoli-lo, perdê-lo, arruiná-lo. A sintaxe, quando se congela, mata a linguagem. Daí a necessidade de perverter a Lei (o "realismo" do Código Civil) e de modificar a visão, garatujando, colocando, segundo a célebre definição do *objoego*, o objeto em abismo de tal maneira que apareça a espessura semiótica da linguagem[10], e isso mesmo, e sobretudo, se a visão é pura-

---

[10] Em "Le soleil placé en abîme", Ponge assim define o gênero do *objoego*: "Que o no-

mente formal e desprovida de profundidade semântica. Se os poemas de Ponge são muitas vezes visuais e verbais — como os de Alfred Jarry, Raymond Roussel, Khlebnikov, Öyvind Fahlström, Claudel, E. E. Cummings, Mário Faustino, Paul-Marie Lapointe e Pound —, é na medida em que a visão não dá o sentido dos objetos; ela é materialista, semiótica, ideogramática, isto é, paradoxalmente, cega. Os "ritmos impossíveis" só podem aparecer se se assume essa cegueira e esse concretismo, recolocando a linguagem em estado de funcionamento, o que obriga a recusar de antemão qualquer escolha: "Entre Horácio e Artaud, não me farão escolher. Nossas dificuldades vêm precisamente disto: não devemos escolher. *O que temos a exprimir é tal* que as formas atuais da linguagem *devem ser quebradas*, que devemos inventar novas" ("Entre Horace et Artaud", PE, 97). É a "*lição das variantes*", tirada também de Baudelaire.

"Variantes", "variâncias", "esboços", "notas", "fragmentos", "rascunhos", "ruminações", "farrapos de estudos", "croquis", "diário de escritura", "canteiro de textos", a designação bem pouco importa. Há um único Ponge, há um único texto pongiano, sempre o mesmo, eternamente reescrito e, sobretudo, desvelando o estado nascente da linguagem. Dos *Douze petits écrits* a *La table*, um único projeto: fundar um novo gênero literário, selvagem, que não desdenhe nem o desprezo, nem o humor, nem o provérbio, nem o elogio, nem a loucura. Esse novo gênero, o *objoego*, é aquele no qual conta menos o que as palavras têm a dizer do que aquilo que sua carne, seu rastro, sua relva dão a ler. Nessas condições, fazer tábua rasa equivale a proferir o Verbo, a modificar a relação do homem com os objetos de tal maneira que as reescrituras indiquem as tensões que permitem entrever, em sua rigorosa harmonia e na dos "erros", a infinita variedade do mundo. Todo o problema consiste então em saber se os objetos vistos precisam do homem para participar do ente. A resposta a essa questão cabe ao moralista, que é também um fabulista, no sentido nietzschiano do termo. O poeta constrói

---

meiem *nominalista* ou *cultista* ou com qualquer outro nome, pouco importa: para nós, batizamo-lo o *Objoego*. É aquele em que, colocado inicialmente em abismo o objeto de nossa emoção, a espessura vertiginosa e o absurdo da linguagem, considerados isoladamente, são manipulados de tal maneira que, pela multiplicação interior das relações, pelas ligações formadas no nível das raízes e pelas significações fechadas a sete chaves, seja criado aquele funcionamento que, só ele, pode dar conta da profundidade substancial, da variedade e da rigorosa harmonia do mundo" (PI, 156). Além disso, lê-se no neologismo *objoego* um sema de resistência: *ob-jeção*, que já se encontra no termo original *ob-jeto* (de *objicere*: "lançar diante, contra"). Em Ponge, o objeto olhado procura anular o homem que lhe resiste, criando um objeto sonoro, a palavra. Nomeando a coisa, a linguagem lhe resiste, e essa resistência a funda. Para a definição do *objoego* e dos outros termos próprios da retórica de Ponge, ver Gérard Farasse, "Éléments de rhétorique à l'usage des amateurs de Ponge". *L'école des lettres II*, n. 8, fév. 1989, p. 141-50.

uma muralha da China: "Ah quão preferíveis, saudosas as civilizações em que o Imperador da China não solicitava artigos, não obrigava os poetas a artigos para sua propaganda, mas um *caranguejo*" ("Somme toute que se passe-t-il?", PE, 34). Em outras palavras, os dossiês de escritura não buscam a fórmula de melhor desempenho, a mais apta a descrever o mundo, pois, senão, o poeta obedeceria a uma tirania que o obrigaria a enterrar-se, como um caranguejo, no mundo mudo. Isso não quer dizer, como sustentava Robbe-Grillet, que o antropomorfismo pongiano negue as coisas em prol de uma reconciliação que abdicasse a liberdade em prol da sabedoria[11]. Os dossiês de escritura são os fragmentos de uma história natural que, sem dúvida, retira sua matéria de Buffon, mas que é mais sonhada segundo o modelo da física epicurista e lucreciana.

Ponge é um naturalista, mas um naturalista para quem a natureza, longe de ser exterior, é uma parte integrante de seu ser, a própria matéria ou a semente de todas as coisas ("*quae nos materiam et genitalia corpora rebus / reddunda in ratione uocare, et semina rerum / aellare suemus*", diz Lucrécio). Assim, a obra torna-se uma seqüência de "grandes fragmentos", de blocos a serem esquadrados. Trata-se de tomar nas mãos o mundo natural, o mundo dos objetos, e de fazê-lo ressoar. Ponge é então escultor. Acumula na realidade vários ofícios, salvo, evidentemente, o de poeta. Aqui ainda é por Horácio que, na *Mesa*, o fabulista exprime sua posição no mundo: "... ego me illorum, dederim quibus esse poetis, / Excerpam numero" ("... eu não me incluo no número daqueles que chamo poetas"). Este homem é aquele que espreita no mundo visível os sinais de uma nova moralidade. Acusa, com rara força especulativa, o fato de que a linguagem, que, segundo Hegel, é o princípio deste mundo, é a do balbucio, ou melhor, como ainda é dito na *Mesa*, da dilaceração. E Ponge, mesmo criticando Hegel, mesmo negociando com seu pensamento através de Nietzsche, La Fontaine ou Malherbe, o *surprime* pondo quiçá fim ao *regime* da escritura. Se Hegel, como afirmava Derrida, é o último pensador do Livro, Ponge talvez seja o último escrevedor da escritura.

As conseqüências matemáticas, geométricas, históricas e humanas dessa violência estão longe de terem sido calculadas. É certo não ser totalmente certo que Ponge, como dizia Czeslaw Milosz comparan-

---

[11] Robbe-Grillet escreve efetivamente: "Afirmar que ele [Ponge] fala *pelas* coisas, *com* elas, em seu *coração*, implica, nessas condições, negar sua realidade, sua presença opaca: nesse universo povoado de coisas, estas nunca são para o homem mais do que espelhos que lhe refletem sem fim sua própria imagem. Tranqüilas, domesticadas, elas olham o homem com seu próprio olhar". *Pour un nouveau roman*. Paris: Gallimard, 1963, p. 77 (Col. Idées).

do sua obra com a do grande poeta polonês Zbigniew Herbert, se refugie no mundo dos objetos e "se entrincheire no papel de observador impessoal". Atrás do objeto de Ponge estende-se, efetivamente, um espaço de lutas tão dolorosas quanto atrás do objeto de Herbert. A prova é que o sofrimento de Hamlet está tão presente na obra do escritor do *Parti pris des choses* quanto na do autor da "Elegia de Fortimbras". A grande diferença reside no fato de que a poesia de Herbert é a de um sobrevivente do holocausto para quem "a natureza inanimada se torna objeto de inveja"[12], ao passo que para Ponge ela oportuniza levar em conta a fraqueza e o absurdo da linguagem. Sim, Sísifo vigia e a poesia talvez seja doravante impossível. Mas é porque ela impõe uma refração do individual e do histórico que não pertence propriamente à poesia polonesa e atravessa tanto as obras de Eugenio Montale e de Anna Akhmatova quanto as de Georg Trakl e de Pablo Neruda. É o que demonstra igualmente a presença difusa da obra de Ponge na poesia brasileira. A poesia não se diz nunca melhor do que quando se desdobra na esfera da concretude. Isso merece algumas explicações.

---

[12] Czeslaw Milosz. *Témoignage de la poésie*. Trad. Christophe Jezewski e Dominique Autrand. Paris: PUF, 1985, p. 125.

A FORMA AUDÍVEL

Não é por acaso que, em "O Sim contra o Sim", João Cabral de Melo Neto compara a técnica de escritura de Marianne Moore com a de Francis Ponge[13]. Se tanto uma quanto o outro utilizam o bisturi em lugar do lápis, a primeira deixa à coisa que ela corta uma cicatriz limpa, reta. A cirurgiã disseca de maneira tão econômica que a própria lâmina se torna objeto de admiração. Se Ponge também utiliza o bisturi, adota, todavia, como diz João Cabral, uma outra técnica e um instrumento um pouco diferente, que se assemelha mais ao escalpelo de Maldoror. A lâmina reta e cortante é substituída por um instrumento que se ramifica, multiplica suas faces cortantes, enquanto a coisa é apalpada pelos "mil dedos da linguagem". Trata-se de uma técnica de ponta que, sem antecipar-se necessariamente à laparoscopia, permite penetrar as coisas e os corpos sem cortá-los, o que não significa que o cirurgião opere sem violência, muito ao contrário. Em quatro estrofes fulgurantes e geométricas, João Cabral define de maneira feliz um projeto poético que constitui no século XX o que eu não hesitaria em qualificar de "revolução" na poesia francesa, e até na poesia mundial[14].

A revolução pongiana é, no entanto, simples. Trata-se, segundo a fórmula já consagrada, de restituir a palavra ao mundo mudo, a saber, o dos objetos, levando em conta as palavras. Ora, o primeiro passo para se chegar a fundar uma nova poesia oracular, ou melhor, um tipo de expressão que tenha menos a ver com a poesia como tal do que com o que se chama a Palavra, consiste em interrogar-se sobre o que designa essa Palavra sinônima do Verbo: "**A palavra [...] é também uma maneira de castigar (contra o espírito): uma maneira de morder a verdade**

---

[13] Este poema encontra-se na coletânea *Serial*, 1959-1961. In: *Obra completa*. Rio de Janeiro: Nova Aguilar, 1994, p. 297-301.

[14] Em sua análise de "O Sim contra o Sim", Marta Peixoto avalia Ponge um tanto superficialmente, através da visão de João Cabral. Afirma, por exemplo, que Ponge, contrariamente à precisão de Moore e de Cabral, é por vezes prolixo e cai em um humor fácil. Ponge prolixo?! Ver *Poesia com coisas. Uma leitura de João Cabral de Melo Neto*. São Paulo: Perspectiva, 1983, p. 148-50.

(que é a obscuridade): o fundo obscuro da verdade". Convém, pois, tratar as palavras "como uma massa espessa a transpor", como um "material" primitivo (CFP, 35). Proferir o Verbo tão potentemente como se proferem ameaças, é esta a *vocação* do metalúrgico. Daí o caráter sagrado da Palavra: "Sed tamen effabor!" ("Porém falarei!"). É esta a decisão do trabalhador, do homem que, seguindo as pegadas do barroco Malherbe, sabe que o único poder de que dispõe é o de desejar, de ter tesão e, finalmente, de gozar. Esse proferimento do Verbo comporta um caráter lúdico, pois o *objoego* que abre o jogo do *objego* desencadeia a *jubil/ação* do *objúbilo*[15]. Ponge enfrenta, portanto, a Divindade através de uma *gaya scienza* indissoluvelmente ligada à *allegria* alérgica a D'Annunzio que atravessa toda a obra de Ungaretti[16] e consitui um modo de apreensão do mundo que passa pelo poder sugestivo da sonoridade das palavras e das letras, desse resto germinador em que o sentido se ausenta no infinito do gozo. Recorrendo à voz do anagrama, esta *allegria* virgiliana, que oscila entre a sensibilidade popular da língua e a espiritualidade crítica, é das mais corrosivas, pois encontra seu valor objetal em uma escritura icônica de ascendência mallarmeana.

Que, para Ponge, o objeto é a poética, nada o demonstra melhor do que suas notas iniciais sobre as esculturas de Alberto Giacometti intituladas "Joca Seria": "I (i), J (*je/eu*), I (um): um, simples, singelo, singularidade". E algumas páginas mais adiante: "O *Homem qualquer que eu sou*: eis o que Giacometti tem o aprumo de nos propor em escultura. É o escultor do pronome pessoal (da primeira pessoa do singular)" (AC, 153, 187). Giacometti esculpe... O que quer dizer? Que a escultura é

---

[15] Complementando a nota 10, convém assinalar que a palavra-montagem *objeu* reúne três conceitos: *objet* (objeto), *jeu* (jogo) e *je* (eu/ego). Por outro lado, a palavra-montagem *objoie*, também forjada por Ponge, comporta dois conceitos: *objet* e *joie* (alegria, júbilo). O *objúbilo*, que é a resultante do *objoego*, teve, entre outras, a seguinte definição: "É assim que se deve conceber a escritura: não como a transcrição, segundo um código convencional, de alguma idéia (exterior ou anterior), mas, na verdade, como um orgasmo: como o orgasmo de um ser, ou digamos de uma estrutura, já convencional por si, evidentemente — mas que deve, para se cumprir, dar-se, com jubilação, como tal: em uma palavra, significar-se a si mesma" (S, 127).

[16] Conviria, para esclarecer os recursos críticos do *objúbilo* (por exemplo, como antídoto para a esterilidade), analisar as relações da poesia de Ungaretti e de Ponge com o Livro-Mallarmé (fora, evidentemente, dos estudos simplistas de influência). Ungaretti traduziu Mallarmé, e Ponge, alguns extratos de *Il Taccuino del Vecchio* e de *Apocalissi* de Ungaretti, que se encontram reunidos em edição bilíngüe no NR e, em Ungaretti, na *Vie d'un homme. Poésie 1914-1970*. Paris: Minuit, Gallimard, 1973, p. 277-89 (Col. Poésie). Quanto à posição de Ungaretti na poesia francesa, ver, entre outros, André Sempoux, "Le premier Ungaretti et la France". *Revue de littérature comparée*, Paris, v. 37, n. 3, juil./sept. 1963, p. 360-7. A ligação entre Ponge e Ungaretti é tão estreita que um dos tradutores italianos, Piero Bigongiari, reuniu vários textos do poeta francês sob o título *Vita del testo* (Milano: Mondadori, 1971), decalcado no título *Vita d'un uomo*.

uma "atividade viciosa" porque se trata, na realidade, de escrever, de abrir o jogo da matéria para transformar o corpo da letra. Isso ocorre com o J (*je/eu*), que diagramatiza o longo pé da forma e faz do espectro humano um cetro. Através de um "trabalho mental", e não de um "trabalho manual" ("Joca Seria", AC, 190), Giacometti revela o esqueleto da matéria, faz surgir uma série de ícones esquemáticos que Ponge vê menos do que lê como aparições súbitas do vivente. Ao esculpir, Giacometti desenha (como no antigo Egito e na antiga China), *reduz* o visto até fazê-lo quase desaparecer. É que o ícone supõe uma distância em relação aos signos e às línguas. Escutemos a imagem que disso nos propõe Ponge:

Há diminutivo em Giacometti. E naturalmente, italiano. Há também Homem das florestas. Como se chama o urso de Henrich Heine? Atta Troll. Há urso e apresentador de ursos. Em uma caverna de gesso. Vocês se lembram, em *A corrida ao ouro*, como é preciso fazer-se pequeno naqueles caminhos de montanhas, para deixar passar o urso (que vai e vem). Há, nesse mesmo filme, aquela seqüência de garfos. Há aqueles homens vistos de muito alto, aquelas árvores nas encostas. Reduzidos pela distância ("Joca Seria", AC, 172).

Sem dúvida, Giacometti é bem mais do que isso e tem inúmeros nomes: Polifemo, Quasímodo, Balthus, Guilherme Tell, Galateu, Júpiter, Robinson e talvez também Lipschitz ou King-Kong (o que o liga à escultora Germaine Richier). Mas, e o diminutivo? Deve-se partir do princípio de que Ponge entra em cheio no universo da técnica, universo no qual o sujeito assinou, como Deus, sua sentença de morte. É com base em uma montagem que relaciona o mito da caverna como simulacro (uma "caverna de gesso") com a poesia satírica de Heine (com tudo o que ela evoca do lado da música, principalmente em Schumann e Schubert) e com o cinema de Chaplin que se desenvolve uma teoria da distância que revela, através da magreza essencial da escultura que produz os seres numa perspectiva e num corte longitudinais, aquilo que Ponge chama, num texto sobre Fenosa, a "escritura braile" ("Pour Fenosa", AC, 197), em outros termos, um alfabeto em pontos salientes cuja característica é convir tanto aos números e à música quanto ao texto. A teoria da distância corresponde, de alguma forma, à prática paradoxal da "semelhança" em Giacometti: "Quanto mais alguém se aproxima da 'coisa', mais ela se distancia. É uma busca sem fim". A semelhança pode levar ao extremo de fazer com que o escultor não reconheça mais seus próximos (mulher, irmãos, amigos). Daí seu interesse por cabeças menos semelhantes, como cabeças egípcias, chinesas e gregas arcaicas. A semelhança é, portanto, o sinal do desconhecido, como o X da *Mesa* de Ponge. "Eu poderia, diz o escultor, passar o resto de minha vida simplesmente desenhando duas cadeiras e uma mesa"[17]. À semelhança de Ponge, que procura apagar o referente visível *mesa*, Giacometti busca produzir uma obra enigmática que designará "O objeto invisível" (1934-1935). À escritura braile corresponde o que se poderia designar escultura braile: nem uma nem outra fetichizam a matéria. Elas permanecem muito próximas da historicidade mallarmeana, pois abrem uma crítica da doutrina da linguagem que sacraliza o narcisismo do artista. A escritura braile é, pois, aquela que faz do poema uma partitura e que, escapando à representação, trabalha política e poeticamente a serialidade na tela da página, como ocorre em "Loneliness", um dos *95 Poems* de Cummings. A diferença entre "Joca Seria" e "Loneliness" reside, todavia, no fato de que a queda da folha ("*a leaf falls*") não somente se deixa ver, mas deve igualmente ser ouvida. O espaço gráfico de Ponge é indissociável de sua trilha sonora. Trabalhar as dimensões do Livro é trabalhar seus ecos fora do livro, sua historicidade. De nada adianta então lamentar a condição humana; os cegos também ouvem as formas da matéria, porque a tipografia da escultura permite ver a sonoridade dos signos.

O conflito com o realismo analítico, fotográfico, projeta a pronominalização de Giacometti para uma galáxia de signos expressionistas (Artaud, Augusto e Haroldo de Campos) e eleatistas (Marcel Duchamp), na qual o poder e a qualidade dos afetos produzem uma visão em que a variação das notas e dos I, sua multiplicação ("Joca Seria", AC, 153), entreabre a OBJETIVA DESMEDIDA do espírito humano jogado entre a sombra e a luz (a vista não se exerce, no cinema (*The Gold Rush*, 1925), a não ser na medida em que os olhos estão acaçapados na obscuridade, no fundo obscuro da verdade). Estamos numa economia intersemiótica geral, numa axiomática aberta em que se abandonam os espaços vectoriais para viver no ritmo de um mosaico cinematográfico (e, quem sabe, virtual) do texto[18]. É surpreendente que ainda não se tenha refletido sobre o fato de que os objetos de Ponge *se movem* e nunca são prisioneiros da fixidade, transformando-se no decorrer do tempo, modificando constantemente as relações entre suas partes constitutivas,

---

[17] As declarações de Giacometti são extraídas do texto de Roger Laporte, "Giacometti ou la résistance absolue". In: *Études*. Paris: P.O.L., 1990, p. 113-46.

[18] A esse respeito, devem-se ler as belas páginas que Haroldo de Campos, com base nos trabalhos de Benjamin e de Fenellosa, consagra à escritura icônica e ideogramática, bem como às possibilidades combinatórias da disseminação através de um percurso que o conduz de Mallarmé, via Pound, a Kitasono Katsue. "Ideograma, Anagrama, Diagrama: uma leitura de Fenollosa". In: *Ideograma. Lógica, poesia, linguagem*. 3. ed. São Paulo: Edusp, 1994, p. 23-107.

relações que o poeta assume a tarefa de espreitar. É surpreendente, sobretudo para quem decide considerar que o escultor pensa as relações entre a matéria, a memória, a expressão, a escritura, a morte e a biblioteca, apoiando-se, entre outras, nas teses de Bergson, como o sugere de maneira mais que evidente o texto intitulado "Matière et mémoire", que figura em *L'atelier contemporain*. Não cabe desenvolver aqui esta problemática. Digamos simplesmente que a prática do diário datado tem a ver com a escritura cinematográfica, uma vez que a duração está inscrita na duração do texto e do objeto. A poesia de Ponge é uma poesia do movimento, da imagem-movimento, para retomar a fórmula de Deleuze[19]. O partido das coisas que põe em circulação o *objoego* articula assim um pensamento do movimento através da concretude, da materialidade da letra. Malherbe et Sousândrade não estão longe! E Ponge observa que Giacometti nasce em 1901: "Mais ou menos vinte anos após os grandes mestres da época precedente: Braque, Picasso, Gris, Chagall, Klee, Kandinsky, Mondrian" ("Joca Seria", AC, 179). Mallarmé pertence a essa época.

Escultor naturalista, é, portanto, Ponge quem elimina definitivamente a sujeira e o ronrom românticos que infectavam ainda, apesar das intervenções maciças de Poe, Baudelaire, Rimbaud e Mallarmé, a poesia. É ele quem assume decapitar enfim aqueles que Lautréamont chamava Grandes-Cabeças-Moles (Chateaubriand, Senancour, Jean-Jacques Rousseau, Ann Radcliffe, Edgar Poe, Maturin, George Sand, Théophile Gauthier, Leconte de Lisle, Goethe, Sainte-Beuve, etc...) e escrevinhadores fúnebres (Balzac, Alexandre Dumas, Musset, Ponson du Terrail, Flaubert, Baudelaire, etc...) que, tendo impedido a poesia de progredir desde Racine, embalavam ainda a linguagem com uma subjetividade caprichosa que acabara, com os surrealistas, por adquirir por vezes uma coloração lírica e trágica.

É porque o segredo da poesia não reside para Ponge, como para Breton, na faculdade "de transmutar uma realidade sensível portando-a inicialmente àquela espécie de incandescência que permite fazê-la girar para uma categoria superior" ("Entretien avec Breton et Reverdy", M, 298). Sem ser completamente contrário ao método surrealista, e aproximando-se dele por momentos sob vários aspectos (Ponge compartilhará ocasionalmente algumas perspectivas políticas de Breton; assina-

---

[19] Para nos convencermos disso, basta ler as teses sobre o movimento enunciadas por Deleuze a partir de uma análise de *L'évolution créatrice* e de *Matière et mémoire*, de Bergson. In: *Cinéma I. L'image-mouvement*. Paris: Minuit, 1983, cap. 1. Deleuze recorre, p. 21, ao exemplo dado por Bergson do copo de água, exemplo que conviria comparar com o texto de Ponge intitulado (por acaso?) "Le verre d'eau" (M, 113-67).

rá até — com Aragon, Char, Crevel, Dalí, Éluard, Nougé, Tzara e outros — o Segundo Manifesto do Surrealismo [1930]), o método pongiano vê, todavia, nessa "categoria superior" uma armadilha. Sem entrar em detalhes (e evitando principalmente reduzir de maneira simplista a infinita complexidade da obra de Breton), digamos que Ponge desconfia da escritura automática por causa de seu caráter demasiadamente alquímico ("rimbaldiano", "infantil") e pelo fato de ela acorrentar, pela importância que confere à onipotência do sonho, a língua que ele procura *lixiviar* cuidando de respeitar todas as etapas da limpeza[20]. Assim como o eu talvez não seja um outro tão categoricamente quanto nossas ficções teóricas no-lo fazem acreditar, a "verdadeira vida" talvez não esteja alhures, mas aqui, na palavra com a qual joga o escrevedor. Trata-se, pois, para ele, menos de fazer um uso surrealista da linguagem do que de multiplicar as relações ao ler o mundo.

Isso nos introduz em um dos aspectos mais difíceis e mais violentos da poesia de Ponge. João Cabral ressaltava o caráter geométrico da textualidade pongiana. Ora, essa geometrização, que remete à definição da poesia proposta por Lautréamont em suas *Poésies*, está ligada não somente ao movimento e à timpanização[21] do espaço pictográfico invadido pelas reverberações das palavras, mas igualmente à violência exercida pelo escrevedor sobre o leitor. Seguindo Blanchot, Michel Charles mostrou a que ponto a experiência da literatura conserva em Lautréamont uma relação enigmática e vertiginosa com a prova da leitura: "A violência de Lautréamont consiste em ler *em lugar* do leitor"[22]. A temporalidade da leitura em Lautréamont corresponde àquela que se abre imediatamente em cada leitura de Ponge. Quem lê Ponge sente-se de alguma forma despojado de qualquer dizer, porque, uma vez despedida, a semântica cede o lugar à *forma audível* das palavras que engendra a fórmula compacta da pluralidade e da disseminação significante, como se verá adiante na *Mesa*. Ora, é isso que já dizia a ostra, falando antes e acima de tudo da linguagem, em *Le parti pris des choses*: "Por vezes raríssima uma fórmula perla em sua goela de nácar, e encontramos logo com que nos adornar". Como não ouvir as "pérolas que germinam" em *Pour un Malherbe*, isto é, as "pérolas barrocas" da linguagem já muito estimadas pelo poeta descritivo, astronômico e

---

[20] Quanto ao problema da lixívia, tomo a liberdade de remeter o leitor a meu artigo "Les réécritures de Ponge: coup d'œil sur une langue impropre". *Trois*, Laval: Trois, v. 2, n. 2, 1987, p. 19-25.

[21] Em "Tímpano", Derrida ressalta que há "na estrutura do tímpano algo que se chama o 'triângulo luminoso'. Este é nomeado em *Les chants de Maldoror* (II), bem perto de uma 'trindade grandiosa'" (*Op. cit.*, p. iv. Tradução modificada).

[22] *Rhétorique de la lecture*. Paris: Seuil, 1977, p. 27.

mineralista Rémi Belleau em seu poema de 1556[23]? Mas a linguagem não pertence ao homem tanto quanto se pensa. É desse receio do esbulho que nasce a incontornável atualidade dos signos, seu arbitrário, os quais nos permitem mergulhar na memória transbordante da língua, entrever sua impossível origem e sua inatingível finalidade.

E no entanto... Apesar de todo esse cabedal crítico, poético e teórico, a obra pongiana continua ainda praticamente desconhecida pelo mundo brasileiro e, mais geralmente, pelo mundo lusófono. Como ressaltou Leyla Perrone Moisés, Ponge reconhecera na obra de Lautréamont o fim de uma certa literatura. É que o poder crítico da mitificação estratégica de Lautréamont designado "vampiro" em seu "Dispositif Maldoror-Poésies" (M, 203-5) deve-se precisamente ao fato de que essa imagem produz uma cadeia de metáforas[24]. Daí a questão de se saber por que a crítica brasileira se debruçou pouco sobre a poesia pongiana. É difícil responder a essa pergunta, que ultrapassa, aliás, a obra que nos interessa e que implicaria uma investigação sobre a recepção da poesia francesa pós-simbolista no Brasil.

Em termos gerais, poder-se-ia resolver a questão apontando a falta de traduções. Mas o que se entende exatamente quando se fala de "falta" de traduções? Como pode um texto ter "falta" de tradução? A rápida travessia que empreendo aqui dos textos de Ponge traduzidos em língua portuguesa não implica de modo algum, insisto, que eu me detenha no que se chama correntemente sua recepção, pois sua tradução não seria senão uma das operações de recuperação. Melhor do que ninguém, Walter Benjamin mostrou, em seu prefácio aos *Tableaux parisiens* de Baudelaire, que a tradução não é nem recepção, nem comunicação, nem representação[25]. Isso significa — se se pode afirmar que a tradução é efetivamente um *discurso*, que traduzir é um ato discursivo que faz sobreviver um texto dito "original" — até que ponto seria *praticamente* impensável procurar oferecê-la simplesmente à generalidade de um sistema de acolhida, por exemplo, o de uma certa ordem lusófona

---

[23] Citado in: Yvonne Bellenger. *La Pléiade: la poésie en France autour de Ronsard*. Paris: Nizet, 1988, p. 70: "L'huître": "Puis sitôt qu'elle est comblée / Jusques aux bords pleinement, / De cette liqueur coulée / Du céleste arrosement, / Aussitôt elle devient grosse / Dedans sa jumelle fosse / D'un perleux enfantement..." ("A ostra": "Depois, quando está repleta / Até as bordas plenamente, / Desse liquor escoado / Da celeste rega, / Logo se torna grávida / Em sua gêmea fossa / De um perloso parto...").

Como não aproximar o parto da linguagem em Belleau e em Ponge, ainda mais que a poesia da Plêiade é para este último um lugar de reflexão sobre a poesia científica?

[24] Leyla Perrone Moisés. *Falência da crítica. Um caso-limite: Lautréamont*. São Paulo: Perspectiva, 1973, p. 65 e 78.

[25] Derrida comentou o célebre texto de Benjamin, "A tarefa do tradutor", em "Des tours de Babel". In: *Psyché: inventions de l'autre*, p. 203-35.

do discurso (que seria extremamente complexo definir entre as instituições portuguesas, brasileiras, angolanas, cabo-verdianas e outras). Pois, tentando determinar simplesmente como o texto de Ponge pertence ou não ao sistema da língua (*a* língua... *que* língua?) portuguesa, estaríamos logo fechando novamente aquilo que o texto abre, pretextando assim que o ato de traduzir é essencialmente regido pelos códigos da "sociedade" receptora. Estar atento às modalidades pelas quais o texto pongiano se inseriu ou se inserirá no sistema lusófono, estar atento às condições de exercícios da tradução absolutamente não implica, nem de fato, nem de direito, uma sujeição desse ato a uma ordem do discurso, qualquer que seja. Quer dizer que, se conviesse estudar "as disponibilidades discursivas" e os códigos ideológicos que regem a acolhida das traduções de Ponge, seria cuidando para não conformar a operação tradutória em sua totalidade, como enunciação, ao "estado de sociedade em que ela se realiza"[26], pois não há e nunca houve, a não ser na forma de um fantasma acadêmico, a totalidade dos enunciados que surgem numa configuração ideológica. Cada discurso, por sua própria estruturação, escapa até certo ponto, sob pena de não constituir um discurso, às formações discursivas das quais saiu.

---

[26] Quanto à concepção de que a tradução seria regulada por *um* discurso que determinaria, numa sociedade, todos os possíveis da tradução neste caso previamente codificada, ver Annie Brisset, *Sociocritique de la traduction*.

PONGE EM PORTUGUÊS

Haroldo de Campos fez obra de pioneiro ao propor, no Suplemento Literário da *Folha de S.Paulo* de 12 de julho de 1969, sua "tradução" de *L'araignée*, acompanhada de uma apresentação e de notas críticas intituladas "A retórica da Aranha". Anteriormente, em julho de 1962, o poeta já havia publicado no Suplemento Literário do *Estado de S. Paulo* um curto artigo intitulado "Francis Ponge: A Aranha e sua Teia"[27]. Esse artigo, seguindo Jakobson e o próprio Ponge, definia "A Aranha" como um "poema metalingüístico" em função da iconografia dinâmica da poesia concreta tal como concebida por Max Bense e pelo grupo *Noigandres*. Opondo-se ao letrismo e ao sonorismo, a poesia concreta faz, como se sabe, do poema um espaço de pura significância que, embora reduzindo a semântica, a coloca em abismo. Haroldo de Campos traduziu este texto porque, a seu ver, ele abandonava a sintaxe demasiado tradicional à qual ele pretendia estar Ponge ligado até então. "A Aranha" apresentava-se para ele — e apresenta-se ainda para nós — como uma homenagem a Mallarmé, a qual encontra igualmente ressonâncias no poema objetivista de João Cabral intitulado "Formas do nu", que retoma a fórmula da aranha e que, como "O Sim contra o Sim", integra a terceira seção (*Serial*) do livro *Terceira Feira*.

A tradução de Haroldo de Campos consiste menos em uma tradução no sentido estrito do que naquilo que ele mesmo chama uma "transleitura", isto é, na mais pura tradição poundiana, uma experiência de criação, de recriação e de crítica que se explica pelo que Max Bense designa como a "fragilidade" da informação estética da poesia, fragilidade em boa parte devida à "confusão" do nome de um objeto ou de uma pessoa com sua noção global. Este é, por exemplo, o caso de Max Bense quando lido por Ponge:

Pois bem, tanto na personalidade quanto no nome de Max Bense, fiquei impressionado, desde o início, por algo que se comprime antes

---

[27] Haroldo de Campos reuniu seus dois artigos e sua tradução de *L'araignée* em *O arco-íris branco*. Rio de Janeiro: Imago, 1997, p. 201-25.

da ação e se tende como uma mola, algo que cruza, que põe em forma de cruz de Santo André suas forças e sua energia (Max) antes de explodir (Bense). [...] Enérgico e fogoso, dotado de uma contenção, de uma densidade (*bens*idade) extrema, dá a impressão da maior força: irradiante, mas contida com rédeas curtas (*máx*imas) ("Pour Max Bense", NNR, 27)[28].

A motivação dos signos passa a ter, quando nos colocamos na órbita do concretismo poético, bem pouca utilidade. Nada, com efeito, é mais difícil do que nomear um objeto, sobretudo para quem se diz poeta "objetivista" e procura apoiar-se em uma física e em uma *ethymologia*[29] que façam do prazer, e mesmo do gozo, a motivação do dizer. Seria preciso interrogar-se sobre o papel de Ponge numa época da poesia em que o retorno dos objetos destrói progressivamente a enunciação lírica sem, no entanto, excluir o gozo. Fundamentando-se nas teorias de Bense (que se fundamenta por sua vez em Mallarmé, Arno Holz e Gertrude Stein), Kate Hämburger debruçou-se sobre o problema da fronteira entre a poesia objetal e a poesia da enunciação comunicacional. Pôde assim mostrar que a função da palavra em Ponge é designar intencionalmente antes a idéia do objeto do que o próprio objeto. Nessa perspectiva, os poemas de Ponge se aproximam dos de Bense e rompem com a "época" de Novalis, uma vez que consistem em um processo lingüístico que relaciona a coisa com a língua e escapa à enunciação de um sujeito lírico do qual proviria o sentido[30]. Eis por que, a partir do momento em que decide tomar a pena para combater sua dificuldade de expressão, para quebrar a resistência à descrição que o mundo oferece, Ponge sabe que deve inventar um novo gênero, no qual o sujeito é acima de tudo *prático*, e não mais lírico, o que não o impede de fazer frutificar, como Paul Celan, a emoção, contanto que ela vá além do simbolismo mallarmeano espargindo o prazer da repetição no espaço universal dos signos. Deve, portanto, aproveitar toda a extensão da página, se quiser chegar, em seus dossiês de escritura, a dar a palavra ao mundo mudo, a dar uma linguagem às coisas, sem que elas desdenhem o sentido humano que nós lhes imprimimos. Contra a reza, a pragmá-

---

[28] É oportuno lembrar que João Cabral manteve também um laço estreito com Max Bense. Ver "Acompanhando Max Bense em sua visita a Brasília, 1961". In: *Museu de tudo*. Rio de Janeiro: José Olympio, 1975, p. 4.

[29] Pierre Guiraud distingue entre "etimologia" e "ethymologia". A segunda designaria uma figura que estabelece entre dois nomes uma aproximação sem fundamento em alguma relação genética (por exemplo: "densidade" e "bensidade", de Bense). Ver "Étymologie et ethymologia (Motivation et rétromotivation)". *Poétique*, Paris: Seuil, n. 11, 1972, p. 405-13.

[30] *A lógica da criação literária*. Trad. Margot P. Malnic. São Paulo: Perspectiva, 1975, p. 175-94.

tica, mas uma pragmática que saiba utilizar os recursos formais da invocação. A força vem do signo, o qual joga simultaneamente com o referente (o indivíduo Max Bense), com o significante (*bens* e *max*) e com o significado (a noção de poder). O poder do *max* e do *bens* provém da língua, uma vez multiplicada sua força muscular.

É com base nessa constatação que Haroldo de Campos, como Lautréamont em *Les chants de Maldoror*, abre o ventre da Aranha jogando com o significado e com o próprio signo. Trata-se menos de promover a transparência da tradução literal do que de construir relações de isomorfia:

> Admitida a tese da impossibilidade em princípio da tradução de textos criativos, parece-nos que esta engendra o corolário da possibilidade, também em princípio, da re-criação desses textos. Teremos, como quer Bense, em outra língua, uma outra informação estética, autônoma, mas ambas estarão ligadas entre si por uma relação de isomorfia: serão diferentes enquanto linguagem, mas, como os corpos isomorfos, cristalizar-se-ão dentro de um mesmo sistema[31].

Em outros termos, o tradutor não trai a não ser quando procura petrificar a língua poética tentando fixar o sentido. A recriação e a leitura não são operações apenas semânticas; são também operações significantes que apostam no aspecto concretista do texto. Traduzir, ler ou recriar Ponge em português não consiste simplesmente em fazer passar "A Aranha" do francês para o português, mas em fazer passá-la do pongiano em língua francesa para uma nova produção pongiana, autônoma, em língua portuguesa[32]. Trata-se de operar no nível do idioleto pongiano, sem esquecer o socioleto, colocando a "insuficiência" como fecho de abóboda do empreendimento meta/poético que insere no poema o objeto exterior e o objeto interior. Wladimir Krysinski assim define o idioleto pongiano: "É uma linguagem recentrada, é uma máquina cibernética e um computador verbal que registram e programam os dados de outros idioletos de forma a relativizá-los, pô-los de lado, mostrar sua inadequação ou sua adequação perante o mundo das coisas"[33]. Para que a operação de tradução tenha alguma possibilidade de êxito, para que o programa de tradução torne compatíveis na história as duas línguas, ou a multiplicidade das línguas poéticas, deve-se pro-

---

[31] Haroldo de Campos. "Da tradução como criação e como crítica". In: *Metalinguagem & outras metas*. 4. ed. São Paulo: Perspectiva, 1992, p. 34.

[32] Ver *infra*, a esse respeito, a seção "O canteiro da tradução", e especialmente a subseção "Do francês pongiano a um português pongiano".

[33] "Ponge et les idiolectes de la poésie moderne". *Études françaises*, v. 17, n. 1-2, p. 70.

gramar os signos de tal maneira que eles sejam colocados em estado de funcionamento, o que supõe que edifiquem uma arquitetura verbal distinta na tradução. Mais do que nunca, a tradução torna-se leitura.

Vejamos de que maneira uma palavra-montagem como "échriveau" passa concretamente pela prova do estrangeiro. Haroldo de Campos a lê como "escrivelo comfuso", o que explica assim: "Tratava-se de traduzir uma palavra-montagem de Ponge, *échriveau*, que inclui: *écrivain* (escritor), *écheveau* (novelo) e *échevin* (escabino, antigo magistrado). Estendi o jogo para a palavra *confuso*, que grafei com *m*, para permitir a leitura *com fuso* (de fiar). *Escrivelo* junta *escriba*, *escritor* e *novelo*. Na variante, propus: *Escrivelo novelo* (esta última palavra fazendo as vezes de 'meada' e de 'novo', 'novel')" (*Folha de S.Paulo*). É a lição de Pound traduzindo poemas chineses sem conhecer a fundo a língua chinesa, lição que autoriza Haroldo de Campos a traduzir Maiakóvski, o *Gênese* ou ainda Motoyiko Zeami. Sendo o sentido concebido aqui como um suporte de dois níveis (genotexto e fenotexto), a tradução de uma mesma palavra pode flutuar em função do jogo da significância, sendo a materialidade indissociável da espessura semântica. Mas a materialidade não pode ser reduzida, contrariamente ao que sustentava Gérard Genette[34], a uma motivação pura e simplesmente gráfica, ela também é motivada por aproximações homo*fônicas*. Assim, a mimografia e a mimofonia se conjugam nos deslizamentos etimológicos para abrirem o espaço semântico do texto.

É nesta ótica que conviria examinar atentamente o conjunto da recriação de Haroldo de Campos, cujo mérito certo é levar em conta, no decorrer da operação tradutória, a fenomenologia dos significantes própria de Ponge ou aquilo que se pode chamar com Gérard Dessons a *maneira* do poeta, isto é, sua própria semiótica, que se coloca em uma relação crítica e icônica com a língua, deslocando as relações significantes do socioleto[35]. Mas parece-me necessário, acima de tudo, justificar por que não posso estar inteiramente de acordo com Haroldo de Campos no que concerne à "sintaxe tradicional" de Ponge. Nosso próprio trabalho de tradução da *Mesa* e de outros textos levou-nos efetivamente a ver que a normatização sintática muitas vezes é apenas aparente e encobre uma relativização e mesmo uma violação da língua, de modo que as condições de gramaticalidade, e até de compreensibilidade, se encontram em numerosas passagens seriamente postas em questão[36].

---

[34] "Le parti pris des mots". In: *Mimologiques*. Paris: Seuil, 1976, p. 377-81.

[35] "La manière est le poème même". *Littérature*, Paris: Larousse, n. 100, déc. 1995, p. 81-91.

[36] Limitamo-nos aqui, a título de ilustração, a dois exemplos de procedimentos encontradiços em Ponge. O primeiro é o uso da operação dupla de supressão-adjunção desig-

Ressalve-se, porém, que, como os tradutores brasileiros de Ponge têm abordado textos em que se evidencia menos o trabalho de reescritura como essencial à poesia — característico dos textos *inacabados* e *inacabáveis*, como é o caso da *Mesa* —, os perigos que dizem respeito à sintaxe dita tradicional têm sido mais ou menos eludidos.

Posto isso, a tradução de Leonor Nazaré, lançada em Portugal (*O caderno do pinhal*. Lisboa: Hiena, 1984), deve ser tratada com sincero respeito, visto ser a única que até o momento se defrontou com um dossiê de escritura, e não dos menores: *Le carnet du bois de pins*, escrito por Ponge durante a Segunda Guerra, inicialmente publicado em Lausanne

---

nada silepse. Segundo o Grupo µ (que se inspira nas teorias de Max Bense), "a *silepse* designa qualquer falta retórica contra as regras de concordância entre morfemas e sintagmas, quer se trate de uma concordância de gênero, de número, de pessoa ou de tempo". Uma das formas da silepse utilizada por Ponge é o anacoluto. Produto de uma ruptura de construção, verifica-se quando "ao sintagma nominal sujeito que os primeiros elementos da frase implicavam (construção participial, adjetivos em aposição) se substitui, por exemplo, um outro, de concordância diferente", como ocorre nestes versos de Ponge citados pelo Grupo µ: "Bâtie sans beaucoup de façons, / L'herbe, le Temps, l'oubli l'ont rendue extérieurement presque uniforme" ["Construída sem muitos cuidados, / A grama, o Tempo, o esquecimento a tornaram exteriormente quase uniforme"] (*Rhétorique générale*. Paris: Seuil, 1982, p. 78 e 80). Silepse..., sem considerar que, de um ponto de vista gerativo-transformacional e distribucionista, a combinação do verbo *construir* com o sintagma nominal objeto *a grama* produz uma cadeia sintagmática não estereotipada, ou incompatível, no uso não-poético da língua.

Um segundo procedimento muito freqüente em Ponge, esta vez ligado ao humor, é o calembur. No sentido mais geral, o calembur engendra um equívoco decorrente de figuras tais como a silepse, a palavra-montagem, o trocadilho, o asteísmo, a paronomásia. Certos calemburs jogam ao mesmo tempo com o sentido próprio e o sentido figurado de um termo e são freqüentemente, de acordo com Catherine Kerbrat-Orecchioni, construídos atrelados, "isto é, o significante funciona como base de incidência de dois determinantes que não selecionam o mesmo semema". Albert Henry observa que essa atrelagem, que constitui um zeugma não-conforme, pode ser sintaticamente homogênea ("Vestido de probidade cândida e de linho branco", Victor Hugo) ou sintaticamente heterogênea, acentuando o efeito de incoerência. Este último caso é exemplificado com uma frase extraída de "Le papillon" ("A borboleta") do *Parti pris des choses*: "Minuscule voilier des airs maltraité par le vent en pétale superfétatoire" ["Minúsculo veleiro dos ares maltratado pelo vento como pétala superfetatória"] (A. Henry, "L'étymologie littéraire". *Revue de linguistique romane*, Strasbourg: CNRS, n. 211-212, juil./déc. 1989, p. 319). Esse tipo de construção sintática, esse calembur, coloca o problema da pretensa descrição/leitura objetivista do mundo. De acordo com Michael Riffaterre, a analogia floral (borboleta/pétala) é sentida como uma não-gramaticalidade e, para não ser vista como um não-senso puro e simples, remete a uma gramática da contigüidade (no código "borboleta", a flor é metonímica da borboleta). No entanto, Riffaterre mostra que essa analogia floral é a menos problemática do poema e propõe a leitura desta outra passagem: "Il [le papillon] pose au sommet des fleurs la guenille atrophiée qu'il emporte et venge ainsi sa longue humiliation amorphe de chenille au pied des tiges" ["Ela [a borboleta] deposita no topo das flores o trapo atrofiado que carrega e vinga assim sua longa humilhação amorfa de lagarta ao pé dos caules"] ("Ponge intertextuel". *Études françaises*, v. 17, n. 1-2, p. 83-4).

Ver, na seção "O canteiro da tradução", a respeito da agramaticalidade como índice de significância poética: "A significância do texto poético"; a respeito da tradução de aspectos dessa agramaticalidade: "Do francês pongiano a um português pongiano".

por Mermod em 1947, e novamente, pelo mesmo editor, em 1952, em *La rage de l'expression*. Além da relação entre o conhecimento e a expressão examinada através de um diário que inclui até apêndices e uma vasta correspondência (infelizmente não traduzidos) entre Ponge, Gabriel Audisio e Michel Pontremoli (a quem, aliás, é dedicado o texto) — correspondência na qual são discutidas questões fundamentais, como a restituição do objeto, a revelação do método pongiano (aproximado por Audisio de sua própria *Ballade de Dee-Why* e do *Journal des faux-monnayeurs*, de Gide), o "ofício poético" e o obscurantismo (de Kierkegaard a Bergson, passando por Rosenberg), a higiene corporal e intelectual —, esse longo poema de cerca de quarenta páginas lança luz sobre o problema da métrica pongiana. Na medida em que a poesia "está naquilo que não se dá como poesia [e em que ela] está nos rascunhos encarniçados de alguma manifestação do novo enlace" ("Le monde muet est notre seule patrie", P, 198), a métrica não pode ser abordada em função de simples dados quantitativos ou estatísticos, mas deve também considerar dados qualitativos. Em *Pour un Malherbe*, Ponge precisa:

> Marcar bem a diferença entre os números da geometria, da matemática, — e os do Verbo, do Mundo sensível. Uns são apenas divisões quantitativas da Unidade; os outros, as espécies da Pluralidade, das variedades da vida. Harmônicas ou divisões *qualitativas* da Unidade.
> [...]
> A poesia é então a *ciência* mais perfeita, e não a Matemática, nem a Música (137).

Uma métrica (ou uma proemática) pongiana é, portanto, uma métrica qualitativa, e isso porque cada um dos objetos dita a poética a ser seguida, o que nos obriga a considerar a física da poesia sob o ângulo da Variedade, a qual remete ao modelo lucreciano. Ora, parece que, quanto mais os textos se aproximam de paradigmas fundadores da obra (por exemplo, no *Carnet du bois de pins*, a relação entre, por um lado, a floresta, a árvore, a madeira e, por outro, o Pai, a morte), mais parece confirmar-se a tendência à contagem regular das sílabas e a um certo classicismo.

O problema que se coloca é, por conseguinte, saber como estabelecer a métrica de uma obra cuja cientificidade depende de uma variedade qualitativa e que, salvo justamente no *Carnet du bois de pins* e em alguns outros textos, parece confundir no proema o verso e a prosa, que são, no entanto, para quem se fia na concepção de Tynianov, dois sistemas fechados cujos ritmos respectivos mostram diferenças funcionais[37].

---

[37] *Le vers lui-même. Problème de la langue du vers.* Paris: UGÉ, 1977, p. 77-8.

Qualquer que seja a posição quanto a essa concepção, é certo que ela tem a vantagem de salientar a que ponto Ponge testa os limites formais de sua própria prática, avaliando os recursos de cada um dos sistemas, sabendo, todavia, que talvez só seja no nível da macroestrutura do dossiê que se poderia eventualmente destacar uma métrica.

Encontram-se, ao longo das dezesseis "versões" do *Carnet du bois de pins*, certas correspondências, certas regularidades no nível das rimas (por exemplo, rimas internas motivadas pela etimologia, pelo sentido, mas igualmente rimas leoninas) e mesmo das estrofes, o que pode surpreender o leitor que nos acompanhou até aqui. Mas basta observar que os versos alexandrinos com rimas ricas estão muitas vezes assistematicamente dispersos através do poema para se compreender que a cristalização métrica é impossível. A textualidade fragmentária permite jogos permutacionais com, no máximo, uma tendência à metrificação. O texto constitui um espaço dinâmico em movimento perpétuo no qual a relação entre os enunciados parece uma parada fundamental: "Seu movimento tateante procura uma melhor adequação da linguagem a seu objeto. As diversas versões representam ainda um espaço onde todos os possíveis podem se exercer, concorrer uns com os outros, se provocar, rivalizando entre si, fazendo da arte poética uma busca cujo dinamismo importa mais do que descobertas eventuais"[38]. Não conviria acrescentar que essa adequação é impossível e só pode ser constantemente adiada porque Ponge, ao aproximar-se das coisas para escutar sua voz, não procura nem deformar nem destruir o real?

Por isso, a parada da métrica não é aqui tão quantitativa quanto qualitativa ou, em outros termos, sonora. Esta é uma lição do barroco Malherbe, lição também seguida na poesia brasileira, na linha que conduz do maneirismo de Gregório de Matos ao neo-romantismo de Manuel Bandeira, passando pelas poéticas polirrítmicas de Gonçalves Dias ("Canção do exílio") e de Sousândrade ("O inferno de Wall Street"). A exemplo da madeira da mesa, o pinhal soa e imprime uma melodia precisa que autoriza certos ritmos (os da fuga) e impede outros. Ponge apresenta cinco pares de alexandrinos indeformáveis para testar diferentes combinações de "suítes" entre eles. Entre as combinações propostas, uma "suíte", diz ele, é desaconselhável, a saber:

> *Des épingles à cheveux odoriférantes*
> *Secouées là par tant de cimes négligentes*

---

[38] Salete Catão Grisi. "O incessante refazer do pensamento múltiplo no poema *Le bois de pins* de Francis Ponge". Comunicação apresentada no Congresso da Anpoll, 1994, versão datilografada.

Par cette brosserie haut touffue de poils verts
Aux manches de bois pourpre entourés de miroirs

Dos ganchos de cabelo odoríferos
Para ali sacudidos por tantos cimos negligentes

Por esta amálgama de escovas com frondosos pêlos verdes
De cabos de madeira púrpura rodeados por espelhos

Que argumento aduz o poeta para justificar a eliminação desta seqüência entre mais de quinze outras propostas? Simplesmente o fato de se ouvir repetida a preposição *par* em dois versos consecutivos. Ora, a tradução de Nazaré repete igualmente a preposição *por*, o que implica que a mesma seqüência também é desaconselhável em português, pela mesma razão. Além da sonoridade, pesam no argumento do poeta a estilística e a semântica.

A tradução poética levanta muitas vezes o dilema de optar por maior fidelidade no nível da semântica ou no nível da versificação, na medida em que se podem considerar separadamente esses dois níveis do texto. Os versos alexandrinos, mesmo instáveis, que evidenciam a tendência de Ponge à metrificação, foram vertidos sem a preocupação com a versificação (pés, cesuras, rimas), resultando em versos livres. Em outras partes, o efeito criado por ritmos poéticos ou por inversões sintáticas poéticas no texto francês foi frustrado na tradução pela adoção da ordem sintática direta das palavras. De um modo geral, a tradução de Leonor Nazaré, embora em diversas passagens tenha evitado o uso dos equivalentes naturais mais próximos em favor de outros, com alterações mais ou menos graves do sentido, manifesta que ela priorizou a semântica, procurando dar conta do dito.

Cumpre mencionar, no capítulo das traduções, aquelas propostas por Júlio Castañon Guimarães no número de março/abril/maio de 1989 da *Revista USP* para alguns poemas extraídos de diversas coletâneas. Várias dessas traduções haviam sido publicadas nove anos antes em uma coletânea organizada pelo mesmo tradutor e intitulada *13 escritos* (Ilha de Santa Catarina: Noa Noa, 1980)[39]. No texto introdutório

---

[39] A edição de luxo de 1980, além de um fac-símile de "La nouvelle araignée" ("A nova aranha"), compreendia: "La cigarette" ("O cigarro"), "Le feu" ("O fogo") e "Le morceau de viande" ("O pedaço de carne"), tirados do *Parti pris des choses*; "Le parnasse" ("O parnaso") e "Témoignage" ("Testemunho"), tirados de *Proêmes*; "Le paysage" ("A paisagem") e "Le soleil fleur fastigiée" ("O sol flor em fastígio"), tirados de *Pièces*; "Inscriptions en rond sur des assiettes" ("Inscrições circulares em pratos"), "Le magnolia" ("A magnólia"), "À la rêveuse

às traduções apresentadas na *Revista USP*, o tradutor lembra que *Museu de tudo e depois*, que reúne os últimos livros de João Cabral, se abre com uma epígrafe de Ponge: "Est-ce la poésie? Je n'en sais rien, et peu importe" ("Será isso poesia? Não sei, e pouco importa")⁴⁰. Castañon Guimarães observa também que Murilo Mendes, em seu "Texto de informação" (in: *Convergência*), define sua nova prática poética serial utilizando quatro neologismos construídos a partir de quatro nomes de criadores: "Webernizei-me. Joãocabralizei-me. / Francispongei-me. Mondrianizei-me"⁴¹. A combinação desses neologismos reafirma a importância em Ponge da *foné*, mas de uma *foné diferancial*, ou de uma escritura que rompe virtualmente com a metafísica da escritura alfabética ocidental. O programa pongiano não se constrói, portanto, sobre o modelo do programa logocêntrico, do esquema da secundariedade, mas sobre o de um processamento de texto que permita uma escritura *hipermaterial*, finalmente *desmentalizada*.

Já propus que se leia Ponge como o último escrevedor da escritura. Eu falava, evidentemente, da escritura metafísica, e não da escritura sem sujeito idealista que seria realizável na era do processamento de texto e com a Internet. Isso porque Ponge terá sido o primeiro escritor a fazer dos rascunhos o próprio lugar da poesia concebida como poética histórica, mas virtual. Se sua obra já é possibilitada pelo processamento de texto, é porque ele escreve *sem pensar*, no sentido de exteriorizar instantaneamente o primeiro jato sem que este jamais seja precedido de uma versão mental⁴². Ponge terá antecipado o processamento de texto, procurando tornar audível o "primeiro jato", expondo no vídeo da página a visualização inicial.

---

matière" ("À sonhadora matéria") e, mais surpreendente (pois se trata, na realidade, de uma tradução, por Ponge, de versos de Ungaretti), "Apocalypses" ("Apocalispses"), tirados do *Nouveau recueil*.

No trabalho apresentado em 1989, o tradutor seleciona dez textos: os três textos do *Parti pris des choses*, além de "L'insignifiant" ("O insignificante"), "Le paysage", "Le soleil fleur fastigiée", "Apocalypses" (em uma versão desta vez mais extensa) e "À la rêveuse matière". Os textos deixados de lado são substituídos pela abertura de "My Creative Method" (*Méthodes*) e pela de "Berges de la Loire" ("Margens do Loire"), tiradas de *La rage de l'expression*. A esses dez textos ou extratos de textos somam-se os dois primeiros parágrafos de "Notes pour un coquillage" ("Notas para uma conchinha"), extraídos do *Parti pris des choses* e traduzidos por Leda Tenório da Motta.

⁴⁰ *Museu de tudo e depois. Poesia completa II*. Rio de Janeiro: Nova Fronteira, 1988.

⁴¹ In: *Poesia completa e prosa*. Rio de Janeiro: Nova Aguilar, 1995, p. 706. Eu mesmo já aproximei as práticas de João Cabral das de Ponge (e de Lautréamont...) em "A própria morte: o pensamento do poema". In: Maria do Carmo Campos, org. *João Cabral em perspectiva*. Porto Alegre: Ed. da UFRGS, 1995, p. 17-36.

⁴² Retomo aqui as proposições de François Récanati, que mostra como a relação entre "trabalho interno" (versão mental do texto) e "trabalho externo" (versão escrita) se vê

Não é por acaso que, em sua breve introdução aos *13 escritos*, Castañon Guimarães insiste no fato de que a fenomenologia pongiana, ao retomar a fenomenologia mallarmeana, permite relançar os dados visando a romper mais decididamente ainda com a linguagem de cada dia, presa na logorréia que acaba por sufocar a expressão. Talvez não seja exagerado relacionar o hipermaterialismo semântico e virtual àquilo que ele qualifica, com uma fórmula feliz, de "higiene semântica". Interrogando-se sobre a maneira de traduzir a forma proemática, o tradutor afirma a necessidade da invenção, fundamentando-se nesse sentido nas próprias traduções que Ponge fez de Ungaretti e que estão, do ponto de vista da correspondência e da exatidão, infinitamente distantes do "original". Defende assim a idéia de que traduzir Ponge — e, mais amplamente, traduzir poesia — leva a utilizar recursos polissêmicos da língua de chegada, mesmo quando estes estão ausentes no texto de partida, o que permite de alguma forma compensar a perda inicial e mergulhar o texto *inventado* em uma nova constelação significante. À recriação ou à transleitura de Haroldo de Campos responde assim o que Castañon Guimarães chama de "transverberação de leitura", isto é, como salienta em sua apresentação das traduções publicadas na *Revista USP* (que retoma, no essencial, as proposições da introdução aos *13 escritos*), uma tradução concebida com razão, antes de mais nada, como uma leitura que encena a polissemia do texto e do fazer poéticos, princípio que se harmoniza muito bem não somente com a tradução dos poemas ditos fechados, mas igualmente com a dos rascunhos.

Algumas outras traduções de Ponge foram publicadas em português. Cláudio Veiga, em sua *Antologia da poesia francesa* (Rio de Janeiro: Record, 1991), procura dar um panorama abrangente, apresentando obras da poesia francesa do século IX ao século XX em edição bilíngüe. No século XX, entre nomes como Paul Éluard, Philippe Soupault, Louis Aragon, Jacques Prévert, Jean Tortel e outros, encontramos Francis Ponge através de uma amostra de três textos: "Pluie" ("Chuva") e "La bougie"

---

modificada pelo processamento de texto e pela ausência de suporte papel: "Não receio, no vídeo, escrever (para trabalhá-las, não para conservá-las tais quais remetendo-as diretamente à impressora) frases que eu teria repugnância em deitar, como se diz, no papel, mesmo tratando-se apenas de um rascunho. A razão é, provavelmente, que trabalhar um texto no papel é bastante custoso em rasuras e recopiagens, de maneira que é preferível fazer mentalmente uma parte considerável desse trabalho, mesmo ao preço dos inconvenientes que acarreta a ausência de visualização. O rascunho em papel deve ser tão definitivo quanto possível, e nunca se trata de um verdadeiro primeiro jato: o primeiro jato é mental. Mas o trabalho "externo" do texto é tão facilitado pelo emprego das técnicas eletrônicas que a preferência se encontra invertida. Não há mais razão, quando se utiliza o processamento de texto, para não exteriorizar instantaneamente o primeiro jato". In: Jean-François Lyotard & Thierry Chaput, orgs. *Les immatériaux. Épreuves d'écriture.* Paris: Éditions du Centre Georges Pompidou, 1985, p. 56.

("A vela"), de *Le parti pris des choses*, e "Le soleil titre la nature" ("O sol intitula a natureza"), pequeno extrato do poema "Le soleil placé en abîme", de *Pièces*. Redigindo com fluência e elegância em português, Veiga toma bastante liberdade, e mais do que Castañon Guimarães, no que se refere ao léxico, à ordenação sintática e mesmo à pontuação dos poemas de partida, produzindo textos superdeterminados pelo idioleto do tradutor, apagando assim aspectos da significância da máquina pongiana[43].

Carlos Loria, por sua vez, publicou *O seixo* (Salvador: Audience of One, 1994), tradução de "Le galet", poema de ressonância monumental e cósmica que fecha *Le parti pris des choses*. Certamente não é pequeno o desafio de um texto assim, e a iniciativa de traduzi-lo é um indício de que o tradutor percebeu o lugar estratégico que ocupa na obra do poeta. A leitura do texto português revela, uma vez mais,

---

[43] Limitamo-nos a focalizar alguns exemplos, entre outros. Primeiro, quanto ao léxico. Em "Chuva", ao traduzir *berlingots*, Veiga optou por *caramelos*, e Castañon Guimarães, por *balas*, quando o sistema geométrico-lucreciano do poema convoca predominantemente, não o sentido do gosto, a guloseima, mas sim o sentido da vista, a *forma* dos *berlingots*, elemento de diferenciação específica normalmente integrado à sua definição nos dicionários. Esse sentido contextual parece ser reforçado pelo epíteto *convexes*. Como assinalam o *Petit Larousse* e Ian Higgins em sua edição crítica de *Le parti pris des choses* (London: Athlone Press, 1979, p. 83), essa forma é a de um tetraedro. O segmento "Sur des tringles, sur les accoudoirs de la fenêtre la pluie court horizontalement tandis que sur la face inférieure des mêmes obstacles elle se suspend en berlingots convexes. Selon la surface entière d'un petit toit..." poderia, por exemplo, ser vertido assim: "Em tríglifos, nos peitoris da janela a chuva corre horizontalmente enquanto na face inferior dos mesmos obstáculos ela se suspende em tetraedros convexos. Seguindo a superfície inteira de um pequeno telhado..." Em "A vela", perguntamo-nos por que Veiga traduz *papillons miteux* por *mariposas*. Talvez associe o adjetivo *miteux*, que significa "em estado lamentável", ao substantivo *mite*, que designa uma pequena borboleta esbranquiçada noturna cujas larvas roem os tecidos. O apagamento do sema de aspecto miserável inverte a desromantização, efetuada por Ponge, da borboleta, tradicionalmente símbolo de graça e de leveza.

No nível da ordenação sintática, os tradutores procedem a freqüentes inversões de segmentos em relação aos textos de partida. Será a elegância ou a norma lingüística que leva Veiga a traduzir "La nuit parfois ravive une plante singulière..." por "Às vezes, a noite reaviva uma planta singular..."? Ressalve-se que tanto a ordem em português poderia ser mantida idêntica à da frase francesa, e sem vírgula, como Ponge poderia ter redigido na ordem sintática adotada na tradução, com ou sem vírgula. Mas, levando em conta a dimensão teórica atribuída pelo poeta aos *incipit*, pode-se considerar significativo o fato de o texto intitulado "La bougie" ("A vela") iniciar com o sintagma "La nuit" ("A noite"), ressaltando de imediato a oposição luz/escuridão.

Não seriam os mesmos critérios estilísticos e normativos que conduziram Castañon Guimarães a traduzir "Un corps a été mis au monde et maintenu pendant trente-cinq années dont j'ignore à peu près tout..." por "Um corpo, do qual quase tudo ignoro, foi posto no mundo e mantido durante trinta e cinco anos..." ("Témoignage", "Testemunho")? Além de uma tendência à estetização, não estaria se manifestando uma tendência a facilitar a leitura, correndo assim o risco de quebrar os elos lógicos de engendramento, isto é, a progressão dos enunciados segundo os processos de concatenação sintática?

uma redação preocupada com a correção da língua, com a elegância na sintaxe (inversões de intenção estilística) e uma pontuação acurada (acréscimos de vírgulas, de travessões), "melhorando", "corrigindo", quando se sabe que Ponge transgride leis da sintaxe, da pontuação e da hierarquia dos signos de pontuação — comuns ao português e ao francês —, provocando efeitos de agramaticalidade, integrantes da significância. Basta ler o segundo dos *Douze petits écrits*, para percebermos que Ponge não procurava escrever num "belo estilo", mas sim, "com um estilaço desfigurá-la um pouco esta bela linguagem" (TP, 10). Loria, passando ao largo dos trópicos da retórica, optou pela tradução dita hipertextual e aceitável[44].

No Caderno 3 da *Tarde*, de Salvador, os leitores depararam, em 14 de setembro de 1996, quatro poemas, em edição bilíngüe, de *Le parti pris des choses*, traduzidos por Carlos Loria e Adalberto Müller Jr.: "Le cageot" ("O engradado"), "Les plaisirs de la porte" ("Os prazeres da porta"), "L'huître" ("A ostra") e "Le gymnaste" ("O gymnasta")[45]. A exemplo do que foi anotado acima a respeito do *Seixo*, aqui também, embora em menor escala, a busca de uma expressão feliz levou os tradutores a alguns procedimentos de inversões sintáticas e a acréscimos de sinais de pontuação[46]. Malgrado essa reserva, cabe ressaltar os mé-

---

[44] Ver, a respeito desses conceitos, a seção "O canteiro da tradução", p. 132-5 e 146-8. A preocupação do tradutor do *Seixo* com o leitor pode levar este a se sentir subestimado, uma vez que, em diversas passagens, a dificuldade de decodificar o texto francês para apreender sua coerência é facilitada em português, quando, por exemplo, se substituem pronomes anafóricos (*ela, ela, ele*) pelos substantivos referidos (respectivamente *a água, a onda, o seixo*) que se encontram a certa distância (p. 15), ou se repete várias vezes o mesmo substantivo (*gigantes, o mar*) implícito no texto francês (p. 9).

Por outro lado, surpreendem numerosos lapsos em termos de equivalência semântica, como são, para nos atermos a alguns exemplos, os casos da tradução de *naguère* (*outrora*, sobretudo no contexto do *Seixo* que evoca a formação geológica da Terra) por *há pouco* (p. 7, 8); de *aucun d'eux... ne pipe plus mot* (nenhum deles... pia mais) por *alguns deles... se calam* (p. 9); de *des blocs qu'elle [la mer]... ressort de sa bouche* (blocos que [o mar]... expele de sua boca) por *blocos que [o mar]... torna a sair de sua boca* (p. 9-10); de *aussi* (assim sendo, por isso), em início de período, por *também* (p. 12, 16); de *sans signification dans aucun ordre pratique du monde* (sem significação em nenhuma ordem prática do mundo) por *sem qualquer significação de ordem prática no mundo* (p. 13); de *nombre* (número) por *nome*, como se palavra espanhola fosse (p. 13).

[45] Voltaram a publicar dois desses textos, "O engradado" e "A ostra" (este em nova versão), na *Gazeta do Povo*, de Curitiba, 2 de fevereiro de 1998, *Caderno G*, p. 8. A seguir, publicaram, em edição bilíngüe, na revista *Dimensão*, Uberaba, n. 27, 1998, p. 113-47, a tradução de dez textos da mesma obra de Ponge: "Chuva", "As amoras", "O engradado", "A laranja", "A ostra", "Os prazeres da porta", "O ciclo das estações", "Bordas do mar", "O gymnasta" e "Anotações para uma concha". Pode-se ler ainda, no apêndice da dissertação de mestrado de Adalberto Müller Jr., a tradução de vários textos de *Le parti pris des choses*, realizada por ele e Carlos Loria.

[46] Assim, para só citarmos um exemplo, a tradução do último parágrafo de "L'huître", texto comentado pormenorizadamente por Ponge (EPS, 107-16, e PUM, p. 281 e *passim*), reú-

ritos das traduções. Um deles encontra-se em "O gymnasta", onde os tradutores mantiveram as rimas internas (*dévaste/devasta, chaste/casta* e *BASTE/BASTA*) do segundo parágrafo, embora não tenham adotado versificação equivalente à do texto francês. Com efeito, uma orelha sensível percebe uma metrificação em três dos cinco parágrafos do poema: o segundo constituiria uma seqüência de dois dodecassílabos, o terceiro, de três hexassílabos e o quarto, de quatro dodecassílabos. Consideramos exitosa também a tradução do título e das palavras-chave do texto "Le cageot". O desafio poético, colocado no início, está relacionado com a forma e o sentido da palavra-título: "À mi-chemin de la cage au cachot la langue française a cageot", vertido por: "A meio caminho de engraçado e degradado a língua portuguesa possui engradado". Em francês, além da proximidade morfofonética entre as três palavras (*cageot* visto como cruzamento de <u>cage</u> com cach<u>ot</u>), há evidentemente um sema comum, o de encerramento, que remete à teoria de Ponge segundo a qual o homem é prisioneiro da linguagem. Felizmente, a tradução de Loria e Müller Jr. preservou a proximidade morfofonética e, semanticamente, por um processo de compensação, aliou um sema eufórico (*engraçado*) a um sema disfórico (*degradado*), ambos legitimados por estarem presentes, embora em ordem inversa, no texto.

Vem de Portugal o conjunto mais extenso de textos do poeta, vertidos para o português por Manuel Gusmão (Lisboa: Cotovia, 1996). Em sua introdução, o tradutor define sua posição: "amarrar o mais possível o texto português ao texto francês. Desde logo na sintaxe." Verifica-se, com efeito, que suas traduções tomam menos liberdades do ponto de vista do léxico, da sintaxe e da pontuação do que as traduções de Veiga, Loria e Müller Jr. Por isso, conseguem melhor "mimar o que no outro é língua diferente e língua que se desfigura um pouco" e evitar o risco de uma "suavização poeticizante" (p. xvii), levando em conta não só a língua, mas igualmente os processos de desconstrução/reconstrução da linguagem e o aspecto discursivo da tropologia pongiana. É nesse sentido que temos insistido na manutenção de uma certa homogeneidade do texto de chegada com o texto de partida em relação à ordenação sintática e à pontuação, não só do ponto de vista da norma lingüística, mas como fatores de construção global do poético.

---

ne exemplos desses procedimentos, com o acréscimo de três vírgulas, a substituição da única vírgula do texto francês por um travessão e a inversão de quatro segmentos: *Parfois très rare une formule perle à leur gosier de nacre, d'où l'on trouve aussitôt à s'orner*, traduzido por: *Mui raro, às vezes, em sua goela de nácar, uma fórmula a parolar em pérola — e alguém encontra logo com que se adornar*. Quanto a *perle*, não substantivo, mas, como afirma Ponge, forma do presente do verbo *perler*, que, intransitivamente, significa "apresentar-se sob a forma de pequenas gotas arredondadas", o português tem o equivalente natural no verbo *perlar* ou *perolar*.

Para uma melhor aproximação desse princípio, tomemos o exemplo concreto do último parágrafo de "L'huître", texto traduzido tanto por Loria e Müller Jr. quanto por Gusmão: "Parfois très rare une formule perle à leur gosier de nacre..." Considerando-se, além da formulação pongiana, as seguintes hipotéticas construções sintáticas:

1 - Parfois, très rare, une formule...
2 - Parfois très rare, une formule...
3 - Très rare parfois une formule...
4 - Très rare, parfois, une formule...
5 - Très rare, parfois, à leur gosier de nacre, une formule perle...
6 - Parfois très rare à leur gosier de nacre une formule perle...
7 - Une très rare formule perle parfois à leur gosier de nacre...
8 - Parfois à leur gosier de nacre une formule très rare perle...
9 - À leur gosier de nacre une formule très rare perle parfois...
10 - À leur gosier de nacre parfois perle très rare une formule...

e outras possibilidades gramaticais, deve-se reconhecer que todas são lingüística e pragmaticamente aceitáveis, porém não discursivamente equivalentes. Por isso, as liberdades que se tomam neste aspecto, quer se trate de Ponge, quer de Cummings, quer de Mallarmé, significam um menor ou maior distanciamento. Deduz-se que Loria e Müller Jr. (construção sintática 5) o fazem, recuperando uma lógica descritiva em nome do bom estilo, ao passo que Gusmão (construção sintática 1) toma o partido da significância. Mesmo se em alguns casos Gusmão como também Castañon Guimarães se afastam de seus propósitos declarados, produzem, de um modo geral, traduções que, no nível da arquitetura global, desencadeiam operações de geração de sentidos homogêneas às dos textos de partida. Essa orientação caracteriza a tradução de "L'araignée" proposta por Gusmão, que procura sobretudo a equivalência semântica e formal, inclusive na versificação dos segmentos metrificados, sem ir até a "transleitura" e a "transcriação", tais como praticadas por Haroldo de Campos, em 1969, em sua tradução do mesmo poema.

Isso quanto às poucas traduções de Ponge em língua portuguesa de que temos conhecimento[47]. Mais de vinte e cinco anos de trabalho, e

---

[47] Acrescentamos as seguintes traduções, realizadas pelos autores da presente obra: "Rum das filifolhas" (Rio de Janeiro: *Poesia Viva*, n. 8, novembro de 1996), "R. C. Seine Nº", "O restaurante Lemeunier — Rua da Chaussée d'Antin" (*Zero Hora*, Porto Alegre, 7 de dezembro de 1996, Caderno *Cultura*, p. 5-6), "A forma do mundo" (*Inimigo Rumor*, Rio de Janeiro: Sette Letras, n. 2, maio-agosto de 1997, p. 42-3), "Fauna e flora", "Entrevista por ocasião da morte de Stálin" (*Folha de S.Paulo*, 14 de dezembro de 1997, Caderno *Mais!*, p. 8-9); em

ainda não dispomos até a presente data de nenhuma coletânea traduzida integralmente, a não ser a do célebre *Parti pris des choses*[48]! Pior: o conjunto atualmente disponível em Portugal e no Brasil contribui para se forjar uma imagem relativamente trivial da obra. Não se trata de responsabilizarmos por essa situação aqueles que aceitaram jogar o primeiro lanço, mas devemos perguntar-nos o que quase sempre (excetuando-se Haroldo de Campos e Leonor Nazaré) os motivou a se aterem quase exclusivamente aos textos que permitem classificar a poesia pongiana no objetivismo ou na fenomenologia.

Por mais rica que seja, a seleção proposta por Gusmão não simplifica as coisas. Embora tenha o cuidado de anexar uma bibliografia e de precisar, em sua introdução, ter sido levado por razões práticas a descartar os textos sobre arte plástica, bem como aqueles que constituem individualmente obras independentes, ficamos cismando diante da exclusão dos dossiês de escritura com o pretexto de serem "cadernos de construção de um poema que, como resultado final, não chega a existir" (p. xv)! É com base nessa pretensa ausência de resultado final que Gusmão se julga autorizado a marginalizar todos os textos da coletânea que constitui o momento de virada da obra de Ponge, *La rage de l'expression,* que, como já assinalamos, inaugura a prática das reescrituras e coloca contra a parede os ideólogos da perfeição do texto acabado, absoluto. Segundo Gusmão, portanto, deve-se escolher, entre as múltiplas versões de *La fabrique du pré,* aquela estrategicamente apresentada como definitiva no *Nouveau recueil* (1967), ainda que seja realmente provisória. A quem perguntasse se a exclusão intencional dos dossiês de

---

edição bilíngüe: "O cravo", "Casal ardente", "Marinha", "A adolescente", "A palavra sufocada sob as rosas" e "Palavras a propósito dos nus de Fautrier" (*Revista USP*, São Paulo, n. 38, junho/julho/agosto de 1998, p. 128-49), precedidas do texto "A defloração das flores de Francis Ponge", de Michel Peterson (p. 119-26); "Das razões para escrever", "Retórica" e "Notas de um poema (Sobre Mallarmé)" (*Zero Hora*, Porto Alegre, 29 de maio de 1999, Caderno *Cultura*, p. 6).

[48] Este é um problema de recepção que ultrapassa em muito o simples caso de Ponge e que concerne tanto ao estatuto da poesia quanto às relações entre as culturas lusófonas e francófonas. Talvez conviesse interrogar-nos por que a poesia pós-simbolista encontra tantas dificuldades para transitar de uma língua/cultura para outra. Na realidade, o caso Ponge, entre inúmeros outros, implicaria uma reflexão epistemológica mais ampla sobre o lugar da poesia nas práticas culturais de nosso século. Eis questões que mereceriam ser levantadas: Por que as instituições de ensino não souberam (ou não quiseram) desenvolver os protocolos de leitura exigidos pela poesia contemporânea? Como pensar o trabalho poético sobre a língua nas sociedades que, de acordo com os pontos de vista, retornam às práticas orais da Idade Média ou rejeitam a mensagem verbal e fetichizam a imagem? Corolário: Como pensar a poesia fora do livro, isto é, nos novos espaços tecnomidiáticos? Em suma, todas essas questões se resumem numa só, intensamente pedagógica: como formar as gerações atuais nas formas emergentes de linguagem? Isso supõe que se ensine e se aprenda a reconhecer tais linguagens, seus novos lugares de manifestação, e que se saiba quem ensina, o quê, por quê, para quê...

escritura não seria devida a sua extensão, bastaria lembrar que "Le soleil placé en abîme", finalmente apresentado aqui em sua integralidade (pois Castañon Guimarães e Veiga só haviam traduzido mínimos fragmentos), e que é um autêntico dossiê de escritura[49], soma mais páginas do que cada um dos textos de *La rage de l'expression*, excetuado "Le carnet du bois de pins".

Ter-se-á compreendido que não se pretende de modo algum desacreditar o ousado trabalho de Gusmão, na medida em que qualquer seleção comporta seu mérito e seus inconvenientes, sendo o mais grave destes o de paralisar as redes de sentidos que se tecem entre os textos de uma mesma coletânea. Desligados das poesias, sátiras e apólogos que constituem de alguma forma seu desdobramento, os dois primeiros textos dos *Douze petits écrits* traduzidos por Gusmão adquirem sem dúvida uma coloração teórica, mas se vêem desfigurados por serem assim puxados para o lado simbolista, quando na realidade definem as modalidades de uma dívida para com o surrealismo, mas também de uma ruptura shakespeariana em relação a seu modelo revolucionário, e até terrorista.

Os efeitos de recepção são ainda mais perversos quando se examina a seleção dos textos do *Parti pris des choses*, que confirma o preconceito de que Ponge se preocupa unicamente com o mundo dos objetos. Só o leitor atento ao processo de antropomorfização pode dar-se conta de que as coisas constituem para o poeta objetos transicionais e de que o verdadeiro objetivo é o homem, representando as coisas um meio de evitar o suicídio. Na última parte de seus *Proêmes*, "Notes premières de 'L'Homme'", escreve: "Entretanto, nunca se tentou — quanto eu saiba — em literatura um sóbrio retrato do homem. Simples e completo. É isso que me tenta" (TP, 243). Como, com as seleções propostas por Gusmão e pelos demais tradutores, captar que *Le parti pris des choses* remete aos manuais de lição de coisas e aos fabulários, propondo-nos um percurso que nos conduz do líquido ("Chuva") ao sólido ("O seixo"), do elemento que degrada (a água) ao signo da perenidade historial (a pedra)? Muito esperto o leitor que descobrir, através do único texto dos *Proêmes* que lhe é apresentado ("O passeio nas nossas estufas", o primeiro texto publicado com a assinatura do poeta), que essa obra constitui uma incontornável suma de reflexões metalógicas e metatécnicas sobre a linguagem (uma seção inteira é, aliás, constituída por uma leitura crítica do *Mito de Sísifo*, de Camus), tendo vários dos textos sido redigidos antes ou no decorrer da redação daqueles que formam *Le*

---

[49] Ver, a esse respeito, entre outros: Jacinthe Martel, "Les blancs du dossier: *Le Soleil placé en abîme*". *Revue des sciences humaines*, Lille: Presses Universitaires de Lille III, n. 4, 1992, p. 117-30.

parti pris des choses. De *Lyres*, apenas um poema, e de *Méthodes*, nenhum!

É menos a seleção como tal que está sendo aqui questionada do que as razões que a ela presidiram. Tratava-se, escreve Gusmão, "de apresentar um conjunto de textos que, de entre os mais facilmente aceitáveis como poemas, pudessem deixar entrever na sua estranheza a diferença complexa da obra de Ponge". Resta saber que critérios e que horizonte de recepção determinam os poemas *mais facilmente aceitáveis* ou, para citar ainda o tradutor, os "textos que podemos julgar mais poderosos e que mais têm atraído as leituras (conflituais) da obra de Ponge", entre os quais se incluem aqueles que comportam "valores emblemáticos ou indiciais" (p. xv). Ora, sobre os fundamentos desse julgamento e desses valores nada nos é dito. O conjunto resultante dessa seleção permite avaliar sua insuficiência, em função, não de um ideal quantitativo, mas da "construção antropológica aberta" induzida pelo "inacabamento perpétuo" dos textos pongianos, que o tradutor apaga tão logo a enfoca (p. xiv).

Dito isso, é fora de dúvida que o imenso mérito do trabalho de Gusmão consiste em proporcionar o acesso a uma seleção que, embora criticável, não deixa de ser extremamente preciosa e capaz de tornar conhecida a parte mais *aceitável* da obra pongiana para um público não restrito aos poetas e aos especialistas da poesia contemporânea. Aliás, a raridade das traduções[50] explica em parte por que a crítica luso-brasileira se debruçou pouco sobre tal obra: até recentemente, apenas olhadas discretas de José Guilherme Merquior, Alfredo Bosi[51] e alguns outros, que geralmente citam o poeta no contexto da poesia objetivista herdeira de uma fenomenologia da percepção. Fora dos textos críticos redigidos por Haroldo de Campos, já citados, a primeira crítica a publicar no Brasil um estudo sobre Ponge foi, quanto eu saiba, Leda Tenório da Motta, no mesmo número da *Revista USP* em que figuram as traduções de Castañon Guimarães.

Leda Tenório da Motta ressalta que o projeto pongiano consiste simplesmente em dizer a coisa. Esse "simplesmente", que pode parecer banal, implica, segundo a crítica, um questionamento da poeticidade, pelo menos para quem se posiciona na perspectiva de Jakobson. Assim,

---

[50] Após a redação deste texto, foi lançada a tradução de partes de uma obra de Ponge em português: *Métodos*. Seleção, apresentação e tradução de Leda Tenório da Motta. Rio de Janeiro: Imago, 1997. Por outro lado, Ricardo Iuri Canko, em sua dissertação de mestrado intitulada *Le "cratylisme" de Francis Ponge à l'épreuve de la traduction*, analisa alguns problemas específicos das traduções de Ponge em português.

[51] José Guilherme Merquior. *Razão do poema. Ensaios de crítica e de estética*. Rio de Janeiro: Civilização Brasileira, 1975, Primeira Parte, cap. 8; Alfredo Bosi. *História concisa da literatura brasileira*. 2. ed. São Paulo: Cultrix, 1975, p. 501.

a poesia não seria mais dominada pela mensagem, mas pelo referente e pela assunção do enunciado, assunção que anula a distinção entre o fenomenal e o sintático e engendra uma geometria da expressão que estuda as propriedades daquilo que Ponge chama "o magma analógico bruto". Fundando-se num classicismo filológico, essa geometria permite entrever a eternidade na inscrição do texto na pedra: daí uma monumentalização concreta de Malherbe, Pai espiritual do poeta. Eu hesitaria, no entanto, em falar de "conveniência entre os signos e seus correspondentes reais", na medida em que a adequação do nome à coisa não implica a dos signos aos referentes, uma vez que estes nunca são inteiramente circunscritíveis e deixam por isso sempre pelo menos uma de suas faces na sombra. Mais do que ser *dominada* pelo referente, a poesia de Ponge talvez o coloque em abismo, a fim de exprimir a impossibilidade de adequação das palavras às coisas. Se Leda Tenório da Motta tem toda a razão ao ressaltar que a oscilação entre a língua imperfeita e os elementos perfeitos da língua remete à dupla orientação postulada por Saussure em seus *Anagramas*, deve-se acrescentar que o procedimento da anagramatização, que atua ao mesmo tempo na descrição do objeto e na inscrição da palavra, engaja uma moral (as palavras, quaisquer que sejam, estão, com efeito, afetadas por um coeficiente de valor) da linguagem cuja conseqüência se avalia pela importância dada à fábula e à poesia encomiástica.

Leda Tenório da Motta desenvolveu e enriqueceu há alguns anos sua reflexão em um excelente estudo no qual qualifica com muita justeza o objeto pongiano como "objeto parcial", expressão que mostra quanto sua incorporação definitiva pelo homem se situa no nível do fantasma e que se articula com a sutil observação de que a cosmologia pongiana não detém as coisas que a mobilizam, distinguindo-a assim efetivamente de obras como as de Jacques Prévert e de Jean Follain. Isso se compreende quando se mede a intransponível distância que separa as coisas dos textos, os quais também compõem um mundo de palavras. Mas é antes de mais nada a resistência dessas coisas — por exemplo, a carne elástica do figo que se opõe aos dentes penetrantes, mas também uma beira-mar cujas rochas são punhais que lançam o homem na tempestade — que desencadeia e orienta as pulsões do poeta. O desafio de Ponge, que consiste, como salienta Leda Tenório da Motta, em dar a palavra às coisas por meio da linguagem do homem, provoca uma raiva tal que a enunciação se vê definitivamente adiada: "Não há em Francis Ponge dizer que em sua forma se contente. Não há a aura da enunciação, a fala criadora, nem se visa, pela construção de um estilo, a um espaço poético, 'à maneira' do real que escapa. Linguagem e objetos, o 'como estético' e o 'quê' metafísico escapam de uma vez só"⁵². Eis por que Ponge desconfia da retórica que permanece ancorada no mundo epifenomenal, isto é, no mundo das idéias e das opinões recebidas. Ora, como falar então do concreto sem cair na armadilha da eloqüência?

É esta questão que permite a Leda Tenório da Motta falar de um assassinato da poesia pelo objeto que comanda paradoxalmente a poética. A poesia torna-se antipoesia, pois regride, por assim dizer, para aquém de si própria na medida em que a estratégia utilizada para escapar à metáfora consiste em recorrer aos étimos e em reencontrar o sentido estrito, ou melhor, original. O problema é que o étimo, longe de garantir a verdade do começo, longe de impedir qualquer interpretação, já é sempre uma interpretação e, ao simular a cena original, nos engana sobre o sentido das palavras, como observava Jean Paulhan. Ninguém o sabe melhor do que Ponge, que recorre aos tesouros do *Littré* para pretender, por exemplo, que o sufixo da palavra *table*, a saber *-able*, designa a possibilidade pura (*-ável*), como se *-able* indicasse, em *confortable*, a possibilidade de conforto! Mesmo se, como lembra Leda Tenório da Motta, as coisas e as formulações se confundem no nível das raízes etimológicas para autorizarem a nominação mallarmeana, o combate hermenêutico não cessa jamais, ainda quando se acredita ter tocado o fundo da língua.

A outra resposta à questão formulada consiste em ressaltar que a lixívia pongiana, que permite, pelo menos idealmente, entrever o sentido original, conduz à formulação de um jargão aparentado com o Verbo mallarmeano, formulação que passa pelo proema: "Escrito para fazer ouvir o enunciado e pôr em surdina a enunciação [...] o 'proema' cuida da continuidade do mundo no contínuo da frase" (p. 117). A palavra está dita: trata-se, como vimos, de *ouvir* o enunciado. De fato, somente a escuta permite sair do campo metafórico, produzindo a partir do pretexto coisal um texto que procede por diferenças etimológicas e que substitui assim a sonoridade por vezes um tanto curta do verso.

Ora, essa escuta atenta nem por isso rasga a visão da realidade imediata, pois esta, avaliada na perspectiva da dúvida montaigniana, fundamenta de fato aqui mesmo neste mundo o fracasso jubilatório de toda descrição. Por isso, num texto em que Tenório da Motta afirma que a obra de Ponge sintetiza para exacerbá-los ironicamente todos os motivos estruturantes da modernidade, ela escreve, visando a novidade do poeta: "Uma expressão que, querendo fazer falar o objeto — o que

---

⁵² "A poesia assassinada por seu objeto: Francis Ponge". In: *Catedral em obras. Ensaios de literatura*. São Paulo: Iluminuras, 1995, p. 110.

não significa que envereda pela prosopopéia, mas implica as lições do apólogo e da fábula — tende à escuta. Uma escuta que vê"[53]. Tendo Deus, o verso e o sujeito sido assassinados, talvez o texto do mundo passe a ser para nós menos hermético; por isso a necessidade de uma obra poética que diga a linguagem dizendo-se e que se dê como fábula metalógica: *Com a palavra* com *começa, pois, a obra da qual a prima tábua assevera a verdade...*[54] E essa verdade, qual é ela senão que é impossível descrever as coisas? Um tal fracasso obriga a combater de maneira enraivecida até que se siga a morte. A prática dos rascunhos é a escritura jorrada no momento desse duelo.

Além dos estudos de que falei, resta o de Inês Oseki-Dépré, que, entre outros, verteu as *Galáxias* de Haroldo de Campos e as *Primeiras estórias* de João Guimarães Rosa e traduziu parte dos *Écrits* de Jacques Lacan. Trata-se de uma minuciosa análise semiológica do primeiro poema do *Parti pris des choses*, "Pluie", análise que, na obra em que está inserida[55], figura significativamente entre um estudo do célebre soneto em x de Mallarmé e o poema de Haroldo de Campos. Inscrevendo-se desde o início na perspectiva de Jakobson no concernente à poetização da metonímia, a tradutora propõe-se a evidenciar os códigos preexistentes ao texto para compreender as estratégias de codificação utilizadas pelo poeta para fazer dele um objeto semiótico. Depois de ter destacado os constituintes frasais e identificado, com base nas coordenações, a oposição sintática geral e as oposições secundárias, procura mostrar que "Pluie", longe de confirmar a forma da descrição, a transforma radicalmente. O exame dos jogos de equivalências e de dissimilaridades semânticas e formais possibilita ler o texto como prática significante, opondo as representações metonímicas ou pronominais-anafóricas da chuva às marcas do sujeito da enunciação.

Ora, é unicamente a consideração do nível fonemático que faz de "Pluie" um texto qualificado por Inês Oseki-Dépré como prosopoético, visto que as estruturas fônicas e prosódicas próprias da poesia vêm reforçar estruturas sintáticas próprias da prosa. É pela análise do ritmo das frases, da duração dos fonemas, das rimas internas e das ali-

---

[53] "Francis Ponge". In: *Lições de literatura francesa*. Rio de Janeiro: Imago, 1997, p. 135 (Col. Biblioteca Pierre Menard).

[54] Parafraseio aqui os dois primeiros versos da extraordinária "Fable" de Ponge: "Par le mot *par* commence donc ce texte / Dont la première ligne dit la vérité..." (TP, 144) ("Fábula": "Com a palavra *com* começa, pois, meu texto, / Do qual a prima linha assevera a verdade...").

[55] "Escrita lúdica: análise semiológica de 'Pluie'". In: *A propósito da literariedade*. São Paulo: Perspectiva, 1990, p. 103-29. Este texto já havia sido publicado duas vezes, primeiro no número de dezembro de 1978 da revista *Sub-Stance*, Madison: University of Wisconsin Press, e depois no número especial de *Cahiers de l'Herne* consagrado a Ponge e publicado em 1986.

terações que somos levados a ver que a descrição se encontra problematizada pela inscrição da materialidade do significante. A tradutora ressalta a dupla matriz que estrutura o poema: uma matriz vertical/paradigmática ("a chuva desce...") e uma matriz horizontal/sintagmática ("a chuva corre horizontalmente..."), estando a primeira encaixada na segunda. Essa oposição (que corresponde à oposição chuva-cortina/chuva-rede) é acrescida de outra, a saber, entre suspensão e queda, o que implica uma série de movimentos que vão do estático ao dinâmico, numa espécie de circularidade que se funda na temática do relógio universal e implica tanto o ouvido quanto a vista (vêem-se as horas passar, mas ouve-se a passagem de uma para outra). O prosopoema, de acordo com Oseki-Dépré, "destina-se sucessivamente à imaginação visual (as fisionomias e configurações da chuva segundo a referência que se substitui a ela, os lugares onde a situamos e principalmente os obstáculos aos quais se depara); à orelha e, enfim, para se fechar (provisoriamente), passa ao auditivo, ao oral, à fala" (p. 124-5). Ao contrário da chuva de Manuel Bandeira, que delineia no famoso "Poema só para Jaime Ovalle" o espaço do mundo interior, do qual os elementos do mundo físico são a alegoria, as redes lexemáticas do texto de Ponge fazem ouvir os ecos particularmente sonoros de um movimento cíclico que desenha, na realidade, uma espécie de alegoria do eterno retorno.

Esta preciosa análise, que ganharia se fosse estendida a um córpus mais amplo, só encontrará leitores no Brasil na medida em que a obra de Ponge for conhecida por um público maior. Ponge teve mais ressonâncias do que se poderia imaginar, como o revela a revisão que acaba de ser feita[56]. Mas a falta de traduções evidentemente restringiu o acesso a sua obra ao público de poetas e universitários que falam ou pelo menos lêem francês.

---

[56] Propus uma análise mais detalhada do percurso da obra pongiana na poesia e na crítica brasileiras no artigo "La marée du concret. Francis Ponge et la poésie brésilienne". *Œuvres & critiques*, Tübingen, Paris: Gunter Narr, Sedes, v. XXIV, n. 2, 1999, p. 97-115.

AS RESSONÂNCIAS DA OBRA NO MUNDO

A situação é bem diferente não só na França, onde Ponge figura até nos currículos dos liceus, mas também na Alemanha, nos Estados Unidos, na Inglaterra e na Itália. Os públicos espanhol, holandês, japonês, polonês, romeno e sérvio-croata também têm atualmente acesso à obra, quer através de alguns textos publicados em revistas (por exemplo, *Sur* em Buenos Aires), quer através de coletâneas com textos selecionados, quer ainda através de obras integrais.

Um dos interesses da obra de Ponge é permitir de alguma forma que se atravesse a maior parte das grandes correntes poéticas e dos grandes movimentos críticos do século XX. Como salientavam Bernard Beugnot e Robert Melançon no balanço dos estudos pongianos que apresentavam há mais de vinte anos, um *Corpus pongianum* constituiria peça essencial de uma estética da recepção da poesia. Em suma, estamos diante de uma produção "que, como qualquer obra autenticamente criadora, teve de criar as condições de sua própria legibilidade"[57]. O movimento perpétuo e as tensões exacerbadas entre o texto e o que se chama, por falta de expressão mais adequada, metatexto, entre a narrativa poética e o discurso reflexivo, só podem ser abordados se se refletir sobre o elo fundamental entre a escritura e a leitura. O caráter auto-reflexivo e, digamos, teórico dos proemas e dos dossiês pongianos chama a atenção menos para a suposta crise de uma ilusória metalinguagem do que para o perigo de qualquer operação de leitura concebida apenas no horizonte da visão. Se há metalinguagem em Ponge, ela está inserida na linguagem, de forma a abrir o "tremor da certeza" e fazer ouvir o concerto das palavras. Quando dizer é fazer, a metalinguagem é uma espécie de ciclotron que acelera as partículas da linguagem. É essa ace-

---

[57] "Fortunes de Ponge (1924-1980)". *Études françaises*, v. 17, n. 1-2, p. 145. A imprecisão das referências e a falta de imparcialidade tornam infelizmente problemática a consulta desse balanço para quem desejar aprofundar pesquisas. A bibliografia crítica organizada por Bernard Beugnot, Jacinthe Martel e Bernard Veck (*Bibliographie critique de Ponge*) oferece finalmente aos leitores uma referência objetiva, ampla e de fácil consulta.

leração que se deve saber escutar através de um conjunto de textos que não se cansam de se ler a si mesmos e de comentar seus próprios avanços, o que explica que a crítica pongiana tenha permanecido por muito tempo prisioneira da paráfrase.

Conhecida nos anos 20 e 30 unicamente através dos testemunhos de amigos fiéis como Jean Hytier, Franz Hellens, Jean Paulhan, Bernard Groethuysen e Gabriel Audisio, a obra começa a conquistar um verdadeiro público a partir do momento em que Sartre publica, em 1944, seu estudo, que ainda continua sendo em boa parte válido (embora tenha anexado o *Parti pris des choses* à fenomenologia), sobretudo no que se refere à intervenção de Ponge na crise da linguagem que se alastrou entre as duas guerras[58]. Recuperada essa obra igualmente por Camus (sendo então confundidos o absurdo da linguagem e o absurdo do mundo) e pelos que procurarão fazer dessa poesia uma poesia revolucionária no sentido primeiro do termo, isto é, uma poesia de combate, só se sairá verdadeiramente das interpretações metafísicas (aliás denunciadas pelo próprio Ponge) no período de Tel Quel (1960-1974), com o qual Ponge romperá por meio de um panfleto de rara violência ("Mais pour qui donc se prennent maintenant ces gens-là?", 1974). Até o Colóquio de Cerisy que lhe será consagrado em 1975, várias análises terão permitido compreender melhor este ou aquele aspecto particular da obra: o humor (Magny, Pierre Schneider), o processo antipascaliano e/ou revolucionário (Georges Mounin, Betty Miller), o materialismo e o antropomorfismo místico (Carrouges), a ciência e a mística (Étiemble), a pintura das naturezas-mortas (Zeltner-Neukomm), a estética da variação (Émile Noulet), entre outros. Na massa dos trabalhos publicados nos anos 40, 50 e 60, deve-se assinalar mais particularmente os de Jean Tortel, reunidos em *Francis Ponge cinq fois*, o belo prefácio de Georges Garampon para *L'araignée* (1952), as incontornáveis análises da relação de Ponge com a tradição poética realizadas por Piero Bigongiari, Suzanne Bernard e Georges-Emmanuel Clancier, os estudos estéticos de Elisabeth Walther, sem contar, entre outras, as importantes contribuições de Maurice Blanchot, Margareth Blossom Douthat, Philippe Sollers, Jean-Pierre Richard, Jean Thibaudeau, Michel Deguy, Pierre Chappuis, Joseph Guglielmi e Jacques Garelli.

Nos anos 60 e 70, a crítica pongiana entra em nova fase, que corresponde à radicalização do projeto do poeta desde a publicação de *La rage de l'expression*, radicalização que abre novas perspectivas filo-

---

[58] Alain Michel lamenta que Sartre não tenha sabido analisar o papel da retórica barroca em Ponge. Ver *La parole et la beauté. Rhétorique et esthétique dans la tradition occidentale*. Paris: Belles Lettres, 1982, p. 401-2.

sóficas ligadas a uma redefinição do espaço e da história literárias com *Pour un Malherbe*. Ponge ingressa então na vanguarda, abrindo o primeiro número de *Tel Quel*. Considerado doravante como um dos vates da textualidade, os estudos e artigos sobre sua obra vão se multiplicando. Se vários deles projetam uma luz interessante sobre este ou aquele ponto, outras contribuições permanecem tão frágeis quanto as leituras ditas ideológicas por causa de seu caráter técnico e pretensamente objetivo, que reduz muitas vezes a obra a um princípio de expansão[59]. É neste período que Ponge adquire renome internacional. Passa a ser estudado na Alemanha e nos Estados Unidos, e são propostas as primeiras tipologias visando a classificações de sua obra (Denis Hollier).

Essa consagração — que se confirmará a partir de 1975 com numerosos prêmios e com a organização de edições escolares — não deve fazer esquecer as críticas muitas vezes virulentas, a mais agressiva das quais será a de Henri Meschonnic, que não vê na obra senão uma mitificação a-histórica da linguagem revelada pela prática do dicionário, na medida em que esta realizaria "uma concepção pré-saussuriana da palavra"[60]. Parece-me, contudo, fundamental insistir no fato de que o trabalho de Ponge se baseia, como demonstraram Sollers e Spada, em uma física nutrida do materialismo epicurista de Lucrécio. Comparando Ponge também com Marianne Moore, Italo Calvino, que dele fazia um mestre ímpar, referia-se a ele como ao Lucrécio de nosso tempo, isto é, como a um homem "que com a impalpável pulverulência das palavras reconstrói o mundo físico"[61].

---

[59] Este é o caso, por exemplo, de Michael Riffaterre, que escreve: "Uma prosa de Ponge nunca é outra coisa senão a expansão textual de uma palavra-núcleo"! ("Surdétermination dans le poème en prose (II): Francis Ponge". In: *La production du texte*. Paris: Seuil, 1979, p. 267). Apesar da perspicácia de suas análises sobre o humor como constante formal, Riffaterre parece esquecer que aquilo que ele chama a "palavra-núcleo", que conviria substituir por "palavra-tema", funciona em Ponge num contexto etimológico complexo que inclui desenvolvimentos conceptuais e textuais muito mais sofisticados do que simples derivações e visa, na realidade, a um projeto existencial e cultural. Se é verdade que a visibilidade da superdeterminação é um fenômeno importante em Ponge, é, todavia, caricatural afirmar que se trata do modo de produção privilegiado. A conclusão de Riffaterre deixa perplexo: "Se é corrente que um texto literário signifique em relação a textos que ele pressupõe, os poemas de Ponge tendem para uma circulação em que, refletindo-se hipograma e texto reciprocamente, só resta do fato literário uma atividade metalingüística centrada diretamente no estatuto da escritura, mais do que naquilo que o poema parece representar. Só resta a própria prática de sua produção" (p. 285). Belo exemplo de fetichismo do significante...

[60] *Critique du rythme. Anthropologie historique du langage*. Paris: Verdier, 1982, p. 73.

[61] "Exactitude". In: *Leçons américaines*. Trad. Yves Hersant. Paris: Gallimard, 1988, p. 122. Remetemos o leitor de língua portuguesa ao pequeno texto de Calvino intitulado "Francis Ponge". In: *Por que ler os clássicos?* Trad. Nilson Mollin. São Paulo: Companhia das Letras, 1994, p. 240-5. É oportuno referir que já Alain havia afirmado ser Valéry nosso Lucrécio (*apud* André Berne-Joffroy, in: Jean Paulhan. *Paul Valéry ou la littérature considérée comme un*

Dito isso, o Neustadt International Prize for Literature (1974), o Colóquio de Cerisy, o texto de inauguração do Centro Beaubourg (*L'écrit Beaubourg*, 1977), *L'atelier contemporain* e *Comment une figue de paroles et pourquoi* instalam Ponge definitivamente entre os poetas maiores de nosso século. O número especial da prestigiosa revista *Books Abroad* da Universidade de Oklahoma (no qual se lêem contribuições de Michel Butor, Robert Greene, Haroldo de Campos) constitui nesse contexto uma virada e um novo balanço. Também em 1974 é publicado o primeiro dos dois importantes livros de Henri Maldiney sobre o poeta (*Le legs des choses dans l'œuvre de Francis Ponge*), o qual, como o leitor verá na *Mesa*, terá forte impacto sobre ele, especialmente no que se refere à questão da fundação do mundo através da linguagem.

Neste ponto, torna-se impossível, dentro dos limites de uma apresentação geral, mencionar inúmeros artigos, teses e estudos sobre a obra pongiana sem cair num inútil *name dropping*. De qualquer forma, não se pode deixar de referir os trabalhos e temas de Robert Greene (o elogio e o brasão), Ian Higgins (o provérbio, o paradoxo e o oxímoro), Jacques Derrida (o nome próprio e a leitura), D. Ewald (a retórica e a política no âmbito da fábula metapoética), Richard Stamelman (a estratégia da repetição), Thomas Aron (a hiper-referencialidade e a hipertextualidade), Eliane Formentelli (a relação entre texto e história), Gérard Farasse (a expressão/dejeção), Alan Stoekl (a retórica fotográfica), Jacques Réda (o cinismo), Monic Robillard e Dominique Viart (a autobiografia).

A partir dos anos 80, foi a crítica genética que se apropriou da obra de Ponge. Excetuando-se as apresentações gerais ou didáticas e certos trabalhos que procuram refletir sobre a visão do mundo que se desdobra nos textos (*Francis Ponge*, de Jean Pierrot), sobre o dizer poético como acontecimento transformador da língua (*Le vouloir dire de Francis Ponge*, de Henri Maldiney), sobre a contenda entre as palavras e as coisas (*Francis Ponge: entre mots et choses*, de Michel Collot) ou sobre a poesia como imanência (*L'âne musicien: sur Francis Ponge*, de Gérard Farasse), os estudos publicados nestes últimos anos abordam geralmente os dossiês de escritura como se se tratasse apenas de uma série de antetextos ou de *grifouillis* cujo estatuto híbrido seria devido, segundo Almuth Grésillon, ao fato de não serem nem parte integrante da obra nem puros dejetos[62]. A primeira das obras de Jean-Marie Gleize e Bernard Veck (*Francis Ponge. "Actes ou textes"*), a de Bernard Beugnot, bem como o artigo consagrado à *Mesa* por Thomas Aron, partem todos do princípio

---

faux. Bruxelles: Complexe, 1987, p. 65). E no entanto, que distância entre o poeta da tensão barroca e o da razão cartesiana! Haveria razões para nos interrogarmos sobre Lucrécio.

[62] *Éléments de critique génétique*. Paris: PUF, 1994, p. 3.

de que existe, no ômega dos rascunhos, um texto definitivo que, embora pertencendo ao domínio da utopia e do fantasma, não deixa de regular o andar da invenção. Mesmo iluminando freqüentemente aspectos fundamentais do processo de criação, esses estudos reduzem consideravelmente o alcance da *fábrica*, colocando-se sob o signo de uma hermenêutica para a qual cada um dos "possíveis necessários" (A. Grésillon), cada um dos "atos textuais" só tem especificidade em função do Texto. Se não se pode entrar nesse amplo debate que implica uma interrogação sobre o estatuto epistemológico da literatura, deve-se pelo menos salientar que vários desses trabalhos, por mais ricos que sejam, contradizem, ao se ocuparem da prática pongiana, a visão do próprio Ponge. Tentando precisar em que momento um texto é para ele "acabado", o poeta confiava a Jean Ristat: "Penso às vezes, aliás, que o próprio momento em que acredito ou *deixo acreditar* que um texto está acabado, em dado momento, *é apenas um momento como um outro, tão contingente quanto aqueles durante os quais escrevi os rascunhos que precedem...*" E acrescenta isto, que é claríssimo: "Por conseguinte, *não há texto último. É último porque [...] é terminal no livro, mas...*"[63]. A poesia pongiana está aí, nessa recusa de acabamento e na exigência de uma eficácia que só se revela na impossibilidade de fechamento do texto. Portanto, sem rejeitar de modo algum uma leitura genética, deve-se consentir em ler Ponge numa dupla perspectiva que leve em consideração ao mesmo tempo a evolução e o acontecimento de cada uma das folhas dos dossiês, inclusive daquelas que ainda não foram publicadas.

Não levará este rápido percurso a crer que Ponge foi uma esponja que se abeberou em todas as fontes? O paradoxo da revolução pongiana é que o materialismo que a funda a coloca no centro das discussões sobre a escritura que se sucederam no século XX. Ponge não é um marginal. Muito pelo contrário, sua obra está instalada bem no cerne de sua época. Daí, como comprovam os títulos de diversos poemas e coletâneas (*Nouveau recueil*, *Nouveau nouveau recueil*, "Le nouveau coquillage", "La nouvelle araignée"), ser essencial para ele a questão da novidade. Mas o termo *novo* implica menos uma ruptura com o antigo do que sua integração com vistas a reavaliar os poderes transformadores da linguagem e suas capacidades para dizer o mundo no qual evolui bem ou mal o homem. Em outras palavras, Ponge se quer "novo" para manter à distância, embora discutindo-as, as ideologias das vanguardas.

Essa postura faz parte de um trabalho político que se proclama desde os *Douze petits écrits* até *A mesa*, e que é orientado por uma vonta-

---

[63] "L'art de la figue". *Digraphe*, Paris: Flammarion, n. 14, avr. 1978, p. 111 e 118. Grifo meu.

de totalmente nietzschiana. O partido da palavra no estado nascente = o por vir do corpo de uma literatura em busca de sua minoria. Está em jogo aqui a relação intensamente explorada pelas poéticas pongianas entre o corpo textual disseminado e o Grande Córpus Ocidental da Literatura:

> Contra a dissolução capitalista-moderna da literatura, contra a multiplicação dos édipos estilísticos e a reconstituição significante de dispositivos ou de códigos ao mesmo tempo privados e anônimos, uma teoria das *epoqué* textuais deve inicialmente produzir critérios políticos internos do estilo, que sejam enfim puramente imanentes, que não orlem mais o texto de maneira transcendente como os códigos clássicos ou não lhe reconstituam uma interioridade, uma imanência significante com os destroços das instituições literárias clássicas. Daí a necessidade da busca de um fio condutor, de uma matriz intensiva do "grande estilo" e do que o distingue do estilo clássico e do estilo significante. [...] O "grande estilo" também tem poder de transformar universalmente em meios os recursos clássicos e significantes. Mas é uma transformação ativa, uma intensificação, portanto também uma destruição da represen*th*ação textual do texto, que implica, nesta, a negação *do que pode ser negado* e unicamente do que pode ser negado: ou seja, da negatividade do significante. O problema de uma política minoritária da escritura em sua duplicidade é: *como utilizar os recursos e os efeitos do significante sem cair na representação ou na política do significante como tal*, como intensificá-lo, levá-lo à potência N...[64]?

Toda a obra de Ponge, e sobretudo *Pour un Malherbe*, terá mostrado a importância que ele atribuía à busca de um grande estilo minoritário que lutasse contra o fascismo do significante. Em *A mesa*, a impossibilidade de estabilizar as relações entre o referente, o significante e o significado é o sinal da possibilidade de um novo tipo de signo e de significância que recusa a exploração imperialista dos materiais da língua tantas vezes apregoada pelas vanguardas. Sim! A Razão a Mais Alto Preço! Sim! O Novo, o Absolutamente Novo! Não ao superconsumo dos restos! Os rascunhos de Ponge não são os destroços de textos à deriva no mar do sentido.

A escritura rascunhada é um fenômeno complexo do qual nem uma manipulação genética nem uma poética romântica do fragmento podem dar conta integralmente. Levanta-se o sol sobre a literatura... Clareia o dia ao ler... Deve-se, pois, negar o que pode ser negado: a ne-

---

[64] François Laruelle. *Le déclin de l'écriture*. Paris: Flammarion, 1977, p. 229-30.

gatividade do significante. O paradoxo da tábua rasa terá assegurado essa negação e consolidado o grande estilo absolutamente malherbiano. Ponge vanguardista? O certo é que ele terá modificado a paisagem da poesia contemporânea, agindo com a perspectiva ao mesmo tempo discreta e espetacular do terrorista. Mas sua *novidade* visa alhures... rumo a uma história monumental paradoxalmente consumida numa certa época do telquelismo. As bombas pongianas não foram fabricadas para dissolver o estilo. As bombas pongianas são provérbios no sentido de resistirem, como as de Mallarmé, à exploração pela economia esquizofrênica do neocapitalismo, reinscrevendo o sagrado no coração do quotidiano[65]. Elas servem para dissolver a ilusão do significante. Daí um retorno, que resta analisar, da Coisa, da Matriz do Grande Estilo.

---

[65] Além das análises técnicas propostas por Ian Higgins, seria necessário focalizar a teorização pongiana do provérbio a partir dos trabalhos de seu pai espiritual, Jean Paulhan, que mostra, em sua tese sobre os "hain-teny" (provérbios) malgaxes, como estes, por sua clareza, fazem surgir o sagrado sobre um fundo de obscuridade na sabedoria prática quotidiana. Ver, a esse respeito, *Cahiers Jean Paulhan 2. Jean Paulhan et Madagascar. 1908-1910.* Paris: Gallimard, 1982.

O TEXTO ORIGINAL

Já pressentido, segundo Italo Calvino, por William Carlos Williams, Eugenio Montale, Paul Valéry, Henri Michaux e... Leonardo da Vinci, o novo gênero inventado por Ponge — a saber, o objoego —, mais do que mergulhar nas profundezas do mundo, perscruta a inesgotável variedade do mundo que se encontra aí, de tal forma presente que é tão capaz quanto a substância oculta de provocar a angústia. Tomar o partido das coisas que se encontram na natureza é um gesto responsável que não consiste simplesmente em permanecer na superfície à maneira de Hoffmanstal, mas, como ressalta Calvino, em recusar-se, como Wittgenstein, a manifestar interesse pelo que é oculto. Deve-se ouvir o que é intensamente visível, isto é, no seio da variedade, a qualidade diferencial de cada objeto.

Ora, justamente, nada menos oculto, mais concreto, do que a mesa. É porque a mesa é uma coisa, mas não qualquer uma. É aquilo em que se apóia o escritor para escrever, é o espaço por excelência do objúbilo, sua consolação materialista. O gozo da repetição que nasce na leitura deste dossiê de escritura só é possível, porém, se tiver como contrapartida a repetição mortal, pois a pulsão da vida não pode orientar o ser-para-o-mundo sem sua contrapartida, a pulsão da morte. Se *A mesa* é de alguma forma o último grande canteiro de Ponge, é porque toda sua obra caminhava, por vezes cegamente, para aquilo que lhe permitiu edificá-la e monumentalizar-se a si mesmo como escrevedor. Em outros termos, a pulsão de destruição da *Coisa-Mesa* conduz indefectivelmente à morte do escritor[66]. Há nisso mais do que um acaso biográfico, como testemunham numerosas passagens do texto: "**A Távola, só me resta a mesa para escrever para acabar absolutamente**". E ainda esta passagem da mesma folha 57, muito clara quanto ao desejo de desaparecimento:

---

[66] Esbocei uma análise desta questão em "L'œuvre insupportable de Francis Ponge". *Revue de synthèse*, Paris: Albin Michel, 4ᵉ série, n. 1, jan./mars 1989, p. 109-40.

Mesa, tu me és agora urgente.
Eu te deixei sobreviver no paraíso do não-dito, no paraíso da
                                                que me servir de ti
existência, até o momento em que não tendo mais
(sem te tomar em consideração)   graças a ti
                  necessidade de ti, tendo
                        desfigurando-te —> por tua vez
terminado minha obra, posso agora, tomando-te
          e com isso
como referente,   **apagando-te enfim a ti, <u>acabar</u>**
                                            referindo-me a ti
                                           lutando contigo
absolutamente.

A mesa é um referente e uma palavra, uma coisa na qual se inscreveu e se gravou o jogo da diferança no *entre* infinito do significante e do significado. Esse *entre* é o da cripta do inconsciente que figura igualmente a mesa no sentido em que esta permenece(rá) de alguma maneira para sempre indecifrável, de acordo com uma necessidade "própria" ao acontecimento textual (e talvez a qualquer acontecimento textual). Ponge não constitui um desafio somente para a genética, mas também para a hermenêutica, a própria questão hermenêutica, o que obriga a entrar na loucura da luz interpretante. O fato de um escrito conservar sempre criptograficamente um espaço ou um antro secreto de segredo, ilegível, obriga a interpretar sem fim, mesmo quando o geneticista não sabe mais onde estão o fim e o começo, mesmo quando o hermeneuta se perde em seu círculo: "Não concluam que se deva renunciar imediatamente a saber o que *isso* [*isto, esta Mesa*] quer dizer [...]. Para levar em conta, da maneira mais rigorosa possível, esse limite estrutural, a escritura como restância marcante do simulacro, deve-se, pelo contrário, levar a decifração tão longe quanto possível"[67]. Veremos mais adiante a que ponto essa história da decriptação da cripta será essencial no horizonte de uma seqüência de folhas que são uma multidão de restâncias, de brancos, e que, por isso, dizem o Todo impossível da Obra. Sendo cada folha de Ponge ao mesmo tempo inteira e para sempre outra, *A mesa* e os outros textos se constroem com base em um inacessível, um segredo indizível. Acabar com as coisas e com as palavras equivale a acabar com a existência e a deixar o segredo eternamente aberto. A direção rumo a palavras de Ponge é o projeto desse segredo, desde que se saiba, quando se fala da fidelidade de Ponge a seu projeto, o que significa ser fiel:

---

[67] Jacques Derrida. *Spurs. Nietzsche's Styles / Éperons. Les styles de Nietzsche*. Versão bilíngüe. Trad. inglesa Barbara Harlow. Chicago, London: University of Chicago Press, 1984, p. 132-3.

ser fiel?, a quê?, por quê?, como?; o que é um projeto?; qual é sua direção?; em que um projeto é próprio de um escritor, qual é o sinal de sua propriedade? A coisa como direção? A própria coisa que, em todo caso, terá permitido o proferimento da palavra deve agora ser aniquilada, apagada, para que morra o escritor e apareça a obra, finalmente esquartejada.

Isso explica por que decidimos publicar a tradução da *Mesa* antes da do *Parti pris des choses*. Há aí um partido que visa, no plano da estética da recepção, a oferecer aos leitores de língua portuguesa o que considero como a certidão de nascimento do escritor Ponge, representando o abecedário que figura na folha 28 a cena originária a partir da qual se fantasma a obra. Nosso objetivo, ao proceder dessa maneira um tanto paradoxal, é evitar que sejam repisados no mundo lusófono os lugares-comuns que hipotecaram pesadamente a leitura de Ponge nas etapas da descoberta. É evidente que não se pretende negar os aspectos objetivistas, realistas, substancialistas, lexicais, fenomenais ou formalistas da obra, mas simplesmente encenar — mesmo que isso possa acarretar inevitáveis discussões de escolas — o poeta em sua mesa lutando numa zona textual obscura onde se mediatizam, através do corpo do escritor, o referente, o significado e o significante. "O amor e a admiração de qualquer objeto, confia Ponge, são estados maravilhosos, mas a satisfação não pode vir senão de alguma ação, quer me parecer, à qual eles nos levam" (PUM, 315). É imensa, com efeito, a satisfação que terá proporcionado a Ponge sua mesa: ela lhe terá possibilitado escrever sua obra. Um objeto somente tem sentido se está na origem de uma tríplice pragmática, da expressão, da definição e da descrição. O que, como se terá compreendido, absolutamente não significa que *A mesa* seja o texto inicial no sentido cronológico do termo. *A mesa* é a cena originária da obra pongiana, e só! Por isso, a morte do escritor não é a de um simples sujeito. A morte em questão só se anuncia a partir da possibilidade do mortal. Aqui ainda, Ponge e Nietzsche se encontram separando-se. A morte afasta instantaneamente a conseqüência: sou mortal, diria o escritor, morrerei, portanto, em minha mesa e nela serei dissecado. Com esta cena abre-se o póstumo da cripta.

Convém ressaltar que *A mesa* foi amadurecida e redigida — pelo menos quanto se pode deduzir da montagem do dossiê tal como foi realizada a partir do material fornecido pelo poeta aos primeiros editores — durante um período crucial da vida intelectual francesa. Michel Foucault acaba de publicar *Les mots et les choses*[68], e Benveniste, seus

---

[68] Ao ler esta passagem do prefácio de *As palavras e as coisas*, não se pode deixar de ficar impressionado pelo parentesco da problemática da representação em Foucault e em Ponge. Comentando a enciclopédia chinesa de Borges, Foucault escreve: "Borges não acrescenta

primeiros *Problèmes de linguistique générale*, quando Ponge se põe ao trabalho, em princípio, em 1967. A teoria e a crítica literárias estão caminhando para o pós-estruturalismo, embora a resistência seja bem organizada. Greimas publica sua *Sémantique structurale* (1966) e *Du sens* (1970). Entre 1966 e 1972, Genette publica os três tomos de *Figures*; de Barthes, pode-se ler *Critique et vérité* (1966) e *Système de la mode* (1977); de Jean Cohen, *Structure du langage poétique* (1966); de Ricœur, *Le conflit des interprétations* (1969); de Piaget, *Le structuralisme* (1968) e depois *Épistémologie des sciences de l'homme* (1970); de Todorov, que acaba de revelar à França vários textos essenciais dos formalistas russos, *Littérature et signification* (1967), *Qu'est-ce que le structuralisme?* (1968) e diversos outros títulos notáveis. Enquanto Lévi-Strauss reflete, a paisagem epistemológica se modifica a tal ponto que cinco anos mais tarde, após Maio de 68 e a eclosão do Movimento de Libertação das Mulheres, ela não será nunca mais o que fora antes. Sem mesmo entrar no campo da história, então em completa transformação, assim como o conjunto das ciências humanas, basta evocar os textos de Hélène Cixous, mas também, entre várias outras aberturas, a semanálise kristevana, a diferança derridiana, a pluralidade textual barthiana e a lógica do sentido deleuziana, para se avaliar a amplidão do seísmo provocado pelo fim de um certo humanismo. É a voga de *Tel Quel*, do maoísmo e dos textos crítico-poéticos que priorizam a função metalingüística. Não é por acaso que a revista, que abrira seu primeiro número em 1960 com uma versão de "La figue", publica no número da primavera de 1968 (n. 33) um texto de Ponge intitulado "L'avant-printemps". Note-se, aliás, que *A mesa* se interrompe entre janeiro e agosto de 1968, sem dúvida devido à urgência da situação sociopolítica[69].

---

nenhuma figura ao atlas do impossível [...]; subtrai o local, o solo mudo em que os seres podem justapor-se. Desaparecimento ocultado ou, antes, irrisoriamente indicado pela série abecedária de nosso alfabeto, que se supõe servir de fio condutor (o único visível) às enumerações de uma enciclopédia chinesa... O que se retira, em suma, é a célebre "mesa de operação"; e, restituindo a Roussel uma escassa parte do que lhe é sempre devido, emprego esta palavra "mesa" em dois sentidos superpostos: mesa niquelada, borrachenta, envolta em brancura, faiscante sob o sol de vidro que devora as sombras, — lá onde, por um instante, para sempre talvez, o guarda-chuva encontra a máquina de costura; e tábua que permite ao pensamento operar com os seres uma ordenação, uma repartição em classes, um agrupamento nominal pelo qual são designadas suas similitudes e suas diferenças, — lá onde, desde o fundo dos tempos, a linguagem se entrecruza com o espaço". *As palavras e as coisas*. 6. ed. Trad. Salma Tannus Muchail. São Paulo: Martins Fontes, 1992, p. 7 (trad. modificada). Foucault, aliás, cita Ponge ao lado de Mallarmé, Roussel e Leiris, na sua análise da questão da nomeação das coisas pelas palavras (p. 120).

[69] Mas sem dúvida também por causa do estado de saúde da irmã de Ponge, Hélène Saurel, que sofre do mal de Parkinson. Ver, a respeito: *Correspondance Jean Paulhan-Francis Ponge. Tome II*, carta 688, p. 337-8. E ainda certamente devido à complexa elaboração do dossiê, como se verá na seção seguinte, "A fábrica d'*A mesa*".

Inegavelmente, Ponge agora está estabelecido, é reconhecido. As coletâneas e obras publicadas nos anos 60 (os três tomos do *Grand recueil*, o *Tome premier*, *Pour un Malherbe*, *Le savon* e *Entretiens avec Philippe Sollers*) asseguram-lhe doravante um renome invejável. Acaba de lecionar por quatro meses na Universidade de Colúmbia e é convidado a proferir conferências em diversos países. Até Lacan, que, na conclusão de seu célebre relatório do Congresso de Roma, de setembro de 1953, "Função e campo da fala e da linguagem em psicanálise", sustenta que a experiência psicanalítica usa a função poética no horizonte do Simbólico, convoca com razão, no momento da publicação do texto em *Écrits*, em 1966, o *ressom* pongiano para fazer dele um equivalente da invocação à fala reconhecida pelos Asuras perante Prajapâti na quinta lição do *Bhrad-âranyaka Upanishad*[70].

Além da razão já aduzida para legitimar a publicação em português da *Mesa* antes da de obras julgadas mais fundamentais pela crítica, pode-se acrescentar que este texto, que constata a virada que se produz nos anos 60, constitui uma peça essencial de sua análise. A revolução pongiana, que se preparava há quase cinqüenta anos, reencontra, além de sua própria, a história de uma sociedade. Nesse sentido, *A mesa* é certamente um sinal dos tempos por vir quando o mundo se der a construir em função de uma ordem empírica doravante sujeita a caução, origem de novas relações, inevitáveis, entre o ser humano, seus sentidos e o mundo, tanto fenomenal quanto virtual. Ponge terá sido aquele que nos obrigou a ouvir, a partir do silêncio dos ruídos que invade definitivamente a literatura no decorrer do século XIX, o que Michel Foucault chamava de "vinco gramatical de nossas idéias"[71]. Sim, o pensamento se lê e se escreve. Ou antes, se lia e se escrevia... Ou melhor, se lê e se escreve ainda, mas com uma leitura e uma escritura que não obedecem mais às mesmas regras de representação. A correção e seus elementos constitutivos vivem de uma outra vida, mais estranha ainda do que aquela que procuramos hoje compreender, pois, uma vez falecidos Deus e o sujeito, estes nem por isso deixam de viver no negrume de nossas frases. Impõe-se mais do que nunca uma grande limpeza, no momento em que o mundo da incomunicação cibernética dissipa os corpos, os objetos e as línguas no universo dos possíveis.

---

[70] In: *Escritos*. Trad. Inês Oseki-Dépré. 3. ed. São Paulo: Perspectiva, 1992, p. 186-7. Nada nos impediria de ligar esse *ressom* à obra sinfônica *in progress* e, portanto, inacabável *Répons*, de Pierre Boulez, na medida em que as categorias sensíveis que ambas põem em jogo (material/invenção, vontade/acaso, ordem/desordem, estabilidade/transformação, obra/proliferação e outras) se correspondem, se adotarmos aquelas que o musicólogo Jean-Jacques Nattiez encontra no compositor de *Pli selon pli. Portrait de Mallarmé*, tão malherbiano quanto Ponge.

[71] *Op. cit.*, p. 314.

A fábrica d'*A mesa*

Michel Peterson

A COISA E A TELA

> Não me escaparás, diz o livro. Tu me abres e me fechas, e acreditas estar fora, mas és incapaz de sair, e não há dentro. És menos livre para escapar na medida em que a armadilha está aberta. É a própria abertura. Esta armadilha, ou aquela outra, ou a seguinte. Ou aquela ausência de armadilha, que funcionaria insidiosamente ainda, à tua cabeceira, para impedir que fujas.
>
> Jacques Dupin, *L'embrasure.*

Comecemos com isto: a mesa é *a* coisa de Francis Ponge. Seríamos tentados a dizer *por excelência*, se essa locução não fizesse dela simplesmente um tipo. Quando digo a respeito da mesa que ela é *a* coisa do poeta, indico, segundo Heidegger, que a mesa é aquela coisa a partir da qual e sobre a qual: 1° — se questiona o que está em questão quando se fala d*a* coisa; 2° — se coloca a questão de saber como questionar. A respeito da primeira questão, encontra-se na *Mesa* uma discussão entre o poeta Ponge e o filósofo Henri Maldiney a propósito das determinações da coisidade da coisa, a saber, o espaço e o tempo [48 r. a 51]. É a partir dessa discussão de origem kantiana que se levanta uma outra questão que atravessa o dossiê do início ao fim, a saber, a da estrutura da própria coisa que é o suporte das propriedades. Quanto à segunda questão (como questionar a coisa?), a forma de diário de escritura indica muito claramente que ela é colocada num horizonte historial. Eis por que o poeta sente a necessidade de retomar incessantemente essas questões, a forma dessas questões: "uma mesa como <u>referente</u>, cada noite, continuada e corrigida cada manhã seguinte" [13]. Em outros termos, o nascimento de uma coisa para o homem de acordo com uma série de regras de transformações lingüísticas e físicas não abre tanto a história que não olha senão para um passado volvido, mesmo se age no presente, quanto o texto enquanto possível, quanto a história enquanto advento, os quais iluminam, não a essência da coisa, mas sua atualidade, e daí a necessidade de reescrever constantemente a mesa.

Pode-se assim ler cada texto em ato de Ponge como o processo de uma coisa em formação, processo que se encontra inscrito na questão "o que é?". Quando Heidegger se pergunta o que é uma coisa, distingue três significações do termo (embora acrescente que seus limites permanecem indeterminados). A coisa é assim: 1° — o que é dado ao alcance da mão. Os exemplos são significativos e "totalmente" pongianos: uma pedra, um pedaço de madeira, um relógio, uma crosta de pão. Mas a essas coisas inanimadas acrescentam-se as coisas animadas, por exemplo, um arbusto, um pinheiro, uma lagartixa, um marimbondo; 2° — aquilo que engloba, além do que acaba de ser nomeado, os planos, as resoluções, as mentalidades, as ações, o histórico; 3° — num nível ainda mais geral, tudo isso, e mais tudo o que é algo e que *não é nada*. Nessas condições, cada coisa ao alcance da mão é um algo, mas cada algo (por exemplo, o número 5 ou a felicidade) não é necessariamente uma coisa. É o que leva Heidegger a tomar a coisa em sua acepção mais estrita e a ocupar-se somente com as coisas que rodeiam o homem, o que ele chama "o imediatamente apreensível"[1]. Mesmo se Ponge se ocupa geralmente com a coisa ao alcance da mão, não esquece os demais níveis de definição.

O que distingue, no entanto, essas práticas de escritura da interrogação heideggeriana é o fato de elas visarem, através da variedade das coisas do mundo, à qualidade diferencial de cada uma delas. Basta comparar as passagens abaixo para estimar a distância que separa o pensador do poeta e para mostrar que Ponge, como tampouco Carlos Drummond de Andrade ou João Cabral de Melo Neto, não reescreve Heidegger:

> Com nossa pergunta "O que é uma coisa?", não queremos, aparentemente, saber o que é um granito, um sílex, uma pedra de cal ou um grés, mas o que é uma pedra enquanto coisa. Não queremos saber como as coisas se diferenciam e como são os musgos, os fetos, as gramíneas, os arbustos e as árvores, mas o que a planta é enquanto coi-

---

[1] Sigo aqui o texto do curso que Heidegger ministrou na Universidade de Friburgo em Brisgau durante o semestre de inverno de 1935-1936 e que foi publicado com o título *Die Frage nach dem Ding*, Zu Kants Lehre von den Transzendentalen Grundsätzen. Tübingen: Niemayer, 1962. Utilizo a tradução francesa de Jean Reboul e Jacques Taminiaux: *Qu'est-ce qu'une chose?* Paris: Gallimard, 1971, p. 18. Na seqüência do texto, indico apenas a paginação entre parênteses após a citação.

sa, e o mesmo quanto aos animais. Tampouco queremos saber o que diferencia um alicate de um martelo, um relógio de uma chave, mas o que este utensílio e esta ferramenta são enquanto coisas. O que isso quer dizer não é, por certo, claro imediatamente (p. 19-20).

Com efeito, nada mais obscuro. O que significa "ser *enquanto* coisa"? Heidegger explica:

> Admitamos, entretanto, que seja possível interrogar-se dessa maneira; neste caso impõe-se a exigência de que, para estabelecer o *que* são as coisas, nos atenhamos aos fatos e a sua observação exata. O que as coisas são, não se pode imaginá-lo na mesa de trabalho, nem decretá-lo com discursos gerais. Decide-se unicamente nos laboratórios de pesquisa científica e nas oficinas (p. 20).

Isso nos esclarece quanto à posição e ao trabalho de Ponge. Sua mesa é justamente um laboratório de pesquisa científica e uma oficina (consistindo o papel do artista-operário efetivamente em construir uma oficina) na qual se imaginam as coisas tais quais estas se observam da maneira mais exata. Como Heidegger, Ponge parte da experiência quotidiana e de uma contradição que imprime à sua poesia um movimento em direção às próprias coisas com a consciência de que é impossível atingi-las. A diferença fundamental está em que Ponge não se interessa precisamente pela verdade da coisa. Interessa-se pela nominação das coisas do mundo sensível, nominação que se inscreve na variedade e rejeita a identidade ou o monismo, acarretando a necessidade absoluta de uma escritura *apagadora*, como a da *Mesa*: "As negações sucessivas que os poemas de Ponge revelam, muito mais do que definições incompletas e negações parciais, são *sentidos barrados*. [...] Assim, o poema se situa em sua parte essencial naquele lugar que escapa às definições, na interseção daquelas vias sem saída (os sentidos que se negam), mas que de seu cruzamento de impasses fazem jorrar a luz que irradia"[2]. O interesse dessa escapada para fora das definições deve-se ao fato de que o ato de nominação é possibilitado pela música pitagórica: "Trata-se de palavras, não de algarismos. Trata-se de números concretos do Ver-

---

[2] Jacques Garelli, "De la définition du dictionnaire au dévoilement poétique: l'entreprise de Ponge". In: *La gravitation poétique*. Paris: Mercure de France, 1966, p. 78-9. Eu também desenvolvi essa noção de interseção, mas mais em função do acaso (a coisa como "região de cruzamentos estocásticos"), em "Le fond des choses dans l'œuvre de Francis Ponge et quelques autres". *Canadian Review of Comparative Literature*, Edmonton: University of Alberta, v. XV, n. 2, june 1988, p. 201-19.

bo, relacionados com as Coisas" (PUM, 137). Como demonstra o prodigioso e abissal *Pour un Malherbe*, Ponge está mais preocupado com a vibração heraclitiana da Palavra e com a certeza do que com o ser-coisa. A qualidade diferencial da coisa, o complexo que ela enforma, é o que *conta* concretamente em função de uma geometria sensível: "Com efeito, trata-se, *porém* (sem isso, nada me interessa e é, novamente, de minha parte, o desprezo), trata-se de exprimir *algo*; e o quê? algo diferencial, particular, a sensibilidade mais particular, a corda sensível, a qualidade diferencial, o que faz com que a jovem que jaz sob este epitáfio era ela, e somente ela, e nenhuma outra (e perfeitamente bela e desejável em sua diferença)" (PUM, 187). Ponge procura antes de mais nada tocar a corda sensível do objeto de maneira que ela faça ressoar a feminidade da razão em seu gozo. Procura dar a ver, como diz em uma conferência dedicada a Gottfried Benn, a eugenia, isto é, uma coisa surgida na instantaneidade provocada pela sensação.

Ora, a descrição-definição desta coisa é evidentemente impossível, não só por causa da dificuldade de dizer o acontecimento, mas também porque a coisa sofre de uma falta por assim dizer congênita:

> Todas as coisas desejariam ser brancas, deixar passar todos os raios [luminosos]. Mas têm todas um defeito, uma danação. Isto é o sentido trágico, dramático, digamos o sentido de Braque, se quiserem, em pintura. [...] A coisa não pode ser diferente, ela é de determinada cor porque não pode, é um defeito, não deixa passar aqueles raios. É esta sua culpa, é esta sua falta. Ela não pode. Em Picasso, é o contrário. Ela quer ser vermelha, e diz: "Quero!" [...] É outro humor, outra reação ("La pratique de la littérature", M, 269-70).

Contrariamente ao filósofo, Ponge, no processo de criação *metalógica*, não rejeita a sensibilidade, pois sabe que o conhecimento puro nunca permite dizer *todas* as qualidades da coisa. Daí a constante tensão entre a danação trágica da coisa e o absurdo quase cômico do mundo. Longe de ser inferior à razão, a sensibilidade não desvela, como a sensação, a matéria e a forma do fenômeno. Em outras palavras, a matéria não nos é dada *a posteriori*, pois a forma não se encontra *a priori* na mente. Por ocasião de um fenômeno, é o texto que se dá no momento, em uma espécie de eternidade. Conseqüentemente, a coisa e o texto não se reduzem ao imediatamente apreensível, pois eles são igualmente as palavras concretas, a linguagem em sua espessura, meio de expressão dos homens. Quer seja pedra, lagartixa ou palavra, a coisa, inicialmente muda, é assim, e não diferente, porque em Ponge ela não pode impor sua vontade. A relação do poeta com o mundo produz-se então sob o signo de uma prova, de uma falta fundamental que se resolve na beleza do Verbo, no intenso concerto dos vocábulos que fundam uma moral epicurista. As coisas não são senão o *pretexto* de um *texto*, sendo todavia infinita para qualquer fim prático a distância entre a definição da palavra e a descrição da coisa.

Ponge rumina, pois, a coisa na qual se apóia sua obra, na medida em que *A mesa* é ao mesmo tempo um texto natalício e necrológico. Embora possa por vezes ser de vidro ou de alguma outra matéria, a mesa é geralmente feita de madeira, como os ataúdes, conforme desenhado na folha 8 v. Mesa de parto tanto quanto sarcófago, *a* coisa, como o pinhal, conserva a memória dos antigos desenvolvimentos e antecipa os textos futuros. Ponge assina seu epitáfio, estabelece sua rubrica e se monumentaliza, tendo sua vida como obra dependido sempre do amor que teve para com sua Mãe a Mesa. É na insciação funerária que se conjugam, aliás, o projeto gnômico e o autobiográfico, a escuta da qualidade diferencial das coisas que são engravidadas pelo poeta oracular, uma vez que ele retesou sua lira para fecundar a feminilidade do mundo:

Com ou sem razão, e não sei por quê, sempre considerei, desde minha infância, que os únicos textos válidos eram aqueles que pudessem ser inscritos na pedra; os únicos textos que eu pudesse dignamente aceitar assinar (ou endossar), aqueles que pudessem *não* ser assinados de modo algum; aqueles que *resistissem* ainda como objetos, colocados entre os objetos da natureza: ao ar livre, ao sol, sob a chuva, no vento. É exatamente o próprio das inscrições.
[...]
(Em todo esse texto, falta o que concerne à orelha): não evoco, e é uma falta, o que ressoa, os monumentos que ressoam, os instrumentos de música, as caixas de ressonância e, por exemplo, os sarcófagos dos Aliscampos, os sarcófagos de cerâmica dos etruscos, objetos particularmente sonoros em razão do caráter poroso da cerâmica (ao mesmo tempo que as inscrições nas lápides tumulares dos romanos); por exemplo ainda, o ressono das colunas (gregas ou egípcias), em relação às cordas da lira (PUM, 186-8)[3].

---

[3] Toda essa questão da inscrição funerária está evidentemente ligada à da assinatura (Ponge, Ponce, Pons, éponge). Ver, a esse respeito: Jacques Derrida, *Signsponge/Signéponge*. Ligada à da assinatura, mas também à da vida e do gozo: "Os conceitos não se fecundam. Para chamar o esperma, fazer jorrar as fontes, é necessário que pelo menos uma coisa, diferente de nós, goze. É necessário o mundo exterior. Antes morrer do que ele, e sem sabê-lo exatamente. Assim nasce o presente, uma terceira pessoa. E não o futuro anterior" ("Hélion", AC, 91).

Lembranças precisas da infância surgem indefectivelmente na orelha assim que são convocadas as cinzas solidificadas em pedras. Nîmes, Avinhão e Caen são as cidades em que se revelam para o menino as estelas e as inscrições romanas. Semelhantes, mas todavia diferentes: à romana e protestante Nîmes justapõe-se a italiana e católica Avinhão. Quanto a Caen, comparada com Aix, é o espaço em que se encontram Malherbe, o mais surrealista dos poetas, e Ponge, o mais antilírico dos líricos. Geografia de vida, de morte e de escritura. Cidades, textos, epitáfios clássicos que chamam uma escuta atenta dos signos e das coisas, que dão ao imediatamente apreensível um aspecto mítico e barroco. Na *Mesa*, Ponge não diz outra coisa: "**Mas a mesa pode também ser de pedra, como as que deviam cobrir os sarcófagos (os dos Aliscampos, — que impressão inesquecível a primeira vez** eu tinha menos de dez anos**), os de Arles**" [44]. "*Vibra, pois, neste dia uníssona coas cordas, torna-te um tampo harmônico!*" ["Extrato para Maldiney"]. O poeta deita-se finalmente na mesa, deita-se com ela, estende-se sobre uma superfície plana, a fim de que floresça no prado monumental seu nome. Eis uma delicadeza que implica uma imensa violência, em especial aquela exercida para com a história, da qual se diz, no *Malherbe,* que exige um exílio completo. Pois a estela é também um muro que deve ser, não mais subrepticiamente lesado, como era o caso em "Le lézard" (PI), mas destruído: "**Talvez (mas isso** devo dizê-lo **me parece** a priori **fraco, magro, amaneirado) se pudesse inferir daí que o muro é a página nua, branca e que o escrito é feito para negar, anular (de cima para baixo), riscar, destruir o muro, transformar o muro em abertura (em porta aberta)**" [35]. Aqui se joga a *positividade* da morte, a qual se dá no gozo do desaparecimento do homem em favor das coisas que tomam enfim a palavra.

A mesa é um elogio à coisa, um dossiê que põe em ordem de funcionamento os elementos de uma criptonímia e que permitiu que fosse inscrita a morte, como testemunham os numerosos *De profundis* e *Requiem* que marcam a obra, bem como a soberba "Interview sur les dispositions funèbres", tão inspirada em Lautréamont e tão próxima dos cemitérios de João Cabral: "O tempo que a madeira leva para apodrecer ou a pedra para esboroar-se: é este o tempo verdadeiro, a duração que nos convém" (LY, 183)[4]. Assim como o espaço ao mesmo tempo

---

[4] Não resisto à vontade de, na mesma lógica, citar "Monument": "Dans cette ombre le corps enfin se dénouant / A convoqué les vers pour son arrangement" (LY, 17) ("Monumento": "Naquela sombra o corpo a enfim se desatar / Os vermes convocou que o devem aprestar"). Estes versos fazem parte, originalmente, de um poema intitulado "À mon père décharné (*Notes*)", que Ponge deixara inédito e que só foi publicado no tomo 1 da *Correspondance Jean Paulhan-Francis Ponge*, p. 112-3.

horizontal, vertical e oblíquo da mesa não corresponde nem à extensão cartesiana nem à categoria *a priori* kantiana, o tempo da madeira e da pedra é o do sarcófago e da memória da língua, da "**reverência pela palavra antiga**" [8 r.]. O tempo e o espaço da memória são os da estrela, da estela, do monumento, da imobilidade; é o momento da calmaria durante o temporal original. Se *A mesa* é o texto originário da obra de Ponge, o texto no qual se apóia o partido das coisas, é porque a relação entre a percepção e a memória que nela se desenha em traços grosseiros na ótica bergsoniana visa ao descanso eterno, esse silêncio que é a areia dos ruídos propagada pela concha do crustáceo, à qual responde a concha da orelha do leitor [6 v. e 7], o som surdo da madeira materna. Se, por um fenômeno típico de autotextualidade, a mesa e o prado se comunicam através de qualidades topográficas, musicais e funerárias comuns (a inscrição do nome Francis Ponge no epitáfio [8 v.]), é porque suas raízes formam o lugar comum do tronco da árvore paterna que gera o conjunto dos dossiês de escritura e autoriza "**o desenrolar da bobina da memória sensível**" [41].

Freqüentemente surda às raízes gregas da lira pongiana, a crítica esqueceu que a jubilação memorial só se desdobra a partir da morte e na perspectiva do mutismo. No entanto, encontra-se essa escuta psicanalítica: "*O silêncio é o fundo do mundo e seu caos:* assim ele é o ser temporal da linguagem que somente um 'ponto cinza' pode significar como *momento* da escuta — o do descanso (o *prado* de Ponge) do qual procede originariamente o ato. [...] *Este ponto é o centro, o momento e o germe do ato de escrever: escrita do silêncio* — segundo a palavra do poeta —, *escrever é o ato de ouvir a palavra em seu dito*"[5]. É justamente em torno da escuta e da escritura do silêncio que se cruzam as constelações memoriais e mortais da obra pongiana, e especialmente a do apoio, do suporte tanto da mão direita quanto do cotovelo esquerdo do escritor [5 v.], da areia como símbolo do infinito [7], da biblioteca e do museu, da lembrança [22], e finalmente das tábuas da memória [26]. Os dossiês de Ponge, e particularmente o da *Mesa*, são tentativas de chegar a esse silêncio umbilical entrevisto pelo funcionamento do objoego. O objeto e seu escritor devem morrer para que se ouçam as rasuras da escritura. A concha, eco do enigmático ptyx mallarmeano que, desaparecido, obriga o Mestre a ir haurir prantos no Styx, é o receptáculo do nada, uma voragem auditiva onde escrevedor, tradutor e auditor trocam seu respectivo mutismo:

---

[5] Pierre Fédida. "La table d'écriture". *Nouvelle revue de psychanalyse*, Paris: Gallimard, n. 16, automne 1977, p. 101. Fédida desenvolve suas considerações sobre o silêncio a partir da concepção de Paul Klee, sendo o ponto cinza definido como um ponto de escuta ou um centro originário, o germe do ato de escrever, "a escrita do silêncio".

"O que é o silêncio na leitura? / O silêncio é a areia dos ruídos" [6 v.]. Basta reter na memória que um dos títulos propostos mas não conservados para *A mesa* é "**O silêncio da Escritura. Do silêncio da Escritura**" [7] e que as folhas em que é tematizada a relação silêncio-escritura remetem à discussão com Maldiney [48 r.] e retomam o início das "Notes d'un poème (sur Mallarmé)": "A linguagem se recusa a uma só coisa, a fazer tão pouco ruído quanto o silêncio" (TP, 154), para apreender as paradas da discussão com Blanchot sobre a escritura [35], discussão evidentemente filtrada pelo dispositivo de Lautréamont. A coisa-mesa figura um espaço literário infinito onde os cavaletes que lhe servem de pés impõem uma simbologia numérica em que o X, designando o mistério da arimética [40] e o lugar (a letra, forma arcaica da cruz) "onde as visões de cada um dos dois olhos se cruzam" ("Joca seria", AC, 153), torna-se o mediador que invade as divisões das folhas [34, 37, 39, etc.] e o sistema de datação do diário [40, 41, 42 e outras]. E será por acaso que a série decimal, que designa no *Apocalipse* uma realidade indefinida e inacabada[6], se inscreve na e sobre a mesa através do Tau [27, 60 e "Extrato"] que marca a fronte dos predestinados?

O Tau é o sinal do infinito da escritura, sua matéria se estende como a areia no tempo do texto. Espalhados nas praias ou nos cemitérios marinhos, os crustáceos servem-se de seu invólucro calcário como as orelhas de seu pavilhão (mas também, é claro, de seu tímpano e de seu labirinto) para fazerem ressoar o silêncio da razão e o mutismo das coisas. Cada poema de Ponge é assim uma beira-mar em que se alinham cais como poéticas, nas quais subimos a bordo de barcas que conduzimos seguindo o movimento da mãe, até que a alma soçobre, levando consigo as ilusões urdidas pelos cantos das sirenas no côncavo das ondas:

> O mar até a proximidade de seus limites é uma coisa simples que se repete vaga por vaga. Mas as coisas mais simples na natureza não se abordam sem usar de muitas formalidades, ser muito cerimonioso, as coisas mais espessas sem sofrerem algum adelgaçamento. É por isso que o homem, e por rancor também contra a imensidade que o abate, se precipita à beira ou à interseção das grandes coisas para defini-las. Pois a razão no seio do uniforme perigosamente oscila e se rarefaz: um espírito com falta de noções deve inicialmente abastecer-se de aparências ("Bords de mer", TP, 64).

---

[6] Eugenio Corsini. *L'Apocalypse maintenant*. Trad. do italiano por Renza Arrighi. Paris: Seuil, 1984, p. 47.

Tem-se a impressão de ouvir Georges Bataille sentindo a vertigem pascaliana. E de fato, o abismo que se abre em nós por ocasião da visão das coisas mais simples só se *atualiza* pela escuta atenta dos fenômenos. Todo o córpus pongiano (desde que o termo *córpus* seja aqui pertinente) se mantém no limite da memória auditiva, única faculdade apta a conservar os vestígios da fonte original da família do escritor, da mesa e dos livros dos pais.

Na verdade, o ponto central está ao mesmo tempo no sentido ascendente e descendente das reescrituras: "Meu trabalho, como expus, pus na mesa, consistia em ir ao encontro do encontro, do choque que tive no encontro, e só..."[7]. Esse desejo de *reviver* o choque, de voltar para onde nos dirigimos — sendo o momento do encontro idealmente o do fim aleatório do texto —, mostra a que ponto o partido das coisas é igualmente um partido do homem-escritor apoiado na mesa. Por isso, contrariamente ao que poderia fazer crer uma leitura superficial de Ponge, a questão "O que é uma coisa?" vê-se logo substituída por esta outra, aparentemente bem simples: "O que é o homem?"[8] A resposta, que não deixa dúvida alguma, vale a pena ser citada:

É um caranguejo que poderia deixar sua carapaça no vestiário, seu periscópio, e seus tornos, e seus caniços. Uma aranha que poderia guardar sua rede em uma barraca, e consertá-la com a ponta dos dedos, ao invés de dever abandoná-la para tecer uma outra, que digo, para babar de novo uma. Imagina-se que infinidade de exemplos eu poderia encontrar na natureza para continuar aqueles. Não insistamos. Penso que está claro. Aliás, basta olhar qualquer um de nós. Saindo de seu avião ou de seu carro, que deixa na garagem, vestido com suas roupas, que deixa no banheiro, aí está ele como no primeiro dia: tão nu, nu como um verme, tão rosado, tão integralmente limpo e livre quanto possível. Praticamente não conheço, não, a não ser os anjos, praticamente não conheço animal mais nu ("Texte sur l'électricité", LY, 177).

Apostamos que, a propósito dos anjos, Mallarmé estaria de acordo. Abrindo o tempo da nudez adâmica, todas essas "metáforas" expri-

---

[7] Intervenção de Francis Ponge no Colóquio de Cerisy, p. 304.

[8] Pode-se referir aqui, entre outras, esta carta de 2 de fevereiro de 1943 a Jean Paulhan, na qual Ponge mostra já ironicamente a que ponto sua preocupação é bem mais do que fenomenológica: "Mas acha o <u>Pinhal</u> publicável e até me incita a tornar-me filósofo (ensaísta se quiseres)... [Var.: e desejaria até que me torne filósofo (enfim ensaísta se preferires)...] Ora, não abandonei meu partido, nem [Var.: esqueci] contra o que ele foi tomado [Var.: eu o tomei]... Entretanto, acontece que meu objeto atual é o <u>Homem</u> (apenas isso): isso é a seqüência do Partido. E talvez isso possa bastar" (CPP, t. 1, p. 286, carta 277).

mem um fato fundamental: em face das coisas, o homem, que também é uma coisa, habita a casa incendiada da linguagem. À verdade da coisa Ponge prefere a variedade não coordenada na intuição das coisas, a qual é a única capaz de designar a nudez de quem vê e ouve com a ajuda do jogo da memória. Por isso — excetuando-se talvez a mesa, cuja solidez e fixidade são mais fantasmadas do que constatadas — convém captar o movimento das coisas pelo qual o mundo se revela transformável: "Se é possível, escreve Jacques Garelli, mostrar que para Francis Ponge a coisa nunca é tratada sob a forma de substância estável e as palavras nunca são tidas como entidades ideais, fixas, a dimensão proto-ôntica da obra de arte terá sido confirmada"[9]. Saindo das categorias lógicas do tempo e do espaço, Ponge se instala em uma região onde a movência do mundo é primeira. Quando fala de um desenho de Braque, dos retratos de Leonor Fini, dos gessos de Fenosa ou das folhas de plátano de Sekigushi, é antes de mais nada sua rítmica e sua cinésica que se desenrolam na escritura, pois se trata de obras que, como os quadros de Charbonnier, *irritam*, se movem quando nelas se pisa ("Pierre Charbonnier", AC, 82). É por ocasião das coisas, quaisquer que sejam, que o homem define a região de sua existência. A armadilha consiste em crer que o partido das coisas conduz às coisas, quando na verdade, levando-se em conta as palavras, se trata do homem, de sua liberdade na prisão da língua. Essa liberdade é a da aranha consertando continuamente sua teia no horizonte da morte inevitável, daquilo que o poeta chama o "repugnante triunfo pago pela destruição de minha obra..." (AR, 37). Mas terá sido necessário, para chegar a este ponto de não-retorno, "voltar várias vezes por diversos caminhos a seguir a seu ponto de partida, sem ter traçado, estendido uma linha pela qual seu corpo não tenha passado — da qual não tenha participado inteiramente — às vezes fiadura e tecelagem" (AR, 26-7)? Voltar, ruminar, reescrever o corpo pelo qual passam as coisas. A mesa terá servido de apoio ao corpo do escritor. A mesa comum é *a* coisa de Francis Ponge, por isso a necessidade de uma "poesia" encomiástica que tente encenar a primitividade do ente.

Ter-se-á compreendido que eu queria dizer que a mesa é sua aranha, a aranha da língua que dispõe as definições como teias urdidas para os leitores. A mesa comum é o livro no qual somos devorados como moscas, uma vez que tenhamos caído na armadilha do texto. Para reencontrar o fio da memória, devemos, todavia, mergulhar nas raízes da língua. É o que sugeria Georges Garampon em sua inteligente lei-

---

[9] *Rythmes et mondes. Au revers de l'identité et de l'altérité.* Grenoble: Jérôme Millon, 1991, p. 441.

tura da *Aranha*, ao escrever que "as próprias palavras, personagens de comédia italiana, não escapariam do dicionário (o leitor por excelência), sob seus disfarces diversos, a não ser para provarem sua indiferença" ("F. P. ou la résolution humaine", AR, 50-1). Quer dizer que importa agora, se quisermos compreender essa "indiferença" e as paradas deste texto que é *A mesa*[10], que ainda continua infelizmente sendo muito pouco estudado, debruçar-nos sobre o dicionário (ou sobre os dicionários) de Ponge, o qual, como logo se verá, se encontra flanqueado (ou dobrado) por um outro grande livro: o Bíblia. Com isso, entraremos no ateliê do poeta e veremos quais são as ferramentas mais úteis.

---

[10] Além dos meus trabalhos, os dois únicos artigos que, quanto eu saiba, tratam de *La table* são: Thomas Aron. "La réécriture faite texte. Un *moviment* de Francis Ponge: *La table*". *Semen*, n. 3, Annales littéraires de l'Université de Besançon, 1986, p. 179-212; Christiane Seitz. "Mettre sur la table la démarche intellectuelle, le travail: Der 'moviment' La table von Francis Ponge". *Archiv für das Studium der Neueren Sprachen und Literaturen*, Berlin: Germany Archiv, v. 230, n. 1, 1993, p. 99-119.

O DICIONÁRIO, O BÍBLIA

Em um de seus diálogos com Philippe Sollers, Ponge propõe diferentes possibilidades de classificação de sua obra. Excluindo liminarmente o modelo cosmogônico dos gregos pré-socráticos, porque o homem de hoje não pode, evidentemente, pretender apreender o conjunto dos conhecimentos, ele sugere quer o modelo do dicionário alfabético, quer o da Bíblia protestante, quer o do diário poético, que também poderia ser designado como romance na medida em que o diário dá a ler algo que tem a ver com a vida de um homem no sentido de Ungaretti. Enquanto os dois primeiros modelos mergulham suas raízes na infância do poeta, o terceiro nasceu da própria prática da literatura.

Dos livros de infância que lembram o Pai, o *Littré* é sem dúvida o mais importante, pelo menos do ponto de vista prático. Ponge considera-o um livro de maravilhas, nada menos que um cofre de tesouros, a mala do marajá, assim como Sartre vê no *Grand Larousse* um livro que para ele representa tudo[11]. Mas impõem-se imediatamente duas

---

[11] Ao relatar como o mundo se lhe apresentou através da linguagem, Sartre escreve, por exemplo, referindo-se ao *Grand Larousse*: "Eu pegava um tomo ao acaso, atrás da escrivaninha, na penúltima prateleira. A-Bello, Belloc-Ch ou Ci-D, Mele-Po ou Pr-Z (estas associações de sílabas estavam convertidas em nomes próprios que designavam os setores do saber universal: havia a região Ci-D, a região Pr-Z, com sua fauna e sua flora, suas cidades, seus grandes homens e suas batalhas); eu o depositava penosamente sobre a pasta da mesa de meu avô, abria-o, desaninhava dele os verdadeiros pássaros, procedia à caça às verdadeiras borboletas pousadas em verdadeiras flores. Homens e animais se encontravam lá, *em pessoa*: as gravuras eram seus corpos, o texto sua alma, sua essência singular; fora dos muros, eram encontrados vagos esboços que se aproximavam mais ou menos dos arquétipos sem atingir a sua perfeição: no Jardin d'Acclimatation, os macacos eram menos macacos; no Jardin du Luxembourg, os homens eram menos homens. Platônicos por condição, eu ia do saber ao seu objeto; achava na idéia mais realidade que na coisa. Foi nos livros que encontrei o universo: assimilado, classificado, rotulado, pensado e ainda temível; confundi a desordem de minhas experiências livrescas com o curso aventuroso dos acontecimentos reais. Daí veio esse idealismo de que gastei trinta anos para me desfazer" (*As palavras*. Trad. J. Guinsburg. 6. ed. Rio de Janeiro: Nova Fronteira, 1984, p. 38). Verifica-se que, tanto para Sartre quanto para Ponge, o dicionário representa sobremaneira um modo de apreensão do mundo. Haveria, aliás, muito a dizer sobre o fato de o dicionário, e mais geralmente o Livro, vir a Sartre, como a Ponge, pelo filão paterno. O Livro como substituto do Pai, como criptonímia da passagem (mesmo

observações. Em primeiro lugar, o positivismo de Littré não pode assustar a quem consulta um dicionário como se lesse uma coletânea de poesia:

> Littré era um filósofo positivista, mas maravilhoso, sensível, um poeta magnífico, não é? Era um discípulo de Augusto Comte (enfim, era da mesma escola), mas provou uma sensibilidade maravilhosa: na escolha dos exemplos para cada palavra, na maneira de tratar o histórico etc. As palavras são um mundo concreto, tão denso, tão existente quanto o mundo exterior. Ele está aí. Por quê? Porque todas as palavras de todas as línguas e sobretudo as línguas que têm uma literatura, como a alemã, a francesa e que têm também — como direi? que vêm de outras línguas que já tiveram monumentos, como o latim, essas palavras, cada palavra é uma coluna do dicionário, é uma coisa que tem uma extensão, mesmo no espaço, no dicionário, mas é também uma coisa que tem uma história, que mudou de sentido, que tem uma, duas, três, quatro, cinco, seis significações. Que é uma coisa espessa, contraditória muitas vezes, com uma beleza do ponto de vista fonético, aquela beleza das vogais, das sílabas, dos ditongos, aquela música... Em suma, são sons, antes as sílabas, são sons, cada sílaba é um som. As palavras, isso é estranhamente concreto, porque, se vocês pensam... Ao mesmo tempo elas têm, digamos, duas dimensões, para o olho e para a orelha, e talvez a terceira, isto é, algo como sua significação ("La pratique de la littérature", M, 272-3).

Este extrato de uma conferência proferida na Escola Técnica Superior de Stuttgart em maio de 1956 mostra que a posição de Ponge em relação ao *Littré* é totalmente excepcional. Lexicomaníaco, ele o é certamente, e sabe-se que consulta vários outros dicionários, o que está longe,

---

se, no caso de Sartre, é o avô materno e alsaciano que *toma o lugar* do Pai)? Em todo caso, não é muito arriscado conjeturar — e pouco importa que esse trajeto inaugure um certo platonismo ou um combate contra ele — que a religião do Livro (no sentido *paterno* do termo, sentido que implica em Sartre a grande Cultura — Horácio, Rabelais, Mérimée, Chateaubriand, Flaubert, Courteline, etc. —, e não a cultura popular — Jean de la Hire, Arnould Galopin, Marcel Dunot, Júlio Verne, etc. —, que provém do filão materno, o que leva o autor de *O ser e o nada* a dizer, falando de sua "vida dupla": "Ela nunca cessou: ainda hoje, leio com mais vontade os romances da *Série Noire* do que Wittgenstein", *ibid.*, p. 56-7) é tal que, em certo momento, o escritor, ou aquele que se pensa ou se escreve como tal, faz das palavras, das linhas e do papel reunidos sob esta ou aquela capa o signo da linguagem "no estado de natureza, sem os homens", segundo a fórmula sartriana. Daí sua representação, pelo filósofo e pelo artesão, como pedras, tijolos, menires, monumentos, figuras que estão todas ligadas, de alguma forma, à Memória Paterna e aos "autores" falecidos e introjetados. No momento em que começa a escrever, também Sartre "retranscreve", com uma preocupação pedagógica que o aproxima de Boussenard e de Verne, verbetes de dicionários.

contrariamente ao que se poderia acreditar, de ser a atitude geral dos escritores. Georges Matoré demonstrou, por exemplo, que Théophile Gauthier, que possuía, ao que parece, em torno de cinqüenta dicionários, os utilizava principalmente quando ia em busca de termos arcaicos ou exóticos. Os românticos, por sua vez, foram aparentemente pouco sensíveis aos dicionários, e Flaubert, mais categórico, chegava a desprezá-los, por representarem, segundo ele, uma língua congelada. Goncourt, Huysmans e os partidários da escritura-artista adotam, não o *Littré*, mas, fiéis à estética da palavra rara, o *Dictionnaire analogique* de Boissière. A importância que Zola confere à língua popular impede-o igualmente de transformar o *Littré* em seu instrumento de trabalho. Finalmente, os simbolistas, se o consultaram, certamente não desposaram seu positivismo. Em suma, como estabelece Matoré: "Evidencia-se que a influência de Littré sobre a língua dos escritores foi muito pequena no final do século XIX [...]. A situação muda a partir de 1890 aproximadamente, quando se manifestam os sintomas de um classicismo que não é mais herdado do meio ambiente ou dos escritores anteriores, mas que é um simbolismo ultrapassado." Entre os que o citam, encontram-se Gide e Abel Hermant. Proust e Claudel (e Valéry?) o esquecem manifestamente. A conclusão de Matoré é, quanto a este ponto, contundente: "Littré é o representante de um passado volvido"[12]. Acrescentando-se a isso o fato de que Littré se interessa só muito modestamente pela literatura de sua época, compreende-se sem dificuldade que os escritores não tenham sido particularmente tentados a recorrer a suas informações, todavia preciosas, se consideradas na perspectiva de Ponge. Se Matoré tem até certo ponto razão ao falar de ostracismo, deve-se, no entanto, ressaltar que a concepção de Littré é, para quem se situa no contexto da época, relativamente moderna.

As pesquisas recentes comprovaram que as duas opções metodológicas do dicionário predominantes no fim do século XIX são, de um lado, a concepção descritiva e, de outro, a concepção explicativa. A primeira, defendida por Littré, parte do índice de uso das significações e trabalha em determinar sua freqüência, bem como a extensão de seu emprego e suas relações analógicas. A segunda, que remonta ao *Trésor de la langue française* (1606) de Jean Nicot, consagra-se, antes, à etimologia e fundamenta-se nas relações de derivação lógica[13]. Na medida em que

---

[12] "Littré et les écrivains des XIXe et XXe siècles". In: *Actes du Colloque Émile Littré 1801-1881*. Paris: Albin Michel, 1982, p. 418-9.

[13] Baseio-me aqui no estudo de Bernard Quemada "Du glossaire au dictionnaire. Deux aspects de l'élaboration des énoncés lexicographiques dans les grands répertoires du XVIIe siècle". *Cahiers de lexicologie*, Paris: Didier, Larousse, v. XX, n. 1, 1972, p. 97-128.

o projeto de Littré favorece a primeira opção, é, pois, um tanto injusto insistir no caráter muitas vezes fantasista e pouco científico das etimologias que apresenta. Tudo aqui é uma questão de ponto de vista, e nenhum deles deve ser excluído. É evidente que a rubrica etimológica dos verbetes de Littré é "ultrapassada" e que, no conjunto, não é mais do que a retomada da *Grammatik der romanischen Sprachen* (1836-1843) e do *Etymologisches Wörterbuch* (1853) de F. Diez. Não deixa de ser verdade, no entanto, como observava Gilles Roques, que o desaparecimento em nossos dicionários das etimologias primárias (a relação entre as diversas línguas indo-européias) é uma triste perda, pois elas permitiam "restabelecer correspondências entre sons mágicos e abolir por um instante a trivialidade da linguagem" (função que Mallarmé não teria desdenhado), ainda mais que, depois de Littré, era impossível voltar aos "absurdos celtômanos, helenômanos, islandômanos tão comuns no século XIX"[14]. Ora, é justamente essa magia que interessa a Ponge, o qual não leva a sério a cientificidade do lexicógrafo, vindo a pertinência da significação em terceiro lugar, após os aspectos sonoros e visuais das palavras.

Uma segunda observação refere-se ao fato de o *Littré*, como dicionário de palavras, de fatos e de coisas na tradição grega e latina, não deixar de ser — muito pelo contrário —, como o são os dicionários clássicos da Índia e da China antiga, uma obra de arte e um fato social. Littré é visto por Ponge menos como um lexicógrafo que como um poeta, no mesmo nível de Amarasimha, o criador do modelo dos tesouros dos nomes sânscritos, o *Amarakosa*, e Tcheou-hing-sse, o criador do modelo dos dicionários chineses, o *Ch'ien tzu wen*, ou *Clássico dos mil caracteres*[15]. O dicionário é em primeiro lugar um objeto estético ou que possui, de qualquer forma, além de suas virtudes didáticas e pragmáticas, virtudes estéticas. É para Ponge, como observa com pertinência

---

[14] Gilles Roques. "Littré et l'étymologie". In: *Actes du Colloque Émile Littré*, p. 373-4.

[15] Ver Francis Zimmermann, "Poïétique et matériau du savoir. Les dictionnaires dans l'Inde classique". In: Groupe de Recherches Esthétiques du C.N.R.S. *Recherches poïétiques*, t. II. Paris: Klincksieck, 1976, p. 101-14. Aprofundando a pesquisa neste sentido — e deixando de tomar, como faz ainda a crítica pongiana, a questão do dicionário com uma suspeita superficialidade —, poder-se-ia talvez mostrar que Ponge concebe na realidade o dicionário de maneira muito mais ampla do que estamos acostumados, capaz de traduzir uma ordem moral do mundo. Zimmermann escreve: "Dando um sentido muito amplo a esta palavra, não se pode dizer que a estrutura de conjunto de um dicionário é 'paradigmática'? As palavras se explicam umas pelas outras, substituindo umas as outras, combinando-se o *jogo das variantes* (nuanças de sentidos entre sinônimos) com o jogo das referências cruzadas (que, caso contrário, seriam tautológicas). Tudo ocorre como se o movimento natural do pensamento fosse para uns, para nós, um encadeamento de argumentos, mas para outros um jogo de substituições" (p. 106).

Derrida, "seu mais belo objoego, feito para mergulhar na maior confusão todos os cientismos analfabetos"[16]. Se a beleza é priorizada em relação à cientificidade (sem contudo excluí-la totalmente), é simplesmente porque o poeta não faz obra de lexicógrafo ou de filólogo. Sua tarefa e seu objetivo, que são revelar a matéria resistindo-lhe, não podem satisfazer-se com um trabalho metalingüístico, pois ele deve *tocar* não só o espírito humano senão também os sentidos.

Considerando *Littré* como obra de um poeta, Ponge opõe-se a Baudelaire, o qual, ao tentar definir o que ele chama, com uma fórmula que será retomada por Bergson, de imaginação criadora, relata ironicamente a frase de um cientista que lhe repetia freqüentemente que a natureza não é senão um dicionário:

> Para bem compreender a extensão do sentido implicado nesta frase, é preciso figurar-se os usos numerosos e comuns do dicionário. Procura-se nele o sentido das palavras, a geração das palavras, a etimologia das palavras; enfim, extraem-se dele todos os elementos que compõem uma frase e uma narrativa; mas ninguém jamais considerou o dicionário como uma composição no sentido poético da palavra. Os pintores que obedecem à imaginação procuram em seu dicionário os elementos que se harmonizam com sua concepção; porém, ajustando-os com uma certa arte, dão-lhes uma fisionomia totalmente nova. Aqueles que não têm imaginação copiam o dicionário[17].

Uma leitura apressada das folhas da *Mesa* poderia levar a entender que o recurso de Ponge ao dicionário vem justamente paliar uma falta de imaginação, ainda mais que recorre a ele já na segunda folha, logo após a abertura. Se o verbete de dicionário serve inegavelmente como embreante no sentido pragmático do termo, ele não deixa de fazer parte, e acima de tudo, do intertexto poético ocidental, pela mesma razão que Dante, Malherbe ou Pound. Bem mais do que um "pré-construído genético"[18], constitui na realidade um instrumento e um objeto de reflexão cuja função é, antes de mais nada, retórica, na medida em que abre, juntamente com a história da palavra e da língua, a intertextualidade da coisa[19]. Quando Ponge vai ao Littré ou a qualquer outro dicionário,

---

[16] *Signsponge/Signéponge*, p. 42-3.

[17] "Salon de 1859. Lettre à M. le Directeur de la 'Revue française'" (cap. IV: "Le gouvernement de l'imagination"). In: *Œuvres complètes*, t. II. Paris: Gallimard, 1976, p. 624-5 (Col. Bibliothèque de la Pléiade).

[18] Michel Espagne. "Les enjeux de la genèse". *Études françaises*, Montréal: Presses de l'Université de Montréal, v. 20, n. 2, automne 1984, p. 118.

[19] Eu mesmo propus uma leitura dos diferentes usos do dicionário em Ponge,

vai a ele como a um tesouro, a um monumento em movimento — um "movimento" —, em suma, a um texto, isto é, a uma coisa da língua que funciona na língua e que questiona seus limites expressivos e históricos. O dicionário é um tesouro que entesoura as riquezas da língua, uma mina que re-traça a textualidade funcional das palavras e das coisas.

Contrariamente ao pandita (o brâmane possuidor de conhecimentos lingüísticos, religiosos e filosóficos), que concebe seu tesouro de nomes menos de acordo com uma teoria do sentido do que de acordo com uma teoria da referência, isto é, de acordo com uma teoria da relação de denominação entre as palavras e as coisas, o lexicógrafo pongiano, que não aposta na referencialidade, interessa-se antes de mais nada pelos sons do Littré, pela concretude das palavras e, além e aquém de sua polissemia, mas sem excluí-la, por sua disseminação. Se há um outro "escritor" que trabalha em companhia de Littré, este é Derrida, e não por acaso. Depois de "definir" a palavra "cagalhão" haurindo no Littré, aproveita para confiar o que segue:

> Algum abundante poeticista desejaria proibir que se jogue, particularmente com o Littré, e se mostra severo, em nome da ilitrefação, obra de salubridade pública e revolucionária ("Resta a ilusão substancialista do desenvolvimento sintagmático de todos os 'sentidos' de uma palavra. Assiste-se [de Ponge a Derrida] à superstição essencialmente ideológica que consiste em citar o dicionário e especialmente Littré, tomado como referência lingüística — o que [à parte o problema em si da utilização dos dicionários] comprova um estranho retorno à ideologia fixista da burguesia que bloqueia a língua no classicismo do século XVII-XVIII. Não haveria senão uma justificativa histórica para ler Littré: para Mallarmé"). De uma sentença tão severa (mas não se advertiu, de uma cátedra eminente, recentemente, que tudo o que se disse da escritura no decorrer destes últimos anos deveria ser denunciado 'severamente'?), só apelarei para *La dissémination*, que não é a polissemia, se ocupa ainda menos com "todos os 'sentidos' de uma palavra", com o sentido e com a palavra em geral, e onde se poderia ter lido, entre outras coisas: "(Littré, a quem não pedimos aqui nada menos do que uma etimologia)", p. 288; ou ainda: "Littré, ainda, a quem jamais terá sido pedido, evidentemente, que *soubesse*" (p. 303)[20].

É porque essa relação é movente, lúdica, e até mesmo iconoclasta, que

---

apoiando-me na *Mesa*, em "Du *Littré* à Francis Ponge". *Études françaises*, Montréal: Presses de l'Université de Montréal, v. 24, n. 2, automne 1988, p. 75-87.

[20] *Spurs. Nietzsche's Styles / Éperons. Les styles de Nietzsche*, p. 160-5.

as definições-descrições elaboradas por Ponge são mais do que extensões da condensação nominativa e não procuram de forma alguma delimitar qualquer verdade. A Littré pede-se antes de mais nada que ressoe e que faça vibrar as camadas da língua; daí o absurdo que há em condenar o poeta (como também Derrida) por uma pretensa falta de rigor em suas pesquisas etimológicas e lexicográficas ou em suas análises fonológicas, ainda mais que o caráter "científico" de nossos dicionários mais recentes muitas vezes não passa, malgrado o que pensam nossos lexicógrafos, de um engodo tecnológico.

É evidente que Ponge, quando vai ao *Littré*, não transcreve o dicionário. Muito pelo contrário, reconstrói no interior do poema uma metalíngua descritiva que, além de outorgar aos enunciados analisados um estatuto de enunciado trasladado lexicográfico, faz com que adquiram uma potencialidade poiética. Partindo do princípio de que *Littré* é uma coletânea de poesia, Ponge não o lê e não o reescreve enquanto poeticista que permanece prisioneiro da gramática formal que estrutura os dicionários de língua via, por exemplo, procedimentos de transformação nominal, de redução do sistema verbal à oposição acabado/não-acabado ou de supressão das determinações referenciais, procedimentos que possibilitam dar-se-lhes uma forma de comunicação objetiva, isto é, despersonalizada, pelo menos em princípio. Em outras palavras, a informação documental habitualmente oferecida pelo dicionário de língua vê-se perversamente problematizada na medida em que o discurso didático que se constitui a partir de palavras ou de sintagmas lexicalizados passa pela dialética da metáfora paradigmática e da metonímia sintagmática. Quando Ponge se propõe "definir" e "descrever" objetos como a mesa, a laranja, a oliva, o aparelho telefônico ou o visco, os traços sêmicos repertoriados e considerados pertinentes freqüentemente não seriam aqueles retidos como tais num dicionário (o que não impede que vários deles sejam retidos) que parte do arbitrário alfabético para submeter ao leitor morfemas que, enquanto geradores, produzem frases inéditas no interior de um sistema com combinatória aberta. À simbólica gráfica do dicionário de língua que se edifica a partir das camadas fonética e semântica da língua sobrepõem-se, nas definições-descrições pongianas, as camadas semiótica, mitológica e holopântica, sendo esta última a única, uma vez que o mito foi apreendido como objeto intencional, a desvelar enfim o ser gnoseológico do poeta-escrevedor-leitor. É porque o mito constitui *"a atitude noética global, solicitada pelo poema e considerada enquanto objeto"*[21], que as

---

[21] Nicolas Abraham. *Rythmes de l'œuvre, de la traduction et de la psychanalyse*. Paris: Flammarion, 1985, p. 68.

etimologias pongianas são efetivamente fantasistas (cf., por exemplo, na *Mesa*, a folha 55, onde a etimologia proposta por Littré para *consolar*, que viria do latim *consolari*, de *cum* e *solus*, cujo sentido próprio é "inteiro", significando o verbo "tornar inteiro, satisfazer", é colocada em dúvida por Ponge, o qual sugere que *solus* significa *só*), se se entende com isso que elas remetem a um mundo em que os objetos são a imagem do poeta.

O problema levantado pelo trabalho léxico-poético consiste, portanto, em saber a que operação se entrega Ponge ao fabricar em seu ateliê uma "definição" e uma "descrição". Em "My creative method", a questão está claramente formulada:

De onde vem essa diferença, essa margem inconcebível entre a definição de uma palavra e a descrição da coisa que essa palavra designa? De onde vem que as definições dos dicionários nos pareçam tão lamentavelmente destituídas de concreto, e as descrições (dos romances ou dos poemas, por exemplo,) tão incompletas (ou ao contrário demasiadamente particulares e detalhadas), tão arbitrárias, tão casuais? Não se poderia imaginar uma espécie de escritos (novos) que, situando-se mais ou menos entre os dois gêneros (definição e descrição), tomassem ao primeiro sua infalibilidade, sua brevidade, ao segundo seu respeito do aspecto sensorial das coisas... (M, 11).

A mesa é um exemplo desse novo gênero (designá-lo objoego, sapato, proema ou com qualquer outro nome tem importância relativamente secundária), tendido entre os limites estreitos da frase ou do sintagma supostos pela definição e pelo processo de descoberta implicado pela extensão discursiva da atividade descritiva, devendo esta, todavia, atingir uma espécie de estridência silenciosa: "Uma descrição perfeita é uma maneira de cerrar os dentes, uma maneira de *não* gritar, está claro?" ("La pratique de la littérature", M, 278). Tudo é aqui, como demonstraram Courtès e Greimas[22], uma questão de elasticidade do discurso na medida em que a operação metalingüística da definição, que vai quer de um termo para sua definição segundo o processo de expansão (que revela, como diz Ponge, a história da palavra), quer de uma unidade lexical para sua denotação segundo o processo de condensação, se identifica, em última instância, com a descrição como forma de narrativa proemática, a qual se constrói na exposição das variáveis e de suas correlações, ilustrando Ponge o fato, tão evidente que dele nem nos damos

---

[22] Adoto aqui o verbete "Definição" do *Dicionário de semiótica*. Trad. Alceu Dias Lima et alii. São Paulo: Cultrix, 1979, p. 101-2.

conta, de que a definição só aparece no término, e não no início de uma análise.

Cada texto do partido das coisas propõe, por conseguinte, definições que, embora pertencendo a um sistema modelizador secundário, remetem, como nas línguas naturais, a três classes: as definições taxionônimas, que são constituídas pelas qualificações da coisa definida (a mesa, por exemplo, é ou de madeira, ou de vidro, tem geralmente quatro patas); as definições funcionais, que precisam o valor de uso da coisa (a mesa serve de apoio ao cotovelo do escritor, é sua consolação); as definições por geração, que explicam os objetos por seu modo de produção da atividade semiótica originada na enunciação e formadora de um enunciado (a mesa é uma definição-descrição que é o texto propriamente dito). Os atos de linguagem geram em Ponge enunciados elementares e enunciados narrativos que encenam as funções de transformação, pois a passagem de um estado inicial a um estado final se vê constantemente adiada e, de fato, jamais realizada, na medida em que o enunciado disjuntivo que dá à luz a obra ("Desculpem esta aparência de falha em nossas relações. Jamais saberei explicar-me" TP, 9) nunca se verá substituído — mesmo e sobretudo na *Mesa* — por um enunciado de estado conjuntivo onde a falha de expressão fosse corrigida.

A escuta e a leitura do *Littré* ou dos outros dicionários propostas por Ponge e Derrida colocam, evidentemente, uma outra questão, que implica desta vez, via o arbitrário da apresentação alfabética dos verbetes, os limites do inventário dos lexemas da língua natural ou poética. Dito de outra maneira, à ordem convencional corresponde na realidade uma espécie de caos tal que o relógio universal parece completamente desregulado. Gérard Farasse mostrou que essa tensão lexicográfica está em relação com um pensamento heliocêntrico no âmbito do qual o Sol, como lei absoluta do sistema, está completamente desajustado. Ao mesmo tempo cego e gerador de vida, o Sol está no centro de uma astronomia psicótica, porque seu funcionamento erótico perturba gravemente nossa relação com as formas e a matéria. Esse trabalho do negativo também tem sua vertente positiva, pois juntos permitem driblar a representação, ultrapassar os limites desta, duplicando-a de dentro por um movimento de eversão.

Ora, o dicionário é o instrumento lingüístico dos excessos astronômicos. Se, por um lado, ele representa a imagem da ordem, da classificação das palavras e dos sentidos, por outro, constitui um gigantesco reservatório de matérias em fusão. Ao texto limpo e cuidado respondem as rasuras infinitas, assim como o cofre dos tesouros é posto de cabeça para baixo pela dispersão da significância. Como evidenciou magnificamente Farasse, é de uma luta entre leis antagonistas que se trata aqui:

O dicionário é também a imagem de um texto sem lei, condenado à dispersão, indominável: faz pressão sobre o texto que se constrói a partir dele recusando-o, filtrando-o: o texto peneira o dicionário impondo-lhe uma lei. Essas duas figuras funcionam de modo contraditório e se olham reciprocamente como num espelho; uma não é, todavia, simplesmente o contrário da outra: o cofre é a imagem virada do caos, mas também seu desejo, seu medo, seu prazer. Há nessa ambivalência do dicionário toda a diferença de estrutura entre a neurose e a psicose, entre um mundo em que a lei existe e um mundo em que a lei não existe: toda a diferença, mas também uma proximidade que se deve salientar: não será a neurose, obsessiva, por exemplo, uma construção defensiva que faz com que o sujeito escape à psicose? Pode-se suspender a oposição que faz com que se alternem dois fantasmas, o do corpo despedaçado e o do corpo rejuntado? Só uma reavaliação e uma redefinição do que é o fragmento o possibilitará[23].

Seria difícil marcar melhor a tensão entre o texto acabado e o texto inacabável, tensão que engendra a prática das reescrituras permanentes, dos rascunhos a serem constantemente revistos, refeitos. Mas a leitura de Farasse vai mais longe ainda, por abrir, através da etiologia, a grade das decriptações da obra de Ponge tal como ela se dá superlativamente na *Mesa*. Pois a morte, que ressuma da multidão de casquinhas da árvore paterna que estrutura a família das palavras e das coisas, cobre o caroço duro e de alguma forma incomunicável, anti-semântico, que dramatiza o instinto filial e a origem do fantasma do assassinato da Mãe que caminha com quatro patas, torturada, rodada pelo escrevedor.

Por isso *A mesa* é um texto mortuário que assina uma lembrança traumática cuja chave é o gozo inconfessável que liga mãe e filho. A mesa é um *objeto endocríptico*, para retomar os termos de Nicolas Abraham e Maria Torok. A mesa é, entre outras coisas, um ataúde, como diz o poeta quase com a ponta dos lábios e a ponta dos dedos. Sua (?) voz, com a qual se identifica a Mãe do poeta, faz-se ouvir, com efeito, de além-túmulo, de maneira que a luz do texto oculta a melancolia da perda. Como Lázaro, perdida nos dédalos aracnídeos do psiquismo, a mesa espera sua ressurreição de entre os mortos: "De tal conjuntura resulta a instalação no seio do *Ego* de um lugar fechado, de uma verdadeira *cripta*, e isso como conseqüência de um mecanismo autônomo, espécie de antiintrojeção, comparável à formação de um casulo em torno da crisá-

---

[23] Gérard Farasse. "Héliographie". *Revue des sciences humaines*, Lille: Presses de l'Université de Lille III, n. 151, juil./sept. 1973, p. 439.

lida, e que nós denominamos: inclusão"[24]. Chega-se assim a pensar que o partido das coisas que se dá a ler através das intermináveis repetições envolve a lagarta errática das palavras mortas oferecidas no dicionário a quem aceita mergulhar com a cabeça no caos da língua. Não é por acaso que Ponge, na folha 28, apresenta um abecedário, a respeito do qual sustentei alhures que ele constitui o espaço criptográfico inicial do conjunto da obra[25]. As possibilidades puras afixadas nas letras abrem um processo infinito de nominação pelo qual é possível ir além dos símbolos; daí a importância conferida aos nomes comuns mais que aos nomes próprios, porque estes pertencem ao reino do arbitrário. Ponge não considera, aliás, nomes próprios a não ser se ouvir neles a possibilidade de motivá-los: Francis = Funcho, Ponge = Peônia, Braque está a igual distância entre Bach e "barroco", Claudel, entre "clama" e "claudica". Lingüisticamente tendida ao máximo, a motivação pode concretizar-se em jogos de léxico, de glossário, de trocadilhos ou de calembures. Longe de ser gratuita, a sonoridade dos nomes vem aqui supermotivar o estatuto semiológico do artista e de sua arte. Estes exemplos, que visam a mergulhar novamente os nomes próprios na comunidade quotidiana da língua, abrem, na verdade, para problemas muito mais gerais.

O primeiro desses problemas é o da diferença entre o nome próprio e o nome comum, tal como ela se desdobra desde a cena babélica. Aparece assim a imensa questão da tradução dos nomes próprios e,

---

[24] Nicolas Abraham & Maria Torok. *A casca e o núcleo*. Trad. Maria José R. Faria Coracini. São Paulo: Escuta, 1995, p. 279.

A questão da morte da mãe não é uma questão entre outras. Ela engaja, além daquilo que aqui esboço, a própria questão da tradução, isto é, da dívida, do nome, da verdade e, mais geralmente, mais intimamente, da relação de Francis Ponge com os textos sagrados.

Na medida em que, como mostrou Benjamin, a lei interior e formal do original exige a tradução para que ele cresça e se desdobre (mas isso sem organicismo), deve-se entender que nosso trabalho parte do princípio de que o original se dá modificando-se, o que suscita a questão de se saber com que ou com quem os tradutores estão endividados. Derrida: "Se o tradutor não restitui nem copia um original, é porque este sobrevive e se transforma. A tradução será, na verdade, um momento de seu próprio crescimento, ele se completará nela *ao* engrandecer-se. Ora, importa que o crescimento, e é nisto que a lógica 'seminal' deve ter-se imposto a Benjamin, não dê margem a qualquer forma em qualquer direção. O crescimento deve cumprir, preencher, completar (*Ergänzung* é aqui a palavra mais freqüente). E, se o original requer um complemento, é porque na origem ele não estava aí sem falta, pleno, completo, total, idêntico a si. Desde a origem do original a ser traduzido, há queda e exílio" ("Des tours de Babel". In: *Psyché: invention de l'autre*. Paris: Galilée, 1987, p. 222). Os dossiês de Ponge exibem em plena luz, mas sem ostentação, esse exílio, essa incompletude que chama e comanda a tradução, que pede ao tradutor que venha. Neste apelo, a questão da verdade da tradução está indefectivelmente ligada ao necessário *distanciamento* que permite tocar, contra qualquer regra, e autorizado por um direito não limitado pelo direito, no conteúdo do texto.

[25] "Du *Littré* à Francis Ponge", p. 79-80. Ver *supra* a referência da nota 19.

particularmente, do de Francis Ponge. Digamos, com Derrida e Benjamin, que, na tradução da *Mesa*, não é com um autor que nos defrontamos — seja ele Francis Ponge —, mas com um nome próprio, o qual não pode entrar no dicionário de nomes comuns senão mediante estratégias muito complexas. Um nome próprio não pertence propriamente nem à Obra nem ao dicionário. Ponge escreve que "se imagina morto para o mundo" [3]. Devem-se ouvir os inúmeros ecos desta fórmula capital. Escutemos Derrida:

> Seríamos então tentados a dizer [...] que um nome próprio, no sentido próprio, não pertence propriamente à língua; não pertence a ela, *ainda que e porque* seu chamado a torna possível (o que seria uma língua sem possibilidade de chamar um nome próprio?); por conseguinte, ele não pode inscrever-se propriamente numa língua a não ser deixando-se traduzir nela, em outras palavras, *interpretar* em seu equivalente semântico: a partir desse momento não pode mais ser recebido como nome próprio. O nome "pierre" ("pedra") pertence à língua francesa, e sua tradução numa língua estrangeira deve em princípio transportar seu sentido. Não é mais o caso com "Pierre" ("Pedro"), do qual não se pode assegurar que pertença à língua francesa, em todo caso não da mesma maneira. Pedro nesse sentido não é uma tradução de Pierre, como também Londres não é uma tradução de London[26].

Note-se que traduzimos "Fenouil" e "Prêle", ao passo que não traduzimos Francis nem Ponge. Pois, como poderíamos ter *comunizado* esse nome próprio sem tornar ilegível o epitáfio que assegura a posteridade da Obra e faz desaparecer o autor que a escreve? Para traduzi-lo, teria sido necessário identificar antes o *conteúdo* do nome próprio. Ora, quem ou o que pode assegurar o sentido dessa designação a não ser destruindo sua verdade originária?

O segundo problema — que não é estranho ao primeiro — levantado pela questão do nome próprio e pelo trabalho do poeta sobre os nomes comuns é o dos mecanismos semiológicos que ligam entre si palavras e coisas. Sua importância deve-se ao fato de inverterem a idéia que continuamos tendo do processo lingüístico, a saber, de que é a fábula que motiva e engendra as palavras, e não o inverso. É inútil pretender que nossos dicionários se estabelecem com base na "realidade" ou que a restabelecem, pois sabe-se muito bem que a gralha designa uma mulher tagarela se e somente se a relação com a ave for mais

---

[26] "Des tours de Babel", p. 209.

"ethymológica" que referencial[27]. A estratégia do partido das coisas que leva em conta as palavras é fazer-nos crer que a coisa precede o nome e que se trata de nomeá-la, mostrando a que ponto esse processo é etimologicamente motivado na língua pela natureza desta coisa, quando na realidade é a palavra que engendra a coisa, como, aliás, é usual, sem que o confessemos, tanto no pensamento científico quanto no pensamento selvagem. Existe, portanto, nominação se se entender com isso uma dinamização do significante que inverte os mecanismos semiológicos da criação lexical. Ponge reflete sobre as palavras por ocasião das coisas, porque as coisas são antes de mais nada palavras. Sabe que as palavras não representam o sentido e que esse fenômeno de retromotivação corresponde ao funcionamento geral da atividade lingüística.

Esta constatação leva-nos a precisar que a ambição de Ponge não é simplesmente estabelecer um léxico, mas fazer com que cada verbete, isto é, cada texto, seja idealmente ilustrado por uma vinheta, o que não deixa de lembrar a estimulante idéia de Leibniz de compor um dicionário que contenha a história natural: "Mas, para compor um dicionário desse tipo [...], seria bom, todavia, acompanhar as palavras com pequenos talhos-doces relativos às coisas que se conhecem por sua figura exterior. [...] Pequenas figuras como as de aipo (*apium*), de um cabrito montês (*ibex*, espécie de bode selvagem) seriam melhores do que longas descrições daquela planta ou daquele animal. E para conhecer o que os latinos chamavam *strigiles* e *sistrum*, *tunica* e *pallium*, figuras na margem seriam incomparavelmente melhores do que os pretensos sinônimos..."[28] Visto na perspectiva do *Alphabet de la pensée humaine*, de Leibniz, o *Littré* e o dicionário pongiano adquirem uma dimensão totalmente diferente daquela, muito limitada, que se lhes atribui habitualmente. As definições propostas devem, em princípio, valer para todas as línguas, pelo menos no nível das noções atuais. Mas estas mudam com as épocas. É por isso que a obra de Ponge "se manifesta, escreve

---

[27] Retomo aqui a tese desenvolvida por Pierre Guiraud em "Étymologie et ethymologia (Motivation et rétromotivation)", *op. cit.*, p. 405-13. Embora sirva para demonstrar a pura imanência da estrutura literária, o interesse dessa tese está no fato de defender a idéia de que, longe de ser um caso particular, "este reflexo da linguagem sobre a realidade que ela vem obnubilar e deformar é a condição geral de qualquer atividade lingüística natural" (p. 409). Guiraud analisa tal fenômeno em Villon e Valéry, dois poetas ardentemente freqüentados por Ponge.

[28] *Nouveaux essais sur l'entendement humain*. Paris: Garnier-Flammarion, 1966, p. 309 (Livro III, cap. XI, par. 25). Leibniz ressalta, além disso, que os chineses têm dicionários acompanhados de figuras. Zimmermann (*op. cit.*, p. 112, nota 13) reforça, precisando que os estudantes de medicina indiana devem hoje ainda referir-se aos textos tibetanos e mongóis, por serem acompanhados de desenhos.

Jacques Garelli, como um dicionário sem fim"[29]. O desejo de completude sempre se vê frustrado, pois o Livro não chega nunca a constituir-se e enuncia, como o Livro mallarmeano, baudelairiano e benjaminiano, a falência da representação e a força da indicialidade. Levantar o inventário da totalidade das noções pongianas torna-se nessa contextura uma tarefa irrealizável e que, se fosse cogitável, acabaria por bloquear o funcionamento da língua. O inventário das noções e das palavras deve, pois, ser constantemente reescrito, reavaliado, relido, retraduzido.

Mas devemos debruçar-nos um instante sobre o projeto de Ponge, projeto esse que consiste nem mais nem menos do que em substituir com sua obra poética toda uma bateria de dicionários: "É necessário que meu livro substitua: 1° — o dicionário enciclopédico; 2° — o dicionário etimológico; 3° — o dicionário analógico (ele não existe); 4° — o dicionário de rimas (de rimas internas, igualmente); 5° — o dicionário de sinônimos, etc.; 6° — qualquer poesia lírica a partir da Natureza, dos objetos, etc." ("My creative method", M, 42). Não seria preciso tanto para acusar o poeta de megalomania, ainda mais que o gênero "definição-descrição" pode estender-se, como ele mesmo escreve, até as dimensões de um romance como *Moby Dick* ou *O tempo redescoberto*, porque contém sua Arte Poética[30]. Mas convém precisar imediatamente que Ponge desconfia do dicionário enciclopédico por ser confuso e apegado aos nomes próprios. Quanto ao dicionário analógico, que, como o *Robert*, reúne palavras de acordo com os sentidos a fim de facilitar a descoberta de palavras inicialmente desconhecidas, é verdade que ele não está difundido na época (1947-1948) em que Ponge escreve "My creative method" na Argélia. O desejo de substituir o dicionário de rimas e a poesia lírica não tem, por sua vez, nada de muito original, tratando-se de um poeta. A substituição do dicionário de sinônimos pode parecer mais delicada no contexto pongiano, e talvez se deva compreendê-lo menos como uma série de termos que designassem a mesma coisa (semas idênticos que implicassem uma sinonímia perfeita efetivamente só produziriam perissologias) do que como uma série que comportasse significações muito próximas, mas jamais totalmente idênticas

---

[29] *La gravitation poétique*, p. 73.
[30] Diálogo de Francis Ponge com Jean Thibaudeau, Jean-François Chevrier e Frédéric Berthet, em *Cahiers critiques de la littérature*, n. 2, déc. 1976, p. 24, onde Ponge explica que Proust é, a seu ver, um dos escritores mais importantes para a renovação de uma escritura cujo processo abre a memória da língua. Um chiste do *Savon* comprova, aliás, o alcance da obra proustiana para a relação entre a memória e a limpeza da língua: "É também porque estávamos, *então*, cruelmente, inconcebivelmente, absurdamente privados de sabão [...] que o amamos, o apreciamos, o saboreamos como que postumamente em nossa memória, desejamos refazê-lo em poesia... Em Busca do Sabão Perdido..." (p. 71).

(rememas distantes que produzissem desta vez procedimentos de enumeração, de acumulação, de aproximação ou de polionímia). Como dicionário de língua — ao mesmo tempo descritivo, histórico, analógico e, em Ponge, poiético —, sem dúvida o dicionário etimológico é aquele que oferece o maior interesse devido a sua relação com o mundo vegetal (as raízes e as árvores) e com a memória.

Ponge, como Jean Paulhan, um de seus mestres, nunca cessou de interrogar-se sobre a pretensa verdade da origem das palavras, tão apreciada pelos lexicógrafos por causa da dignidade com que ela reveste o vocabulário, os enunciados, os textos e até os títulos das obras (como, por exemplo, o título da coletânia de Valéry *Charmes*, do latim *carmina*, "poemas"). Num texto consagrado à questão da beleza das obras antigas, Ponge afirma que esta se deve à propriedade de termos, embora perguntando-se com a mesma respiração se somente a etimologia está em causa ("La propriété des termes. Du point de vue de l'éternité du goût", PE, 84-7). A resposta é, evidentemente, negativa, pois a etimologia não legitima ou não valida de modo algum as palavras. Trata-se, na realidade, de uma forma de discurso, de um processo de persuasão que deve ser aproximado da antítese e da elipse. Não podendo corroborar nenhuma prova, ela faz adivinhar o segredo da língua, sua parte esotérica[31]. Longe de elucidar o mistério das letras, a etimologia conserva-o intato, perpetua-o, atando obscuramente em torno dele as significações, as diferentes camadas dos textos, obras e línguas[32]. A árvore regenera o homem de linguagem na medida em que este talha sua folhagem para tornar manifesta a relação que mantém com a falta do ser. É por isso, lembra Lacan, que a palavra *barra* é um anagrama e constitui, por outro lado, a perfeita metonímia da clássica perenidade pongiana.

Vê-se agora a que conduz o trabalho da etimologia: à distribuição das coisas do mundo em classes, ordens, famílias, variedades (Lucrécio, Buffon, entre outros). Ponge foi antes de mais nada um taxionômico. Hábito de botânico, de zoólogo, de mineralogista, de poeta?

---

[31] É a tese sustentada por Paulhan em *Alain ou la preuve par l'étymologie*. In: *Œuvres III*. Paris: Cercle du Livre Précieux, 1967, p. 261-303, onde, entre outras, são analisadas as relações entre as onomatopéias, os hieroglifos e a etimologia.

[32] Vale a pena lembrar esta evidência de que a etimologia de uma palavra, qualquer que seja, é imediatamente translingüística. A partir de um estudo sobre os dicionários, desde o *Dictionnaire étymologique*, de Ménage (1694), até o *Trésor de la langue française*, dirigido por Imbs, o *Oxford dictionnary of english etymology*, de C. T. Onions (1967), e o *Avviamento alla etimologia italiana*, de G. Devoto (1968), J. Pinochet mostrou, com efeito, quanto é teoricamente insustentável a idéia de um dicionário etimológico consagrado a uma única língua. Ver "Problèmes des dictionnaires étymologiques". *Cahiers de lexicologie*, Paris: Didier, Larousse, v. XVI, n. 1, 1970, p. 53-62.

Questão sibilina, à qual nem ele próprio talvez tivesse podido responder. No entanto, a pulsão classificatória parece ser uma das que movem sua obra. Atestam-no as figuras insistentes da árvore, da grama, da família e do monumento. A seu Pai: "No ruído de uma fonte de noite, sob um sino de folhas, de uma mesma árvore contra o tronco, calmo e frio — assim, num quarto fresco, tua presença nos foi" ("La famille du sage", LY, 7). A forma do "passado simples" (*fut/foi*) do verbo *être/ser* faz ressoar a matéria-prima e obriga o poeta a um duplo movimento: mergulhar, por um processo regressivo que o leva a buscar a sensação original e alucinatória, na *hilé* sensual da língua e, ao mesmo tempo, tomar o partido das coisas para fazê-las sair do mundo mudo, tentando constantemente redigir definições-descrições noemáticas, que fracassam evidentemente devido ao caráter incontornável de cada coisa deste mundo.

O processo de retomada generalizada baseado no *Littré* eterno chama sem dúvida o modelo materno da Bíblia protestante, modelo que supõe uma disposição tipográfica particular:

> Pensei também em outra coisa, que teria como exemplo um livro que minha mãe me deu, no momento de minha primeira comunhão, que é uma Bíblia protestante, dividida em duas colunas, ou melhor em três; duas colunas de texto, à direita e à esquerda de cada página, e, no centro de cada página, notas de referência, isto é, para uma palavra na coluna da esquerda ou na da direita, uma nota, no centro, indicando que o mesmo tema reaparece neste ou naquele livro da Bíblia. E então, como em mim, há evidentemente constantemente retomadas de temas, enfim, variantes, diversificações de temas, isso poderia ser interessante (EPS, 105).

Este modelo teórico, mas sobretudo fantasmático, responde, enquanto representante do Livro sagrado do Ocidente, ao dicionário poético. Trata-se de ligar dois tipos de liturgias — as consagradas aos deuses e as consagradas a Deus — que celebram, cada uma à sua maneira, a grandeza do Verbo. A escritura encontra-se então casada com a *Escritura*: "E eis o porquê das *coisas* (e, por exemplo, do sabão) em meu livro, minha bíblia (em *meu* bíblia, tenho vontade de escrever)" (S, 118)[33].

---

[33] A importância "moral" e "formal" da *Bíblia* de Lutero permitiria uma outra tradução da expressão *Propos de table*, transcrita do *Littré* por Ponge na folha 26 da *Mesa*. Poder-se-ia, em lugar de "Brincadeira de mesa", propor "Conversa de mesa" ou "Discussão à mesa", expressões que lembrariam as *Tischreden* redigidas por Lutero para seus amigos. Tradução francesa de Calude Durrens: *Propos de table*, ornés de 52 originaux. Saint-Cloud: Artiste, 1950.

Masculinizar *a* Bíblia luterana equivale de certa forma a apropriar-se *do* Livro que nutre todas as estruturas dos mitos e dos arquétipos ocidentais. O caráter exemplar das lições servidas pelas coisas através das fábulas com vistas a promulgar leis morais, como ocorre na folha 14 da *Mesa*, depende, pois, da inscrição, nelas, da sintaxe e da semântica dos discursos míticos.

A FÍSICA DO TEXTO

A seção precedente permitiu-nos apreciar a importância dos modelos do *Littré* e da *Bíblia* luterana. Ora, a prática pongiana autoriza a constituição de um terceiro modelo, o do diário de escritura, do diário poético, o que nos introduz na prática das reescrituras tal como ela se dá a ler na *Mesa*. Procurando precisar o estatuto desse poema, Bernard Beugnot, em sua apresentação da edição francesa, rejeita o termo "dossiê", "que retém apenas a idéia de um percurso prévio ao texto final considerado como único acabado e destinado a lançar no esquecimento as tentativas que o precederam" ("La table en chantier", vii). De acordo com Beugnot, conviria substituir esse termo, demasiadamente neutro e, no entanto, caucionado por Ponge, pela expressão, igualmente empregada pelo poeta, "diário de exploração", por ter ela a vantagem de salientar que as datações das folhas evocam a crônica, o diário ou a efeméride dos antigos memorialistas. De nossa parte, consideramos válidos ambos os termos, preferindo, porém, o de "dossiê", por duas razões: 1° — contrariamente à expressão "diário de exploração", o termo pode ser empregado sem epíteto (não podendo, por sua vez, o termo "diário" ser utilizado independentemente do termo "exploração", sob pena de ser confundido com o gênero literário) e é, portanto, mais econômico; 2° — não vemos por que o termo "dossiê" implicaria uma rejeição das múltiplas reescrituras, muito pelo contrário.

Bem mais essencial do que esta questão pifiamente terminológica é o exame dos mecanismos pelos quais a mesa se oferece em todos os seus estados. A "reverberação das palavras" faz explodir *a* coisa na atividade intransitiva que é a escritura, ao mesmo tempo em que desdobra sua gênese em uma série de movimentos que desencadeiam fenômenos extremamente complexos de autotextualidade e de intertextualidade, sendo esta na maioria das vezes engendrada por aquela, sem que jamais intervenha qualquer hipotexto. Como no caso de *La fabrique du pré*, o texto da *Mesa* recua, avança, desacelera, acelera, parece por um momento paralisado, mas acentua a seguir sua cadência através de ritmos imprevistos: "O texto avança encontrando o já-escrito que, ao mesmo tempo, se reescreve, se metamorfoseia aqui, por difusão, telescopagem, etc., e orienta o texto segundo vias novas. Pode-se escrever, indiferentemente, que o texto se origina no prototexto ou que o prototexto se reorigina no texto." Essa motilidade textual — convém ressaltá-lo — faz do próprio texto um dicionário: "Fica claro, além disso, que o texto anterior funciona um pouco para Ponge como um dicionário de discursos, um dicionário de palavras, ao lado do dicionário de língua. Francis Ponge é para Francis Ponge de alguma forma complementar de Littré"[34]. Os movimentos da fuga do texto e do dicionário são executados num espaço gráfico complexo que repercute os sons e as letras de acordo com estratégias tipográficas sobre as quais importa debruçar-se por um momento.

Uma página de Ponge pode, à primeira vista, como se viu, fazer crer que não se trata de poesia. Uma massa de escritos heterogêneos se entrecruzam, se respondem, se contradizem, se desenvolvem em função de planos cujos objetivos nem sempre são imediatamente perceptíveis. O leitor se defronta com estratos textuais de contornos muitas vezes vagos. O objeto a "captar" através das reescrituras obriga-o, por conseguinte, a dar-se conta de uma arte pictural que procura fundir as massas, os volumes, as cores e os sons em vista de uma síntese harmoniosa, mas sempre tensa. Por isso Ponge é, no sentido próprio, um classicista moderno que, de *La rage de l'expression* à *Mesa*, se inspirará cada vez mais em Cézanne, retendo sobretudo sua prática serial, mas interessando-se igualmente, como Manuel Bandeira, pela vontade de harmonia e de síntese entre o figurativo e o abstrato, vontade que possibilita integrar de modo crítico os aportes do romantismo, do realismo, do impressionismo e do classicismo, o que explica, aliás, o interesse constante daquele pintor por Delacroix, bem como sua cópia dos *Pastores da Arcádia*, de Poussin. Mas, enquanto o poeta brasileiro se interessa acima de tudo pelos modos de representação de Cézanne[35], são a estratégia da retomada, tal como se desenvolve, por exemplo, nas séries da montanha Sainte-Victoire, das banhistas ou das compoteiras, e o caráter meditativo e vigoroso do pintor provençal que estimulam Ponge. Encontra-se, aliás, na magnífica edição Skira de *La fabrique du pré*, entre reproduções de Chagall, Courbet, Giorgione, Dubuffet, Picasso, Balthus, Boticelli, a de *Grands arbres* (1885-1887), do caro Jas de Bouffan de Cézanne.

Além do extrato a Henri Maldiney, o dossiê da *Mesa* compreende 63 folhas ou quadros que requerem uma dupla leitura e um duplo olhar,

---

[34] Jean-Marie Gleize & Bernard Veck. *Francis Ponge. "Actes ou textes"*, p. 116.

[35] A respeito do impacto de Cézanne em Manuel Bandeira, ver Davi Arrigucci Jr. *Humildade, paixão e morte. A poesia de Manuel Bandeira*. São Paulo: Companhia das Letras, 1992, cap. 1.

uns que considerem cada folha ou quadro como tentativas abortadas, tentações repelidas ou pranchas recusadas, e que exibem então os aleatórios da escritura no horizonte do texto perfeito, fechado a sete chaves, e outros que os interroguem enquanto textos de pleno direito, que funcionam de maneira absolutamente autônoma.

Na medida em que um dossiê exaustivo, qualquer que seja, o de Ponge ou o de outro escritor, pertence ao registro da utopia e dos fantasmas da crítica, duas questões se colocam liminarmente: 1º — todas as folhas reunidas pertencerão realmente ao dossiê da *Mesa*? Algumas delas, por exemplo a primeira, ou a que trata do conceptáculo [8 r.], ou ainda a que retoma a assinatura do *Pré* [8 v.], podem ter migrado de um dossiê para outro, ao passo que outras, como A nova concha [7], a nota de Philippe Sollers [29], ou ainda a citação de Horácio [38], podem ter sido inseridas furtivamente; 2º — teremos certeza de possuirmos em mãos a integralidade do texto, uma vez que qualquer dossiê inclui indefectivelmente vazios, uma parte dos quais, de dimensão variável, consiste em lacunas estritamente materiais (destruição ou dispersão de folhas) e outra é devida ao trabalho efetuado mentalmente, não deixando, por isso, necessariamente vestígios materiais? Além disso, como estarmos seguros de que 21 de novembro de 1967 e 16 de outubro de 1973 constituam realmente as datas de abertura e de encerramento do dossiê? Várias questões devem então ser levantadas: qual é a congruência de certas folhas com o conjunto?; que estatuto atribuir aos fragmentos tirados de dicionários e a outros documentos integrados no dossiê?; como delimitar claramente as camadas autotextuais e intertextuais?; etc. Em suma, entre as folhas acrescentadas e as que faltam, esquecidas ou simplesmente extraviadas, defrontamo-nos com um texto e com uma série de textos cuja unidade cronológica e material não impede que sejam moventes, cujos limites são mal definidos, cujo fim material simplesmente não constitui mais que um efeito de fechamento.

De um ponto de vista genético, é evidente que se distinguem na *Mesa* diferentes momentos de escritura, que constituem outras tantas etapas do trabalho de definição-descrição. Depois de ter aberto o dossiê (?) com um texto que evoca indubitavelmente a abertura do *De rerum natura* de Lucrécio, além de chamar já o Sol, que volta com a lâmpada na folha 17, e de remeter ao "Le Soleil placé en abîme" (*Pièces*, 1928-1954), discretamente presente na folha 59, Ponge inicia (?) anotando palavras que se relacionam com seu objeto [2]. Da mesma maneira, as folhas 4, 6 r., 25, 26, 55, 56 e outras constituem canteiros documentais onde estão registrados dados dos quais alguns serão muito úteis e outros serão simplesmente deixados de lado, colocados na memória. Já na folha 3, Ponge mergulha na matéria memorial da mesa e esboça a instalação do objeto como apoio. É uma progressão bem rápida que leva a pensar que etapas intermediárias (mentais, escritas?) poderiam não ter sido incluídas no dossiê entregue aos editores. Dando seqüência às notas lançadas na folha 4, a folha 5 r. encadeia um processo de reescritura pelo qual o poeta já esboça um recuo em relação às formulações iniciais. À reescritura e à releitura acrescenta-se evidentemente a etapa de *dispositio*, que permite distribuir e redistribuir, no plano retórico, as camadas de *elocutio*. O poeta pode assim passar do léxico ao poema, do dicionário à *fabula*, da semântica à sintaxe, de sorte que seja reencontrada a *memoria*: **"portanto, em um desenvolvimento narrativo, desvelarei, admitirei, confessarei, contarei com a felicidade, com a alegria, o prazer que proporciona o desenrolar da bobina da memória sensível"** [41].

Por mais pertinente e essencial que seja, esse tipo de leitura positivista, mas heuristicamente incontornável, deixa escapar um fato capital, porém tão evidente que é difícil ignorá-lo: a escritura é sempre já uma reescritura, assim como a leitura é sempre já uma releitura, como também a *dispositio* é sempre já uma *re-dispositio*. A divisão do trabalho de Ponge em etapas ou em patamares é uma ficção de análise cômoda que, se não considerada como tal, pode fazer passar o momento de decifração (com todo o seu aparato tecnicista) pela leitura em si. Não se trata absolutamente de negar o aporte inestimável dos trabalhos sobre a gênese de Ponge[36], não só por esclarecerem camadas obscuras da obra e seus processos de invenção, de "floculação", mas igualmente por permitirem, sem dúvida, compreender-se melhor no futuro sua inscrição na história da estética, bem como na história literária e cultural, francesa e mundial. O problema é simplesmente que esses aportes darão margem, creio eu, a graves mal-entendidos, na proporção em que for mantida para a análise dos textos de Ponge a dicotomia entre o antetexto e o texto. Textos como *A mesa* dependem, com efeito, mais da problemática dos sistemas literários complexos, e a indeterminação das fronteiras requer uma preocupação de todos os momentos, não só quando passamos da escritura autógrafa ao texto publicado, mas também quando combinamos as informações verbais, gráficas, espaciais e materiais[37]. A partir de *La rage de l'expression* (mas já em *Le parti pris des choses* e em

---

[36] Os geneticistas demonstram clarividência, como se depreende da observação de Bernard Beugnot de que a versão publicada "é menos um estado definitivo do que um suspenso provisório, a parada num possível, sem, no entanto, que essa parada seja totalmente aleatória, uma vez que Ponge fala de *nó* ou de *versão completa*, isto é, aquela em que é retomado, pelo menos de maneira alusiva, o maior número de seqüências". "*Dispositio* et dispositifs: l'invention poétique dans *La figue (sèche)* de Francis Ponge". *Urgences*, Rimouski: Université du Québec à Rimouski, n. 24, 1989, p. 49.

[37] A respeito da estruturação desses dados, ver Louis Hay. "La mémoire des signes".

Proêmes), o jogo de encenação da escritura no espaço gráfico torna a tarefa do geneticista pongiano relativamente diferente da de qualquer outro geneticista. Se o trabalho consiste em tornar disponíveis e legíveis os documentos autógrafos, estes muitas vezes já são fornecidos (em forma impressa, é verdade) pelo próprio Ponge, representando *Comment une figue de paroles et pourquoi* e *A mesa* os dois exemplos mais sofisticados dessa estratégia. Em outras palavras, se os problemas de transcrição e de edição permanecem intactos (como mostram, aliás, as variantes entre a edição em língua francesa que aqui propomos — e que oferece, enquanto tal, mais uma leitura do dossiê — e aquelas já propostas nas quatro edições anteriores), a "pseudocientificidade" da nova filologia, que parte ainda e sempre do princípio do que o fragmento, sinal da atividade e da dinâmica da escritura, não se analisa materialmente a não ser na perspectiva do Texto, continua por vezes cega às interrogações epistemológicas suscitadas pelos canteiros pongianos.

Devem ainda ser formuladas algumas considerações técnicas, principalmente por tocarem, além dos aspectos formais, a aspectos epistemológicos da obra. O espaço gráfico decorre efetivamente de uma posição lingüística, semiótica e "filosófica" rigorosamente materialista, cujos fundamentos não se encontram unicamente na física atomística. Produzidos (mas não necessariamente reunidos) pelo escrevedor, os dossiês fazem intervir vários enunciadores pelo prisma da auto e da intertextualidade. O conjunto dos discursos orais e escritos que formam o magma poético em fusão é, porém, sempre ordenado com precisão pela inscrição minuciosa da datação na margem esquerda pelo enunciador-chefe. O leitor tem condições de seguir com "exatidão" os meandros do texto e os deslocamentos do mestre do jogo que conta seu percurso pessoal, comenta sua própria produção (às vezes com satisfação, às vezes com decepção), seus êxitos ou seus fracassos já anteriormente publicados, bem como textos estrangeiros.

Embora *A mesa* possua suas próprias características, compartilha com os outros dossiês várias particularidades gráficas. Num estudo consagrado ao *Pré*, Jacques Anis, aproximando com razão a prática pongiana da noção de "móbile" de Michel Butor e da "avertura" de Queneau e do grupo Oulipo, evidenciou as três principais categorias de marcas gráficas que se encontram no texto: a localização, a grafia e a sinalização[38].

In: Philippe Willemart, org. *Gênese e memória. IV Encontro Internacional de Pesquisadores de Manuscritos e de Edições*. São Paulo: Annablume, 1995, p. 105-13. No tocante aos diferentes modelos de complexidade do texto literário como sistema não-linear, ver, nos mesmos Anais, a conferência de Nelson Fidler-Ferrara, "O texto literário como sistema complexo", p. 29-43.

[38] "Préparatifs d'un texte: *La fabrique du pré* de F. Ponge". *Langages*, Paris: Didier, Larousse, n. 69, mars 1983, p. 73-83.

O conjunto das marcas, que procuramos manter o mais fielmente possível em nossa tradução, mostra que o texto pongiano, firmado na lição concretista mallarmeana, desdobra sua significância num espaço multidimensional.

Na categoria da localização, encontra-se evidentemente o conjunto dos sinais que permitem situar os segmentos do texto. Os enunciados do corpo central, que constitui em princípio (mas nem sempre) o texto de base, são investidos por enunciados inseridos no eixo vertical, em entrelinhas, ou nos eixos vertical e horizontal, nas margens. As glosas e as repetições são inseridas quer acima, quer abaixo do texto de partida, mas sem que sua localização seja indicada cada vez de maneira precisa. Assim, a leitura se vê constantemente deslocada e sujeita a diferentes interpretações, não necessariamente congruentes. Ainda aqui, todavia, é mister ter prudência, se não se quiser superinterpretar, pois a localização de certos enunciados pode resultar de servidões materiais da página, e não de um projeto de significância.

Às marcas de posicionamento juntam-se as marcas gráficas, tais como os sinais de finalização (pontos final, de interrogação, de exclamação, reticências), os sinais lógicos (vírgula, ponto-e-vírgula, dois-pontos), as marcas seqüenciais (parênteses, colchetes, chaves, travessões, aspas) e as maiúsculas, as abreviaturas, os brancos, as lacunas, os sinais diacríticos (acentos gráficos, apóstrofo, hífen) e os tipos (negritos e itálicos). Longe de serem neutras, essas marcas imprimem aos dossiês (como, aliás, a qualquer texto) seu ritmo próprio, justapondo as funções construtiva, entonativa, semântica, afetiva, formal e comunicativa[39]. Na medida em que elas são geralmente usadas pelos poetas com uma imensa liberdade pessoal — em outras palavras, na medida em que são supermotivadas —, parte-se do princípio de que fazem parte, aqui, do idioleto pongiano e de que não devem ser simplesmente interpretadas em função de normas gramaticais do socioleto.

Compreendem-se as repercussões desse fato na leitura e na edição — e conseqüentemente na tradução — da *Mesa*: ao passo que uma edição normativa teria procurado "restabelecer" uma pontuação normal, bloqueando assim, pelo que ela tem de irregular, a "suflação" do poema, nós preferimos, tanto no texto francês quanto na tradução, manter os sinais o mais perto possível do lugar em que figuram no manuscrito, a fim de que sua forma, função e sentido não velem seu caráter ideogramático, e até pictogramático. Mesmo se a grande maioria dos sinais de pontuação funcionam, neste dossiê como em outros, no nível

---

[39] A propósito da questão da pontuação, remeto a Nina Catach. *La ponctuation*. Paris: PUF, 1994.

essencialmente lingüístico, delimitando unidades frasais e unidades entonativas, sua manutenção rigorosa, mesmo lá onde sua presença/ ausência possa parecer agramatical e até iconoclasta, permite salientar que a "progressão" do texto através das hesitações faz ver os limites e os recursos da articulação entre a sintaxe e a semântica no desdobramento do poema.

Um outro aspecto essencial a considerar é o efeito retórico da tipografia sobre o leitor, uma vez que a semântica do texto passa sem dúvida pela eficácia da forma dos tipos. Vários poetas modernos ocidentais, entre os quais Ponge, não somente procuraram deslocar a regularidade horizontal da linha imposta pela seriação das letras, mas, além disso, relativizaram as dominantes plásticas da cultura na qual a poesia é produzida, de acordo com estratégias tão diversas como a utilização do caligrama, a adjunção de traços estilísticos aos tipos, a anexação de tipos não-alfabéticos, o recurso aos logogramas, a inclusão de morfemas, desinências ou palavras inteiras que provêm de outras línguas. Em Ponge, como em boa parte dos poetas pós-mallarmeanos, a expansão da letra tornou-se um princípio criador na medida em que, por possuir o valor dos tipos indiscutíveis virtudes semânticas, a inseparabilidade entre palavra e tipografia desempenha um papel crítico. Anne-Marie Christin confirma-o, aliás, à sua maneira, ao falar dos tipos das letras: "Figura que não figura nada, mas pela qual a palavra escapa às leis da língua para homenagear a memória das formas, a letra da imprensa é uma realidade menos ambígua do que *deixada em suspenso*, entre caligrafia e retórica, entre a vida do olhar ou do gesto e a esclerose dos ritmos metódicos, entre o alhures do texto — seu alimento — e a permanência da qual ele morre"[40]. Diferentemente do que ocorre na publicação dos dossiês de *La rage de l'expression* ou de *La figue*, o interesse maior da publicação de *La fabrique du pré* ou da *Mesa* está no fato de que o efeito retórico do corpo das letras, como o da sinalização, é mantido na passagem do manuscrito ao impresso. Ao invés de eliminar a distância entre as duas versões, homogeneizando os diversos elementos do espaço gráfico, Ponge, ao fornecer (através dos editores) o *próprio texto em todos os seus estados*, coloca em cena o "levar em conta as palavras", restabelecendo em parte a função expressiva dos signos[41]. O "alhures do texto" aparece em toda a sua nitidez, em todos os seus

---

[40] "Rhétorique et typographie. La lettre et le sens". In: *Rhétoriques, sémiotiques*. Paris: U.G.É., 1979, *Revue d'esthétique*, n. 1/2, p. 300.

[41] É a nosso ver um problema suscitado pela edição de *La table* proposta por Jean Thibaudeau no tomo III do *Nouveau nouveau recueil*. Embora certos elementos gráficos sejam mantidos, a homogeneização sistemática que responde aos objetivos da coleção "Blanche" apaga ampla parte do trabalho pongiano.

choques, em toda a sua força simbólica, o que ressalta a importância a ser conferida aos jogos diferenciais entre os diferentes tipos empregados pelo poeta.

Uma análise detalhada dos textos de Ponge permitiria assim compreender as paradas das manipulações tipográficas em função das normas sociais, bem como em função da enunciação e do Verbo. Que valor atribui ele, por exemplo, às pequenas e às grandes letras capitais, uma vez que as primeiras têm geralmente como função metalingüística significar a entidade (palavra ou enunciado) da qual se vai tratar (como no caso de palavras a serem definidas nos dicionários) e as segundas são habitualmente empregadas no início dos períodos e dos versos, ou ainda para distinguir um nome próprio, isto é, seu poder simbólico? E o que dizer do itálico, essa letra *oblíqua* da qual se disse ser a *fêmea* do romano[42] e da qual Ponge afirma, na perspectiva de uma fenomenologia dos significantes que acompanha o materialismo semântico das reescrituras: "Uma outra lição das variantes: é preciso escrever de tal maneira que cada uma das palavras da frase possa ser impressa sucessivamente em itálicos sem ridículo (e coloca-se em itálico a palavra essencial a palavra para a qual a frase é feita) é preciso que todas as palavras tenham essa qualidade, esse potencial da palavra em itálico" ("Baudelaire (leçon des variantes)", PE, 103)? Talvez uma investigação sistemática permitisse ligar a raiva da expressão, o corpo-a-corpo do poeta com a língua, a uma tentativa de se desembaraçar daquilo que Derrida chamava de "violência originária da escritura"[43] concebida como simples meio mnemotécnico, isto é, de fonetização comandada pelo logocentrismo: "Pode-se, aliás, escreve Ponge, desejar uma próxima escritura que não se julgue obrigada a tornar-se jamais um alfabeto: há, em outras civilizações que não a nossa, aquelas que conseguiram realizar essa proeza" ("Muriel Marquet", AC, 276-7). *A mesa* talvez seja um daqueles lugares em que a poesia, forma por excelência de alteridade, que exibe a história da escritura ao produzi-la, luta contra o esquecimento instituído pela tradição metafísica[44]. Daí a necessidade de, atra-

---

[42] G. Blanchard, citado por Anne-Marie Christin, que comenta: "Esta analogia reproduz na realidade um esquema complementar daquele que comanda a 'maiúscula'. Tudo o que é frágil é dependente. Se o itálico se dobra e se inclina, isso é conforme ao modelo da mulher que precisa do homem como de um tutor para tomar lugar na sociedade." *Op. cit.*, p. 304.

[43] *Da gramatologia*. Trad. Miriam Schnaiderman e Renato Janini Ribeiro. São Paulo: Perspectiva, 1973, p. 131.

[44] Tento atualmente, numa obra em fase de preparação (*Francis Ponge. La langue à bout portant*), analisar essa ampla questão do "retorno" de Ponge a uma língua arcaica não-alfabética. Neste percurso, a *Histoire de l'écriture* de James Février (Paris: Payot, 1984) é, evidentemente, incontornável, mas deve-se cuidar para analisar bem, no horizonte ideogramático de Ponge, os elos das tabuinhas e dos caules com o Livro. Impressiona, por exemplo, ao ler estas

vés da definição-descrição-apagamento do objeto-mesa, desvelar o choque inicial, dizer "**o prazer que proporciona o desenrolar da bobina da memória sensível**" [41].

É nessa ótica que Ponge, procurando talvez restituir ao itálico uma das funções que lhe atribuía seu inventor, Aldo Manuzio, a saber, servir para a edição de poesia (para evitar cortar os versos demasiadamente longos), estima de alguma forma que a sistematização de seu uso permite contestar a lei do logocentrismo, um de cujos modos de expressão e de expansão consiste na utilização do romano caixa-baixa, o que explica que tenhamos decidido não transformar em itálicos as palavras ou sintagmas sublinhados pelo poeta. Aliás, se tivéssemos procedido a essa transformação, que critérios objetivos nos teriam possibilitado distinguir, por exemplo, entre as sublinhas simples e as sublinhas duplas ou triplas? Nosso partido, bem simples, mas que se opõe à *harmonização* do espaço gráfico, optou, embora devêssemos modificar o suporte original, por deixar proliferar na transcrição e na tradução os elementos de dispersão e de infração da lei ocidental do texto. Em outras palavras, e sem entrar no debate complexo em torno da noção de expressividade, não tentamos tornar expressivos certos tipos em relação a outros (por exemplo, os itálicos em relação aos romanos), pois isso teria significado dar crédito à representação tipográfica logocentrista. A expressividade pongiana não reforça a distância, mas coloca em circulação todos os valores excluídos pela metafísica da escritura.

Restam as marcas de sinalização. Elas são de vários tipos, mas, esta vez ainda, devo contentar-me em assinalá-las sem analisar verdadeiramente suas paradas. Encontram-se primeiramente as sublinhas, cuja função metatextual consiste em insistir num componente etimo-

---

linhas do sinólogo Charles Le Blanc, encontrar *todos* os termos do poeta: "Pela mesma época, sempre no século XIV A.C., aparece um [...] ideograma comumente utilizado hoje no sentido de 'livro', ou seja, *shu* 書, cuja forma originária se escrevia 書 : uma mão 彐 inscrevendo tipos com um stylus 人 numa tabuinha de madeira ou de bambu —. A adição, a partir do século XII A.C., da parte inferior *yue* 曰 / 曰 coloca um problema. Para alguns, yue 曰 / 曰 representa (como acabamos de ver) um vaso cheio de areia no qual se fixavam caules ou tabuinhas gravadas. *Shu* 書 significaria então 'inscrever ideogramas em tabuinhas destinadas a um porta-escritos ou ostensório ritual'. Para outros, *yue* 曰 / 曰 tem o sentido de boca e, por extensão, de palavra. *Shu* 書 referir-se-ia então à ação 'de inscrever em ditado ideogramas nas tabuinhas com um stylus' ou ainda de 'transcrever a palavra em escrita ideográfica'. [...] Os ideogramas em tabuinhas não formavam uma escrita propriamente dita. A escrita só começará na China quando os ideogramas se articularem lingüisticamente com o discurso oral. Esse fenômeno deve ter prosseguido, sem deixar vestígios, do IV ao II milênio A.C." ("Écriture et livre en Chine". *Études françaises*, Montréal: Presses de l'Université de Montréal, v. 18, n. 2, automne 1982, p. 22-3). Sobre essa evolução complexa, que poderia ajudar a ler as intuições de Ponge neste terreno, ver Bernard Kalgren. *Grammata serica. Script and phonetics in Chinese and Sino-Japanese*. Stokholm. Reimpressão de *The Bulletin of Museum of Far Eastern Antiquities*, n. 12, 1940.

lógico ou polissêmico, indicando muitas vezes a sublinha dupla ou tripla a palavra-chave de um desenvolvimento. Devem-se também mencionar os segmentos colocados em quadrados ou em círculos (ovais ou balões), as rasuras (traços simples ou riscos cerrados), os sinais de correção (interversão de palavras ou de grupos de palavras) e as marcas de delimitação de segmentos mais ou menos longos (os asteriscos e as cruzes de Santo André, isto é, os X, cuja função não é estritamente demarcativa, pois constituem igualmente, entre outras coisas, o sinal do desconhecido, a lembrança da inscrição romana).

Antes de examinar, para concluir, alguns aspectos do materialismo radical de Ponge, convém assinalar que os aspectos formais que acabo de sobrevoar muito rapidamente abrem na *Mesa* um processo semiótico que coloca em cena, como em *La fabrique du pré*, o problema capital da mimese. Jacques Anis, no texto que há pouco convoquei, mostrou que um engodo fecundo está na fonte dos textos pongianos, engodo que se revela através do emprego, em ambos os dossiês, do advérbio *hoje*. Na *Mesa*, esse advérbio aparece em não menos de doze folhas para designar cada vez menos a atualidade de uma reflexão do que sua extensão temporal: "**Reflito hoje <u>na necessidade</u> que sempre tive (ou, pelo menos, há muito tempo) ao mesmo tempo de uma mesa (como se entende essa palavra atualmente) e de uma tábua (como era entendida outrora)**" [62]. Essa formulação ilustra até que ponto a datação exata das folhas nunca deve deixar ignorar que o instante da escritura cristaliza todo um trabalho subterrâneo de leitura e de reflexão que se estende freqüentemente por vários anos. Como salienta Anis, "este *hoje* não pode ser senão um momento imaginário" que, driblando a monotonia da seqüência dos dias e das anotações fixadas pelo diário, indica "uma escritura que mima sua própria produção"[45]. Encontra-se talvez aí a astúcia empregada por Ponge em seu combate contra o mutismo: acreditando estar colocado em face dos imprevistos da palavra, acreditando ouvir os gaguejamentos do texto, o leitor é literalmente possuído pelas ilusões do momento. Arrisquemos o seguinte: a encenação do duro labor da escritura seria apenas uma artimanha a mais para baldar a representação. Resta, pois, ver se ela satisfaz o escrevedor.

---

[45] *Op. cit.*, p. 82.

A CONSOLAÇÃO MATERIALISTA

Um dos problemas mais espinhosos da obra de Ponge — problema cuidadosamente evitado por quase toda a crítica — é o de sua relação no mínimo ambígua com a filosofia. No início do texto programático "My creative method" lê-se, por exemplo: "Sem dúvida, não sou muito inteligente: em todo caso, as idéias não são meu forte. Sempre fui decepcionado por elas. As opiniões mais bem fundamentadas, os sistemas filosóficos mais harmoniosos (os mais bem constituídos) sempre me pareceram absolutamente frágeis, me causaram uma certa repugnância, melancolia, um sentimento penoso de inconsistência". E continua, algumas linhas adiante: "E ainda mais, o valor das idéias me aparece na maioria dos casos na razão inversa do ardor empregado para emiti-las" (M, 9). Pensa-se infalivelmente, ao ouvir estas linhas, não somente em *Monsieur Teste* ou na náusea sartriana, mas também na leitura que Borges propõe dos doze volumes da *Arcana coelestia* de Swedenborg: "À maneira de Emerson (*Arguments convince nobody*) ou de Walt Whitman, ele pensava que os argumentos não persuadem ninguém e que basta que se enuncie uma verdade para que esta seja aceita pelos interlocutores"[46]. É insistindo nos efeitos de linguagem produzidos pelos argumentos de natureza filosófica que Borges e Ponge relativizam a amplidão dos sistemas filosóficos. Para ambos, as técnicas da *inventio* não chegam nem a convencer nem a emocionar verdadeiramente os interlocutores, razão de uma distância que restringe o formidável poder usurpado pelo "pensador" e desvela sua *hypocrisis*, isto é, o fato de que ele dá de ombros para o discurso, à maneira de um ator.

A ironia de Ponge consiste em legitimar seu "desgosto pelas idéias" e seu "gosto pelas definições", usando justamente um dos procedimentos retóricos mais estáveis, a saber, a *captatio benevolentiae*. Trata-se, com efeito, de defender a causa do escritor tornando o ouvinte atento à *doxa*, quer ela se apresente de maneira neutra, quer de maneira extraordinária. Uma vez expostos os mecanismos dos métodos com

---

[46] "Emmanuel Swedenborg. *Œuvres mystiques* (1975)". In: *Livre de préfaces*. Trad. francesa de Françoise-Marie Rosset. Paris: Gallimard, 1980, p. 201.

todos os recursos de uma nova retórica fundada em Rimbaud e Lautréamont, o poeta formula seu projeto ao iniciar um novo proema: "No dia em que se quiser admitir como sincera e *verdadeira* a declaração que faço a cada passo de que não me quero poeta, de que *utilizo* o magma poético *mas* para dele me desembaraçar, de que tendo mais à convicção do que aos encantos, de que se trata para mim de chegar a formulações *claras*, e impessoais, agradar-me-ão, economizarão muitas discussões ociosas a meu respeito, etc." (M, 40-1). Além da acusação implícita da meta-retórica de Valéry, é um processo contra a metáfora filosófica que se abre aqui, processo que remete à exclusão do poeta da Cidade proferida por Sócrates. Após citar por extenso a célebre passagem de *Fedra*, Ponge escreve:

> O que se destaca do que precede, senão (peço escusas) uma certa tolice de Sócrates? Que idéia, perguntar a um poeta o que ele quis dizer? E não será evidente que se ele é o único a não poder explicá-lo, é porque não pode dizê-lo de maneira diferente do que o disse (senão sem dúvida tê-lo-ia dito de outro modo)?
> E tiro daí também a certeza da inferioridade de Sócrates em relação aos poetas e aos artistas, — e não de sua superioridade.
> Pois se Sócrates é sábio, com efeito, na medida em que conhece sua ignorância e sabe apenas que não sabe nada (a não ser isso), o poeta e o artista sabem pelo contrário pelo menos o que exprimiram em suas obras mais cuidadosamente trabalhadas.
> Sabem-no melhor do que aqueles que o podem explicar (ou pretendem podê-lo), pois o sabem *em termos próprios.* Aliás, todo o mundo apreende isso nesses termos e o guarda facilmente de cor (M, 29-30).

Deixemos de lado as conseqüências dessa reflexão que antecipa as teses desenvolvidas por Derrida em *A farmácia de Platão*, para insistirmos simplesmente no fato de que a presunção de Sócrates decorre de sua "incapacidade" em compreender que o poeta não fala jamais através de figuras, mas em "termos próprios", o que explica o caráter de *evidência* de sua palavra, a qual evidência permite sua memorização e sua circulação. É pela clareza de suas formulações que o poeta conquista a glória, e não por sua capacidade de convencer a respeito de suas opiniões, sejam elas fundadas ou não. A força de convicção do texto vem menos do encanto romântico que exala do que da justeza de definições que propõe. Essa justeza, se atingida, como poderia ser ultrapassada? O trabalho do poeta consiste justamente em desembaraçar-se da metáfora, ou seja, da formulação poética da linguagem.

É a partir deste ataque que se pode compreender em que cada

objeto de Ponge, e especialmente a mesa, espécie de consolo, lhe oferece o que ele chama, retomando a palavra de Boécio, uma "consolação" [10, 11, 54, 55, 57, 59, 62, 63 e "Extrato"]. Importa, no entanto, esta vez ainda, não esquecer as precauções. Pois é de satisfação e de jubilação *materialistas* que se trata aqui, e não de uma consolação propriamente filosófica, já que o vigoroso platonismo do pensador pagão não pode harmonizar-se com o nietzscheísmo de Ponge. Em sua *Consolação da filosofia*, Boécio, um dos últimos grandes defensores da romanidade, queixa-se a Filosofia, sua nutriz, do encarniçamento de Fortuna, que lhe reserva, a seu ver, um destino tão terrível quanto os que foram reservados a Anaxágoras, Sócrates, Zenão, Cânio, Sêneca e Sorano. Mas a paciência de Filosofia leva o ex-ministro de Teodorico a temperar sua amargura e sua melancolia, ensinando-lhe "que só é miserável aquilo que se crê como tal, e que, pelo contrário, tudo é felicidade para quem sabe resignar-se" (Livro II)[47]. Trata-se, portanto, de apreendermos como aceder à beatitude soberana, isto é, a Deus, tornando-nos nós mesmos Deus e tomando consciência da relatividade da riqueza, das honras, do poder, da glória, da volúpia. É preciso, para tanto, colocarmo-nos numa perspectiva metafísica que permita reduzir a variedade do mundo à unidade, ou antes, à Identidade Suprema, doutrina que professa que a essência única de Deus absolutamente não impede que possamos aceder a ele por participação.

Ora, nada é mais estranho a Ponge do que essa metafísica neoplatônica que se apóia na teoria da reminiscência e trata o epicurismo como inimigo sorrateiro, ainda mais que a visão cósmica de Boécio — retomada quase literalmente por Gregório I, o Grande, em sua hagiografia de São Bento (*Diálogos*), e cuja fonte são as imagens místicas que se encontram no célebre *Sonho de Cipião*, de Cícero — oferece um ponto de vista contemplativo e moral[48] que não pode satisfazer um contemplativo tão materialista e apegado à objetalidade quanto seu Mestre Georges Braque. Lê-se, de fato, na *Mesa*: "**Não é em uma metafísica que apoiaremos nossa moral mas em uma física, somente, (se disso sentirmos**

---

[47] Boèce. *Consolation de la philosophie*. Ed. bilíngüe. Trad. francesa de Louis Judicis de Mirandol. [s.l.] Guy Trédaniel, Éditions de la Maisnie, 1981, p. 7.

[48] A expressão *ponto de vista* designa aqui um sistema metafórico cuja imagem central — que, além de Cícero, Boécio e Gregório I, o Grande, atravessa também Platão (*República*, IV), Luciano (*Caronte*), Clemente de Alexandria (*Protréptica*), Gregório de Tours (*Vida de São Venâncio*), Bossuet (*Sermões sobre a lei de Deus*), Lesage (*O diabo coxo*), entre outros —, com suas variantes, é a torre através de cujas janelas se pode estimar a pequenez da Terra e mostrar assim a vaidade daquele que busca a glória e as honras. Sobre esta questão, ver, de Pierre Courcelle: "La vision cosmique de saint Benoît". *Revue des études augustiniennes*, Paris, v. 13, 1977, p. 97-117, e "La postérité chrétienne du *Songe de Scipion*". *Revue des études latines*, Paris, t. XXXVI, 1958, especialmente as páginas 215-23.

necessidade.) / Cf Epicuro e Lucrécio" [30]. Dever-se-ia certamente acrescentar Demócrito, não parecesse Ponge ter-se interessado menos pela prova especulativa da infinidade e da variedade dos mundos do que pelo quadro que delas dá Lucrécio, na medida em que o poeta se destaca do ascetismo fundado no conceito de *kresis* (isto é, do equilíbrio dinâmino) para construir um sistema radicalmente materialista no qual qualquer intervenção dos deuses é liminarmente excluída. Seria, pois, falso fazer de Ponge um discípulo de Boécio, visto que a mesa é um objeto e um signo *pagão* que serve de apoio ao corpo do escritor, legitimando a fórmula *consolação materialista*, que se encontra no texto consagrado ao figo e é aplicável ao partido das coisas em sua generalidade. A força de persuasão dessa fórmula quase oximórica vem do fato de ela ilustrar a aparência contraditória de cada objeto, seu "concreto contraditório", o qual autoriza a falar, por exemplo, do figo ao mesmo tempo como de um objoego e como de um "fruto senequista" (CFP, 42[49]). O papel desempenhado pelos objetos mais poéticos é, portanto, sumamente claro: eles consolam Ponge, que com isso passa a ser, ele mesmo, como Lautréamont, um consolador da humanidade. Mas entre esses objetos, a mesa ocupa um lugar privilegiado: só ela, uma vez "rasa", permite ver as coisas por ocasião das quais se constitui uma moral do prazer do homem que responde à miséria do mundo e ao absurdo da linguagem[50]. Num mundo assim, a única maneira de sobreviver sem muitos prejuízos consiste em forjar-se razões para ser feliz.

Esse problema da miséria do mundo nos introduz na relação de Ponge com Pascal, que Georges Mounin considerava, de um modo a meu ver muito exagerado, como a chave da obra do poeta, mas uma chave que faz funcionar o mecanismo às avessas na medida em que o partido das coisas é o de um "Anti-Pascal, pelo menos *ad usum*

---

[49] A fórmula *consolação materialista* encontra-se nas páginas 24, 32 e *passim*. Aparece algumas linhas depois de Ponge ter falado de Boécio e do sogro deste, Símaco (a quem, em sua *Consolação da filosofia*, Boécio atribui o epíteto de *sanctus*, sem, no entanto, fazer dele um santo no sentido cristão do termo), os quais foram mortos em 525 por Teodorico.

[50] Ainda que Ponge tome o termo *consolação* emprestado de Boécio, não se pode deixar de supor que talvez pense igualmente nas *Consolações* que Lutero redige em 1516 a pedido do chanceler Georg Burckhardt, e que visam a consolar o príncipe-eleitor Frederico, mostrando-lhe que as consolações dos cristãos se encontram nas *Escrituras*, que possuem a virtude de tratar a alma, o que, aliás, é indicado pelo título da obra: *Tessaradecas consolatoria pro laborantibus et coneratis M. Luther*, onde o termo *tessaradecas* remete aos quatorze santos (Acácio, Egídio, Bárbara, Blásio, etc.) que ajudam no momento em que nos encontramos necessitados. Segundo Lutero, os mesmos males, questões e necessidades assumem formas distintas para pessoas distintas. A consolação visa à libertação interior do ser humano. Ver Martin Luther. *Catorze Consolações para os que Sofrem e Estão Onerados*. In: *Obras selecionadas. O Programa da Reforma. Escritos de 1520*. Trad. Martin N. Dreher. São Leopoldo, Porto Alegre: Sinodal, Concórdia, 1989, p. 11-47.

suum"[51]. Já em seus proemas, Ponge não deixava pairar nenhuma dúvida quanto a sua posição frente ao autor dos *Pensamentos*: "Preciso reler Pascal (para demoli-lo)". Pascal sofre, como Camus, de uma nostalgia do absoluto, nostalgia cujos efeitos secundários são extremamente graves, sendo o mais doloroso deles o "resquício de espírito religioso" que constitui uma espécie de "exteriorização viciosa" da doença ("Notes premières sur l'homme", TP, 245). Mas lutar contra Pascal não significa negar o infinito; obriga a praticar uma medicina preventiva que devolva às emoções sua justa medida de tal forma que o Cosmos, em vez de impor o remédio teológico, conduza a uma feliz cura. Por isso, a imagem da areia, que passa de "Notes pour un coquillage" (TP) para "**A nova concha**" da *Mesa* [7], deve ser entendida menos como um símbolo da angústia diante das ressonâncias do infinito (Pascal) ou diante da linguagem (Mallarmé) do que como um sinal das realizações da natureza, as quais se dão através de fragmentos metatécnicos — ou seja, de uma poética do rascunho, do inacabável — que não lembram a "estratégia fragmentária" de Pascal.

Mas há mais: este "Anti-Platão", este "Anti-Pascal" é também um "Anti-Descartes". Historicamente incontornável, a polêmica proximidade entre Descartes e Pascal parece igualmente impor-se na poética e na gnoseologia pongianas. Duas partes do importante texto de *Méthodes* intitulado "L'homme à grands traits" evidenciam-no inequivocamente. Em "De la méthode", o poeta, ao comentar justamente suas "Notes premières sur l'homme", declara que deve perseverar em manter o equilíbro e, em "De l'infini", surpreende Pascal em falta por não ter compreendido que o infinito "é uma questão de acomodação" que nasce "da enfermidade da vista", de onde provém a necessidade de elaborar um tipo de discurso que seja "um momento da Tragédia" entendida no sentido nietzschiano do termo (TP, 174-82). Da mesma maneira, na *Mesa*, são evidentes os vestígios do debate entre Descartes e Pascal, como comprovam as numerosas referências à questão do infinito e à tábua rasa. Mas essa relação extremamente complexa com Descartes mostra claramente que o prefixo *anti-* deve ser compreendido, sob pena de simplificação indevida das coisas, no sentido de que *contra* significa ao mesmo tempo oposição e proximidade, segundo o paradoxo e o desafio identificados por Jean Tortel: "Ela [a obra de Ponge]

---

[51] "L'Anti-Pascal, ou la poésie et les vacances". *Critique*, Paris: Minuit, n. 37, 1949, p. 493-500. Ponge sem dúvida terá apreciado aquela sutil observação de Valéry, retomada por Mounin, de que Pascal descreve tão bem seu desespero que talvez não esteja totalmente desesperado. Evidente! Sobretudo se nos dermos conta de que Pascal, tendo compreendido extraordinariamente bem o perigo que a nova metafísica cartesiana representava, devia arquitetar as argúcias mais maquiavélicas possíveis.

pode em fim de contas resumir-se em um: não se deve dormir durante este tempo — pois este antipascaliano por excelência ressoa à maneira de Pascal. Desafio que se formulou talvez num jogo de palavras, na identificação [...] de 'raciocinar' com 'ressoar', par que é como que o eixo de rotação da obra"[52]. Por isso, dizer "Anti-Descartes" equivale a dizer "Para-Descartes", como dizer "raciocinar" é também dizer "ressoar", "pensar", "vibrar" e "gozar".

Freqüentemente abordado pelo prisma do humor, Descartes está presente em toda parte na obra de Ponge, e isso *desde A mesa*. Em outubro de 1946, Seghers publica os *Dix courts sur la méthode*, conjunto de dez poemas que contém textos de capital importância (sobretudo "La dérive du sage", "Fable", "Le tronc d'arbre" e "Le jeune arbre") e que tomará lugar, em 1948, em *Proêmes*. Em 1949, o termo *método* passa a adquirir um valor ironicamente programático, quando "My creative method" é publicado na revista zuriquense *Trivium* e reeditado como pequena obra pela editora Atlantis, antes de ser integrado em *Méthodes*, o segundo tomo do *Grand recueil*. A ironia do título *Dix courts sur la méthode* (*Dez curtos/Discursos sobre o método*) e a utilização da marca morfológica do plural no título *Méthodes* da coletânea de "ensaios" levam a refletir sobre as relações tensas e complexas que ligam Ponge a Descartes.

Digamos inicialmente que o pensamento cartesiano é um dos eixos obrigatórios daquilo que Ponge designa, em *Pour un Malherbe*, como a "resolução" de seu "projeto existencial". A razão da escritura torna-se plenamente clara, devendo-se ler assim a primeira proposição ideal, *evidente*, do Livro: "[...] já que me lês, caro leitor, logo existo; já que nos lês (a meu livro e a mim), logo existimos (Tu, ele e eu)". Em outros termos, a afirmação de existência passa indefectivelmente por aquele cujo ofício é fabricar livros pela leitura, o que explica que, na *Mesa*, o convite do escrevedor ao leitor seja um momento não só do processo de enunciação, mas igualmente, e sobretudo, da possibilidade pura de seu ser. Mas convém logo acrescentar que esse "reconhecimento" se apóia inevitavelmente num "acordo" mínimo quanto ao funcio-

---

[52] *Francis Ponge cinq fois*, p. 49. O procedimento cognitivo que joga com a homonímia entre "raisonner"/"résonner" ("raciocinar"/"ressoar") também é utilizado por Derrida, que o aplica a inúmeros outros pares, como, por exemplo: "arrête"/"arête" ("pára"/"aresta"), "pas"/"pas" ("não"/"passo"), citados em "Nella cripta di Derrida", prefácio de Giovanni Cacciavillani para Derrida. *Sopra-vivere*. Milano: Feltrinelli, 1982, p. 7-11. Acrescentemos, por outro lado, que o antipascalismo de Ponge deve sem dúvida ser comparado com o de Valéry. Polemizando implicitamente com Ponge, Jean Paulhan, em *Paul Valéry ou la Littérature considérée comme un faux* (Bruxelles: Complexe, 1987), tentará vingar o autor dos *Pensamentos*, reabrindo toda a questão da relação entre a retórica e o terror.

namento da língua e dos signos que a constituem, na medida em que os signos nos precedem no reino da existência: "No começo, pois, era o Verbo". Para se compreender este enunciado que deixa ressoar um logocentrismo suspeito, ele deve ser recolocado na ordem memorial e vegetal da natureza pongiana: "Mas não é difícil demonstrar que *Malherbe*, alguns anos apenas antes de Descartes, *foi topo*, tornando-se tronco quando Descartes apareceu". E de fato, as *Remarques sur Desportes* "precedem" o *Discurso do método* e as *Meditações metafísicas* no sentido de que o método e as meditações justamente não se dizem senão pela mediação do discurso, o qual é tudo, salvo transparente.

Em suma, Malherbe é o sábio tronco da família da jovem árvore Descartes que se desvia para uma verdade metafísica fundada numa ordem teológica do mundo. Não podendo contentar-se com uma perspectiva estática e hierática, Ponge, contra Descartes (mas igualmente contra Pascal), opta pela graça do ato: "Por que preferimos finalmente Malherbe a Descartes? Porque ao 'Penso, logo existo', à reflexão do ser sobre o ser e ao pregão da razão preferimos a Razão em Ato, o 'Falo e me ouves, logo existimos': O Fazer o que se Diz. / De preferência a uma obra que se devesse intitular como a de Valéry: Charmes ou Poèmes, tentamos uma obra cujo título possa ser: Atos ou Textos" (PUM, 204). Outra maneira de dizer que a razão tem suas razões que a razão desconhece e que essas razões são precisamente as da linguagem. A Razão, sim, se e somente se ela estabelece uma situação de comunicação que ligue o eu e o outro através de uma dinâmica das palavras.

É, portanto, com base numa teoria da linguagem ("o acordo sobre os signos") que Ponge recusa, como Peirce, a consciência intuitiva de si, bem como a possibilidade pura de distinguir intuitivamente as atividades do espírito (tais como a percepção, a imaginação, o sonho). Deve-se, porém, precisar que nem o poeta nem o semioticista rejeitam a consciência em geral e a apercepção. Com efeito, na medida em que o conhecimento é liminarmente consciência do objeto, ele é, como diria Peirce, uma consciência do objeto representado. Em outras palavras, a consciência de si singular (*To be or not to be...*) não implica em Ponge um Ego transcendental que constitua a condição *a priori* da unidade da experiência. É o que diz o sujeito da *Mesa*, que propõe como chave do enigma um objeto lingüístico designado "conceptáculo": "**As palavras são conceitos, as coisas são conceptáculos: são necessárias muitas palavras, dispostas de nova maneira para destruir uma palavra, um conceito**" [8 r.]. A tarefa que Ponge assume em toda sua obra consiste numa destruição/reconstrução da linguagem, a qual no dossiê aqui em questão se realiza através de uma devassa que leva a uma nova focalização da *Table:* "**Tendo sido feita** (dita) **tábua rasa, o que resta Pois bem, peço**

perdão a Descartes, não resta nem Eu nem penso nem eu nem existo, nem penso nem portanto nem existo, não resta mas resta (ainda) incontestavelmente **a tábua**" [19]. O que resta, e que serve de alguma forma de ponto de partida, uma vez feita tábua rasa da tábua rasa, é o que é representado, bem como a ação e a paixão de si pelas quais se cumpre a representação.

Ora, se o conhecimento em ato é em Ponge intuitivo, é porque ele é simultaneamente determinado pelo objeto (por exemplo, uma mesa) e por conhecimentos anteriores (uma tábua nunca é rasa). Encontramo-nos aqui frente a uma lógica do sentido que parte, como em Peirce, de um modelo cognitivo fundado numa pragmática discursiva ilustrada num texto datado de 1947, "La Seine", onde o progresso e a ciência são analisados pela alna de Epicuro e de Lucrécio. Ponge situa seu trabalho poético em função de duas etapas-chaves do trabalho científico: a fabricação de definições e a contemplação:

E quanto a mim, se é verdade que a ciência (cujo fim não é somente conhecimento mas poder) deva apoiar-se para começar em sólidas definições e por outro lado confiar-se por vezes à preguiça e numa certa medida aos acasos da contemplação, então talvez meu empreendimento não seja louco nem totalmente injustificado. Pois são de fato definições que pretendo formular, mas tais que, não implicando de modo algum que eu tenha inicialmente feito tábua rasa mas antes reunido pelo contrário, num primeiro tempo, os conhecimentos já elaborados (também em mim mesmo) sobre cada assunto, contenham igualmente elementos novos e se quiserem uma parte do futuro de nossos conhecimentos sobre o mesmo assunto. Mas como chego a isso, se é que chego? Reamassando com os conhecimentos antigos as acepções morais e simbólicas, e todas as associações de idéias, na maioria das vezes muito variadas e contraditórias, às quais essa noção pode ou pôde dar lugar, — incluindo aquelas habitualmente consideradas pueris, gratuitas e sem interesse, justamente aquelas de preferência talvez porque têm mais possibilidade de trazer algum elemento ainda não utilizado (TP, 555-6).

O interesse desta passagem deve-se ao fato de que Ponge mostra que seu trabalho de definição é um trabalho cognitivo, histórico e intertextual que é, na realidade, próprio do homem. A tábua rasa é uma ficção, e trata-se no máximo de pôr e repor nossos conhecimentos no tear, de chegar a constituir o que o poeta chama um "conglomerado *neutro*", isto é, um agregado de qualidades que não provoque gratuita ou inutilmente as certezas atuais, mas nelas se integre da maneira mais natural do mundo, tomando como adquirido que qualquer conhecimento e qualquer história do conhecimento se baseia sempre em crenças implícitas de ordem teórica e metodológica. Não se trata tanto, para retomar a fórmula de Thomas Kuhn, de descobrir uma verdade *inesperada* quanto de dissociar as qualidades dos objetos para, redistribuindo-as, recompondo-as, destacar suas qualidades distintas, o que Ponge chama, em suas "Notes prises pour un oiseau", o "nó" (TP, 278)[53].

Se tomei a liberdade, para estabelecer a posição de Ponge em relação a Descartes, de aproximar o poeta de Peirce, foi com base nas rigorosas e riquíssimas análises semióticas e estéticas elaboradas por Elisabeth Walther, as primeiras a partir da concepção tricotômica do signo peirceano, as segundas a partir da estética numérica de Max Bense. Sem abordar detalhadamente essas teorias, ressaltamos pelo menos que, segundo aquela autora, a obra de Ponge se constrói a partir de uma concepção da literatura como totalidade relacional do signo que é separadamente ou simultaneamente qualitativo (o signo como material puro e como meio de expressão), existente (o signo como expressão do poeta) e geral (quando a obra se torna lugar-comum ou provérbio). Embutida no homem e em suas formulações existenciais, a palavra, enquanto signo, encontra-se evidentemente nos dicionários e adquire sua significação em contextos que podem ser compreendidos como uma relação de interpretante do signo. Considerando que a palavra constitui um em si que remete a um objeto, um dos pontos fundamentais do trabalho de Walther consiste na distinção entre dois tipos de relação com o objeto, a saber, com "um objeto tematizado pelo meio [i. é, uma palavra]" e com "um meio tematizado pelo objeto". Assim, a leitura de Ponge implica que se levem em consideração simultaneamente os objetos e os meios de expressão, e por isso a expressão consagrada "definição-descrição" designa antes de mais nada um tipo de escrito tendido entre os dois termos da equação: a definição nominal em princípio verdadeira e a descrição sempre sujeita a discussão de acordo com o contexto em que é fabricada. Esses dois tipos de relação com o objeto implicam necessariamente dois mundos exteriores, o dos objetos e o das obras, cujas características implicam a estruturação de um método que vise a um duplo objetivo: "renovar" ao mesmo tempo os objetos designados e os assuntos das obras[54]. Nessa perspectiva, a definição-

---

[53] Michael Riffaterre mostrou que esta apreensão do nó corresponde ao momento em que um componente do sistema descritivo é ativado por uma coincidência sêmica. Ver "Ponge tautologique ou le fonctionnement du texte". In: *Colloque de Cerisy*, p. 80.

[54] Resumo aqui em grandes linhas o artigo "Remarques sémiotiques sur la 'méthode' et la 'pratique' dans l'œuvre de Francis Ponge". Trad. do alemão por Yasmin Hoffmann e Maryvonne Litaize. *Cahiers de l'Herne*, p. 499-508. E. Walther vê com razão a inter-relação que implica cada texto de Ponge como exemplo da relação triádica: $S = R^3$ (P.O.I.), onde a mesa

descrição permite metamorfosear o objeto em sujeito, como comprova indubitavelmente o dossiê da *Mesa*: a mesa não é somente uma seqüência de letras que formam sílabas e um referente (que se deveria nomear, para maior precisão, um objeto *designado* ao qual as palavras remetem *indicialmente*); ela é igualmente um sujeito a quem nos dirigimos por meio do *Tu*, do vocativo, da apóstrofe: "Ô Távola, és consolo e és consoladora..." Assim sendo, manter um julgamento de existência e a noção primitiva de pensamento significaria deduzir do *cogito* o mundo das coisas, manter sobre elas nosso domínio metafísico.

Em duas palavras, o paradoxo dos métodos pongianos é, portanto, o seguinte: trata-se "de considerarmos todas as coisas como desconhecidas" sem nos sentirmos desarmados por essa ignorância, trata-se de sermos pragmáticos e de fazermos tábua rasa sem colocarmos o *cogito* como uma evidência imediata. Ser e conhecer não coincidem, pois o sujeito e o objeto não coincidem. Em Ponge, o conhecimento de minha existência não passa pelo pensamento, mas sim por minha relação com o mundo que me compreende enquanto objeto e sujeito, assim como ele contém os objetos e os sujeitos que me reconhecem. O ponto de partida do conhecimento de minha natureza relacional não é minha existência, mas a dinâmica do mundo material. É o que sustenta Teófilo diante de Filaleto quando trata das idéias em geral: "Esta *tabula rasa* da qual se fala tanto não é a meu ver senão uma ficção que a natureza não suporta e que é fundada somente nas noções incompletas dos filósofos, como o vácuo, os átomos, e o repouso quer absoluto, quer respectivo das duas partes de um todo entre si, ou como a matéria-prima que se concebe sem nenhumas formas. As coisas uniformes, e que não encerram nenhuma variedade, nunca são senão abstrações, como o tempo, o espaço e os outros seres das matemáticas puras"[55]. Realmente, as idéias não são o forte de Ponge. Se ele é ao mesmo tempo tão terno e tão violento para com seu leitor, é porque o força a assumir que a decriptação do texto corresponde ao fato de que o mundo é enigmático e que a literatura, como lhe ensinava seu mestre Paulhan, é uma linguagem cifra-

---

é o objeto (O) a respeito do qual o poeta manifesta, por sua interpretação (I - Interpretante), seus sentimentos com meios (a interpretação aberta ou remática), isto é, palavras (P). Ela levanta, além disso, uma grave discussão — na qual a crítica pongiana não interveio — a respeito do fato de que a passagem do objeto para a fórmula oferece uma solução estético-literária para o problema colocado pela teoria empírica do conhecimento, da passagem do particular para o geral. A essa análise sêmio-estética deve-se acrescentar, da mesma autora, "Caractéristiques sémantiques dans l'œuvre de Francis Ponge". Trad. do alemão por Gérard Vallerey. *Tel Quel*, Paris: Seuil, n. 31, automne 1967, p. 81-4. Este artigo procura definir a obra de Ponge como um realismo semântico.

[55] Leibniz. *Op. cit.*, p. 91.

da[56]. Por último, o empreendimento de Ponge poderia bem consistir em dar-nos a ver que o mundo não se apreende a não ser através do mistério dos tropos. A grade das decriptações referida na *Mesa*, rasa ou não rasa, nos introduz numa concepção retórica e barroca da matéria. A mesa pongiana de dissecação abre um universo de corpos, de coisas e de palavras que se comunicam entre si no temporal original, esse fluido lingüístico em que os agregados da matéria se estendem em si próprios e até aos confins líquidos dos elementos. Consolamo-nos quando jubila a matéria, quando flocula a vida das coisas cujos recônditos devemos saber decifrar.

---

[56] Não era por acaso que Paulhan, referindo-se em uma carta a Ponge a suas *Lettres à Monsieur de Hohenhau*, publicadas com o título *Traité du ravissement* (Paris: Périple, 1983), falava da retórica como de uma "máquina de decriptar". Ver *Choix de lettres I. 1917-1936. La littérature est une fête*. Paris: Gallimard, 1986, p. 343, carta 276. Esta idéia, tanto egípcia quanto grega, árabe ou indiana, Paulhan a desenvolveu ao longo de toda sua obra e especialmente numa apresentação, dedicada a Ponge, do *Traité des tropes* de Du Marsais, intitulada *Traité des figures ou la rhétorique décryptée*. In: *Œuvres*, t. II. Paris: Le Cercle du Livre Précieux, 1966, p. 195-237. Tendo em mente as concepções de Al Thaalibi, Bharata, Raimundo Lúlio e Ramus, Paulhan coloca esta questão fundamental: "O que é então finalmente uma Retórica? O que queria ela dizer-nos, que não no-lo diz mais? O que significa ela, que deixa a todo momento de significar?" (p. 198).

Francis Ponge fotografado por Sylvain Roumette, em outubro de 1967.

O canteiro da tradução

Ignacio Antonio Neis

> Mas seria realmente isso a realidade? Quando tentava compreender o que de fato se passa no momento em que alguma coisa nos causa determinada impressão [...], eu me dava conta de que esse livro essencial, o único livro verdadeiro, um grande escritor não precisa, no sentido corrente da palavra, escrevê-lo, pois já existe em cada um de nós, mas sim traduzi-lo. O dever e a tarefa de um escritor são também os de um tradutor.
>
> Marcel Proust, *O tempo redescoberto*.

POR UMA POÉTICA DA TRADUÇÃO
PARA *A MESA*

Traduzir Francis Ponge? Traduzir. Traduzir um poema. Traduzir um dossiê de Francis Ponge. Traduzir *A mesa* de Ponge. Significa outra coisa do que traduzir qualquer outro texto, de qualquer outro gênero, do mesmo ou de qualquer outro autor.

Se cada texto em tradução é um canteiro de obras, a própria pesquisa e teoria da tradução poética também o são, por estarem — e como não estariam? — em constante evolução. As teorias gerais da tradução já elaboradas são um socorro para o tradutor, porém um socorro parcial. Parcial nos dois sentidos do termo: por abrangerem apenas parte dos aspectos envolvidos no processo tradutório em causa; e por revelarem atitudes restritivas ou até tomarem partido contrário à possibilidade da tradução poética. Tem-se consciência cada vez mais nítida da necessidade de uma orientação interdisciplinar que identifique e integre na atividade do tradutor os subsídios que lhe oferecem não só a lingüística, a filologia, a etnologia, a antropologia, a psicologia, a sociologia, a lexicologia e a lexicografia, mas também a história, a semiótica, as teorias da comunicação, a informática, as telecomunicações, a estilística, a estética, a poética, a análise do discurso, as teorias do texto e da literatura. Sem esquecer que estão implicadas igualmente uma retórica, uma hermenêutica, uma filosofia e uma filosofia da linguagem.

Traduzir o sentido, traduzir o estilo?

Entendemos necessário, visando não só a pleitear a tradução proposta nesta edição, mas também, e principalmente, a abrir uma vereda ao leitor do texto traduzido, fundamentar os pontos de vista e as posições que assumimos como tradutores. Neste encaminhamento, iniciamos lembrando alguns conceitos básicos que já encarnaram na história da teoria da tradução[1]. Nas teorias elaboradas a partir dos anos 50, sob

---

[1] Para uma revisão de conceitos relativos à tradução e a sua relação com as ciências

o impulso do desenvolvimento da lingüística, encontra-se ênfase unânime em apontar como base da tradução a noção de equivalência de sentido. É, sem dúvida, um reflexo da tradicional topologia dualista, metafísica e não-histórica, que opõe, por um lado, conteúdo, ou substância, ou sentido, ou mensagem e, por outro, forma, ou estilo, ou expressão. Para ilustrar tal preocupação dualista e a hierarquização geralmente adotada, bastará revisitar conceitos defendidos por renomados teóricos dos estudos tradutológicos.

J.-P. Vinay e J. Dalbernet, que já em 1958 propunham um método de tradução, *Stylistique comparée du français et de l'anglais*, ressaltam que o tradutor deve encontrar equivalentes do ponto de vista da mensagem, não da forma. Seu ponto de partida é uma unidade definida em função do sentido, que denominam "unidade de pensamento", ou "unidade lexicológica", ou "unidade de sentido", ou "unidade de tradução". Como o tradutor deve encontrar equivalentes dessas unidades na língua-alvo, os autores sugerem procedimentos técnicos, os quais refletem uma preocupação com a comparação dos sistemas lingüísticos e com as dificuldades de ordem léxico-morfossintática decorrentes da impenetrabilidade existente entre as diferentes línguas/culturas. Menos técnico, Georges Mounin, em seu conhecido *Os problemas teóricos da tradução*, preocupado com a problemática metafísica de uma objeção prejudicial, a da intraduzibilidade, desenvolve uma tese apologética sobre a traduzibilidade, para concluir que, na realidade, se trata de uma operação lingüística com muito mais limitações do que possibilidades de êxito. O cerne das limitações estaria na inviabilidade, ou na dificuldade, de reproduzir um conteúdo referencial equivalente na língua de chegada, devido sobretudo à não-homogeneidade das diferentes línguas/culturas nos níveis de estruturas fonológicas, semânticas, lexicais e sintáticas. De modo similar, Roman Jakobson insiste no aspecto da equivalência das mensagens ao dizer que "a tradução envolve duas mensagens equivalentes em dois códigos diferentes" e que "a equivalência na diferença é o problema principal da linguagem e a principal preocupação da Lingüística"[2]. Ainda na mesma linha, estabelece Jean Cohen que "a tradução realiza-se se a mensagem II for semanticamente equivalente à mensagem I, isto é, se a informação transmitida for a mesma". E sentencia: "[...] temos o direito de admitir a autonomia do conteúdo, pelo menos no que concerne à linguagem de tipo científico, e

---

lingüísticas, ver, de Ignacio Antonio Neis: "Do conceito de tradução". *Letras de Hoje*, Porto Alegre: Pontifícia Universidade Católica do Rio Grande do Sul, n. 37, set. 1979, p. 76-94; e "Lingüística e tradutologia". *Letras de Hoje*, Porto Alegre: PUCRS, n. 42, dez. 1980, p. 88-111.

[2] "Aspectos lingüísticos da tradução". In: *Lingüística e comunicação*, p. 65.

basear neste princípio a subordinação da expressão ao conteúdo. A linguagem é simples veículo do pensamento". A conseqüência para Cohen é tão pesada que, na tradução poética, "se pode guardar o sentido do poema (na sua substância) e perder a forma, e com ela a poesia"[3]. Já para Erwin Theodor, traduzir é "transferir o conteúdo de um texto com meios próprios de outra língua. A equivalência informativa precisa ser assegurada e, tratando-se de texto literário, também a correspondência formal"[4]. A preocupação com o sentido também é central nos conceitos de Danica Seleskovitch e de Marianne Lederer. Segundo Seleskovitch, a tradução deve situar-se em relação ao sentido, "considerado como o objeto a captar e a transpor"[5]. De acordo com Lederer, trata-se, na tradução, de "interpretar o texto para restituir seu sentido exato"[6]; ou ainda, traduzir requer, previamente, "determinar a significação [dos] signos para encontrar seu equivalente na outra língua"; e mais adiante: "o que se compreende e o que se exprime é o sentido [...] do qual fazemos o objeto da tradução"[7].

Nas formulações acima, sistematicamente a equivalência é relacionada com o conteúdo informativo das mensagens, e este é priorizado em relação à forma ou expressão. Aliás, a notória definição de Eugene Nida e Charles Taber confirma, não só explicitando, mas hierarquizando, a atenção a ser dada ao par mensagem/forma: "Traduzir consiste em reproduzir na língua-alvo o equivalente natural mais próximo da mensagem da língua-fonte, em primeiro lugar quanto ao sentido e em segundo lugar quanto ao estilo"[8]. Do ponto de vista formal, os autores propõem sua já clássica dicotomia de opções: ou recriar na língua-alvo as particularidades da língua-fonte, ou substituir na língua-alvo os traços estilísticos da língua-fonte pelos traços estilísticos da língua-alvo. Consideram o primeiro caso como de equivalência formal, e o segundo como de equivalência dinâmica, mas preconizam o primado da equivalência dinâmica, pois o cuidado com o aspecto idiomático da língua-alvo e com a respectiva cultura viabiliza assegurar melhor a captação

---

[3] *Estrutura da linguagem poética*. Trad. Álvaro Lorencini e Anne Arnichand. São Paulo: Cultrix, Edusp, 1974, p. 32, 33 e 34.

[4] *Tradução: ofício e arte*, p. 21.

[5] "Introduction". *Études de linguistique appliquée*, Paris: Didier, nouv. série, n. 12, oct./déc. 1973, p. 5.

[6] "Synecdoque et traduction". *Études de linguistique appliquée*, Paris: Didier, nouv. série, n. 24, oct./déc. 1976, p. 38.

[7] "La traduction: transcoder ou réexprimer?". *Études de linguistique appliquée*, Paris: Didier, nouv. série, n. 12, oct./déc. 1973, p. 7 e 10.

[8] *The theory and practice of translation*, p. 12. Uma explanação deste binômio e uma argumentação em favor de sua hierarquização encontram-se no artigo de Taber "Traduire le sens, traduire le style". Jean-René Ladmiral, org., *La traduction*, p. 55-63.

da mensagem pelo receptor. Tal concepção, que poderia ser percebida como etnocêntrica, e mesmo como "infiel" ao texto "original", explica-se por estar Nida, missionário, atento à eficácia da transmissão da mensagem bíblica, necessariamente adaptada, junto a diferentes povos e culturas, à função evangelizadora de transformação do ser humano. Na realidade, encontra-se um aspecto "etnocêntrico", com seus inevitáveis efeitos de aculturação, em toda tradução — em todo texto — que visem a ser recebidos por um Outro.

Percorrendo os autores supracitados e inúmeros outros, levanta-se uma lista bastante extensa de noções que têm sido propostas, discutidas e até contestadas, como palavras-chaves de definições de tradução. Com efeito, além de "equivalência", encontram-se, esparsa e alternadamente, palavras como "o mesmo", "igualdade", "identidade", "invariância", "exatidão", "correspondência", "reprodução", "recodificação", "substituição", "semelhança", "similaridade", "proximidade", "homogeneidade", "transferência", "transposição", "recriação", "re-produção", "fidelidade", para caracterizar a essência do processo tradutório. Há consenso, hoje, quanto à impossibilidade epistemológica de se manter na tradução o Mesmo, a identidade absoluta, o que descarta então a pertinência das primeiras noções acima listadas. Por outro lado, também consensualmente, a tradutologia aceita como satisfatória a noção de equivalência, não havendo, porém, parâmetros claros ou critérios definidos da equivalência ideal. É, por conseguinte, impertinente falar quer de intraduzibilidade absoluta, quer de traduzibilidade total; observam-se, isso sim, graus de traduzibilidade, que resultam em graus de equivalência. O que condiciona um maior ou menor grau de equivalência são geralmente: 1º — fatores socioculturais: diferenças de culturas e visões do mundo; 2º — fatores lingüístico-estruturais: estruturas fonológicas, morfológicas, sintáticas e lexicais, nas quais a equivalência é por vezes de difícil solução; 3º — fatores textuais: verifica-se que textos veiculares, científicos, "pragmáticos", segundo a expressão de Jean Delisle — os que visam precipuamente a transmitir conteúdos informativos —, têm alta traduzibilidade, podendo sua intraduzibilidade pender para zero; já o inverso ocorre com textos literários, poéticos, onde o código lingüístico deixa de ser mero suporte de sentido para tornar-se parte integrante da "mensagem"; onde o significante sofre alterações em sua linearidade, ganha terreno sobre o significado, com tendência à diluição ou ao apagamento das fronteiras entre prosa e poesia; onde, finalmente, "uma atividade de significância é encenada segundo regras de combinação, de transformação e de deslocamento"[9].

---

[9] Roland Barthes. "Jeunes chercheurs". In: *Le bruissement de la langue*. Paris: Seuil, 1984, p. 102.

Decorre daí que o princípio de que em tradução é fundamental a equivalência em nível semântico se aplica particularmente a textos veiculares, a textos com alta traduzibilidade. Jakobson afirma, aliás, que "toda experiência cognitiva pode ser traduzida e classificada em qualquer língua existente" e que "a hipótese de dados cognitivos inefáveis ou intraduzíveis seria uma contradição nos termos". Destacar dados cognitivos neste contexto denota, pelo menos implicitamente, uma reserva do lingüista quanto à traduzibilidade em nível de expressão. Com efeito, ele mesmo afirma mais adiante que "a poesia, por definição, é intraduzível", porque não se trata de aspecto cognitivo: "Só é possível a transposição criativa"[10]. A ênfase dada, na formulação de Jakobson, à expressão "transposição criativa" aponta não somente a insuficiência da equivalência semântica na tradução poética, mas sobretudo a necessidade de um procedimento aberto, voltado para a globalidade dos aspectos textuais.

A significância do texto poético

Aceito o postulado da distinção entre texto veicular e texto poético, deter-nos-emos nas características deste último, sobretudo naqueles aspectos pertinentes para *A mesa*, vista como canteiro de trabalho poético. Diga-se de início que a poesia é fundamentalmente um fenômeno lingüístico. Assim sendo, todo estudo do funcionamento poético passa pelo lingüístico — morfologia, sintaxe, semântica, prosódia — e vai valer-se dos instrumentos utilizados pela lingüística. Esta, embora indispensável, tem, todavia, para a poética um papel de auxiliar. Com efeito, a linguagem poética vai muito além daquilo que até agora definiram lingüistas e semanticistas, pois o trabalho do poeta ultrapassa e subverte o processo de significar da língua veicular, minando-lhe as bases. É, como diz Julia Kristeva, "um tipo de funcionamento semiótico dentre as numerosas práticas significantes, e não um objeto (acabado) em si permutado no processo da comunicação"[11]. Existem em poesia inúmeras camadas a serem consideradas simultaneamente: o significante, o significado, o referente, o gênero, o estilo, o registro, a sintaxe, o léxico, o ritmo, a sonoridade, a métrica, o idioleto. E o sentido do poema? De acordo com Georg Steiner, é um debate filosófico factício partir de uma oposição radical entre "expressão" e "sentido", uma vez que esta remete à dicotomia metafísica "forma" e "fundo",

---

[10] *Op. cit.*, p. 67, 70 e 72.
[11] *Séméiotikè: recherches pour une sémanalyse*. Paris: Seuil, 1969, p. 186 (Col. Points).

que faz crer que a primeira não é senão um suplemento e ornamento do segundo. Requer-se levar em conta a globalidade do trabalho poético; e o que surge da combinação global, mas não e nunca finita, de todas aquelas camadas consideradas em conjunto denomina-se, não mais o sentido, mas a significância de um poema. Rompendo, pois, as fronteiras entre sentido e expressão, o texto poético diz uma coisa, mas significa outra: é sua maneira oblíqua de gerar sentidos. Dessa geração e gerência de significação existem vários índices observáveis, que importa sistematizar.

Um primeiro índice consiste na agramaticalidade, ameaça à mimese, à representação literal da realidade. Ela é entendida aqui num sentido amplo, não restrito ao nível da coesão lingüística, às violações sintáticas, semânticas e prosódicas das normas estruturalistas e gerativistas, mas abrangendo, no nível da coerência axio-ideológica, desde casos mínimos de perturbação da linearidade até casos extremos que podem conduzir a efeitos de incoerência, de hermetismo e de não-sentido. Tais desvios constituem-se em elementos indicadores de uma escritura, não malformada, mas que orienta para uma leitura menos mimética, mais semiótica. Aliás, embora sob novas formulações teóricas propostas pela semanálise, tais desvios não são fato recente, pois a deslinearização da sintaxe e a quebra da coesão e da coerência verbal sempre constituíram marcas da linguagem poética. Nesse sentido, e com vistas a uma positivação da agramaticalidade, que permite aceder à maneira oblíqua de significar, Kristeva propõe a substituição de *agramaticalidade* no nível textual por *sobregramaticalidade*, "evitando a noção de anomalia [...], e preservando a noção de complementaridade entre o Logos e a linguagem poética"[12].

Uma segunda manifestação da poeticidade reside na autotelicidade do texto através de novas motivações dos elementos da seqüência: sílabas, tonicidade/atonicidade, pausas/ausência de pausas, fronteiras/ausência de fronteiras das palavras, classes gramaticais, categorias de gênero e número, campos semânticos, tropos, formas canônicas da poesia. Acrescentem-se os aspectos visuais, picturais, concretistas, aquilo que Jacques Anis chama de "visilegibilidade". Assim, em sua maneira de significar, a autotelicidade coloca à frente, privilegia a materialidade dos signos, quebra as bases da relação de interlocução[13].

---

[12] *Ibid.*, p. 194.

[13] Jean-Michel Adam. *Pour lire le poème: introduction à l'analyse du type textuel poétique*. Bruxelles: De Boeck, 1985. Jacques Anis é citado nesta obra de Adam, *apud* Mário Laranjeira, *Poética da tradução*, p. 101, o qual propõe "visilegibilidade" como tradução de "vi-lisibilité". Remetemos também à análise de um poema de Ponge, da autoria de Adam: "Une poétique génerative et transformelle: Le lézard". In: *Colloque de Cerisy*, p. 91-114.

A palavra é sentida, *vista*, como palavra, e não como substituto do objeto ou do conceito, servindo de meio para construir o sentido e a própria textualidade do poema.

A agramaticalidade e a autotelicidade de per si não bastam para gerar o poético. A significância provém ainda da organização temático-remática, da matriz e de sua expansão e conversão[14]. No nível da estruturação textual, Annie Brisset propõe, para a leitura do efeito poético, um instrumento operacional que ela designa como translema e que define como unidade-sistema composta de elementos significativamente solidários: "um translema é uma **rede de relações** que unem, semanticamente, um conjunto de elementos pertecentes quer ao plano da expressão, quer ao plano do conteúdo, quer a ambos simultaneamente, e que unem, além disso, elementos intratextuais e elementos extratextuais"[15]. O reconhecimento de um translema, segundo a autora, pode ocorrer em três momentos, quando se identificam sucessivamente: 1° — os elementos do translema; 2° — as relações entre esses elementos; 3° — as interferências entre esse translema e outros. Conclui que o texto poético é supercodificado e que essa supercodificação — fonte da polivalência de seus elementos — acarreta uma supertraduzibilidade do texto, o qual, como totalidade significante, só poderia ser idealmente restituído pela soma de suas traduções significativamente diferentes; sendo, porém, difícil, senão impossível, reproduzi-las simultaneamente na língua-alvo numa única tradução, exige-se, no programa tradutório, o estabelecimento de uma hierarquização dos translemas.

A apreensão da significância baseia-se no texto como estrutura globalizante e a ela só se chega mediante uma leitura tabular, a qual, de acordo com o Grupo μ[16], citado por Brisset, "é o produto do reconhecimento de várias isotopias e das reavaliações que autorizam a passagem de uma para outra. / O leitor de poemas é, portanto, aquele que pode percorrer o texto segundo vários planos de decifração [...] através do processo de reativação do sentido".

---

[14] Segundo Michael Riffaterre, a expansão — gerador maior da significância — "transforma os constituintes da frase matriz em formas mais complexas"; e a conversão — agente que cria uma unidade formal através de uma operação aparente — "transforma os constituintes da frase matriz modificando-os todos através de um único e mesmo fator". *Sémiotique de la poésie*. Trad. francesa de Jean-Jacques Thomas. Paris: Seuil, 1983, p. 67, 68 e 86.

[15] "Poésie: le sens en effet. Étude d'un translème", p. 259-66.

[16] *Rhétorique de la poésie*. Bruxelles: Complexe, 1977, p. 163.

Por uma tradução da significância poética

A tradução de um poema condiciona-se a sua maneira específica de produzir sentidos, à significância, e o caminho para traduzir o poético passa pela recriação, na língua-alvo, da significância do poema. Intuindo a complexidade do processo de apreensão e reprodução da significância, porém sem dispor do instrumental metalingüístico desenvolvido mais recentemente, Edmond Cary escrevia, há mais de quatro décadas, que "traduzir é ser capaz de captar as infinitas ressonâncias de cada palavra, de cada movimento do pensamento, de cada batida do coração, e saber comunicá-los ao leitor, cujo universo inteiro se ordena, entretanto, segundo um ritmo antinômico [...]. Trata-se de uma arte, irredutível a qualquer outra"[17]. Aos que, invocando a complexidade do processo, alegam a impossibilidade da tradução poética, caberia objetar que o intraduzível interlingüístico não seria senão o reverso do inefável intralingüístico. Ora, a poesia supera o inefável, o indizível, por sua capacidade intrínseca de gerar sentidos não-referenciais, por afastar-se da mimese em benefício da semiose, por romper com a linguagem tética. Esse processo de geração de sentidos constitui o cerne da atividade tradutória, que se desdobra para obter, não um mesmo fundo ornado de uma mesma forma — operacionalmente impossível —, porém uma interação similar de significantes, capaz de gerar similarmente a significância no poema traduzido, através da manipulação dos recursos lingüísticos e discursivos disponíveis no sistema de chegada. Ultrapassa-se, uma vez mais, a dicotomia fundo/forma, recusando a prática da reescritura descrita por Henri Meschonnic como "primeira tradução 'palavra por palavra' por alguém que sabe a língua de partida mas que não fala texto, depois acréscimo da 'poesia' por alguém que fala texto mas não a língua. É a materialização do dualismo"[18]. Não há duas coisas dissociáveis, heterogêneas. "Quando há um texto, lembra alhures Meschonnic, há um todo, traduzível como todo. A prática e a história da tradução o demonstram"[19]. Em termos de receita prática, isso significaria que não se trata de conseguir dizer o que o autor quis dizer, mas sim, de fazer algo similar, homogêneo, ao que o autor fez, como totalidade significante. "A tradução — diz também Derrida — é uma escritura, não é simplesmente uma tradução no sentido da transcrição, é uma escritura produtiva que é chamada pelo texto original"[20].

---

[17] *La traduction dans le monde moderne*, p. 18.
[18] "Propositions pour une poétique de la traduction". In: *Pour la poétique II*, p. 315.
[19] "D'une linguistique de la traduction à la poétique de la traduction". *Ibid.*, p. 349.
[20] In: Claude Lévesque & Christie V. McDonald. *L'oreille de l'autre*, p. 202.

Sendo o texto-alvo um novo texto, um novo poema em outra língua, ao mesmo tempo autônomo e chamado pelo texto "original", e descartados os postulados da intraduzibilidade, da traduzibilidade total e da dicotomia fundo/forma, coloca-se o problema da natureza da relação entre o texto de chegada e o texto de partida: que tipo de relação, que equivalência?

Mounin[21] lembra que já há consenso em duas direções opostas: tanto na recusa da tradução literal quanto na recusa da licença, da adaptação que pretende ser tradução. E coloca as questões em termos de fidelidade: fidelidade a quê? — à forma lingüística: lexical e estrutural? — ao estilo? — à musicalidade, ao ritmo, à prosódia, à versificação? Segundo ele, é mister identificar as qualidades poéticas para encontrar-lhes equivalentes: qualidades sonoras, qualidades estilísticas, sentido global, estrutura e organicidade textual, pois a fidelidade na tradução poética é a fidelidade à poesia do texto como um todo.

Sabemos que a conceituação de fidelidade no terreno da tradução evoluiu através dos tempos. A história da tradução mostra que, até a Segunda Guerra Mundial, as teorias quase sempre assumiram a forma de uma comparação filológica de textos e que os critérios de fidelidade foram, de acordo com as épocas, ora filosóficos, ora estéticos, ora sociais. Esses critérios eram diluídos num conjunto de impressões gerais heteróclitas e de intuições pessoais impregnadas de subjetividade e concerniam à maneira de traduzir os grandes autores de acordo com o gosto dos leitores. Aliás, uma das razões das históricas "belas infiéis" assentava exatamente na vontade de adaptação ao gosto, moral e literário, do público. Conseqüentemente, como observa Paul Van Tieghem, através da comparação de diferentes traduções de uma mesma obra em épocas diferentes, é possível estudar diacronicamente as variações de gosto e de atitudes[22]. Pode-se afirmar mesmo, com Roger Zuber, que a prática das "belas infiéis" contribuiu para moldar o gosto clássico, tanto de escritores quanto do público[23]. Um exemplo ilustrativo de "bela infiel" é a tradução, realizada por Catuélan e Le Tourneur, em 1778, de *Romeu e Julieta*, de Shakespeare, dramaturgo cuja presença se manifesta, aliás, na obra de Ponge desde os *Douze petits écrits*. Jacques Gury afirma que foi nesta tradução que os franceses descobriram e passaram a apreciar Shakespeare. A que preço? Paul Van Tieghem é categórico ao apontar o excesso de erros contidos na tradução, entre os quais arrola

---

[21] "Traduction fidèle... mais à quoi?". In: *Linguistique et traduction*, p. 145-50.

[22] *La littérature comparée*. 2. ed. rev. Paris: Armand Colin, 1939, p. 165.

[23] *Les "Belles Infidèles" et la formation du goût classique*, p. 9. A obra de Zuber constitui um trabalho estritamente literário que estuda a repercussão das "belas infiéis" na elaboração do classicismo francês.

impropriedades, falsos sentidos, contra-sensos e muitas omissões. Com efeito, ao procurarem oferecer ao público um texto mais leve, despojado de tudo o que pudesse chocar, os tradutores procederam a cortes de vários tipos, eliminando, por exemplo, expressões de difícil compreensão ou cenas escabrosas, com o objetivo de enobrecer o que parecesse vulgar e de tornar austero e clássico o que parecesse precioso e barroco. "Para produzirem sua versão, conclui Gury, os colaboradores fizeram opções em nome da fidelidade, certamente não a um poeta elisabetano, mas à concepção que o século XVIII tinha de Shakespeare, a um demiurgo romântico: tal como o leitor francês o desejava, ou pelo menos o esperava"[24].

Retomando a questão da relação entre texto de partida e texto de chegada, já colocada em termos de equivalência, reconhecemos que o processo tradutório é operacionalmente complexo e epistemologicamente de difícil enunciação. A teorização normativa ou prescritiva, que define a "boa" ou "má" tradução em função da exatidão lingüística, cede o passo, cada vez mais, à teorização descritiva, que analisa a tradução, no caso a tradução poética, como resultado das opções nos diferentes níveis de geração da significância, das concepções de texto, de literatura e de tradução que o tradutor professa como sujeito, além do objetivo da tradução dentro do sistema literário em que é produzida.

Uma concepção básica é aquela que considera, com Meschonnic[25], que na literatura o primado empírico é do discurso sobre a língua e que os critérios da tradução literária não são mais simplesmente lingüísticos, isto é, estáticos, mas pragmáticos, apoiados no sucesso histórico, na duração, de modo que as traduções de obras são vistas como obras. Isso não significa que em tradução literária não haja perdas, por vezes incontornáveis, mas estas não são traições; são compensadas por transformações, pela introdução, por exemplo, de valores prosódicos, ou fonológicos, ou sintáticos, ou semânticos próprios da língua-alvo. A tradução de um texto, como diz ainda Meschonnic, "é estruturada-recebida como um texto, funciona como texto, é a escritura de uma leitura-escritura, aventura histórica de um sujeito"[26]. Essa concepção de tradução é reforçada e ampliada pela teoria da obra literária como sistema modelizante secundário de Iuri Lotman, pelo que ele chama de "fora-do-texto": "A realidade histórico-cultural que chamamos *obra*

---

[24] Jacques Gury, "Quelle fidélité? ou *Roméo et Juliette* il y a deux siècles". *Cahiers de littérature générale et comparée*, Aix-en-Provence: Société Française de Littérature Générale et Comparée, n. 1, printemps 1977, p. 13-26. A crítica de Paul Van Tieghem é referida em nota neste artigo.

[25] "Traduction et littérature", p. 2319 e *passim*.

[26] *Pour la poétique II*, p. 307.

literária não é esgotada pelo texto. *O texto não é senão um dos elementos da relação*. A carne real da obra literária consiste num texto (um sistema de relações intratextuais) *em sua relação com a realidade extratextual*: vida, normas literárias, tradição, concepções. É *impossível ver um texto arrancado de seu fundo*"[27].

Focalizando mais de perto os aspectos envolvidos no processo de tradução da significância poética, recorremos às proposições de Efim Etkind, autor, aliás, pouco citado nos estudos tradutológicos. Para ele, uma tradução poética preocupada unicamente com o "sentido" leva à desfuncionalização. Entre os critérios básicos de equivalência, conta-se, portanto, aquele que consiste em se manterem nas traduções as funções textuais, que podem variar: humor, rima, fonética, ritmo, dança, canto, função gnômica, emoção... Etkind lembra uma observação de "Variations sur les Bucoliques", de Valéry: "[...] a fidelidade restrita ao sentido é uma maneira de traição. Quantas obras de poesia reduzidas em prosa, isto é, a sua substância significativa, literalmente não existem mais!" A tradução poética repousa, pois, sobre uma concepção de poesia como organismo, no qual cada elemento têm importância vital: "A poesia, diz Etkind, é a união dos sentidos e dos sons, das imagens e da composição, do fundo e da forma. Se, ao passar o poema para uma outra língua, só se conservarem o sentido das palavras e a imagem, se se deixarem de lado os sons e a composição, não restará nada desse poema. [...] Acreditando sacrificar somente a forma, executa-se também o fundo". Os termos de Etkind explicitam, na verdade, uma dialética na valorização dos meios lingüísticos de expressão e do conteúdo: "[...] na maioria dos casos, a intenção semântica nem sequer é o pretexto do poema, é apenas um dos elementos constitutivos"[28]. Em sua tentativa de caracterizar o texto poético, pondera o autor que se trata sempre de um sistema de conflitos que opõem, entre outros, sintaxe e métrica, métrica e ritmo, som e sentido, palavra como unidade de base da linguagem e palavra inserida no verso, oração e palavra, tradição poética e inovação do autor, expectativa e decepção do leitor, conteúdo do texto e seu equivalente em prosa. Cada um desses conflitos, ou alguns deles, ou até todos tomados conjuntamente estão na origem da tensão poética do texto. E da tensão do tradutor em busca de equivalência, pois uma tradução adequada supõe o reflexo de cada um desses conjuntos conflituais. Privilegiar especialmente um deles acarreta uma alteração do texto, e com isso a tradução torna-se inevitavelmente um espelho mais ou menos deformado(r).

---

[27] "Texte et hors-texte". *Change*, Paris: Seghers, Laffont, fév. 1973, p. 43.
[28] *Un art en crise: essai de poétique de la traduction poétique*, p. 17, XI e XII.

Com base na análise de um extenso córpus, Etkind estabeleceu a seguinte tipologia de traduções poéticas: 1º — a *tradução-informação*: geralmente em prosa, visa a dar ao leitor uma idéia geral do original, sem pretensão estética; 2º — a *tradução-interpretação*: combina a tradução com a paráfrase e a análise; 3º — a *tradução-alusão*: visa a sacudir a imaginação do leitor, fornecendo amostras, porém apenas parciais, de versificação; 4º — a *tradução-aproximação*: apontando previamente as dificuldades e impossibilidades encontradas, contenta-se com o "mais ou menos" de acordo com o original, ou sacrifica aspectos poéticos essências; 5º — a *tradução-recriação*: recria o conjunto, conservando a estrutura do original; implica sacrifícios, adições e transformações, desde que ditados pelo original ou autorizados pelo contexto, ou seja, tão somente no âmbito preciso do sistema artístico em questão, nos limites do mundo estético do autor e na medida dos condicionamentos impostos pelas servidões lingüístico-culturais; 6º — a *tradução-imitação*: não busca recriar um texto, mas, antes, produzir uma obra nova que pertença mais ao tradutor-poeta do que ao poeta da obra-fonte. Segundo Etkind, somente a tradução-recriação é, no caso da poesia, uma verdadeira tradução: "O objetivo a atingir consiste em criar, não um decalco, não uma cópia, mas um *equivalente*. Um tal equivalente é conforme em seu conjunto ao original, embora se distinga dele por efeito das exigências de uma outra língua e de tradições nacionais e culturais diferentes"[29].

A inserção da tradução em tradições nacionais e culturais outras — cada vez mais transnacionais e transculturais — constitui uma dimensão hoje sumamente enfatizada na atividade do tradutor. Assim, Annie Brisset[30] considera que a tradução está sujeita à "ordem do discurso" dominante na sociedade receptora e que as opções efetuadas pelo tradutor são desencadeadas e limitadas não só pela leitura decodificadora do texto de partida, mas também pelas disponibilidades do meio de acolhida, e mesmo por aquilo que a sociedade receptora au-

---

[29] *Ibid.*, p. xv.
É interessante encontrar formulação semelhante num artigo de Teodor Sáez Hermosilla, "Mallarmé en castellano (Por una metodología de la traducción poética)". *Cuadernos de Traducción e Interpretación*, n. 3, 1983, p. 127: "Pede-se ao tradutor que seja fiel, isto é, que reinvente um projeto textual em sua língua, capaz de exprimir o querer-dizer quase total do autor. Esse projeto há de concretizar-se em um texto o mais equivalente possível e, embora o artifício utilizado visando a essa equivalência deixe o leitor segundo na mesma obscuridade do leitor primitivo, há de permitir ao leitor não comum, ao crítico segundo, um processo de decodificação semelhante na língua-alvo". Coerentemente com o que foi exposto acima, discordaríamos da expressão "o querer-dizer do autor", a menos que possamos interpretá-la como "o querer-significar", o que, aliás, parece autorizado, uma vez que Sáez Hermosilla pede ao tradutor "que reinvente um projeto textual".

[30] Annie Brisset, *Sociocritique de la traduction*, p. 23 e 27.

toriza o tradutor a escrever. Em sentido convergente, pondera José Lambert[31] que, ao focar-se a questão central, a da natureza da equivalência, caberia verificar se a norma dominante em matéria de tradução "é do tipo adequado (orientado para o sistema de partida) ou do tipo aceitável (orientado para o sistema de chegada)". O dilema adequado/ aceitável corrige, segundo ele, a questão tradicional da "fidelidade" do tradutor, situando-a em relação a extremos, em termos de normas dominantes, e as opções dos tradutores levarão em conta seus próprios meios e concepções e os meios e concepções aceitos pelo sistema. No caso concreto da *Mesa*, será norteador perguntar-se sobre o interesse que tal obra suscitou e suscita, sobre as repercussões que teve e tem, sobre a expectativa que sua tradução pode e poderá provocar no universo lusófono, na medida em que se trata de uma fatia da literatura francesa, de um texto poético, de um poema concretista, de uma escritura-reescritura inovadora[32].

Discutindo com Edoardo Bizzarri, tradutor italiano de seu *Grande Sertão: Veredas*, Guimarães Rosa auxiliou-o a compreender sua obra, para lhe possibilitar recriá-la em outra língua: "Você não é apenas um tradutor. Somos 'sócios', isto sim, e a invenção e a criação devem ser constantes"[33]. De nossa parte, no trabalho aqui proposto, procuramos recriar em língua portuguesa a significância da *Mesa*, preservando sua poeticidade específica — chame-se isso recriação, transcriação, reinvenção, reescritura, re-produção ou transposição criativa — a partir do princípio de que a poeticidade reside, não num fundo revestido de uma forma, mas num processo multifacetado de geração de sentidos, princípio esse que é o fulcro da concepção (e) da (re)escritura/(re)leitura pongianas. Tal trabalho supõe que os tradutores estejam imbuídos da escritura pongiana tal como exercitada no conjunto de sua obra, e particularmente na *Mesa*, a qual coloca em cena a poesia como produtividade, e não como produto acabado de concepções românticas, ainda tão em voga. Tenha-se presente que, embora fazendo parte do sistema pongiano, o modelo poético da *Mesa* não põe em funcionamento os mesmos motivos de outros textos, tais como *La fabrique du pré* ou *Comment une figue de paroles et pourquoi*. Não há, para qualquer dos textos de Ponge, como para qualquer poema, uma fórmula preestabelecida e única de operação tradutória, mas, para usar a expressão de Robert

---

[31] "La traduction". In: Marc Angenot et alii, org. *Théorie littéraire*, p. 153-5.

[32] Nesse sentido, remetemos à seção "Francis Ponge: *De emendatione temporum*", nesta edição, que situa Ponge no contexto lusófono, e especialmente no contexto brasileiro.

[33] Edoardo Bizzarri. *J. Guimarães Rosa — Correspondência com o tradutor italiano*. São Paulo: Instituto Cultural Ítalo-Brasileiro, 1972, p. 36.

Vivier, "em cada caso um tatear, uma humilde e longa busca. Um fio a encontrar e a conservar, uma ajustagem artesanal que deve permanecer escuta sensível..."[34].

Trata-se, não de um "tatear" cego ou de uma "busca" ao léu, nem de um "artesanato" ao sabor da inspiração, mas sim de um programa tradutório rigoroso que, para fundamentar suas múltiplas opções a partir de (re)leituras tabulares do texto e de uma ampla documentação suplementar, inicia por detectar no fenotexto de partida as manifestações textuais do código genético, o genotexto, de seu sentido, de sua significância, para, numa segunda fase, mediante um minucioso burilar dos significantes, recriar em português um texto que seja gerado por um código homólogo ao do "original" e que seja portador da mesma potência de significância. Tal programa de trabalho passa pelas camadas mais estritamente lingüísticas (morfológica, semântica, sintática, prosódica e retórico-formal), para se debruçar a seguir sobre a dimensão semiótico-textual (agramaticalidade, autotelecidade, estrutura temático-remática ou translemas), não sendo nenhuma dessas camadas considerada de importância secundária. O aparato crítico que acompanha a tradução, e que nos pareceu indispensável para melhor orientar o leitor, dará uma idéia da meticulosidade artesanal com que se executou esta "tarefa do tradutor".

Frisamos, finalmente, uma de nossas opções que repercute no plano global do poema traduzido. Embora o resultado deva ser um texto coeso e coerente, endereçado a leitores de língua portuguesa, não apagamos a alteridade, mantivemos Ponge o Estrangeiro. A uma tradução etnocêntrica e hipertextual nosso projeto opõe, seguindo Antoine Berman, uma tradução ética e poética[35]; ou seja, nos termos do dilema proposto por Lambert, a uma tradução do tipo aceitável nosso projeto opõe uma tradução do tipo adequado. Esta, todavia, pretende não ser redigida em algum português galiciparlado, mas, por assim dizer, em português pongiano, fazendo dos recursos e das potencialidades de nossa língua um uso similar ao uso que fez Ponge dos recursos e das potencialidades da sua, de modo que o leitor possa ler e interpretar, como num espelho não deformado(r), a escritura do poeta. Aqui a tra-

---

[34] Robert Vivier, *Traditore...* Bruxelles: Palais des Académies, 1960, p. 15.

[35] Colocando-se na perspectiva crítica de Schlegel, Berman escreve que "a perspectiva poética está ligada à perspectiva ética da tradução: trazer para as margens da língua tradutora a obra estrangeira em sua pura estranheza, sacrificando deliberadamente sua 'poética' própria" ("La traduction et la lettre ou l'auberge du lointain". In: Antoine Berman et alii, *Les tours de Babel*, p. 47 e 58). Uma orientação semelhante foi adotada pela equipe da nova tradução francesa de Freud, André Bourguignon, Pierre Cotet, Jean Laplanche e François Robert, em *Traduire Freud*. Paris: PUF, 1989.

dução é certamente, segundo a expressão de Édouard Glissant, uma "arte da fuga de uma língua para a outra, sem que a primeira se apague e sem que a segunda renuncie a se apresentar"[36]. Empenhamo-nos em conhecer, respeitar e restituir as riquezas e as ambigüidades dessa escritura. Desejamos que nosso tempo de tradução tenha sido um tempo de decisão em favor, não de *uma* opinão interpretativa exclusiva, mas de um texto que proporcione a quem lê *A mesa* uma liberdade similar à do leitor de *La table*.

---

[36] *Introduction à une poétique du divers*, p. 36.

DA DECRIPTAÇÃO À RECRIPTAÇÃO D'*A MESA*[37]

O desafio inicial, para a tomada de decisões na tradução, é o da leitura, da interpretação, da decifração, da decriptação do texto, para se descortinar o mistério dos tropos, o segredo do fazer do poeta: "Ler um poema, diz Robert Vivier, é um pouco traduzi-lo"[38]. Na folha 34 do dossiê de Ponge, além de alusões à revolução provocada pelo homem escrevedor, a sua reinvenção da palavra e da escritura, deparamos com esta sugestão: "**Estudar a posição (acocorado) do escriba egípcio. (Os caracteres egípcios estão inscritos nos muros)**". Insinua-se, como evidente, a referência à "**grade das decriptações**" que, na folha 37, é associada a lei, a asserções, a regra, a pentagrama, e mais, a leitura, a lição de leitura. Decriptar, decifrar, ler, aprender a ler, como o poeta aconselha ao leitor: "**Convido-te a <u>fazer a leitura</u> da escritura de minha leitura do que escrevo**" [7]. Estamos alertados para a possibilidade de leituras várias do texto. Embora a variedade de leituras seja fundada na variedade da natureza e na polissemia de todo texto poético, o leitor/tradutor da *Mesa* deve descobrir, ao termo de um paciente labor de interpretação, a qualidade diferencial específica deste texto, autorizada e legitimada pela própria *escriptura*[39].

A decifração e a tradução de *table*

Para começar, a palavra-chave/título, *table*, que qualquer leitor de língua portuguesa com algum conhecimento de francês não hesitaria em traduzir, à primeira vista, por *mesa*. À primeira vista. Estamos

---

[37] Remetemos à seção "A fábrica d'*A mesa*", nesta edição, cuja leitura prévia será proveitosa como introdução à decifração do texto de Ponge, dispensando-nos de retomar na presente seção as mesmas questões.

[38] *Op. cit.*, p. 5.

[39] "Escriptura" (*escrypture*) é uma palavra-montagem criada por Jacques Derrida em seu texto introdutório "Scribble (pouvoir/écrire)" para *Essai sur les hiéroglyphes*, de William Warburton, trad. Léonard de Malpeines, Paris: Aubier-Flammarion, 1977. Assim como a hermenêutica de Champollion atravessa o texto lacaniano, a escriptura criva o conjunto do córpus pongiano desde, pelo menos, o *Petit choix d'anciennes écorces: l'Égypte et les Égyptiens* (1937), onde já se menciona o trabalho do escriba (*Digraphe*, Paris: Flammarion, n. 25, avr. 1981).

numa encruzilhada, diante de uma questão liminar. A palavra francesa *table*, originada de *tabula*, que em latim significava "tábua, prancha, mesa de jogo", passou a significar "mesa" no latim popular da Gália, substituindo ali o latim clássico *mensa*. Isso explica a constituição, em diferentes línguas, de duas famílias de palavras, originadas respectivamente de *tabula* e de *mensa*. Para designar o móvel em que se come, se escreve, se joga, várias línguas ocidentais mantiveram um derivado do latim *tabula*: o francês (*table*), o italiano (*tavola*), o inglês (*table*), ao passo que tanto o português quanto o espanhol adotaram *mesa*, derivado de *mensa*.

A palavra francesa *table* é, no entanto, das mais polissêmicas, e a suas múltiplas acepções correspondem, em português, diferentes designações, como ocorre nestes exemplos, quase todos retirados do dossiê de Ponge: "table à manger"/"mesa de jantar", "table rase"/"tábua/tábula rasa", "table des matières"/"índice", "table de prix"/"lista de preços", "table des multiplications"/"tabuada", "table d'harmonie"/"tampo harmônico", "table des modales"/"tabela das modais", "table ronde"/"mesa(-)redonda", "Table ronde"/"Távola Redonda". Nessas ocorrências observa-se que, dos equivalentes de *table* em língua portuguesa, alguns também são derivados de *tabula*, ao passo que os demais têm etimologias diversas.

Em outra focagem, verifica-se serem numerosos em francês os derivados direta ou indiretamente de *tabula*: *tablature* ("tablatura"), *tableau* ("quadro", "tabela"), *tablée* ("conjunto de comensais"), *tabler* ("entabular"), *tablette* ("tabuinha", "prateleira", "tablete"), *tablier* ("tabuleiro", "painel", "avental"), *tabulaire* ("tabular"), *tabulateur* ("tabulador"); mas também *taule* ("quarto", "prisão") e *tôle* ("prisão", "chapa", "folha metálica"); enquanto os derivados de *mensa* são raros: *commensal* ("comensal"), *commensalisme* ("comensalismo"), *mense* ("renda de padre, monge ou bispo"), *moise* ("conjunto de travessas de madeira") e *moiser* ("ligar com travessas de madeira"). Em português, igualmente, os derivados do latim *tabula* são muito mais numerosos do que os derivados de *mensa*. Na primeira família agrupam-se *tabela, tabla, tablada, tablado, tablatura, tablete, tábua, tabuada, tabuado, tábula, tabulador, tabuleiro, tabuleta, távola, tavolatura* e cognatos; na segunda encontramos *mesa, mesário, comensal, comensalismo*.

A leitura do dossiê leva o leitor a entender sem demora que a palavra *table* nem sempre, nem quase sempre, remete ao móvel que designamos como *mesa*. As perspectivas em que nos colocamos com o autor, quando este escreve, pronuncia, lê *table*, variam. O mesmo poeta que enunciava, referindo-se à mimosa, que "o nome da mimosa já é perfeito [...], torna-se difícil encontrar algo melhor para definir a coisa do que esse próprio nome" ("Le mimosa", TP, 309), escreve aqui que

"**Tudo (da mesa) está contido neste nome, a Távola**" [43]. Como entender exatamente a passagem? *Table*, ao longo do dossiê, alternadamente ou simultaneamente, é sonoridade, é tato, é figura (pictograma/ hieroglifo), é evocação, é verbete de dicionário, é móvel, é lugar de trabalho, é apoio da possibilidade pura. Na realidade, o poeta desliza de um para outro em três níveis heuristicamente discerníveis, sendo *table* ora referente, ora significado, ora significante, mas revelando-se por vezes problemática a distinção entre esses níveis no processo da significância. A diferença entre as estruturas lingüísticas do francês e do português acarreta então traduções diferentes para o termo *table*, de acordo com os contextos e as interpretações: *mesa, tábua, távola, tabela* e, o que poderá surpreender, *tável*.

Vejamos, para ilustrar os procedimentos que nortearam o processo tradutório, alguns exemplos para os diferentes níveis em questão. Na folha 9, identifica-se sem hesitação a realidade não-lingüística — o móvel — como referente evocado pelo signo *mesa*: "**A mesa [...] é uma plataforma de madeira quadrada ou retangular...**"; já na folha 26, trata-se de outro referente, da "**Tábua de matérias**" significando "**Índice**". Freqüentemente, no entanto, *table* não remete a referente algum, mas designa uma noção, um conceito, definível como significado. Em alguns desses casos, traduz-se por *mesa*, como na passagem: "**A Mesa desde a noite dos tempos esperava o homem**" [61], onde está em questão a noção de espaço da escritura, o qual evoluiu historicamente da vertical (o muro) para a horizontal (a mesa de trabalho). Em outros casos, traduz-se por *távola*, quando a palavra evoca determinada sonoridade, ou quando o significado vem imbricado difusamente em origens etimológicas e históricas "**como materialidade (semântica), como objeto do mundo verbal, fora de sua significação abstrata, corrente**" [8 r.]. Como significante, *table* pode ter todas as traduções já acima arroladas. No entanto, apesar da distinção heuristicamente possível, a escritura-leitura do dossiê elimina, por artificiais, as fronteiras estritas e nítidas entre os níveis da geração dos sentidos e multiplica as relações entre eles. Se a tradução de *table* por *mesa* e, eventualmente, por *tábua* e *tabela* não é, neste texto, particularmente problemática, o recurso à tradução por *távola* e por *tável* merece algumas justificativas.

Traduzir *table* por *távola* foi uma opção dos tradutores motivada pela soma de vários aspectos: a) a palavra portuguesa e a palavra francesa têm origem etimológica comum, do latim *tabula*, e conseqüente afinidade fonológica; b) graças aos respectivos fonemas t a b l / t a v l, *table* e *távola* são associáveis a outras famílias de palavras foneticamente convergentes, embora etimologicamente divergentes, como *établir/estabelecer, étable/estábulo, stable/estável*; c) *távola* é, gráfica e sonoramente, próxima do hápax *tável*; d) a análise fonética e a interpretação pictogramática que o poeta realiza nas folhas 20, 21, 39, 43 e 44 sobre a palavra *table* podem ser aplicadas, com algumas adaptações criativas em português, a *távola*, o que absolutamente não ocorre em relação a *mesa*; e) verifica-se entre *tábua* e *távola* uma proximidade morfológica que torna natural a passagem semântico-fonética da primeira para a segunda na folha 19; f) embora hoje em desuso em português, *távola* designa um móvel — mesa — como quando se alude aos cavaleiros da Távola Redonda, companheiros do Rei Artur; g) atribui-se, em português, uma conotação poética de antigüidade, de evocação, a *távola*, por remeter à "Távola Redonda" e, conseqüentemente, à Idade Média. A esse respeito, é ilustrativa esta passagem da folha 8 r.: "[...] **é escavando a palavra (antiga), tentando justificá-la em relação a seu referente que vou, provavelmente, trabalhar** [...]/ **Por que esta reverência pela palavra antiga?** [...] **Por consideração do fato** [...] **de que sem dúvida a língua <u>teve razão</u> ao empregar essa palavra**"; h) o uso de *távola*, por sua etimologia latina de *tabula* e por sua semelhança fonética com *table* e com *tável*, permite que se lhe apliquem as análises em que o poeta focaliza a significação fonética do *T* inicial [20, 21, 44], a motivação visual desta letra como representação pictográfica de uma mesa [20, 21] e o valor simbólico do Tau dos predestinados [27, 60].

A tradução de *table* por *tável* é menos problemática. Trata-se, desta vez, de um dos mais produtivos lexemas do poema, recorrente em diversas passagens. Não lexicalizado, porém. Com efeito, *table*, lido como o fonema *T* (ou o Tau) associado ao sufixo *-able*, do latim *-abilis*, em português *-ável*, em inglês *-able*, que significa "que pode ser", é, neste caso, criação de Ponge: "**Ao sufixo que indica a possibilidade pura, tendo sido aposto o tau, tável aparece**" [60]. Com esse sentido, *table*, evidentemente, não é do léxico francês, nem poderia estar dicionarizado, como tampouco se encontra no léxico do português a palavra *tável*, associação do fonema *T* com o sufixo que indica "possibilidade de ser". Também não existe, mas seria concebível, por exemplo, *sable/sável*, formação pongianamente virtual, resultante da sibilante serpentina *S* ou, como diz Ponge a respeito do *s* de *stable/estável*, da "sibilante que sobe obliquamente" [15], acoplada ao mesmo sufixo. *Tável* é, neste (con)texto, o equivalente perfeito de *table*. Trata-se de um híbrido lexical e de um hápax — termo com ocorrência única — que faz parte do idioleto pongiano, à semelhança do hápax *nioque*, que consta alhures e constitui "a escritura fonética [...] de NHOQUE, palavra forjada por mim a partir da raiz grega que significa *conhecimento*..." ("Nioque de l'avant-printemps", NIO, 7).

O movimento decorrente da decifração da palavra *table*, que se abre num leque de acepções e, na tradução, de designações divergentes, tem desdobramentos que vão além da palavra em si, repercutindo em outros ângulos da decifração/tradução do dossiê, graças ao jogo de associações — de translemas — revelado pela leitura tabular. A valorização particular do sufixo *-ável* aponta as relações que o leitor identifica entre os elementos textuais constitutivos de um translema, no caso precisamente o sufixo *-ável*, indicador da "possibilidade de ser", presente pelo menos nas folhas 4, 6 r., 39, 45 e 60, e que passa a servir de código de decifração de outros elementos textuais. Com esse código, somos levados a debruçar-nos sobre a folha 28, a qual apresenta um abecedário com vazios, sugerindo palavras somente para as letras *c, f, h, r, s, t*, palavras todas constituídas da respetiva letra acrescida de *-able* (ou *-âble*): *câble, fable, hâble, râble, sable* e *table*. Numa busca de palavras formadas de uma só letra acrescida de *-able*, encontramos lexicalizadas em francês, além das seis palavras acima, apenas duas outras: *gable* (ou *gâble*: "frontão", "empena") e *jable* ("javre"). A presença, nesta folha, de *table*, consideradas as análises desenvolvidas no dossiê em torno dessa palavra, sugere uma relação temática comum com as cinco demais palavras através do elemento *-able* ligado à letra inicial: o mesmo processo realizado por Ponge, que relê *table* como *t + -able*, ou seja, *T* + sufixo da possibilidade pura — em português *t + -ável, tável* —, poderia ser transposto às demais palavras listadas, autorizando criações lingüísticas que, em tradução, seriam *cável, fável, hável, rável* e *sável*, com motivação lingüística ou significação poética, porém de interpretação aberta, criativa, para as respectivas consoantes iniciais. Pois, como diz Jean-Claude Coquet a respeito dos valores que Claudel atribuía às letras, a letra pode ser concebida "como o suporte de uma pluralidade ou mesmo de uma infinidade de significações" e ser "dotada de um dinamismo próprio"[40]. Conseqüentemente, a folha 28, quase em branco, passa a adquirir uma significação básica na concepção e na escritura do dossiê, e seu aparente vazio semântico carrega-se de sentidos gerados pelas relações que se estabelecem entre esta folha e todas as passagens em que *table* não é *mesa*, mas *tável*. Assinalamos, por oportuno, que também em *La fabrique du pré* se pode inventariar uma série de palavras em *-able*[41], configurando não só a existência de um translema produtivo, senão também o caráter autotextual que relaciona esta obra com *A mesa*.

A exposição desenvolvida até aqui em torno da palavra *table* esclarecerá por certo nossas opções na tradução do título geral do poema

---

[40] "La lettre et les idéogrammes occidentaux". *Poétique*, Paris: Seuil, n. 11, 1972, p. 399.

[41] Alguns exemplos, entre outros: *mettre sur table* (p. 11), *semblables, véritables* (p. 22 e 23), *marchable, ambulable, piétinable* (p. 70), *table d'opération* (p. 210), *table* (p. 222), *insupportables* (p. 222), *capable* (p. 229).

e dos títulos das diferentes folhas. Isso posto, e após discussões e hesitações entre *mesa* e *távola*, decidimos intitular o dossiê *A mesa*, por razões de ordem lingüística e de ordem filosófica. Razões lingüísticas: ao longo do dossiê, *table* é usado ora como referente, ora como significado, ora como significante, sendo *mesa*, contrariamente a *távola*, o equivalente comum para os três níveis. Além disso, na economia global do texto, é como referente — o objeto designado correntemente como *mesa* em português — que a palavra *table* predomina do ponto de vista da extensão e da freqüência. O termo *referente* poderia, aqui, dar margem a ledos enganos, uma vez que — é o que Ponge mostra — o referente não preexiste ao texto, mas é construído pelo trabalho de nominação e de aproximação fenomenológica da coisa nomeada, segundo a proposição de que o partido das coisas implica necessariamente levar em conta as palavras, partir das palavras. Razões filosóficas: a Lei do texto pongiano é que o objeto não é representado pelas palavras; estas apenas apontam para ele: o objeto "aparece através do *texto* e através do *título* que o texto substitui ao preenchê-lo"[42]. É, de fato, no espaço-tempo do texto aberto pelo título que se desvelam as múltiplas faces do objeto. E mais, um título em Ponge nunca é estável, sempre deve ser precisado. Como sustenta Derrida, o título induz efeitos de nomes próprios e, por isso, permanece em princípio estranho à língua e ao discurso[43]. Esses efeitos não são imediatamente evidentes na *Mesa*, porém surgem numa leitura tabular das cadeias associadas a *table* e formadas pelos motivos da mãe, da morte, do monumento, da memória, do pai, das estelas funerárias, das estrelas e do escriba egípcio, motivos todos já presentes em *La fabrique du pré*, com a qual *A mesa* compartilha várias qualidades diferenciais: a horizontalidade, a planeza, o espaço, a ressonância e a assinatura do epitáfio: F(rancis)uncho P(onge)eônia. Por via da auto-textualidade, o nome próprio transmigra do prefixo universal da anterioridade, *pre-*, para o sufixo da possibilidade pura, *-ável*.

Considerando o conjunto traduzido das sessenta e sete folhas do dossiê, mais a do "Extrato", verifica-se que: a) a palavra *mesa* figura no título de vinte folhas, sendo quatro desses títulos metalingüísticos: "Nota para a Mesa" [46, 47], "DE UM TRABALHO SOBRE A MESA DE TRABALHO" [59] e "UM EXTRATO DE MEU TRABALHO SOBRE A MESA ["Extrato"]; b) a palavra *távola* figura no título de nove folhas, sendo

---

[42] Elisabeth Walther. "Remarques sémiotiques sur la 'méthode' et la 'pratique' dans l'œuvre de Francis Ponge". *Cahiers de l'Herne*, p. 503-4.

[43] "Titre à préciser". In: *Parages*. Paris: Galilée, 1986, p. 219-47. Derrida analisa a questão da relação complexa entre o texto e o título no poema *La fabrique du pré*, relacionando essa questão com a leitura de "La fausse monnaie", de Baudelaire, e de *La folie du jour*, de Maurice Blanchot.

três desses títulos metalingüísticos: "Notas para A TÁVOLA" [2, 5 r., 55]; c) a palavra *tável* figura no título de apenas duas folhas [4, 45]; d) duas folhas portam outros títulos metalingüísticos, um de caráter autotextual [7], outro de caráter intertextual [48 r.][44]; e) as demais folhas não são intituladas. Sem detalharmos a articulação da expressão dos diferentes níveis de definição-descrição no conteúdo de cada folha, podemos dizer que, em regra geral, adotamos os seguintes critérios: 1° — quando, exclusiva ou predominantemente, o poeta descreve a coisa do mundo real, o móvel, ou a função dela, ou sua relação pessoal afetiva com ela, *table* foi traduzido por *mesa*; 2° — quando a palavra *table* é associada a outras que contêm fonemas semelhantes (t, a, b, l), etimologicamente motivadas ou não, ou quando é feita sua descrição-análise fonológica, e até pictogramática, a tradução adotada foi *távola*, ocorrendo o mesmo ainda nas passagens de poder evocativo da palavra antiga; 3° — quando *table* funciona em francês como hápax, foi adotado sem hesitação o hápax equivalente em português, *tável*, como já se expôs acima. Reiteramos, no entanto, que os limites entre os diferentes níveis não são nítidos e que a leitura identifica deslizamentos, explícitos ou implícitos, que fazem com que qualquer critério demasiadamente rígido frustre o trabalho de interpretação da significância e, por conseguinte, a recriação de equivalentes na tradução. Por isso, embora não haja uma decriptação única, detentora da pretensa verdade ontológica e hermenêutica do texto, a tradução aqui proposta procura, na medida do possível, ver fundamentada consistentemente, e a cada passo, suas opções.

Tradução com mudança de valência

Um dos procedimentos gerais utilizados para manter a equivalência ou o isomorfismo entre o texto-fonte e o texto-alvo é o que Jacqueline Risset, tradutora italiana de *Le parti pris des choses*, designa como "mudança de valência", a qual consiste — tratando o idioma de chegada com a mesma confiança que Ponge manifesta para com o seu e apostando que as palavras respondem — em trazer à luz, na tradução, "outros traços, outros elos entre a coisa escolhida e o nome que a representa"[45]. Sendo inviável detalhar exaustivamente as diversas ocorrên-

---

[44] Seguindo Valéry, Ponge usa amplamente títulos metalingüísticos, como os de seus conhecidos textos *Proêmes*, *Fable* e *La fabrique du pré*. Há casos de títulos metalingüísticos com caráter autotextual, como ocorre na folha 7 do dossiê da *Mesa*, onde "**A nova concha [Le nouveau coquillage]**" remete ao poema "Notes pour un coquillage", do *Parti pris des choses*, e outros casos em que tais títulos têm caráter intertextual, como, por exemplo, na folha 48 r.

[45] "La Gaya scienza de Francis Ponge". *Cahiers de l'Herne*, p. 401. A tradução de J.

cias de mudança de valência na tradução da *Mesa*, limitamo-nos a descrever a seguir, por seu caráter operacional e exemplar, o procedimento adotado em três casos, os dois primeiros situados no nível lexical, e o terceiro, no nível fonológico.

Encontra-se na folha 39 uma passagem que bem ilustra o processo pongiano de purgação e desmonte das palavras e posterior reconstrução de sentido: "**Pour avoir une véritable table, il faut** [...] **enlever** sa vérité **à véritable**". A verdade, segundo o poeta, não está na mesa como objeto e/ou como conceito. Retirando-se ou apagando-se a verdade jamais contestada da linguagem comum, chega-se a uma nova noção de *table*, aberta para possibilidades infinitas, através da interpretação dessa palavra como sendo composta de *T* mais o sufixo da possibilidade, *-ável*. Assim, conforme a respectiva tradução, "**Para se ter uma incontestável tável, deve-se** [...] **retirar** o inconteste **de incontestável**"[46]. No jogo sistemático que Ponge realiza com diferentes palavras, algumas encontram sem dificuldade equivalentes em português: *supportable = suppor(t) + table —> suportável = supor + tável; portable = por(t) + table —> portável = por + tável; acceptable —> aceitável*. A facilidade de tradução dessas palavras prende-se ao fato de que o processo de desmonte e reconstrução permite chegar-se em português, como em francês, a uma formação em que a primeira parte da palavra continua sendo um item — embora novo — do léxico da língua, como se evidencia, por exemplo, pela análise de *suportável*: formado de *suport-* (radical do verbo *suportar*) + *-ável* (sufixo), passa a ser lido como *supor* (infinitivo composto de *pôr*) + *tável* (*T* + *-ável*). Para outras palavras propostas por Ponge recorreremos a uma mudança de valência, buscando manter a similaridade do processo através de substituições no nível do léxico. Assim, *épouvantable = épouvante + table*, foi vertido por *desdentável = desdém + tável*, porque: a) as diferentes traduções de *épouvantable* (*espantoso, medonho, pavoroso, terrível*), por não conterem, como *desdentável*, o elemento *tável*, não se enquadram no processo aqui realizado por Ponge; b) através da mudança de valência, encontramos em *desdém*, não o mesmo sentido de *épouvante*, mas um sema negativo comum que im-

---

Risset, *Il partito preso delle cose*, foi publicada por Einaudi, Turim, em 1979. A mesma tradutora verteu para o francês *La divina commedia*, de Dante, texto tão importante para Ponge quanto a obra shakespeariana.

[46] Este processo de redução que leva, na *Mesa*, a jogos de permutação encontra-se também em *La fabrique du pré*, com a diferença de que, nesta última obra, o jogo consiste na supressão de letras: "Bref, concis (supprimez l's de près, ôtez à prêt son *t*). Réduit à la valeur d'un préfixe et même, plus précisément, au préfixe des préfixes, au préfixe par excellence, il sonne comme une seule corde pincée" (p. 211). Ou seja, tirando o *s* de *près* ("perto") e o *t* de *prêt* ("pronto", "prestes", "empréstimo"), obtém-se efetivamente o prefixo da anterioridade, *pré-* ("pre-"), e ao mesmo tempo a palavra-chave do título, *pré* ("prado").

plica distanciamento em relação a um objeto. No mesmo contexto e segundo o mesmo modelo, a dificuldade de tradução da palavra *présentable* (*présent* + *table*) levou-nos a buscar uma compensação justificada pelo texto. A sombra do mau gênio de Descartes, pairando sobre esta folha e sobre outras através da *tábua rasa* e do "Penso, logo existo", que Ponge nega e descarta, sugeriu *descartável* (*Descart(es)* + *tável*).

Para melhor desvelar o processo pongiano de desconstrução e reconstrução, cabe observar o segmento "**il faut** [...] **enlever** [...] **à** [...] **démontable son démon**", traduzido por "**deve-se** [...] **retirar** [...] **de** [...] **hidratável sua hidra**" [39], e examinar de perto a que é submetida a palavra *démontable*, e por que ela foi traduzida por *hidratável*. Pelo esquema regular de derivação, *démontable* é formado do radical *démont-*, do verbo *démonter* ("desmontar"), acrescido do sufixo *-able* (*-ável*), e significa "que pode ser desmontado". Porém Ponge desmonta a palavra, remontando-a em *démon* + *table* ("demônio" + *tável*). Sendo impossível realizar em português o mesmo jogo de desmontar e remontar com o adjetivo *desmontável*, buscou-se outro equivalente e encontrou-se *hidratável*, que possibilita processo similar: *hidratável* é formado do radical *hidrat-*, do verbo *hidratar*, acrescido do sufixo *-ável*, e significa "que pode ser hidratado". Na tradução, relê-se *hidratável* como *hidra* + *tável*. Além da similaridade na formação das palavras, mantém-se, porém via mudança de valência, uma proximidade semântica na definição dos seres que emergiram respectivamente de *démontable* e de *hidratável*, pois, se o demônio é concebido como um ser sobrenatural (*daimónion*), mitológico, o gênio e a representação do mal, o espírito maligno, o espírito das trevas, a hidra é definida como um ser mitológico, a serpente fabulosa morta por Hércules, o símbolo dos vícios, a ameaça à ordem social. O trabalho pongiano de desconstrução e reconstrução lexical realizado na folha 39 e a respectiva tradução podem ser assim esquematizados:

FORMAÇÃO DAS PALAVRAS
(Gramática descritiva)

démont- (radical de *démonter*) +   hidrat- (radical de *hidratar*) +
-able (sufixo: "que pode ser") =   -ável (sufixo: "que pode ser") =
démontable ("que pode ser desmontado") hidratável ("que pode ser hidratado")

PROCESSO PONGIANO
(Agramática criativa)

démontable =   hidratável =
(≠ *demont-* + *-able*)   (≠ *hidrat-* + *-ável*)
démon ("demônio", "espírito maligno") + hidra ("serpente", "símbolo dos vícios") +
table (T + sufixo da possibilidade)   tável (T + sufixo da possibilidade)

Ao segmento que acabamos de analisar o poeta adita, entre parênteses, a observação "**il suffit de le démontrer**", criando evidente trocadilho com *démontable*, pois, embora se trate de itens lexicais distintos, ambos contêm *démon* ("demônio"). A tradução, digamos literal, "**basta demonstrá-lo**", ao mesmo tempo que mantém a equivalência semântica, preserva a possibilidade de leitura do trocadilho que identifica em *le démontrer*, por contigüidade com *démontable*, a alusão ao *demônio*, uma vez que, por uma simples mudança de valência, em *demonstrá-lo*, contíguo a *hidra*, transparece uma clara alusão ao *monstro*.

Sem dúvida, ao desmontar palavras para sistematicamente obter *table*, Ponge pensa em "*T* + sufixo da possibilidade", ainda mais se for levado em conta o entorno verbal, pois, após aludir à *tábua rasa*, qualifica várias vezes *table* de "puro suporte ou apoio". Na movência da *Mesa*, a "verdadeira" *table* aqui não é a mesa, mas a távεl, como diz logo depois o poeta: "Em suma / **Tável** não **é senão um suporte, apenas mais que um sufixo, um sufixo com sua consoante** ou direi melhor: **sua coluna de apoio** [...]" [39].

A repercussão da superdeterminação de *-ável* verifica-se em certas soluções pontuais, quando determinada tradução em nível apenas de equivalência lexical não daria conta de uma dimensão não-negligenciável da significância textual. Uma dessas soluções é ilustrada na folha 6 r., onde se lê: "**Da tável "T" é a forma, <u>ável</u> a matéria (a madeira) (embora nem todas sejam de madeira durável**". *Bois d'érable* foi traduzido por *madeira durável*, e não, literalmente, por *madeira de ácer*, e isso por várias razões: a) *ácer* é o nome de uma árvore relativamente desconhecida na língua/cultura lusófona, ao contrário do que ocorre com *érable* na língua/cultura francófona; b) o ácer é reconhecido por ser madeira de lei, dura, durável, e assim, com *durável*, substitui-se a tradução do nome da árvore em si pela explicitação de uma de suas qualidades; c) além disso, a palavra *durável* é, como *érable*, associada ao translema do superdeterminado sufixo *-able/-ável*, disseminado ao longo do dossiê.

Quanto às análises fonológicas que Ponge realiza, mesmo sem pretensão de cientificidade, sobre a palavra *table*, estas foram, na medida do necessário, adaptadas — por serem adaptáveis — à palavra *távola*, como mostra a tradução das folhas 15, 20, 21 e 43. A mudança de valência concerne desta vez aos valores e funções atribuídos aos diferentes fonemas. A título de exemplo, chamamos a atenção para a passagem em que o poeta, depois de dizer que tudo da mesa está contido no nome *la Table*, associa sua configuração física à configuração fonológica da palavra, sugerindo que ela convida à escritura ou ao pensamento, e que isso "também está inscrito em sua segunda sílaba, muda (e portanto dirigida para o infinito)" [43]. Trata-se, evidentemente, da segunda sílaba da palavra *table*, que contém o chamado "*e* mudo" francês. Como não há sílaba "muda" em português e, principalmente, como o objeto da análise do texto em português é a palavra *távola*, fica inviabilizada a tradução literal da passagem. Verificou-se, todavia, que as duas últimas sílabas do proparoxítono *távola* são átonas, portanto leves, de uma leveza comparável à do "*e* mudo" francês[47]. A tradução orientou-se então para substituir a "segunda sílaba, muda" de *table* por "sílabas finais de távola, voláteis". Põe com isso em funcionamento um jogo entre as sílabas finais de *távola* e as primeiras sílabas de *voláteis* (*vola-*/-*volá*), enriquecendo o processo de compensação — a mudança de valência — com um tipo de "etimologia" caro ao poeta, que associa semanticamente palavras com semelhanças fonológicas. Assim, tanto o prosaico "*e* mudo" da gramática do francês quanto as sílabas átonas da gramática do português adquirem significância poética. Tanto o primeiro quanto as segundas, desde que pronunciados e ouvidos com senso de poesia, apontam para o infinito, o não-acabado. As interpretações dos valores fonéticos de Ponge não seguem — como tampouco as de Rimbaud, Claudel, Proust ou Pound — os padrões consagrados pela fonologia; são acima de tudo sensações e impressões intuitivas que se enquadram numa lógica, não científica, mas poética, que a tradução cuidou de preservar.

Do francês pongiano a um português pongiano

Francês pongiano? O leitor assíduo de Proust, ou de Balzac, ou de Flaubert, ou de Saint-Simon, reconhece, através de um conjunto de características, a escritura do respectivo escritor, assim como o auditor assíduo de música percebe que está ouvindo Bach, ou Beethoven, ou Mozart, ou Schönberg. Foi o que Proust demonstrou ao redigir seus admiráveis pastichos[48], fazendo-nos ler textos de Balzac, de Flaubert,

---

[47] Não é por acaso que o poeta trabalha a questão do "*e* mudo", fundamental na evolução da métrica francesa. Retraçando a história da "variedade clássica" do verso, desde Malherbe, grão-mestre de Ponge, até Lamartine, por ele combatido, Jacques Roubaud salienta que foi na Renascença que o verso alexandrino suplantou o decassílabo e que se efetuou a síntese combinatória e rítmica do verso francês: "Este estado é atingido após um longo tatear até ser realizado aquele sistema fortemente articulado, cuja coerência repousa no tratamento do tijolo indeslocável do edifício: o *e* mudo". *La vieillesse d'Alexandre: essai sur quelques états récents du vers français.* Paris: Ramsay, 1988, p. 99-102. Esse sistema será desarticulado por Rimbaud, Verlaine, Mallarmé e Lautréamont. A respeito da situação do "*e* mudo" nessa desarticulação, ver Benoît de Cornulier, *Théorie du vers: Rimbaud, Verlaine, Mallarmé*. Paris: Seuil, 1982.

[48] In: *Contre Sainte-Beuve* précédé de *Pastiches et mélanges* et suivi de *Essais et articles*. Ed. estabelecida por Pierre Clarac e Yves Sandre. Paris: Gallimard, 1971 (Col. Bibliothèque de

de Henri de Régnier, dos irmãos Goncourt, de Michelet, de Émile Faguet, de Ernest Renan e de Saint-Simon, redigidos por ele próprio. Como teria isso sido possível se o autor dos *Pastichos* não tivesse identificado a linguagem particular de cada artista, se não estivesse imbuído do idioleto de cada um?

Procurando repercutir não só as riquezas, mas também as ambigüidades do francês pongiano, de seu idioleto, o tradutor realiza o que Édouard Glissant considera uma operação de crioulização: "inventa uma linguagem necessária de uma língua para a outra, como o poeta inventa uma linguagem em sua própria língua. Uma língua necessária de uma língua para a outra, uma linguagem comum às duas, mas de alguma forma imprevisível em relação a cada uma delas"[49]. Dentro do que acima nomeamos agramaticalidade — sobregramaticalidade? — como geradora de significação (cf. "A significância do texto poético") e dentro da relação que existe entre sintaxe, semântica e sinais gráficos, o princípio da equivalência e do isomorfismo na tradução nos levou a manter certas características lingüísticas de Ponge.

Em primeiro lugar, quanto à sintaxe, deparamos com construções até certo ponto barrocas, com inversões pouco usuais, tropos, frases inconclusas, tudo isso devido em parte ao próprio idioleto do poeta e em parte ao fato de se tratar do canteiro de construção de um dossiê, de um diário de escritura[50]. Alguns exemplos bastarão como amostra de tal escritura, bem como do procedimento sistematicamente adotado na tradução. Um caso de construção sintática pouco usual na língua corrente é o do segmento **"de la table à manger qu'il ne m'est agréable que de desservir"**, traduzido por **"da mesa de jantar que só me é agra-**

---

la Pléiade). A respeito da relação de Ponge com Proust, ver Bernard Veck, "L'intertexte: Proust", in: *Francis Ponge ou le refus de l'absolu littéraire*. Liège: Mardaga, 1993, p. 21-36.

[49] *Op. cit.*, p. 35. A crioulização, que se distingue radicalmente da mestiçagem, designa o contato brutal de populações culturalmente diferentes. A língua elaborada nessas condições, contrariamente à concepção tradicionalmente veiculada em lingüística, não é formada a partir da simplificação e do amálgama de outros sistemas lingüísticos, mas constitui, segundo Glissant, o estado inicial — e, na realidade, permanente — de qualquer língua, mesmo quando esta atinge seu mais alto grau de formalização.

[50] Aparentes incoerências sintáticas, tais como as que se encontram na *Mesa* e em outros textos de Ponge, verificam-se igualmente em vários poetas modernos a partir do fim do século XIX. Rimbaud foi um dos que começaram a torcer o pescoço da gramática. Na introdução de uma análise da poesia de Rimbaud, A.W. G. Kingma-Eigendaal escreve: "Uma justaposição incompreensível de elementos nos confronta com a ausência de ligações lógicas, ou, ao contrário, relações sintáticas ligam entre si segmentos incompatíveis à primeira vista. Entretanto, apesar dessa incompatibilidade aparente, temos a impressão de uma coerência sugerida" (*Le plaisir de la suggestion poétique*. Leiden: Rijksuniversität te Leiden, 1983, p. 1). Essas observações, como veremos, são aplicáveis a Ponge; é o que, aliás, comprova a análise que a mesma autora faz do poema "Le papillon".

dável <u>tirar</u>" [42]. Uma segunda tradução possível seria: "da mesa de jantar que só me apraz <u>tirar</u>". No entanto, "me apraz" — forma do verbo *aprazer*, impessoal —, embora semanticamente equivalente a "m'est agréable", é, contrariamente à expressão francesa, de uso restrito a um nível mais culto da língua, e principalmente à língua escrita. Através de uma tradução intralingual, de uma paráfrase simplificadora mais fluente, poder-se-ia propor uma terceira tradução: "da mesa de jantar que só gosto de <u>tirar</u>", o que, por sua vez, seria uma versão mais apropriada para "de la table à manger que je n'aime que <u>desservir</u>". Não foi, porém, esta a forma escolhida pelo poeta. Pode-se admitir, portanto, que haveria equivalência semântica entre as duas últimas traduções e a formulação de Ponge, mas, tratando-se de poema em movência, um aspecto da significância seria atingido.

Outro exemplo, este pelo menos parcialmente de elipse, encontra-se numa nota da folha 3: "**C'est que je m'imagine mort (pour le monde)** au monde **et cependant ma mémoire (mon esprit) pour moi-même vivant encore et se souvenant, dans l'éternité, moi séparé du monde et me le remémorant, me remémorant** avec attendrissement **des accidents** (de la phusis) **du monde, des contingences de la vie mortelle.**" Como decidir por uma análise sintática satisfatória do período e da função de alguns de seus segmentos? A elipse de um verbo — mas que verbo? — numa forma do indicativo no segmento que inicia com a articulação *et cependant*, ou a proposta de outra leitura sem forma verbal no indicativo engendra uma disjunção gramatical que perturba a estrutura semionarrativa de superfície e leva a procurar uma coerência na estrutura profunda. A tradução não buscou evidenciar na superfície uma coerência recuperável pela leitura, mas refletir a expressão, justamente por considerar que a disjunção gramatical é um elemento fundamental da significância, neste caso, como no sistema pongiano em geral, devedor, por herança, a Mallarmé: "**É que me imagino morto (para o mundo)** ao mundo **e no entanto minha memória (meu espírito) para mim mesmo vivendo ainda e lembrando-se, na eternidade, eu separado do mundo e rememorando-o, rememorando** com enternecimento **os acidentes** (a físis) **do mundo, as contingências da vida mortal.**" Mesmo decifrada a passagem, mesmo recuperada sua coerência, parece difícil propor no nível da coesão uma solução corretiva para preencher a lacuna, sem que o rosto do texto seja desfigurado. A proximidade entre os sistemas lingüísticos do francês e do português, como línguas neolatinas, favorece, sem dúvida, a manutenção de características sintáticas, de relações entre as unidades dos períodos e as regras de sua construção, tais como as que configuram o segmento citado.

Em segundo lugar, quanto ao léxico, encontram-se neste poema várias palavras não dicionarizadas. Por vezes, Ponge procura identificar e definir determinada noção, como se verifica, por exemplo, de maneira bastante transparente nas folhas 47 e 60. Interrogando-se sobre uma associação possível de uma qualidade física da mesa, a de ser sem asperezas, saliências ou rugosidades, com uma qualidade axiológica (a atitude plana?), e procurando um significante adequado para exprimir sua idéia, o poeta descarta *horizontalité/horizontalidade*, e flutua entre *platitude/platitude, planitude/planitude* e *planéité/planeza*: "**Não seria, pois, tanto a horizontalidade quanto a platitude, a planeza/planitude (obrigatória) de sua superfície, (a atitude plana)?**" [47]. Considera, no entanto, que a palavra *platitude* tem conotação pejorativa e pende para *planitude;* na folha 60, volta a propor *planitude* e *planéité*, dizendo, literalmente: "Pas de mot en français pour la qualité de ce qui est plat ou plan (sinon platitude, employé péjorativ[t]) / Ni planitude / Ni planéité n'existent / (je les forgerai donc)", ou seja, em nossa tradução: "Não há palavra em português para a qualidade daquilo que é chato ou plano (a não ser platitude, chateza e chatice, empregadas pejorativa[te]) / Nem planitude / Nem planeza existem / (forjá-las-ei, portanto)". Uma investigação lexicológica permitiu-nos concluir que, em francês, *planitude*, de fato, não está lexicalizado, ao passo que os dicionários, inclusive o *Larousse*, registram *planéité*, constando que a palavra, originada de *plan*, existe desde 1798. Os dicionários, mas não todos: o *Littré*, o Bíblia de Ponge, não registra o termo, e é isso que explica a afirmação do poeta. A situação é similar no léxico do português, onde encontramos *planeza*, mas não *planitude*. A tradução opta por aquilo que nossa estrutura lexicológica viabiliza: manter o efeito de inverdade parcial na justificativa que o poeta apresenta para "forjar" as duas palavras. Pois foi apenas a primeira delas, *planitude*, que o ato criador poético fez emergir da não-existência.

Outro exemplo do processo de criação de palavra encontra-se na folha 40: "[...] esse sufixo [...] **se encontra substantificado. (sustentado, substantado, substantificado)**", tradução da passagem "[...] **ce suffixe** [...] **se trouve-t-il substantifié. (susténté, substanté, substantifié)**". A palavra-montagem *substantado* que, como seu equivalente francês *substanté*, não está lexicalizada, conjuga a noção de "sustentado" com a de "substância" e aparece como sendo o resultado de um cruzamento que aponta uma noção intermediária, conforme indica sua posição mediana: *SUBSTANtifié + susTENTÉ = SUBSTANTÉ; SUBSTANtificado + susTENTADO = SUBSTANTADO*. Neste esquema quase matemático, o fato de as sílabas *TAN*, de *substantifié*, e *TEN*, de *susténté*, terem em francês a mesma pronúncia e de serem divergentes em português as pronúncias de *TAN*, de *substantificado*, e de *TEN*, de *sustentado*, constitui um caso mínimo de limitação para a tradução no nível da equivalência fonética, que confirma a diferença, a alteridade irredutível entre duas línguas; por outro lado, no entanto, as estruturas neste caso paralelas do francês e do português possibilitam mostrar o processo criativo de Ponge, desde que os tradutores se disponham a reescrever a escritura que leram.

Em terceiro lugar, constata-se em inúmeras passagens, no uso de sinais gráficos, uma certa instabilidade não confortada pela pragmática habitual: ausência de ponto em aparente final de enunciado; aspas ou parênteses abertos e não fechados; travessões, sublinhas, vírgulas e maiúsculas surpreendentes por serem usados quando não esperados, ou não usados quando esperados[51]. A perturbação no uso de sinais gráficos não se verifica somente na *Mesa* e em outros dossiês de Ponge, mas também em sua correspondência e até em seus textos considerados acabados. Essa perturbação denota uma desconfiança extrema em relação a qualquer gesto de escritura improvisado, e a formulação em ato não é sinal de uma livre dispersão ou de um abandono ao acaso da escritura; pelo contrário. Bernard Beugnot constatou que as cartas, à semelhança dos dossiês, desvendam as hesitações, as interrogações e as dúvidas do poeta: "Ponge estabelece efetivamente com seu correspondente uma relação da mesma natureza que com seu leitor. Não é fortuita a analogia entre as teorias contemporâneas da carta como relação perturbada e a apreensão sempre difícil do objeto pela língua poética". E acrescenta, depois de precisar que se deve, todavia, evitar assimilar a prática epistolar à prática poética: "À tentativa oral responde uma tentativa epistolar"[52]. Dito de outra maneira, encontrar-se-ia dificilmente em Ponge, pelo menos a partir de *La rage de l'expression*, uma pragmática gramatical estabelecida ou fixada por normas prescritivas. Tudo isso carateriza mais uma vez um dossiê em elaboração sem fim, e a tradução não alterou tal caráter.

Versos, dicionários e etimologias em tradução

Suzanne Bernard demonstrou que, com *Le parti pris des choses*, Ponge se inscreve numa tradição poética que desenvolve o gênero do poema em prosa[53]. *A mesa* também é, em princípio, um poema escrito

---

[51] Ver *supra*, p. 102-3 da seção "A fábrica d'*A mesa*".
[52] "Les amitiés et la littérature; Francis Ponge épistolier". *Romanic Review*, New York, v. 85, n. 4, 1995, p. 622.
[53] *Le poème en prose de Baudelaire à nos jours*. Paris: Nizet, 1959. Situando Ponge entre

em prosa. Mas o leitor sensível aos mecanismos da prosódia — isto é, o leitor com percepção instintiva de equivalências quantitativas[54] — descobre aqui e ali segmentos que se enquadram nitidamente numa métrica e conclui que há no poeta da *Mesa* uma tendência à versificação, a qual já aflorara manifestamente em obras anteriores, tais como *Le carnet du bois de pin*, *Pour un Malherbe*, e em diferentes textos sobre a arte ("Pour l'un des 'Portraits de famille' de Leonor Fini" e "Inscriptions en rond sur des assiettes").

Na *Mesa*, identificamos principalmente octossílabos e dodecassílabos, construídos segundo os cânones da versificação. No início da folha 8 r. figura sublinhado o seguinte alexandrino: "**Il faut beaucoup de mots pour détruire un seul mot**". O enunciado único da folha 33, "**Le charme de la table est de se trouver là**", também constitui, rigorosamente, um verso alexandrino. O enunciado único da folha 58, "**il te faut devenir la table d'harmonie qui vibre à l'unisson des cordes**", por sua vez, pode ser lido como um dodecassílabo seguido de um octossílabo (retomado com variantes na folha 59 e no "Extrato"). O caso da folha 59 é menos aparente. No conjunto da matéria distribuída ao longo desta folha, podem-se identificar pelo menos dois dodecassílabos: "**La table, ma console et ma consolatrice**" (do qual se encontra variante nas folhas 57 e 63 e no "Extrato") e "**Qu'elle vibre aujourd'hui à l'unisson des cordes**"; e dois octossílabos: "**Table, tu me deviens urgente**" (que figura também nas folhas 5 v., 6 r., 57 e no "Extrato") e "**Indispensable à ton ébauche**". Na folha que encerra, provisoriamente, o dossiê está inscrita esta seqüência de dois alexandrinos: "**Ô Table, ma console et ma consolatrice, table qui me console, où je me consolide**" [63], variante da seqüência final da folha 57: "**Ô Table, ma console et ma consolatrice, table où je me console, où je me consolide. / et qui**

René Char e Saint-John Perse, S. Bernard acrescenta, no entanto, as seguintes considerações, que fazem cismar: "Pode-se pensar, em todo caso, que a questão da opção entre versos e prosa não se colocou para Ponge: aquela lentidão grave, aquele prosaísmo intencional, aquela espécie de didatismo laborioso, concebe-se mal como a poesia em versos poderia acolhê-los" (p. 744). A autora pondera, algumas páginas adiante, ao falar do "perigo" da construção por justaposição que seria própria de Ponge: "Em certos casos, essa construção por parágrafos isolados, por facetas, essa falta de ligações puxam o poema para a prosa, fazendo-nos duvidar se realmente estamos lendo um poema, e não 'anotações' em prosa" (p. 750). Estranha leitura esta que, constatando uma prática especificamente poética, se apressa a rejeitá-la...

[54] A esse respeito, ver Benoît de Cornulier, *op. cit.*, especialmente o primeiro capítulo da seção inicial, onde o autor coloca o problema dos limites psicológicos da capacidade métrica que fazem com que, em francês, "o reconhecimento instintivo e seguro da igualdade exata em número silábico de segmentos vizinhos ritmicamente quaisquer (isto é, iguais unicamente em número silábico total) seja limitado, de acordo com as pessoas, a 8 sílabas ou menos" (p. 16). Esta lei psicométrica permite compreender por que várias passagens versificadas na prosa da *Mesa* não se reconhecem à primeira leitura.

me consolide." É significativo que, à exceção do primeiro, todos os demais versos acima citados constituam encômios que cantam a mesa, a mesa-mito, como a indicar que a lira métrica do poeta é tangida quando ele troca o didatismo pelo canto, pela apóstrofe.

O leitor certamente encontrará, disseminados no dossiê, enunciados que ressoam como versos, aqui octossílabos, ali decassílabos, mais adiante hexassílabos e dodecassílabos, como estes, colhidos numa leitura *ad hoc*, que, com vistas a uma recitação rítmica, nos apraz transcrever: "**La table souvient à mon coude**" (8 sílabas) [5 r.], "**Souviens, table, à mon coude gauche**" (8) [5 v.], "**tandis que ta notion souvient à mon esprit**" (12) [6 r.], "**La table sert d'appui au corps de l'écrivain**" (12) e "**que je me fais parfois pour ne pas m'effondrer**" (12) [10], "**une autre encore étant le lit ou le divan**" (12, com rima interna) e "**une autre enfin la lampe**" (6) [17], "la table qui m'attend", "et où je n'écris pas", "mais je m'assieds tout contre", "je la tiens à mon flanc" e "posé sur mes genoux" (6) [18], "car ce n'est pas un dieu ni un universau" (12) [20], "**C'est un sol pour la plume**" (6) [24], "La table attendait l'homme" e "tout peut servir de table" (6) [34], "**Le burin inventé par Picasso** (10), **pour buriner de haut en bas, et en tout sens** (12), **et non plus seulement de bas en haut** (10)" [34], "**J'écris le plus souvent pour ma consolation**" e "j'y vais comme à ma mère, à ma consolatrice" (12) [54], "mur où me projeter" (6) e "mur à transformer en fenêtre" (8) [57], "**Nous sommes enfermés dans notre langue**" (10) e "**Oui, c'est à t'ébaucher que je veux m'ébaudir**" (12, desconsiderado o acréscimo de "à présent") [59]. Estes segmentos, e outros, não foram reconhecidos como manifestações evidentes do sistema de versificação que a leitura do dossiê revelou, por não se caracterizarem quer pela repetição, como um refrão, quer pelo tom invocativo, quer pelo destaque de sua inscrição e localização no espaço da página. E qualquer tentativa de identificação arbitrária de segmentos metrificados correria o risco de levar a uma hiperdecifração, desembocando numa hipertradução.

Os segmentos percebidos como metrificados passaram, nesta condição, a ser lidos como geradores de significância no poema e, para sua tradução, elaboraram-se equivalências que preservassem indissociavelmente a versificação e o conteúdo semântico. São diferenciados, de acordo com os contextos, os procedimentos adotados para a tradução dos enunciados versificados, como fazem ver os três exemplos a seguir.

O enunciado inicial da folha 8 r., graças às características do francês, diz em poucas palavras — e quantas delas monossílabas! —, ou seja, num verso de doze sílabas formado de dez palavras, o que em português dificilmente se conseguiria exprimir num alexandrino. Visando a preservar a equivalência semântica e o princípio da versificação, o pensamento do poeta foi reelaborado numa seqüência de dois decassílabos canônicos: "**São precisas inúmeras palavras / para destruir uma só palavra**", em que se respeita a ordem sintática direta do texto de partida e a repetição de *palavras/palavra* no final dos versos, a exemplo da repetição de *mots/mot* na cesura e na última sílaba do alexandrino original, embora se possa, mas desconsiderando esses critérios de equivalência, pleitear, por mais elegante, uma tradução com inversões: "Inúmeras palavras são precisas para uma só palavra destruir".

Para o verso da folha 33, seriam traduções semanticamente adequadas: "O encanto da mesa é encontrar-se aí", "O encanto da mesa é estar aí" e "O encanto da mesa é que ela está aí". Mas nenhuma delas forma um dodecassílabo ortodoxo, com cesura na sexta sílaba. Nossa solução, "**Todo o encanto da mesa é que ela está aí**", que se enquadra na forma de alexandrino, não quebra a equivalência semântica global com o acréscimo do pronome adjetivo *todo*, uma vez que, em *le charme/ o encanto*, o substantivo já se encontra determinado pelo artigo definido, que exprime a totalidade específica, neste caso, de uma qualidade diferencial, a saber, do encanto da mesa.

Na folha 63, a tradução proposta, "**Ô Távola, és consolo e és consoladora, mesa que me consola, onde me consolido**", que constitui uma seqüência de dois dodecassílabos, introduz uma alteração no que é dito. Sem nos referirmos às opções por *távola* e *mesa*, já justificadas anteriormente, verifica-se que, na passagem do francês ao português, há a substituição do possessivo *ma* pela forma verbal *és*, porque: a) a inclusão dos possessivos (*meu, minha*) em português inviabilizaria a construção do primeiro dodecassílabo; b) na linha da compensação, o uso da forma verbal na segunda pessoa (*és*) se legitima: com efeito, na situação de enunciação em caso, o possessivo em francês explicita a presença do sujeito lírico *eu* que, evidentemente, está se dirigindo a um *tu* maternal implicitamente presente; em sentido inverso, a tradução com a forma verbal *és* explicita a presença do *tu*, compensando assim a implicitação da presença do *eu* (*meu, minha*), ditada pela métrica.

Afora os versos já citados, que são de Ponge, o princípio de equivalência pela versificação foi adotado também nas folhas 25 e 55, em que o poeta transcreve do *Littré* versos de Boileau, de Malherbe e de Corneille, que constituem alexandrinos ou hexassílabos e que com esta métrica foram vertidos. Mas no *Littré*, além de poesia, Ponge vai haurir definições, etimologias. Na verdade, seu dossiê metalingüístico fundamenta-se em grande parte na leitura dos dicionários[55]. Isso nos conduz a um outro aspecto da *Mesa* e a suas implicações na tradução.

---

[55] Ver *supra* "O dicionário, o Bíblia", na seção "A fábrica d'*A mesa*".

Lê-se na folha 55: "**Estudo do dicionário: Littré**", como já se leu antes, na folha 2: "**Palavras a serem procuradas no dicionário**". Em diferentes passagens do texto, o poeta compila, sem desenvolvê-los, segmentos claramente retirados de dicionários ou calcados neles, como ocorre nas folhas 2, 25, 26, 27, 55, 56 e 57, constando nestas últimas tratar-se essencialmente de "transcrições" de definições do *Littré*. Duas possibilidades se apresentavam aos tradutores no tocante a verbetes ou definições de dicionários: ou efetuar buscas de verbetes equivalentes em dicionários de língua portuguesa, ou traduzir o *Littré* e o *Larousse*. Quando se trata de simples listas de itens lexicais, de expressões, usais ou idiomáticas [folhas 2, 25, 26 e 27 (início)], adotamos o primeiro procedimento, o que explica por que a instrução da folha 2, onde Ponge se propõe procurar palavras no *Littré*, foi adaptada, sugerindo-se na tradução, acima transcrita, a busca de palavras no *dicionário*. Quando, ao contrário, se trata de definições retiradas de dicionários [folhas 25 (início), 27, 55, 56 e 57], optamos pelo segundo procedimento. Nestas três últimas folhas, transcrevemos em francês, antes da respectiva tradução, o termo definido. Se optamos pela tradução de definições de dicionários franceses, foi não somente por havermos verificado procedimento semelhante em outros tradutores, entre os quais Peter Handke, para o alemão, e Leonor Nazaré, para o português[56], mas principalmente para que se revele a liberdade com que Ponge transcreve verbetes e insere apreciações críticas pessoais, e ainda para que se desvende a fonte em que o poeta se abeberou em suas buscas semânticas e etimológicas. Poderá, sem dúvida, haver restrições a esse procedimento de traduzir verbetes dos dicionários franceses, operação, embora muito freqüente na prática dos lexicógrafos, de fato bastante curiosa, uma vez que tais traduções podem encerrar noções ou elementos culturais estranhos à língua/cultura-alvo ou, mais surpreendente, que nem todas as acepções constantes no verbete traduzido são idênticas, ou pelo menos válidas, em relação ao termo em questão na língua/cultura-alvo. Lembramos que nossa tradução se orienta para preservar a alteridade, o estrangeiro. Além disso, esse procedimento permite seguir melhor o caminhar de Ponge. Por exemplo, na folha 55, após propor o "estudo do dicionário" e transcrever verbetes do *Littré* onde é citado o autor da *Consolação da filosofia*, o poeta insere uma observação pessoal, manifestando sua discordância quanto à etimologia de *consolar* proposta por Littré e sugerindo a consulta do verbete *seul* ("só"). Efetivamente, na folha 56, passa

---

[56] "La Mounine oder Anmerkung zu einem Himmel in der Provence" ("La Mounine ou note après coup sur un ciel de Provence". In: TP). *Akzente*, München: Carl Hanser, Heft 5, Oktober 1981, p. 385-405; *O caderno do pinhal* (*Le carnet du bois de pin*). Lisboa: Hiena, 1984.

a anotar as definições do *Littré* para os termos *seul* ("só"), *solide* ("sólido") e *sol* ("solo"). Tais definições, consultadas no dicionário, são realmente trabalhadas através das noções de "solidez" e de "solidão" na folha 60, ao passo que os motivos de "consolo", "consolar", "consolação", "consoladora" se intensificam no final do dossiê, nas folhas 57, 59 e 63. A manutenção da relação morfossemântica entre os verbetes e as noções manipulados pelo poeta é facilitada na tradução por existir na língua portuguesa o conjunto dos itens equivalentes (*só, sólido, solo, solidez, solidão, consolação, consolar, consolo*).

O recurso de Ponge aos dicionários e suas investigações/"motivações" etimológicas colocam um problema de cientificidade que não pode ser eludido. Sabe-se que o *Littré* nem sempre traz definições rigorosas ou etimologias à prova de demonstração filológica. Há nos dossiês pongianos um trabalho com a língua e sobre a língua — a etimologia, as formações e derivações de palavras, as famílias de palavras — que, se pelos lingüistas pode ser considerado arbitrário ou não-fundamentado, para o próprio poeta responde a seu longo devaneio etimológico, que o aproxima de Saint-John Perse[57]. O autor da *Mesa* cria uma poética da relação entre a palavra e a coisa em que se fundem morfologia, fonética e semântica, para descobrir nos signos novos valores, novas valências, com desdobramentos cuja compreensão é básica na leitura-tradução do texto.

Ponge associa, por exemplo — para arrepio dos etimologistas —, a palavra *table* a palavras de outras famílias, como quem sugere origem ou sentido comuns. É o que se verifica na folha 2: enquanto, entre as palavras arroladas, *tablier* ("tabuleiro"), *tableau* ("tela"), *tablature* ("tavolatura") e *tabler* ("entabular") se originam efetivamente de *table*, outras têm em comum com essa palavra apenas elementos próximos do ponto de vista morfofonético, e não do ponto de vista etimológico, como *établir* ("estabelecer"), *étable* ("estábulo"). É interessante verificar, na folha 15, que Ponge demonstra estar consciente da natureza de tal tipo de associações, ao se referir à aproximação entre *stable* (estável) e *table* (távola). Embora reconhecendo a etimolgia distinta, pondera que o mais importante é que as duas palavras se aproximam foneticamente e semanticamente e que, do ponto de vista semântico, **"uma das principais qualidades de uma távola é ser estável"**. Esse sistema de aproximações legitima, na folha 2, a tradução de *table* por *távola*, e não por *mesa*, e,

---

[57] Albert Henry mostrou que *Anabase* é uma obra comprimida numa única célula etimológica. Considera serem raros aqueles que atingem tanta concisão intelectual, afetiva e dinâmica, e Ponge seria um deles. "L'étymologie littéraire". *Revue de linguistique romane*, Strasbourg: CNRS, n. 211-212, juil./déc. 1989.

conseqüentemente, de *tablature* por *tavolatura*, pela proximidade morfofonética com *távola*, embora em português também se diga *tablatura*. Quanto à tradução de *tableau* por *tela*, quando o equivalente mais natural seria *quadro*, ela se justifica por duas razões: pela semelhança fonética (t e l) e pela relação de sinonímia entre *tela* e *quadro*. Já em relação ao verbo *tabler*, a tradução — *entabular* — tem como base a similaridade etimológica e morfofonética dos dois verbos, além da equivalência semântica primitiva entre eles, "assoalhar"; observa-se ainda que os sentidos figurados atuais dos dois verbos o são por extensão, pois estão historicamente relacionados com sentidos originários de *tabula*: o tabuleiro do jogo, no caso de *tabler sur,* e a mesa de negociações/conversações, no caso de *entabular.*

Foi dentro do sistema de jogos de significantes, exemplificado na folha 37 pelo segmento "**A lei, as linhas, a leitura, a lição de leitura**", e que combina a intenção geral do poeta e sua concepção de língua com a tendência a estabelecer "etimologias" e associações por semelhanças, que se procedeu na tradução a determinadas opções, como nos dois exemplos a seguir. 1° — Para traduzir *lit* [9, 17, 23 e 46], escolheu-se *leito*, e não *cama*, ainda que esta última designação seja mais corrente e menos reservada a usos específicos, porque em *leito*, além da identidade etimológica com o substantivo francês *lit*, está em jogo, em português, a proximidade morfológica com *ler, lê, leitura*, à semelhança do francês, onde o substantivo *lit* também pode ser associado à forma verbal *lit*, a *lire* e a *lecture*; além disso, *lit/leito* é associável a *loi/lei*, tema recorrente na *Mesa* [11, 14, 26 e 37]. 2° — Quanto à tradução do substantivo *console*, verbete do *Littré* [55] e termo usado nos versos "**Ô Table, ma console et ma consolatrice...**" [57 e 63] e "**La table, ma console et ma consolatrice...**" [59], após uma hesitação entre as formas *consola, console* e *consolo*, optou-se por esta última, não só por ser a mais corrente em português, no sentido da definição do *Littré*, senão também por consolidar a associação que Ponge estabelece transparentemente entre os três verbetes transcritos do *Littré*: *consolation/consolação, consoler/consolar* e *console/consolo*, já que, em português, *consolo* está prenhe de dois substantivos homônimos: o primeiro designa o móvel definido no *Littré*; o segundo é sinônimo de *consolação*.

Atingido o término da caminhada pela vereda aberta ao longo destas páginas, uma seta aponta, enfim, para a leitura de Ponge, do próprio Ponge, em português, graças à tradução que aqui propomos. Em nosso *consolo*, em nossa mesa de trabalho, com todos os instrumentos disponíveis, as palavras da *Mesa* foram "torturadas", "rodadas", "esquartejadas", "dissecadas", "escutadas" [6 r.], sob os mais diversos ângulos, desde a palavra-chave/título com seus deslizamentos, as características particulares da escritura pongiana nos níveis fonológico, morfológico, sintático, semântico e prosódico, suas agramaticalidades, sua autotelecidade, sua criatividade, sua estrutura translemática e poética, a fim de podermos chegar a construir um texto homogêneo, porém autônomo, portador da mesma significância do texto de partida. E temos assim uma *Mesa* também nossa, nosso *consolo*, nossa *consolação*. Haverá, sem dúvida, outras traduções para o poema, como haverá, pontualmente ou globalmente, outras e novas decriptações, igualmente justificáveis, pois não estamos *sós*. A enunciação desta abertura é a natural desembocadura da presente exposição, como sua nascente é a certeza de que, para nos *consolidarmos*, buscando no *solo* do texto aquilo que nele realmente germina, procuramos ler, reler, talvez transler, mas não tresler, e de que este processo nunca está nem estará acabado.

BIBLIOGRAFIA DE OBRAS SOBRE TEORIA DA TRADUÇÃO

ABRAHAM, Nicolas. *Rythmes de l'œuvre, de la traduction et de la psychanalyse.* Paris: Flammarion, 1985.

ARROJO, Rosemary. *Oficina de tradução. A teoria na prática.* São Paulo: Ática, 1986.

_____. *Tradução, desconstrução e psicanálise.* Rio de Janeiro: Imago, 1993.

AUBERT, Francis Henrik. *As (in)fidelidades da tradução: servidões e autonomia do tradutor.* Campinas: Ed. da Unicamp, 1993.

BARBOSA, Heloisa Gonçalves. *Procedimentos técnicos da tradução: uma nova proposta.* Campinas: Pontes, 1990.

BENJAMIN, Walter. "A tarefa do tradutor". Trad. Fernando Camacho. *Humboldt*, München: Bruckmann, n. 40, 1979, p. 38-45.

BERMAN, Antoine et alii. *Les tours de Babel: essais sur la traduction.* Mauvezin: Trans-Europ-Repress, 1985.

BOURGUIGNON, André et alii. *Traduire Freud.* Paris: PUF, 1989.

BRISSET, Annie. "Poésie: le sens en effet. Étude d'un translème". *Meta*, Montréal: Presses de l'Université de Montréal, v. 29, n. 3, sept. 1984, p. 259-66.

_____. *Sociocritique de la traduction. Théâtre et altérité au Québec.* Longueuil: Le Préambule, 1990.

CAMPOS, Augusto de. *Linguaviagem.* São Paulo: Companhia das Letras, 1987.

_____, PIGNATARI, Décio, CAMPOS, Haroldo de. *Mallarmé.* 3. ed. São Paulo: Perspectiva, 1991.

CAMPOS, Haroldo de. *A operação do texto.* São Paulo: Perspectiva, 1976.

_____. *Metalinguagem e outras metas.* 4. ed. São Paulo: Perspectiva, 1992.

CARY, Edmond. *La traduction dans le monde moderne.* Genève: Librairie de l'Université, Georg, 1956.

CESAR, Ana Cristina. *Escritos da Inglaterra.* São Paulo: Brasiliense, 1988.

_____. *Escritos no Rio.* Rio de Janeiro: Ed. da Universidade Federal do Rio de Janeiro, São Paulo: Brasiliense, 1993.

DELILLE, Karl Heinz et alii. *Problemas da tradução literária.* Coimbra: Almedina, 1986.

DELISLE, Jean. *L'analyse du discours comme méthode de traduction*. Ottawa: Presses de l'Université d'Ottawa, 1980.

DELISLE, Jean & WOODSWORTH, Judith, orgs. *Les traducteurs dans l'histoire*. Ottawa: Presses de l'Université d'Ottawa, Paris: Unesco, 1995.

DERRIDA, Jacques. "Des tours de Babel". In: *Psyché: inventions de l'autre*. Paris: Galilée, 1987, p. 203-35.

_____. "Transfert *ex cathedra*: le langage et les institutions philosophiques". In: *Du droit à la philosophie*. Paris: Galilée, 1990, p. 281-394.

ETKIND, Efim. *Un art en crise: essai de poétique de la traduction poétique*. Trad. do russo por Wladimir Trubetskoi com a colaboração do autor. Lausanne: L'Age d'Homme, 1982.

GLISSANT, Édouard. *Introduction à une poétique du divers*. Montréal: Presses de l'Université de Montréal, 1995.

GUIMARÃES, Júlio Castañon. "Anotações". In: MALLARMÉ, Stéphane. *Brinde fúnebre e prosa*. Trad. Júlio Castañon Guimarães. Rio de Janeiro: Sette Letras, 1995, p. 25-47.

JAKOBSON, Roman. "Aspectos lingüísticos da tradução". In: *Lingüística e comunicação*. Trad. Izidoro Blikstein e José Paulo Paes. 9. ed. São Paulo: Cultrix, 1977, p. 63-72.

JOLICŒUR, Louis. *La sirène et le pendule: attirance et esthétique en traduction littéraire*. Québec: L'Instant même, 1995.

LADMIRAL, Jean-René, org. *La traduction. Langages,* Paris: Didier, Larousse, n. 28, déc. 1972. Trad. Luísa Azuaga. *A tradução e os seus problemas*. Lisboa: Edições 70, 1980.

LAMBERT, José. "La traduction". In: ANGENOT, Marc et alii. *Théorie littéraire: problèmes et perspectives*. Paris: PUF, 1989, p. 151-9.

LARANJEIRA, Mário. *Poética da tradução: do sentido à significância*. São Paulo: EDUSP, 1993.

LEVESQUE, Claude & McDONALD, Christie V., orgs. *L'oreille de l'autre: otobiographies, transferts, traductions*. Textos e debates com Jacques Derrida. Montréal: VLB, 1982.

MESCHONNIC, Henri. *Pour la poétique II: épistémologie de l'écriture; poétique de la traduction*. Paris: Gallimard, 1973. O capítulo "Propositions pour une poétique de la traduction" foi publicado anteriormente em Jean-René Ladmiral, org. *La traduction*, p. 49-54.

_____. "Traduction et littérature". In: BEAUMARCHAIS, J.-P., COUTY, D., REY, A. *Dictionnaire des littératures de langue française*. Paris: Bordas, 1984. t. 3, p. 2319-24.

MOUNIN, Georges. *Les belles infidèles*. Paris: Cahiers du Sud, 1955.

_____. *Os problemas teóricos da tradução*. Trad. Heloysa de Lima Dantas. São Paulo: Cultrix, 1975.

_____. *Linguistique et traduction*. Bruxelles: Dessart et Mardaga, 1976.

NEIS, Ignacio Antonio & RODRIGUES, Sara Viola, orgs. *O ensino da tradução: Anais do 3° Encontro Nacional de Tradutores*. Porto Alegre, 26 a 28 de agosto de 1987. Porto Alegre: Ed. da UFRGS, 1989.

NIDA, Eugene A. *Toward a science of translating*. Leiden: Brill, 1964.

_____ & TABER, Charles R. *The theory and practice of translation*. Leiden: Brill, 1974.

PAES, José Paulo. *Tradução: a ponte necessária. Aspectos e problemas da arte de traduzir*. São Paulo: Ática, 1990.

RÓNAI, Paulo. *Escola de tradutores*. 5. ed. ampl. Rio de Janeiro: Nova Fronteira, Pró-Memória, Instituto Nacional do Livro,1987.

SÃO JERÓNIMO. *Carta a Pamáquio, sobre os problemas da tradução, Ep. 57*. Introdução, revisão de edição, tradução e notas de Aires A. Nascimento. Lisboa: Cosmos, 1995.

SELESKOVITCH, Danica & LEDERER, Marianne. *Interpréter pour traduire*. Paris: Didier, 1984.

STEINER, Georg. *After Babel: aspects of language and translation*. New York, London: Oxford University Press, 1975.

THEODOR, Erwin. *Tradução: ofício e arte*. São Paulo: Cultrix, Ed. da USP, 1976.

VINAY, J.-P. & DARBELNET, J. *Stylistique comparée du français et de l'anglais: méthode de traduction*. Nova ed. rev. e corr. Paris: Didier, 1972.

ZUBER, Roger. *Les "Belles Infidèles" et la formation du goût classique*. Paris: Armand Colin, 1968.

BIBLIOGRAFIA DAS OBRAS DE REFERÊNCIA

AUGÉ, Paul. *Larousse du XXe siècle*. Paris: Larousse, 1933, 6 v.

AULETTE, Caldas. *Dicionário contemporâneo da língua portuguêsa*. 2. ed. Rio de Janeiro: Delta, 1958, 5 v.

Bibel, Die. Trad. alemã Martin Luther. 790. ed. Halle: Druck und Verlag der Ganstein'schen Bibel-Anstalt, 1873.

Bible, La. Trad. francesa André Chouraqui. Paris: Desclée de Brouwer, 1985.

Bíblia, A Santa. Trad. Escola Bíblica de Jerusalém. São Paulo: Ed. Paulinas, 1985.

Bíblia Sagrada. Contendo o Velho e o Novo Testamento. Reedição da Versão do Padre Antônio Pereira de Figueiredo. Comentários e anotações segundo os consagrados trabalhos de Glaire, Knabenbauer, Lesêtre, Lestrade, Poels, Vigouroux, Bossuet, etc., organizados pelo Padre Santos Farinha. Ilustrações de Gustavo Doré. Edição aprovada pelo Eminentíssimo Senhor D. Carlos Carmelo de Vasconcellos Motta – DD. Cardeal Arcebispo de São Paulo. Adaptada à ortografia oficial. São Paulo: Editora das Américas, 1950, 12 v.

Bíblia Sagrada. Trad. da *Vulgata* pelo Pe. Matos Soares. São Paulo: Ed. Paulinas, 1977.

BLOCH, Oscar & WARTBURG, Walter von. *Dictionnaire étymologique de la langue française*. 5. ed. rev. e aum. Paris: PUF, 1968.

BÖLTING, Rudolf. *Dicionário grego-português*. Rio de Janeiro: Imprensa Nacional, 1941.

BOWDER, Diana. *Quem foi quem na Grécia antiga*. Trad. do inglês por Maristela Ribeiro de Almeida Marcondes. São Paulo: Art Editora, Círculo do Livro [s.d.].

BUENO, Francisco da Silveira. *Grande dicionário etimológico-prosódico da língua portuguesa: vocábulos, expressões da língua geral e científica, sinônimos; contribuições do tupi-guarani*. São Paulo: Saraiva, 1963, 12 v.

CARVALHO, Olívio da Costa. *Dicionário de francês-português*. Porto: Porto Ed., 1991. 2 v.

COIMBRA, Antunes & OLIVEIRA, Luís de Amaro. *Novo dicionário francês-português*. 3. ed. Porto: Domingos Barreira [s.d.].

Diccionario manual griego-latino-español de los Padres Escolapios. Buenos Aires: Albatros, 1943.

Dicionário brasileiro da língua portuguesa. São Paulo: Melhoramentos, 1975.

Dicionário Garnier francês-português. São Paulo: Difusão Européia do Livro, 1968.

DONY, Yvonne P. de. *Léxico del lenguaje figurado comparado, en cuatro idiomas: Castellano, Français, English, Deutsch.* Buenos Aires: Desclée de Brouwer, 1951.

DUBOIS, Jean et alii. *Dictionnaire du français classique.* Paris: Larousse, 1971.

DUBOIS, Jean & DUBOIS Claude. *Introduction à la lexicographie: le dictionnaire.* Paris: Larousse, 1971.

DUCROT, Oswald & TODOROV, Tzvetan. *Dictionnaire encyclopédique des sciences du langage.* Paris: Seuil, 1972.

Enciclopédia luso-brasileira de cultura. Lisboa: Verbo, 1963.

Enciclopedia universal ilustrada europeo-americana. Madrid, Barcelona: Espasa-Calpe [s.d.].

Encyclopaedia Universalis: corpus. Paris: Encyclopaedia Universalis France, 1985, 18 v.

FERREIRA, Aurélio Buarque de Holanda. *Novo dicionário da língua portuguesa.* 2. ed. rev. e aum. Rio de Janeiro: Nova Fronteira, 1986.

FIGUEIREDO, Cândido de. *Novo dicionário da língua portuguesa.* 12. ed. Lisboa: A. M. Teixeira, 1947, 2 v.

FORCELLINI, Aegidio. *Lexicon totius latinitatis.* Patavii: Typis Seminarii, 1940, 5 t.

GÓES, Carlos. *Diccionario de affixos e desinencias.* 2. ed. int. refundida. Belo Horizonte: Typographia Americana de Renato Americano, 1930.

GÓIS, Carlos. *Dicionário de raízes e cognatos da língua portuguesa.* Rio de Janeiro, São Paulo, Belo Horizonte: Paulo de Azevedo, 1945.

Grande Enciclopédia Larousse Cultural. São Paulo: Ed. Universo, Círculo do Livro, 1988. 30 v.

GREIMAS, Algirdas Julien & COURTÈS, Joseph. *Dicionário de semiótica.* Trad. Alceu Dias Lima et alii. São Paulo: Cultrix, 1979.

Harrap's Shorter. French and English Dictionnary. Bath: [s. ed.] 1961.

HATZFELD, Adolphe & DARMESTETER, Arsène. *Dictionnaire général de la langue française du commencement du XVIIe siècle jusqu'à nos jours.* 5. ed. Paris: Delagrave, 1917.

LAUSBERG, Henri. *Handbuch der literarischen Rhetorik.* München: Max Hueber, 1960. 2 v.

LITTRÉ, Émile. *Dictionnaire de la langue française.* Paris: Hachette, 1882, 4 v.

MACHADO, José Pedro. *Dicionário etimológico da língua portuguesa.* Lisboa: Editoral Confluência, 1956, 2 v.

MATTOS, João Paulo Juruena de & BRETAUD, Robert. *Dicionário de idiomatismos francês-português/português-francês*. Rio de Janeiro: Marques Saraiva, 1990.

MEYER-LÜBKE, W. *Romanisches etymologisches Wörterbuch*. 3. ed. Heidelberg: Carl Winters Universitätsbuchhandlung, 1935.

MORIER, Henri. *Dictionnaire de poétique et de rhétorique*. Paris: PUF, 1975.

Nova Testamentum Graece. Nestle-Aland, ed. Stuttgart: Deutsche Bibelstiftung, 1979.

Oxford English Dictionnary, The. Oxford: Clarendon Press, 1933, v. I.

PEREIRA, Isidro. *Dicionário grego-português e português-grego*. Porto: Livr. Apostolado da Imprensa, 1971.

PETERS, F. E. *Termos filosóficos gregos: um léxico histórico*. Trad. do inglês por Beatriz Rodrigues Barbosa. 2. ed. Lisboa: Fundação Calouste Gulbenkian, 1983.

Petit Larousse. Paris: Larousse, 1967.

PINOCHE, Jacqueline. *Dictionnaire étymologique du français*. 2. ed. Paris: Le Robert, 1987.

REY, Alain. *Dictionnaire historique de la langue française*. Paris: Paul Robert, 1992, 2 t.

ROBERT, Paul. *Micro Robert. Dictionnaire du français primordial*. Paris: S.N.L., Le Robert, 1971.

_____. *Le Nouveau Petit Robert. Dictionnaire alphabétique et analogique de la langue française*. Nova ed. Paris: Dictionnaires Le Robert, 1995.

_____. *Le Petit Robert 2. Dictionnaire universel des noms propres*. Paris: S.E.P.R.E.T., 1987.

_____. *Le Grand Robert de la langue française. Dictionnaire alphabétique et analogique de la langue française*. 2. ed. rev. e aum. Paris: Le Robert, 1986, 9 t.

SARAIVA, F. R. dos Santos. *Novíssimo dicionário latino-portuguez*. Paris, Rio de Janeiro: Garnier, Saraiva, 1927.

Septuaginta. Libri poetici et prophetici. Alfred Rahlfs, ed. Stuttgart: Privilegierte Württembergische Bibelanstalt [s.d.] v. II.

Torah. London: Lowe and Breydone, 1949.

TREGELLES, Samuel Prideaux. *Gesenius' Hebrew and Caldel Lexicon to the Old Testament Scriptures*. Michigan: W.M.B. Eerdmans, 1957.

VIEIRA, Dr. Fr. Domingos. *Grande diccionario portuguez* ou *Thesouro da lingua portugueza*. Porto: Ernesto Chardon, Bartholomeu H. de Moraes, 1873. 5 v.

NOTA SOBRE ESTA EDIÇÃO

Existem atualmente quatro edições em francês de *La table*. A primeira foi estabelecida por Bernard Beugnot e Robert Melançon e publicada em um número especial da revista *Études françaises*, v. 17, n. 1/2, Montréal, Presses de l'Université de Montréal, abril de 1981, p. 9-49. A segunda é uma edição de luxo, limitada a 60 exemplares autografados pelo autor (além dos 15 exemplares do autor) e publicada pelas Éditions du Silence, Montréal, 1982, sem paginação. Essa edição corrige algumas gralhas da primeira, mas algumas outras se infiltraram. A terceira edição, sensivelmente diferente das duas primeiras e amputada de seu aparato crítico, foi preparada por Jean Thibaudeau e publicada por Gallimard, Paris, 1991, e retomada no tomo III do *Nouveau nouveau recueil*, Paris, Gallimard, 1992, que reúne textos de Ponge publicados de 1967 a 1984.

A tradução que aqui oferecemos foi realizada a partir do texto publicado pelas Éditions du Silence. É este que nos parece melhor dar conta da textura gráfica do manuscrito, do qual consultamos uma cópia reprografada. O confronto do manuscrito com o texto das Éditions du Silence levou-nos a propor uma nova composição de certas passagens ou folhas. Assim, decidimos relocalizar algumas adições, reescrituras e correções da mão do próprio autor e permitimo-nos corrigir diversas gralhas evidentes do texto francês.

Os Tradutores

PROTOCOLO DE EDIÇÃO

A fim de restituir até certo ponto o aspecto material do manuscrito e de tornar o leitor sensível ao trabalho do escritor, adotamos as convenções abaixo, a maioria das quais idênticas às dos editores das duas primeiras edições do texto original:

1º — A primeira escrita é impressa em negrito, as correções (acréscimos, rasuras, variantes) do autor, em tipos normais.

2º — As datas de cada redação, que no manuscrito se encontram geralmente colocadas na margem esquerda da folha, ou obliquamente, ou enquadradas, figuram, no texto francês desta edição, na margem esquerda e, na tradução, na margem direita.

3º — A numeração das folhas, estabelecida pelos editores do texto francês, é indicada na margem entre colchetes.

4º — Na passagem do manuscrito à composição tipográfica, foi modificada a disposição das linhas e, com isso, a fisionomia da própria página, respeitadas, no entanto, as mudanças de parágrafos, as alíneas e os casos em que havia evidente intenção de isolar uma palavra, uma expressão, um segmento de frase.

5º — As redações duplas que deixam aberta uma escolha para o futuro são reproduzidas na entrelinha, no lugar em que foram acrescentadas pelo autor.

6º — As correções feitas *a posteriori* acima de uma primeira redação rasurada, bem como as adições em entrelinhas, figuram igualmente em seu lugar original, mas são introduzidas no fio do texto e ressaltadas por uma mudança de entrelinha. Os segmentos que continuam sendo legíveis sob a rasura não foram considerados.

7º — As adições marginais que o autor enxertou por meio de um sinal qualquer (traço contínuo, seta, balão) em um lugar preciso do texto são transportadas ao fim da folha, chamadas no texto por meio de letras.

8º — As adições marginais independentes são impressas o mais perto possível do lugar original que ocupam no manuscrito.

9º — A maioria dos sinais (sublinhas, colchetes, parênteses, asteriscos simples, uso ou não de pontos em abreviaturas) pertencem ao manuscrito original, salvo em casos de palavras mantidas em francês, em itálico, seguidas da respectiva tradução entre colchetes. No caso de eventuais faltas de acentos gráficos no manuscrito, a presente edição restabelece a acentuação usual.

10º — As poucas notas indicadas por meio de números em negrito são devidas ao próprio autor.

11º — Algumas notas devidas aos editores do texto francês, e identificadas como tais, são chamadas por meio de duplo asterisco.

12º — As notas críticas dos tradutores figuram no final da tradução, e não em rodapé, sendo chamadas no texto traduzido por meio de números em tipos normais. Essas notas são de natureza diversa, conforme se refiram a: a) informações biográficas e bibliográficas; b) problemas pontuais de etimologia, de interpretação lexical e de tradução que não tiverem sido abordados na seção "O canteiro da tradução".

Os Tradutores

Francis Ponge fotografado por sua filha Armande Ponge diante do Mas des Vergers, em novembro de 1977.

LA TABLE

21 novembre 1967 — 16 octobre 1973

A MESA

21 de novembro de 1967 — 16 de outubro de 1973

[1]

Les Vergers,
le 21 nov.^{bre} 1967

    Il fait jour à lire (assez pour lire) et écrire (écrire, un peu avant) environ une heure avant que se lève (qu'apparaisse, ici, derrière les hauteurs de Roquefort ou du Rouret) le soleil. (c'est-à-dire à 8^{h.} juste)

    Plus aucune étoile n'est alors visible, même la plus brillante.

    Vénus seule (et la Lune) brillent encore, mais (on le sait) d'un éclat emprunté.

    Les couleurs apparaissent à peu près dans le même temps
            (d'abord les rouges)
            puis le ors, les jaunes
            puis les verts enfin les bleus
            (8 à 10 minutes plus tard) Vénus brille encore
    Grand jour à 7h15

[1]

Les Vergers[1],
21 nov.[bro] 1967

Clareia o dia ao ler (bastante para ler) e escrever (escrever, um pouco antes) aproximadamente uma hora antes de se levantar (de aparecer, aqui, atrás das elevações de Roquefort ou de Le Rouret[2]) o Sol. (isto é, às 8[h.] precisamente)

Já nenhuma estrela é então visível, nem sequer a mais brilhante.

Somente Vênus (e a Lua) ainda brilham, mas (como se sabe) com clarão emprestado.

As cores aparecem mais ou menos ao mesmo tempo
    (primeiro os vermelhos)
    depois os ouros, os amarelos
    depois os verdes e finalmente os azuis
    (8 a 10 minutos mais tarde) Vênus brilha ainda
Dia claro às 7h15

[2]

Les Vergers
le 21 nov 1967

                                                                           Notes pour <u>La TABLE</u>

        <u>Mots à chercher dans Littré.</u>

        Etablir,   s'établir   établi
        Le tablier   (d'un pont)
        et — naturellement   tableau
                                                tablature
                        et le verbe   tabler.
            Etable?

[2]

**Les Vergers
21 nov 1967**

Notas para <u>A TÁVOLA</u>

<u>Palavras a serem procuradas no dicionário.</u>

Estabelecer, estabelecer-se estabelecido
O tabuleiro (de uma ponte)
e — naturalmente tela
                           tavolatura
                e o verbo entabular.
     Estábulo?

[3]

**21, 22, 23
nov. 1967**

<u>La table</u>

                                                       table qui fut ma table
[a] <u>Je me souviendrai</u>/ de toi, ma table,   , table
n'importe laquelle, table quelle qu'elle soit.

    La table, quant à moi, est où je m'appuie pour écrire[b], [mais]
        pourtant à vrai dire
non   que je m'y attable, non que je m'asseye jambes
                et mains
et pieds dessous, bras   dessus, mon écritoire posé à plat sur elle
vers quoi je pencherais un peu le buste et la tête et dirigerais mon regard.

         Si
  Non.   je me mets à table, c'est plutôt assis à côté d'elle sur
    siège de préférence
un   qui puisse se renverser afin que m'allonge, le
coude gauche alors parfois appuyé sur la table et les mollets et les
                                                jarrets
pieds par dessus, mon écritoire sur les genoux.

———

    [a.] Ceci est à expliciter
                                                 plus exactement
    ainsi: —> Je vais faire que l'on se souvienne de toi (ou
que tu souviennes au <u>je</u> du lecteur, que tu surgisses dans sa mémoire)

    Tel est, par amour de toi, le désir, la pulsion aujourd'hui qui me porte à
écrire.

    Et pourquoi employé-je cette forme: "je me souviendrai de toi"? —
                                        au monde
C'est que je m'imagine mort (pour le monde) et cependant ma mémoire (mon
esprit) pour moi-même vivant encore et se souvenant, dans l'éternité, moi séparé
                                            avec attendrissement
du monde et me le remémorant, me remémorant   des
      (de la phusis)
accidents   du monde, des contingences de la vie mortelle.

      peut-être plutôt
  [b.] ou   pour attendre d'avoir à écrire

[3]

21, 22, 23
nov. 1967

A mesa

                      mesa que foi minha mesa
[a] **Lembrar-me-ei**/ de ti, minha mesa,   , mesa não importa qual, mesa qualquer que seja.

A mesa, quanto a mim, é onde me apóio para escrever[b], [mas]
   no entanto na verdade
não   que eu me instale nela, não que eu sente
                          e mãos
com pernas e pés embaixo, braços   em cima, minha escrivaninha deitada em cima dela para o que eu inclinaria um pouco o busto e a cabeça e dirigiria meu olhar.

      Se
Não.   me ponho à mesa, é, antes, sentado ao lado dela num assento de preferência
                que possa reclinar-se a fim de que me estenda, com o cotovelo esquerdo então por vezes apoiado na mesa e as panturrilhas e os pés em cima, minha escrivaninha sobre os joelhos.
jarretes

[a.] Isso deve ser explicitado
                                          mais exatamente
assim: —> Vou fazer com que se lembrem de ti (ou que tu subvenhas ao <u>eu</u> do leitor[3], que tu surjas em sua memória)

Este é, por amor de ti, o desejo, a pulsão hoje que me leva a escrever.

E por que emprego esta forma: "lembrar-me-ei de ti"? — É que me
              ao mundo
imagino morto (para o mundo) e no entanto minha memória (meu espírito) para mim mesmo vivendo ainda e lembrando-se, na eternidade, eu separado do
                          com enternecimento   (a físis)
mundo e rememorando-o, rememorando   os acidentes do mundo, as contingências da vida mortal.

     talvez, antes,
[b.] ou   para esperar ter o que escrever

[4]

10-12-67

<u>Nouvelles **Notes pour la Table.**</u> [(après avoir parlé hier avec Ph. et J. Sollers) (mais ceci ne vient pas expressément de cette conversation)]

                déterminé
... Peut-être suis-je commandé <u>aussi</u> par le fait des très nombreuses rimes en <u>able</u> (du latin, adjectifs en <u>abilis</u>, adverbes en <u>abile</u> signifiant "qui peut être..." ou "qui doit être..." (<u>être</u> étant là comme auxiliaire
                                          Ex:
d'un verbe au passif et non comme synonyme d'<u>exister</u>) aimable, admirable, baisable, confortable, faisable. Représentable, exprimable (mais écrivable n'existe pas, scriptible est-il possible)

En latin le "qui <u>doit</u> être..." est égal au "qui <u>peut</u> être..."; en français il semble que le "<u>peut</u> être" domine (quantitativement du moins): il me faut vérifier cela.

                          En latin, d'ailleurs, le "qui doit être..." est plutôt rendu par le gérondif "andus".

*

II) Ce qui vient expressément des déclarations de Ph. à ce sujet. (Cela c'est à <u>raconter</u>)   J'ai un peu oublié cela, maintenant. Il ne m'en reste que ceci: S. me conseillant (pour m'inciter à écrire) de <u>tout</u> dire à ce propos et par ex. de commencer par dire pourquoi ce qui m'a permis d'écrire (la table de l'écritoire) me donne maintenant tant de difficultés (ou d'inhibition) à l'écrire.

Ce qui m'a permis d'écrire mon œuvre reste (très difficile à écrire) ce qui me reste à écrire pour en finir

*

                                          aussi
A noter que la terminaison (ou désinence) <u>able</u> est, <u>en anglais</u> (Harper's bazaar cette nuit) très fréquente

[4]

10-12-67

                          ontem
<u>Novas</u> **Notas para a Tável.** [(depois de ter falado   com Ph. e J. Sollers[4]) (mas isso não vem expressamente dessa conversa)]

     determinado
... Talvez eu seja comandado <u>também</u> pelo fato das numerosíssimas rimas em <u>ável</u> (do latim, adjetivos em <u>abilis</u>, advérbios em <u>abile</u> que significam "que pode ser..." ou "que deve ser..." (<u>ser</u> estando aqui como
                                                                             Ex:
auxiliar de um verbo na passiva e não como sinônimo de <u>existir</u>)
amável, admirável, beijável, confortável, realizável. Representável, explicável (mas escrevável não existe, escritível será possível)

Em latim o "que <u>deve</u> ser..." é igual ao "que <u>pode</u> ser..."; em português parece que o "<u>pode</u> ser" domina (quantitativamente pelo menos): devo verificar isso.

                                  Em latim, aliás, o "que deve ser..." é expresso, antes, pelo gerúndio "andus".

                                        *

II) O que vem expressamente das declarações de Ph. a esse respeito.
(Isso deve ser <u>contado</u>)   Esqueci um pouco isso, agora. Só me resta isto: S. aconselhando-me (para me incitar a escrever) a dizer <u>tudo</u> a esse respeito e, por ex., a começar por dizer por que o que me permitiu escrever (a mesa da escrivaninha) me dá agora tantas dificuldades (ou tanta inibição) para escrevê-lo.

O que me permitiu escrever minha obra continua sendo (muito difícil de escrever) o que me resta para escrever para acabar

                                        *

                                                                      também
A notar que a terminação (ou desinência) <u>able</u> é, <u>em inglês</u> (Harper's bazaar[5] esta noite) muito freqüente

[5 ro]

Nuit du 15 au 16-XII-67   <u>Notes pour la TABLE</u>

                    se placer
La table vient   **sous mon coude**
La table souvient à mon coude

                              (de la notion de la table)
Tandis qu'<u>il me souvient</u> de la table   **quelque table vient sous mon coude.**

    (19.XII.67) — Quelque table souvenant à mon coude gauche, j'écris de la main
à   droite en l'air.

Tandis que je veux écrire la table, elle souvient à mon coude en même temps qu'à mon esprit sa notion.

La table souvient à mon coude, en même temps qu'à mon esprit sa
    Nuit du 17 au 18/12 mais son nom fut inscrit tout d'abord sur mon
notion
écritoire. (ce nom encore antérieurement inscrit dans mon vocabulaire)

La table (voici son nom) souvient à mon coude (gauche)[a]

La table souvient à mon coude

La table souvient à mon coude (gauche)

———

    [a.] tandis que j'écris en l'air de ma main droite (2) n'importe quoi sur la
                            et (3)
notion de table

                                    assis
    (3) Il va sans dire que je n'écris pas <u>en l'air</u> (mais plutôt: les jambes
<u>en l'air</u>, les talons posés sur le bahut qui est à ma droite, et mon écritoire sur mes genoux)

    (2) n'importe quoi ou le mot table, ou n'importe quoi sur la notion de table

[5 r.]

<u>Notas para a TÁVOLA</u>   Noite de 15 para 16-XII-67

              colocar-se
A mesa vem   **sob meu cotovelo**
A mesa subvém a meu cotovelo

              (a noção de távola)
Enquanto <u>me lembra</u> a távola   **alguma mesa vem sob meu cotovelo.**

(19.XII.67) — Alguma mesa subvindo a meu cotovelo esquerdo,
      com a mão
escrevo à   direita no ar.

Enquanto quero escrever a távola, ela subvém a meu cotovelo ao mesmo tempo que a meu espírito sua noção.

A mesa subvém a meu cotovelo, ao mesmo tempo que a meu espírito
    Noite de 17 para 18/12 mas seu nome foi inscrito primeiramente
sua noção
em minha escrivaninha. (esse nome ainda anteriormente inscrito em meu vocabulário)

A távola (eis seu nome) subvém a meu cotovelo (esquerdo)[a]

A mesa subvém a meu cotovelo

A mesa subvém a meu cotovelo (esquerdo)

  [a.] enquanto escrevo no ar com minha mão direita (2) qualquer coisa sobre
                                  e (3)
a noção de távola

                                              sentado
(3) É desnecessário dizer que não escrevo <u>no ar</u> (mas, antes: com as pernas <u>para cima</u>, os calcanhares colocados em cima do baú que está a minha direita, e minha escrivaninha sobre os joelhos)

(2) qualquer coisa ou a palavra távola, ou qualquer coisa sobre a noção de távola

[5 vo]

Table, Viens te placer,...
Souviens, table, à mon coude gauche

Table, tu me deviens urgente　　　　(sans que tu soies, toi-
souviens, table, à mon coude gauche　　même sur mon écri-
comme si souvent tu le fis sans qu'il　　toire, en question.)
soit, sur mon écritoire, question de toi

| Dimanche matin 17 déc. 1967 |

　　　　　　　　　　　　J'ai laissé survivre^a la table jusqu'au moment
　　　　　　　　　　　　　　　　　　　　　　　　(ayant terminé
　　　　　　　⎧ où n'en ayant plus besoin
LA TABLE　　　│ mon œuvre
SYMPATHIQUE　│　　　　je puis maintenant la prenant
　　　　　　　　　│　　　　　l'effacer et du même coup
(comme on dit　　│ comme référent,
encre sympa-　　　│ effacer tout ce que j'ai écrit <u>sur</u> elle, l'effaçant
thique)　　　　　 │　　　　　aussi du même coup
　　　　　　　⎩ enfin　　　　　　　　 elle-même pour
　　　　　　　　　| en finir | absolument |

| LA TABLE ÉCRITE À L'ENCRE |
| SYMPATHIQUE |

Voici une forme (allure, ton) possible:
　　Mais <u>Table</u>, aussi, contient (ou contient aussi) sa
　　matière, le bois.

―――

　　　　　　　　　du non-dit
a. au paradis
　　　　　　　　　de l'existence

[5 v.]

Mesa, Vem colocar-te,...
Subvém, mesa, a meu cotovelo esquerdo

Távola, tu me és agora urgente   (sem que tu estives-
subvém, mesa, a meu cotovelo esquerdo ses, tu mesma em
como tantas vezes o fizeste sem que,   minha escrivani-
em minha escrivaninha, a questão   nha, em questão.)
fosses tu

| Domingo de manhã 17 dez. 1967 |

               Deixei sobreviver[a] a távola até o momento em
                                 (tendo terminado

A MESA   ⎧ que não precisando mais dela
SIMPÁTICA | minha obra
                   | posso agora tomando-a como
(como se diz | apagá-la e com isso
tinta simpática) | referente,   apagar tudo o que
                   | também
                   ⎩ escrevi <u>sobre</u> ela, apagando-a enfim
                     com isso
                          a ela para | acabar | absolutamente |

| A TÁVOLA ESCRITA COM TINTA SIMPÁTICA |

Eis uma forma (jeito, tom) possível:
    Mas <u>Távola</u>, também, contém (ou contém também)
    sua matéria, a madeira.

---

            do não-dito
[a.] no paraíso
            da existência

[6 ro]

                Table, viens te placer sous mon coude (gauche)
                tandis que ta notion souvient à mon esprit.

        Voir le <u>tu</u> au Littré

I   <u>Table, tu</u>   me deviens urgente
<u>Table</u>, viens te placer sous mon coude (gauche[a]), comme si souvent tu le fis sans qu'il soit, sur mon écritoire, **question de toi.**

        aujourd'hui
<u>Table</u>,   vient m'aider à te mettre aujourd'hui à la question, à recevoir de toi ta leçon.

II   Table, tout ce que j'ai pu grâce à toi écrire jusqu'à présent, eh bien,
                te dévisager toi-même ("la face maternelle")
cela suffit! Je n'ai plus qu'à écrire sur toi pour (en finir)
                qu'à t'écrire toi-même sans doute pour l'effacer.

                                **De la table "T" est la forme,
                                <u>able</u> la matière (le bois) (bien qu'elles ne soient pas toutes en bois d'érable**
                                sandwiche entre 2 plaques de **contreplaqué de sable de bois** comprimé

                                    mais
III   Table, à propos de "question", tu es la roue (rectangulaire)
    mais   table de
(horizontale) sur laquelle je mets les mots dissection (leçon d'anatomie)
                          à la question, les roue. les écartèle les écoute

IV   <u>Table</u> est l'<u>éta</u>blissement de la désinence <u>able</u>, la mise sur pied.
Ecrire   est
Table écrit la plus simple façon d'<u>éta</u>blir la désinence <u>able</u>

        substantifs   adjectivante
Les mots en <u>able</u> évoquent cette désinence,   qui désigne en latin (abilis) ce qui <u>peut</u> être... (et le radical au participe passé) Quels sont les plus <u>simples</u> (?) de ces mots?

    — Câble, fable, râble (mais le <u>a</u> est ici absolument autre) sable table.
        C'est tout.

V   <u>Table</u> contient sa matière (le bois). Quand elle est en verre ou en
                c'est l'exception
pierre (par ex.)   il faut le préciser

[a.] table souvient à mon coude

[6 r.]

        Mesa, vem colocar-te sob meu cotovelo (esquerdo) enquanto tua noção subvém a meu espírito.

        Ver o <u>tu</u> no dicionário

I <u>Távola</u>, tu   me és agora urgente
<u>Mesa</u>, vem colocar-te sob meu cotovelo (esquerdo[a]), como tantas vezes o fizeste sem que, em minha escrivaninha, a questão fosses tu.

       hoje
<u>Távola</u>,   vem ajudar-me a torturar-te[6] hoje, a receber de ti tua lição.

II Távola, tudo o que pude graças a ti escrever até o presente, pois
                      desfigurar-te[7] a ti ("a face materna")
bem, basta! Só me resta escrever sobre ti para (acabar)
                      escrever-te a ti sem dúvida para apagá-la.

                      Da távél "T" é a forma, <u>ável</u> a matéria[8] (a madeira) (embora nem todas sejam de madeira durável
                      sanduíche entre 2 placas de contraplacado de areia de madeira[9]
                      compensada

                         mas
III Mesa, em relação a "tortura", tu és a roda (retangular)
   mas   mesa de
(horizontal) na qual torturo as palavras, dissecação (lição de anatomia)
                      as rodo. as esquartejo as escuto[10]

IV <u>Tável</u> é o <u>estabe</u>lecimento da desinência <u>ável</u>, colocar sobre pés.
Escrever   é
Tável escreve a mais simples maneira de <u>estabe</u>lecer a desinência <u>ável</u>

   Os substantivos   adjetivadora
   As palavras em <u>ável</u> evocam essa desinência,   que designa em latim (abilis) o que <u>pode</u> ser... (e o radical no particípio passado)
   Quais são as mais <u>simples</u> (?) dessas palavras?

   — *Câble* [Cabo], *fable* [fábula], *râble* [esborralhadouro] (mas o <u>a</u> é aqui absolutamente outro) *sable* [areia] *table* [mesa].
       Só isso.

V <u>Mesa</u> contém sua matéria (a madeira). Quando é de vidro ou de
           é exceção
pedra (por ex.)   deve-se precisá-lo

[a.] mesa subvém a meu cotovelo

[6 vo]

LA TABLE [ÉCRITE À L'ENCRE] SYMPATHIQUE

<u>La lecture à haute voix</u>   (PLAQUETTE)
<u>L'oreille, la bouche</u>

                                Ô (moitié d'Ô)
  Auditeur Ô dicteur   Ô lecteur coquille accolée à
Moitié d'Ô accolée à   mon oreille
l'autre moitié: mon oreille

                         La lecture en silence

  innervation   Lecteur je t'invite
  incarnation de l'oreille   en silence à faire
  comparativement   en silence la lecture
  réciproquement   de l'écriture de ma
  (à la coquille)   avec quelques grin-
                              lecture
                              cements de plume
                              en silence de ce que j'écris.

    Changement ⎫ Qu'est-ce que le silence dans la
  ou glissement ⎬ lecture?
    d'un référent ⎬ Le silence est le sable des bruits
       à un autre ⎭

[6 v.]

A TÁVOLA (<u>ESCRITA</u> COM TINTA) SIMPÁTICA

<u>A leitura em voz alta</u>   (PLAQUETA)
<u>A orelha, a boca</u>

                                        Ô (metade de Ô)
Auditor Ô ditador   Ô |leitor| concha colada a
Metade de Ô colada à   minha orelha
outra metade: minha orelha

                                        | A leitura em silêncio |

inervação   Leitor eu te convido
encarnação da orelha   em silêncio a fazer
comparativamente   em silêncio a leitura
reciprocamente   da escritura de minha
(na concha)   com alguns rangi-
                                   leitura
                                   dos de pena
                                   em silêncio do que escrevo.

            Mudança ⎫
   ou deslizamento ⎬ O que é o silêncio na
    de um referente ⎪ leitura?
           para outro ⎭ O silêncio é a areia dos ruídos

[7]   Le nouveau coquillage

                              cf La parole ne se refuse qu'à
                              une chose à faire aussi peu de
                              bruit que le silence

Intérieur? extérieur?

Le silence est le sable des bruits   **Certaines coquilles**
                        et rien d'autre
à condition^a pourtant qu'on les écoute   et cela est sine qua non

            certaines conques donc accolées à l'oreille
            vivante, innervée, c'en est une autre une vivante, qui écoute
            enregistre se meut est mise en mouvement
accolées   inlassablement reproduisent
**appliquées à l'oreille (qui en est une autre,) répercutent (?)
(non ce n'est pas le mot) (quel dommage!) le bruit de la mer
profondément conservé en elles (au fond d'elles). Elles l'ont si sou-**
            Cette rumeur pourvu qu'on l'écoute remplace en elles
vent entendu
                        Quel travail!
Il remplace l'éphémère animal   qui les a construites
en vivant son adolescence (durant son adolescence)
                        donc
**Dirai-je que dorénavant je vais   m'écrire à moi-même. Oui et
                        ou n'écrire qu'à moi-même,
non pour mes pairs**
n'écouter pour écrire qu'en moi-même Lecteur accolé à ce texte
**Oui et
donc**
    Je n'écris que pour mes pairs et il n'y en a pas beaucoup (, mais il
y en aura toujours quelques uns
        Sensibles... (et il n'y en a pas beaucoup.)
    je me fous de toute autre chose

<u>**Le lendemain**</u> **(Nuit du 16 au 17 décembre) Presque rien de ce que je voulais dire n'est passé dans ce qui précède.**

<u>**Dimanche matin 17 déc. 1967**</u> **—** <u>Titre</u> **= Le Silence de l'Ecriture.
Du silence de l'Ecriture** cf Lautréamont: "serre toi contre moi"
        dans

        cf Viens sur moi je préfère t'embrasser sur la bouche
Lecteur
    amour de lecteur
Je t'invite à Lire l'écriture de la lecture de ce que j'écris
    Je t'invite à <u>faire la lecture</u> **de** l'écriture **de ma lecture de ce
que j'écris**

―――

^{a.} <u>à condition</u> aussi d'être assez <u>torsadées</u> pour que le fond de leur escalier soit <u>invisible</u>
    (on ne l'obtient pas des coquilles plates ou platement incurvées.

188

A nova concha [7]

                      cf A palavra se recusa a uma
                      só coisa a fazer tão pouco ruído
                      quanto o silêncio

Interior? exterior?

O silêncio é a areia dos ruídos   **Certas conchas**
                                e nada mais
com a condição[a] todavia de serem escutadas   e isso é sine qua non

        certas conchas, portanto, coladas à orelha
        viva, inervada, é uma outra uma viva, que escuta
        grava se move é posta em movimento
coladas   incansavelmente reproduzem
aplicadas à orelha (que é uma outra,)   repercutem(?)
(não esta não é a palavra) (que pena!) o ruído do mar profundamente
conservado nelas (no fundo delas). Elas o ouviram tantas vezes
Esse rumor desde que seja escutado substitui nelas
                                Ele substitui o efê-
        Que trabalho!
mero animal   que as construiu vivendo sua adolescência
(durante sua adolescência)
                portanto
Direi eu que doravante vou   **escrever-me a mim mesmo. Sim**
                          ou só escrever a mim mesmo,
e não para meus pares
escutar para escrever só em mim mesmo Leitor colado a este texto
Sim e
portanto
        Só escrevo para meus pares e não há muitos (, mas sempre haverá
alguns
        Sensíveis... (e não há muitos.)
        não dou bola para qualquer outra coisa

> <u>No dia seguinte</u> (Noite de 16 para 17 de dezembro) Quase nada do que eu queria dizer passou para o que precede.

<u>Domingo de manhã 17 dez. 1967</u> — <u>Título</u> = O Silêncio da Escritura.
Do silêncio da Escritura cf Lautréamont: "aperta-te contra mim"
        na

        cf Vem sobre mim prefiro beijar-te na boca[11]
Leitor
amor de leitor
Convido-te a Ler a escritura da leitura do que escrevo
        Convido-te a <u>fazer a leitura</u> da escritura de minha leitura do
que escrevo

    [a.] <u>com a condição</u> também de serem bastante <u>retorcidas</u> para que o fundo de sua escada seja <u>invisível</u>
(isso não se obtém das conchas chatas ou chatamente encurvadas.

[8 ro]
4 janvier 1968

>Il faut beaucoup de mots pour détruire un seul mot (ou plutôt pour faire de ce mot non plus un concept, mais un conceptacle)

Je ne veux mettre dans la TABLE que ce qui me vient naturellement d'elle, en chasser l'idée. (chasser le concept. Les mots sont des concepts, les choses des conceptacles: il faut beaucoup de mots, agencés de nouvelle façon pour détruire un mot, un concept) (titre possible pour un prochain recueil: les CONCEPTACLES = il y a fort longtemps que j'ai trouvé ce mot et pensé à en faire un titre)

Il faut donc faire ma Table en n'y employant que ce qui en vient, naturellement, à mon corps ("La table souvient à mon coude — ou à ma cuisse — gauche"), comme si le mot n'existait pas, que j'aie à m'en passer...

                                      (ancien)
Et pourtant, c'est en creusant le mot   , en essayant de le justifier par rapport à son référent que je vais, probablement, travailler. Voilà qui est paradoxal
(paradoxal? ou absurde?

Pourquoi?

Pourquoi cette révérence envers le mot ancien? Par respect? par amour de ma langue? par patriotisme de cette langue? Par manque d'illusions? Par considération du fait (par réflexion sur le fait) que sans doute la langue eut raison d'employer ce mot, que ceux qui au cours des siècles l'inventèrent, le déformèrent, le confirmèrent, étaient bien aussi sensibles et aussi intelligents que moi, bien sûr!

Par considération aussi, par aveu, que ce qui vient naturellement, à mon corps, de la table, c'est aussi le mot (ancien), mais comme matérialité (sémantique), comme objet du monde verbal, hors sa signification abstraite, courante.

Ce qui m'en vient donc naturellement (authentiquement), c'est à la fois l'objet (le référent) hors le mot et le mot, hors sa signification courante et ce que j'ai à

[8 r.]
4 de janeiro de 1968

<u>São precisas inúmeras palavras para destruir uma só palavra</u> (ou antes, para fazer dessa palavra não mais um <u>conceito</u>, mas um <u>conceptáculo</u>)

Não quero pôr na TÁVOLA a não ser o que me vem naturalmente dela, caçar[12] sua <u>idéia</u>. (caçar o conceito. As palavras são conceitos, as coisas são conceptáculos: são necessárias muitas palavras, dispostas de nova maneira para destruir uma <u>palavra</u>, um conceito) (título possível para uma próxima coletânea: os CONCEPTÁCULOS = há muito muito tempo que encontrei essa palavra e pensei em fazer dela um título[13])

É preciso, portanto, fazer minha Távola empregando nela somente o que dela vem, naturalmente, a meu corpo ("A mesa subvém a meu cotovelo — ou a minha coxa — esquerdo(a)"), como se a palavra não existisse, como se eu devesse dispensá-la...

(antiga)
<u>E no entanto</u>, é escavando a palavra   , tentando justificá-la em relação a seu referente que vou, provavelmente, trabalhar. Eis o que é paradoxal
(paradoxal? ou absurdo?

Por quê?

Por que esta reverência pela palavra antiga? Por respeito? por amor a minha língua? por patriotismo dessa língua? Por falta de ilusões? Por consideração do fato (por reflexão sobre o fato) de que sem dúvida a língua <u>teve razão</u> ao empregar essa palavra, de que aqueles que no decurso dos séculos a inventaram, a deformaram, a confirmaram, eram tão sensíveis e tão inteligentes quanto eu, evidentemente!

Por consideração também, por confissão, de que o que vem naturalmente, a meu corpo, da mesa, é <u>também</u> a <u>palavra</u> (antiga), mas como materialidade (semântica), como objeto do mundo verbal, fora de sua significação abstrata, corrente.

O que dela me vem, portanto, naturalmente (autenticamente) é ao mesmo tempo o objeto (o referente) fora da palavra e a palavra, fora de sua significação corrente e o que devo

[8 vo]

faire est de les rajointer. Un objet plus épais, plus actuel aussi **et** un mot plus épais (que sa valeur actuelle de signe)

> ... A l'instant même, et il s'agit sans doute de tout autre
> d'un
> chose (coq à l'âne), me vient cette idée pour une mise en pages du <u>Pré</u> (de la fin du <u>Pré</u>):
> La faire composer (typographiquement) ainsi:
>
> **F**enouil   **P**resle
> /////rancis///////onge/
>
> (ce qui, bien sûr, n'est pas très joli!)

[8 v.]

fazer é rejuntá-los. Um objeto mais espesso, mais atual também e uma palavra mais espessa (do que seu valor atual de signo)

> ... Agora mesmo, e trata-se sem dúvida de uma coisa de um totalmente diferente (desconchavo), me vem esta idéia para uma composição do Prado (do fim do Prado):
> Mandar compô-lo (tipograficamente) assim:
>
> **F**uncho   **P**eônia
> ~~rancis~~   ~~onge~~
>
> (o que, certamente, não é muito bonito!)[14]

| **La Table** |

[9]

generalement quadrupède (plus rétive qu'un âne)[b]
^a **La table
est un plateau de bois carré ou rectangulaire où placer les choses
qui adviennent ou**
                **qui vont être utiles et s'asseoir auprès ou devant les
pieds dessous ou dessus**

Le lit en quelque façon on le redoute [*]

**Elle, m'est commode et si habituelle. Je ne pourrais plus m'en passer
(vite dit) peut-être pourrais-je m'en passer, mon écritoire sur les genoux,
les pieds posés sur quelque haute pierre. Mais la table, j'y pose aussi le
coude (gauche) et y étale tout un attirail cendrier tabac, crayons autres.**

---

a. Table (des matières)
   Tableau
   Tablature
   Le lit, la table
   Horreur de la table de restaurant: ça c'est ignoble
   Table de l'autel
b. doit être traînée ou portée = elle ne se déplace pas toute seule (c'est ce qui
   est sympathique en elle. Fidèle mais il faut y aller
   La table est une amie fidèle mais il y faut y aller
   Elle ne se déplace pas toute seule.

---

[*] On lit, sous une rature au crayon: "Je l'aime à l'égal de mon lit que dis-je?
mon lit en quelque façon je le redoute." (Note des éditeurs)

| A Mesa | [9]

            geralmente quadrúpede (mais recalcitrante que um asno)[b]
[a] A mesa
é uma plataforma de madeira quadrada ou retangular para colocar
         que advêm ou
as coisas   que vão ser úteis e sentar-se ao lado ou na frente
com os pés embaixo ou em cima

   O leito de alguma forma se teme *

Ela, me é cômoda e tão habitual. Eu não poderia mais dispensá-la (dito depressa) talvez eu pudesse dispensá-la, minha escrivaninha sobre os joelhos, os pés postos sobre alguma alta pedra. Mas a mesa, nela ponho também o cotovelo (esquerdo) e nela exponho todo um conjunto de aprestos cinzeiro tabaco, lápis outros.

  [a.] Tábua (de matérias)
     Tela
     Tavolatura
     O leito, a mesa
     Horror da mesa de restaurante: isso é ignóbil
     Mesa do altar
  [b.] deve ser arrastada ou carregada = ela não se desloca sozinha (é isso que é simpático nela. Fiel mas deve-se ir a ela
     A mesa é uma amiga fiel mas para tanto deve-se ir a ela
     Ela não se desloca sozinha.

---

  * Lê-se, sob uma rasura a lápis: "Amo-a tanto quanto a meu leito que digo? meu leito de alguma forma o temo." (Nota dos editores)

[10]

Mas des Vergers
Nuit du 9 au 10 août 1968.

La Table

                                                      fais
                                           que je me veux parfois
     La table sert d'appui au corps de l'écrivain
pour ne pas m'effondrer
                          . (qu'en ce moment je suis) (non par jeu) (ni
pour le plaisir) (mais pour me consoler) (pour ne pas m'effondrer)

               (il y va)   (sa)
     J'y vais   comme à ma consolatrice.

>   très   quelquefois
> Elle est   généralement de bois, plus rarement de pierre.

10 août, 7 heures du matin.

                                        ou plutôt qui ne marche pas
     La table, qui marche à quatre pattes
c'est bien qu'elle soit du féminin, car elle a quelque chose de la mère
portant (à quatre pattes) le corps de l'écrivain (le haut ou le bas du corps)

     Mot féminin portant sur quatre pattes....

                                     le haut du corps
     Mère de bois portant à quatre pattes le corps   de
          joueur
ce scripteur   que je me fais parfois pour ne pas m'effondrer.
                          veux

     Mère immobile

     Plateau d'appui

                   à quatre pattes
     La table supporte le haut du corps de
ce scripteur   dansant du bout des doigts
cet acteur   tenant du bout des doigts son
ce (joueur)   petit balancier
parfois que je me veux pour ne pas m'effondrer

[10]

Mas des Vergers
Noite de 9 para 10 de agosto de 1968.

A Mesa

                                                                       faço
                                                 que me quero às
A mesa serve de apoio ao corpo do escritor
vezes para não me abater
                                . (que neste momento sou) (não por jogo)
(nem por prazer) (mas para me consolar) (para não me abater)

        (ele vai a ela)   (sua)
Vou a ela   como a minha consoladora.

muito	algumas vezes
Ela é	geralmente de madeira, mais raramente de pedra.

10 de agosto, 7 horas da manhã.

                                                ou antes, que não anda
A mesa, que anda com quatro patas
é bom que ela seja do feminino, pois tem algo da mãe que porta (com quatro patas) o corpo do escritor (o alto ou o baixo do corpo)

    Palavra feminina que porta sobre quatro patas....

                                               o alto do corpo
Mãe de madeira que porta com quatro patas o corpo
         jogador
deste escrevedor   que me faço às vezes para não me abater.
                     quero

    Mãe imóvel

    Plataforma de apoio

                  com quatro patas
    A mesa suporta o alto do corpo
deste escrevedor   que dança com a ponta dos dedos
deste ator   que segura com a ponta dos dedos
deste (jogador)   seu pequeno bastão
às vezes que me quero para não me abater

[11]

Les Vergers
le 13-8-68

                                                           je n'   que
    Je réfléchis aujourd'hui que d'une façon générale   écris
pour ma consolation (si je n'écris pas sur commande) et que, plus le désespoir est grand, plus la fixation sur l'objet (on le nomme en linguistique le référent) est intense (nécessairement intense); plus l'amour
(l'estime la considération)
                                         que je lui porte est violent; plus je le considère comme grave, urgent; comme si mon destin dépendait de lui (et c'est en vérité ce qui a lieu, ce qui alors se produit); comme si la loi qu'il contient, qu'il <u>incarne</u>, devait être je ne dis pas explicitée mais formulée d'urgence; comme si <u>tout</u> en dépendait (tout, c'est à dire ma vie même et de là, tout le reste: le monde (la nature) entièr(e).

[11]

Les Vergers
13-8-68

Reflito hoje que de maneira geral <u>não</u> escrevo <u>a não ser</u> para minha consolação (se não escrevo a pedido) e que, quanto maior é o desespero, mais a fixação no objeto (este é nomeado em lingüística o referente) é intensa (necessariamente intensa); mais o amor (a estima a consideração) que tenho por ele é violento; mais o considero grave, urgente; como se meu destino dependesse dele (e é na verdade o que ocorre, o que então se produz); como se a lei que ele contém, que ele <u>encarna</u>, devesse ser não digo explicitada mas formulada com urgência; como se <u>tudo</u> dependesse dele (tudo, isto é, minha própria vida e, com isso, todo o resto: o mundo (a natureza) inteiro(a).

[12]

Les Vergers
31 août/2 sept^bre 1968

                        La table (ou l'Empire de la Table)

                                          allongée
          plus quelconque des   établie horizontale(ment)
  La moindre   **planche(s)** étendue
sur deux tréteaux, pourvu qu'on puisse s'y accouder ou se
                              poser (appuyer)   jarrets
renversant sur sa chaise, y mettre   **les pieds** **sans**
qu'elle plie, suffit à mon idée de la table

        dont   qu'elle
Et   il doit bien être entendu (que l'idée de (la) table)   est
impérativement
              liée à celle d'écriture ⎢(, non du tout à celle de discours
oral (malgré la table du conférencier), ni à celle de lecture⎢

      Car, à vrai dire, je la tiens plutôt à mon flanc gauche que devant moi (mon ventre)

[12]

Les Vergers
31 de agosto/2 de set^{bro} de 1968

A mesa (ou o Império da Mesa)

                                         deitada
          mais comum das   estabelecida horizontal(mente)
A menor   tábua(s)   estendida
sobre dois cavaletes, desde que possamos pôr nela os cotovelos ou
                           colocar (apoiar)   jarretes
deitando-nos na cadeira, pôr   nela os pés   sem que
ela dobre, basta para minha idéia de mesa

       da qual   que ela
   E   deve ficar bem claro (que a idéia de (da) mesa)   está
imperiosamente
           ligada à de escritura (, absolutamente não à de dis-
curso oral (apesar da mesa do conferencista), nem à de leitura

     Pois, na verdade, eu a mantenho antes no meu flanco esquerdo
do que diante de mim (de meu ventre)

[13]

Les Vergers
le 4 sept 68
22ʰ30

continué et corrigé
le 5 à 6ʰ du matin

Une table chaque soir (?)

(ou "une table comme <u>référent</u>, chaque soir, continuée
et corrigée chaque matin suivant")

<u>J'hésite</u> depuis un ou deux jours à tirer un trait sous mon titre (<u>ce trait</u> moins destiné à obtenir "l'italique" des "compositeurs" qu'à <u>séparer</u> le titre du texte

(Voilà, entre parenthèses, une habitude bien contestable[a] (non seulement cette séparation du titre et du texte, cette suprématie donnée au titre, mais l'idée même non seulement du <u>titre en tête</u>
        alors que   dessins   sculptures
(((les tableaux   sont titrés au bas ou au dos))
(un peu comme un <u>argument</u> (très résumé) ou, comme on dit maintenant, un <u>référent</u>)
        mais la notion même de titre)))

J'hésite donc, sous mon titre <u>La Table</u>, à tirer un trait qui me
           en l'occurence
paraîtrait   c'est curieux, **un trait final, un trait**, dirai-je,
trop
descriptif, définitif (ou, selon ma conception, <u>le contraire</u> de définitif —
au sens de "qui donne une définition") un trait figuratif (ou, comme on dit, "représentatif") après lequel (lui n'ayant rien dit) il n'y aurait,

---

     a.   et qu'
   (probablement contestable,   en tout cas il serait intéressant de regarder
                                 de dévisager
en face, tous projecteurs braqués sur elle,   et d'analyser, de disséquer,
car c'est probablement une idée imposée par "l'ancienne culture", une idée qu'on pourrait ne pas <u>conserver</u> (au sens donné politiquement au mot <u>conservateur</u>) ou, du moins, ne conserver qu'<u>en connaissance de cause</u>. Nous nous y emploierons une autre fois)

[13]

**Les Vergers
4 set 68
22ʰ30**

continuado e corrigido
dia 5 às 6ʰ da manhã

Uma távola cada noite (?)

(ou "uma mesa como <u>referente</u>, cada noite, continuada
e corrigida cada manhã seguinte")

<u>Hesito</u> há um ou dois dias em traçar um traço sob meu título (<u>esse
traço</u> menos destinado a obter o "itálico" dos "compositores" do que a
<u>separar</u> o título do texto

(Eis, entre parênteses, um hábito bem contestável[a] (não somente
essa separação entre o título e o texto, essa supremacia dada ao título,
mas a própria idéia do <u>título na cabeça</u>
   ao passo que   desenhos esculturas
(((os quadros   portam os títulos no pé ou no dorso))
(um pouco como um <u>argumento</u> (muito resumido) ou, como se diz agora,
um <u>referente</u>)
   mas a própria noção de título)))

Hesito, portanto, sob meu título <u>A Távola</u>, em traçar um traço que
   neste caso
me pareceria   é curioso, **um traço final, um traço**, direi, demasiado
descritivo, definitivo (ou, segundo minha concepção, <u>o contrário</u> de definitivo — no sentido de "que dá uma definição") um traço figurativo (ou, como se diz, "representativo") depois do qual (não tendo ele dito nada) não haveria,

---

a.   e que
  (provavelmente contestável,   em todo caso seria interessante olhar
                                 encarar
de frente, com todos os projetores assestados para ele,   e analisar, dissecar,
pois é provavelmente uma idéia imposta pela "antiga cultura", uma idéia que se
poderia não <u>conservar</u> (no sentido dado politicamente à palavra <u>conservador</u>) ou,
pelo menos, conservar apenas <u>com conhecimento de causa</u>. Trataremos de fazê-lo
em outra ocasião)

[14]

Les Vergers
4 et 5 sept 68

(II)

pourtant plus rien à dire.) (et pourquoi cela ne me satisferait-il pas? parce que je ne suis pas un dessinateur, mais un moraliste (dois-je ajouter <u>hélas</u>!? — <u>Non</u>, mais je dois préciser ma pensée. Je suis un moraliste en ce sens que je veux que mon texte sur la table soit une loi morale, prenne cette valeur (et seule une formule <u>verbale</u>, c'est-à-dire <u>abstraite au maximum</u>, mais <u>concrète à la fois</u>, parce qu'utilisant l'alphabet et la syntaxe, le mode d'écriture et la langue <u>communs à notre espèce et à notre époque</u> les révolutionne pourtant) mais un moraliste révolutionnaire...)

[14]

**Les Vergers
4 e 5 set 68**

(II)

porém, mais nada a dizer.) (e por que isso não me satisfaria? porque não sou um desenhista, mas um moralista (devo acrescentar <u>infelizmente</u>!? — <u>Não</u>, mas devo precisar meu pensamento. Sou um moralista no sentido de querer que meu texto sobre a távola seja uma lei moral, adquira esse valor (e somente uma fórmula <u>verbal</u>, isto é, <u>abstrata ao máximo</u>, mas <u>concreta ao mesmo tempo</u>, porque utilizando o alfabeto e a sintaxe, o modo de escritura e a língua <u>comuns a nossa espécie e a nossa época</u> os revoluciona, porém) mas um moralista revolucionário...)

[15]

Les Vergers
le 5 sept^{bre} 68
21^h30

      La différence (dans la proximité) entre <u>stable et table</u>, leur distance doit être considérée.

                                    de ces deux vocables
      J'ai déjà dit que l'étymologie   n'est pas la même. <u>Stable</u> est de stabilis (de stare), comme (par exemple) <u>établi</u>; <u>table</u> est de tabula.

      Mais là n'est pas l'important. Phonétiquement comme dans la
                                                Pour ce qui est
signification les deux mots sont extrêmement proches.
de la signification il est
                        évident qu'une des principales qualités d'une table est d'être stable.

      Leur différence tient toute dans la présence (en <u>stable</u>) de cette sifflante montant obliquement puis bloquée par la langue au sommet du <u>t</u> qui détonne ensuite verticalement. Tandis que dans <u>table</u> tout commence par la verticalité (détonnante) du T

[15]

Les Vergers
5 set^{bro} 68
21^h30

A diferença (na proximidade) entre <u>estável e távola</u>, sua distância deve ser considerada.

                         desses dois vocábulos
Eu já disse que a etimologia   não é a mesma.
<u>Estável</u> é de stabilis (de stare), como (por exemplo) <u>estabelecido</u>; <u>távola</u> é de tabula.

Mas não é isso que importa. Foneticamente como na significação
                                         No que concerne à signi-
as duas palavras são extremamente próximas.
ficação é
        evidente que uma das principais qualidades de uma távola é ser estável.

Sua diferença está toda contida na presença (em <u>estável</u>) desta sibilante que sobe obliquamente depois bloqueada pela língua no topo do <u>t</u> que destoa a seguir verticalmente. Ao passo que em <u>távola</u> tudo começa pela verticalidade (destoante) do T

[16]

Vergers
Nuit du 11 et 12 sept 68

Correction et suite
du 12 sept au matin

                     La Table

                                              bien
     Sinon une table (— puisque j'écris ceci au lit (et   d'autres
textes furent écrits sous-bois ou sur la berge) — une <u>tablette</u> du moins
           indispensable (à cet écrit même)
est nécessaire   (bloc-notes à dossier de carton,
cahier rigide ou, comme j'en ai pris l'habitude, écritoire à pince):

Une tablette, donc une table encore.

       (donc)
     Bien   que je puisse
sans véritable gêne
                     m'en passer | Se passer de…
 je m'en passe | Forme curieuse,
(en cet instant même) que je puisse | à étudier dans Littré
parfaitement   en train
fort bien   m'imaginer   de vivre
(et de vivre heureux) sans table.

                     j'aime et estime la
     pourtant, combien   table!

(<u>autre formulation encore</u>)

                                  maximum
     Bien que je puisse, en rapprochant au plus près tablette de table,
faire bénéficier, agrandir la tablette de sa racine qui est table et par la
<u>même</u> opération enrichir (et faire prédominer dans) table ce qui en elle
                                 donner à lire
convient également à tablette, c'est à dire   principalement
                                  écrire
et quasi exclusivement en elle sa fonction de table à écriture, — je veux
          demeurer
pourtant, <u>pour rester de mon époque</u>, faire l'éloge de <u>toute</u> table comme
on l'entend de nos jours; — dire mon amour de <u>la table</u> (comme on
l'entend de nos jours.)

[16]

Vergers
Noite de 11 e 12 set 68

Correção e continuação
de 12 set de manhã

A Mesa

                                                                        muitos
Senão uma mesa (— pois escrevo isto na cama (e   outros
textos foram escritos à sombra de árvores ou na ribanceira) — uma <u>tábua</u>
                        indispensável (para este próprio escrito)
pelo menos é necessária   (bloco de notas
com dorso de papelão, caderno duro ou, como me acostumei, escrivaninha com pinça):

Uma tábua, portanto uma mesa ainda.

      (portanto)
Embora   **eu possa**
sem incontestável desconforto
                          passar sem ela

| Passar sem... |
| Forma curiosa, a |
| estudar no dicionário |

 eu passo sem ela
(neste próprio instante) eu possa
perfeitamente   estar
muito bem   imaginar-me   vivendo
(e vivendo feliz) sem mesa.

                  amo e estimo a
   no entanto, quanto   **mesa!**

(<u>outra formulação ainda</u>)

                   ao máximo
Embora eu possa, aproximando o mais possível tábua de távola,
fazer com que seja beneficiada, engrandecida a tábua com sua raiz que é
a de távola e com que pela <u>mesma</u> operação seja enriquecido (e predo-
                                                      dar a ler
mine em) távola o que nela convém igualmente a tábua, isto é
principalmente e quase exclusivamente nela sua função de mesa para
escrever   continuar sendo
escritura, — quero, porém, <u>para permanecer de minha época</u>, fazer o
elogio de <u>toda</u> mesa como se entende hoje em dia; — dizer meu amor
<u>à mesa</u> (como se entende hoje em dia.)

[17]

12 sept

     (II)

    et comment, de nos jours, comment est donc une table? elle est de bois le
                                                              le plus souvent
plus souvent et faite d'une planche horizontale établie sur 4 pieds.
du même bois.

    Ce n'est qu'<u>une</u> pièce du mobilier une autre, indispensable,
              ou le tabouret
étant la chaise   ou le fauteuil placé devant.

    une autre encore étant le lit ou le divan

    une autre enfin la lampe (ou le soleil) (par quelque fenêtre) si l'on ne se trouve dans quelque appartement naturel (|verger/, herbage ou
        creux de rochers,
sous-bois,   berge ou plage)

12 set

(II)

e como, hoje em dia, como é então uma mesa? ela é de madeira geralmente
                                                                geralmente da mesma
e feita com uma tábua horizontal estabelecida sobre 4 pés.
madeira.

    É apenas <u>uma</u> peça do mobiliário sendo uma outra, indispensável,
         ou o tamborete
a cadeira   ou a poltrona colocada na frente.

    sendo uma outra ainda o leito ou o divã

    uma outra enfim a lâmpada (ou o sol) (por alguma janela) se não
nos encontramos em algum apartamento natural (|pomar/, ervagem ou|
                cavidades de rochedos,
sombra de árvores,   ribanceira ou praia)

[18]

Vergers
Nuit du 13 au 14 sept 68

    J'aime

    la table qui m'attend, où tout est disposé pour écrire

    et où je n'écris pas

    mais je m'assieds tout contre, je la tiens à mon flanc, me renverse en arrière et pose les talons dessus

    pour écrire sur mon écritoire.

    posé sur mes genoux.

[18]

Vergers
Noite de 13 para 14 set 68

Amo

a mesa que me espera, onde tudo está disposto para escrever

e onde não escrevo

mas sento-me bem junto, mantenho-a a meu flanco, deito-me para trás e ponho os calcanhares em cima

para escrever em minha escrivaninha.

posta sobre meus joelhos.

[19]

Vergers
Nuit du 15 au 16 sept^bre 68

(1) Il faut que je me décide une bonne fois   "dire ce que
ce va être   me porte à
(aujourd'hui) à dire ce que vraiment me   dire" (analyser
                            aura   cela en incidente)
porte à dire La Table **— Mais il n'a**
probablement pas été inutile que j'aie
longuement   (inconsciemment)
longtemps rusé   **avec cela, évité de le dire, dit (tout**
                                         appréhension
autour) tout autre chose que mon idée immédiate et profonde de cette
                                 seulement
notion, de ce mot. Car c'est   **de tout ce fatras que doit, que**
peut se dégager la Table.

                                     X

                               comme est du féminin la raison elle me
       Cette table est du féminin
paraît, en vérité
                  c'est la Raison même. **C'est à la table (de Descartes)**
qu'   en cet instant je songe
       évidemment   , **mais** sur **ou** de **la table rase**
que reste-t-il?   En voici une meilleure
            (mauvaise formulation)   Table rase
                 (dite)
ayant été faite   **, qu'en reste-t-il Eh bien, j'en demande pardon à**
Descartes, il ne reste ni Je ni pense ni je ni suis, ni je pense ni donc ni je
                                                incontestablement
suis, il ne reste mais il reste (encore)   **la table. Rase ou**
              comme on voudra
pas rase   **il reste la table il reste LA TABLE (à laquelle**
d'ailleurs les majuscules ne conviennent guère

[19]

                                                                   Vergers
                                     Noite de 15 para 16 set[bro] 68

(1)   Devo decidir-me de uma vez   "dizer o que
vai ser   me leva a
(hoje) a dizer o que realmente me   dizer" (analisar
                             terá   isso numa incisa)
leva a dizer <u>A Távola</u> — Mas não tem
provavelmente sido inútil que eu tenha
longamente   (inconscientemente)
por muito tempo manobrado   **com isso, evitado dizê-lo,**
                                                          apreensão
dito (em torno) algo totalmente diferente do que minha idéia imediata
                                                somente
e profunda dessa noção, dessa palavra. Pois é   de toda essa
mixórdia que deve, que pode extrair-se a Távola.

                                   X

                           como é do feminino a razão ela me pare-
        Essa távola é do feminino
ce, na verdade   que
        é <u>a própria Razão</u>. É na tábua rasa (de Descartes)
            neste instante eu cismo   o que
evidentemente   **, mas <u>sobre</u> ou <u>da</u> tábua rasa**
resta?   Eis outra melhor   (dita)
     (má formulação)   **Tendo sido feita**   **tábua rasa,**
o que resta Pois bem, peço perdão a Descartes, não resta nem Eu nem
penso nem eu nem existo, nem penso nem portanto nem existo, não
                  incontestavelmente   como
resta mas resta (ainda)   **a tábua. Rasa ou não rasa**
se queira
           resta a tábua resta A TÁVOLA (à qual, aliás, as maiúsculas
pouco convêm

[20]

15 au 16 sept 68

(2) car ce n'est pas un dieu ni un universau.

C'est une table.

X

Eh bien <u>la table</u> comporte sept lettres dont un couple anagrammatique la et a(b)l, 2 fois la voyelle <u>a</u> et la lettre la plus importante,
le <u>T</u> qui me semble la figure (ou représente^r) "pictographiquement"; puis

L'explosive <u>b</u> atténuée par rapport au <u>p</u> atténuée encore par la labiale <u>l</u> et la terminaison muette <u>e</u>.

X

Elle est en <u>bois</u> (le plus souvent) (de nos jours). Elle tient de l'arbre, du tronc (ou de quelque branche maîtresse)

Quand elle est d'une autre matière il faut le préciser (table de pierre, table de verre) si on

15 para 16 set 68

(2) pois não é um deus nem um universal.

É uma távola.

X

Pois bem <u>a távola</u> comporta sete letras, uma das quais se encontra três vezes, a vogal <u>a</u>, uma vez acentuada, e a letra mais importante,
        me parece
o <u>T</u> que   figurá-la (ou representá-la) "pictograficamente";
depois

    A fricativa <u>v</u> atenuada por se encontrar após a sílaba tônica <u>tá</u> e a labial <u>l</u> atenuada entre as vogais átonas <u>o</u> e <u>a</u>[15].

X

Ela é de <u>madeira</u> (geralmente) (hoje em dia). Ela é herdeira da árvore, do tronco (ou de algum ramo mestre)

Quando é de outra matéria deve-se precisá-lo (mesa de pedra, mesa de vidro) se

[21]

15 au 16 sept^br 68

③   ne précise pas, elle est en bois.

Elle évoque (ou contient) la fixité (bien qu'il y ait des tables
                              là encore
roulantes, des tables pliantes mais   alors il faut le préciser)

*

                et quelque peu linéairement, horizontalement
Elle commence à plat = la
puis, etc.
Les a sont la matière (le bois) (ici encore le e final adoucit ces a)

        table
Quasi est-ce un monosyllabe, mais quasi seulement car elle n'est ni brutale ni sèchement affirmative.
Elle est élémentaire voilà tout.

X

             horizontalement   construit
Linéaire   le la cela se   dans l'espace et le
      cela
temps,   se quadrature par le Ta

 _ T _   la T le
                               a
                               b

X

Il faut que je reste sobre et modeste et simple et fruste et en quelque
                                         il faudrait aussi l'être
façon prolétaire noblement prolétaire = comme
pour le sac, par ex

[21]

15 para 16 set^br 68

(3)   não se precisar, é de madeira.

Ela evoca (ou contém) a fixidade (embora haja mesas rolantes,
                  aqui ainda
mesas dobradiças mas   então se deve precisá-lo)

*

                e um tanto linearmente, horizontalmente
Ela começa <u>deitada</u> = <u>a</u>
depois, etc.
**Os <u>a</u> são a matéria (a madeira) (aqui ainda o <u>a</u> final é mais suave
por estar em sílaba átona)**

   távola
É um trissílabo, <u>mas</u> sendo proparoxítona não é nem brutal nem
secamente afirmativa.
Ela é <u>elementar</u> e só.

X

         horizontalmente   constrói
Linear   o <u>a</u> depois isso se   no espaço e no
    isso
tempo,   se quadratura pelo <u>Tá</u>

_ T _   <u>a</u> T <u>a</u>
                               á
                               v
                               o
                               l

X

Devo permanecer sóbrio e modesto e simples e rude e de alguma
                              se deveria também sê-lo
**forma proletário nobremente proletário = como
para a <u>mochila</u>, por ex**

219

[22]

Vergers
Nuit du 1 au 2 oct. 68
Corrigé et poursuivi
la nuit du 3 au 4 oct

                En compagnie[b] de
 J'aimais (tant) voir mon père se laver les mains.[a] Avec son veston, le
giron de son pantalon, sa moustache, c'est l'un des souvenirs les plus
   (et précieux)
précis   que je retrouve incessamment de lui (dans ma mémoire[1])
       qui se

 J'observais avec admiration (et amour) cette façon à lui de savonner
       chères
et de rincer ses   mains. Je dois maintenant essayer de décrire cela.

      -elle
1 - **La mémoire pourrait** donc être définie: le lieu des souvenirs (plutôt que leur ensemble)? Ressemblance et différence de la mémoire et d'un musée (ou d'une bibliothèque).

---

a. Tel est

b. comme aussi ceux de l'étoffe et de la forme de son veston etc et de l'insertion (l'orée) de ses poils de barbe et de moustache ds la peau de ses joues.

[22]

Vergers
Noite de 1 para 2 out. 68
Corrigido e prosseguido
na noite de 3 para 4 out

Em companhia[b] de
Eu gostava (tanto) de ver meu pai lavar as mãos.[a] Com seu casaco, o colo de sua calça, seu bigode, é uma das lembranças mais precisas (e preciosas)
  que eu reencontro incessantemente dele (em minha memória[1])
  que se reencontra

Eu observava com admiração (e amor) aquele jeito dele de ensaboar
  caras
e de enxaguar suas mãos. Devo agora tentar descrever isso.

---

  poderia?
1 - A memória poderia , portanto, ser definida: o lugar das lembranças (antes que seu conjunto)? Semelhança e diferença entre a memória e um museu (ou uma biblioteca).

———

[a.] Esta é

[b.] como também as do tecido e da forma de seu casaco etc e da inserção (a orla) de seus pelos de barba e de bigode na pele das faces.

[23]

**Vergers
Nuit du 7 au 8 octobre 1968**

La table

(généralement)
La table est un plateau de bois solidement établi selon l'horizontale sur quatre pieds où l'on peut s'accouder

**9 octobre
matinée!**

                                                    après y avoir placé (disposé)
ou appuyer le creux de ses genoux: et poser étaler   les éléments et les outils d'un travail à faire.

C'est l'un des 2 plus simples (l'autre étant le lit) <u>meubles</u> d'une chambre (éléments d'un mobilier rudimentaire), l'un des compagnons
                                    un
inanimés de la vie de l'homme,   objet de son industrie mais qui dure généralement plus que lui. (mère durable)

**correction et suite
du 12 octobre au matin**

                                                     (mère fabriquée
                               et les filles
et durable, la table met au monde les fils   du fils, les fils et les filles de la fille.

Autre formulation: sur la table viennent au monde les fils et filles du fils.

           sur
Autre encore: la table acquise ou fabriquée par ses pères
{ le fils est accouché de ses œuvres.
{ sont accouchés de leurs œuvres les fils (plusieurs générations)

[23]

Vergers
Noite de 7 para 8 de outubro de 1968

A mesa

(geralmente)
A mesa é uma plataforma de madeira firmemente estabelecida em linha horizontal sobre quatro pés na qual se pode apoiar os cotovelos

9 de outubro
manhã!

após ter colocado (disposto)
ou apoiar a cavidade dos joelhos: e pôr expor   os elementos e os instrumentos de um trabalho a fazer.

É um dos 2 mais simples (sendo o outro o leito) <u>móveis</u> de um quarto (elementos de uma mobília rudimentar), um dos companheiros ina-
um
nimados da vida do homem,   objeto de sua indústria mas que dura geralmente mais do que ele. (mãe durável)

correção e continuação
de 12 de outubro de manhã

(mãe fabricada
e as filhas
e durável, a mesa dá à luz os filhos   do filho, os filhos e as filhas da filha.

Outra formulação: sobre a mesa vêm ao mundo os filhos e filhas do filho.

sobre
Outra ainda: a mesa adquirida ou fabricada por seus pais
{ o filho pariu suas obras.
{ pariram suas obras os filhos (várias gerações)

[24]

Les Vergers
Nuit du 17 au 18 oct 68

Table horizontale de bois ciré ou verni faite d'une ou plusieurs planches bien rabotées et lisses, d'au moins deux centimètres d'épaisseur,

C'est un sol pour la plume.

[24]
Les Vergers
Noite de 17 para 18 out 68

Mesa horizontal de madeira encerada ou envernizada feita de uma ou várias tábuas bem aplainadas e lisas, de pelo menos dois centímetros de espessura,

É um solo para a pena.

[25]

Les Vergers
18 oct. 1968
(matin)

①

Littré: Planche ou réunion de planches portée sur un ou plusieurs pieds et qui sert à divers usages.

Larousse: Meuble fait d'un ou plusieurs ais posés sur un ou plusieurs pieds.

(sur lequel on dépose...)

———

"... Autour d'une table carrée" (Boileau)

———

Jouer cartes sur table (ne pas prendre la peine de dissimuler)
Mettre sur table, sur la table (exposer sans dissimulation)
Papiers ou papier sur table (preuves en main)

———

Table d'un instrument de musique (les parties larges d'avant et d'arrière qui supportent le chevalet et qui vibrent à l'unisson des cordes) (le plan de leur table d'harmonie")

———

A sa table   A ma table (à manger)

———

Mettre une table.   Dresser une table —

———

Mettons nous à table.   Se mettre à table   Sortir de table

[25]

Les Vergers
18 out. 1968
(manhã)

(1)

<u>Littré</u>: Tábua ou reunião de tábuas sustentada por um ou vários pés e servindo para diversos usos.

<u>Larousse</u>: Móvel feito de uma ou várias tábuas postas sobre um ou vários pés.

(no qual se <u>deposita...</u>)

———

"... Em torno a uma mesa quadrada" (Boileau)[16]

———

Pôr as cartas na mesa (não procurar dissimular)
Pôr na mesa (expor sem dissimulação)
Papéis ou papel na mesa (provas na mão)

———

Tampo de um instrumento de música (as peças largas da parte anterior e posterior que suportam o cavalete e que vibram em uníssono com as cordas) (o plano de seu <u>tampo harmônico</u>")

———

À sua mesa   À minha mesa (de jantar)

———

Botar uma mesa.   Pôr uma mesa —

———

Sentemo-nos à mesa.   Sentar-se à mesa   Sair da mesa

[26]

18 oct 68
matin

② 2

    tenir table, demeurer longtemps à table
    donner habituellement à manger à ses amis invités ou non
    tenir table ouverte

———

Propos de table

———

Cette Liberté de table, regardée en France comme la plus précieuse liberté qu'on puisse goûter sur la terre (Voltaire, Ingénu, 19)

———

Admettre quelqu'un à sa table.

———

Avoir la table et le logement chez quelqu'un (y être nourri et logé)

———

Tables: Lois, édits
            Listes

———

Index   Table des matières.

"On a des espèces de tables dans la mémoire"

                                                                Fénelon, Exist, 41.

———

Tableau (matières présentées méthodiquement et en raccourci pour être vues d'un coup d'œil)

La table   Tables généalogiques chronologiques etc
des modales
(pont aux ânes)

[26]

18 out 68
manhã

(2)

permanecer à mesa, ficar muito tempo à mesa
fazer sentar habitualmente à sua mesa os amigos convidados ou não
ter mesa franca

———

Brincadeira de mesa

———

Essa Liberdade de mesa, vista na França como a mais preciosa liberdade
que se possa saborear na Terra (Voltaire, Ingênuo, 19)[17]

———

Admitir alguém à sua mesa.

———

Ter cama e mesa na casa de alguém (ser alimentado e alojado)

———

Tábuas: Leis, editos
Tabelas: Listas

———

Índice   Tábua de matérias.

"Temos espécies de tábuas na memória"

Fénelon, Exist, 41.[18]

———

Tabela (pequena tábua, quadro ou folha de papel, em que são registrados nomes de coisas ou de pessoas)

A tabela   Tabelas genealógicas cronológicas etc
das modais
(ponte dos asnos)[19]

[27]

18 oct 68
matin

③

Tablette.
(tablette de chocolat)

———

<u>Tablier</u>: <u>Parquet</u> d'un pont suspendu

———

Tau 1°) la 19ᵉ lettre de l'alphabet grec

Mettre le tau à quelque chose, y donner son approbation (locution qui vient de l'Apocalypse, où un ange marque d'un T le front des prédestinés)

2°) instrument, en forme de Tau grec, que plusieurs divinités égyptiennes tiennent à la main   3°) Terme de blason. Meuble de l'écu qui ressemble à un T.

18 out 68
manhã

③

Tablete.
(tablete de chocolate)

———

Tabuleiro: <u>Parte plana</u> de uma ponte suspensa

———

Tau 1°) a 19ª letra do alfabeto grego

Pôr o tau em algo, dar-lhe sua aprovação (locução que vem do Apocalipse, onde um anjo marca com um T a fronte dos predestinados[20])

2°) instrumento, em forma de Tau grego, que várias divindades egípcias têm na mão   3°) Termo de brasão. Móvel do escudo que se assemelha a um T.

Vergers
2 novembre 68

Pour la Table

a
b
câble
d
e
fable   fable   fabula   fari
g
hâble (?)
i
j
k
l
m
n
o
p
q
râble
sable   sable   sabulum (orig. inconnue)
table   table   tabula
u
v
w
x
y
z

[28]

Vergers
2 de novembro de 68

Para a Távola[21]

a
b
    [cabo]
d
e
    [fábula]   [fábula]   fabula   fari
g
    [fala (?)]
i
j
k
l
m
n
o
p
q
    [esborralhadouro]
    [areia]   [areia]   sabulum (orig. desconhecida)
    [mesa]   [mesa]   tabula
u
v
w
x
y
z

[29]

> "Itaque plurium Mentium creatione Deus efficere voluit, de universo, quod pictor aliquis de magna urbe, qui varias ejus species sive projectiones delineatas exhibere vellet, pictor in tabula, ut Deus in mente."
> (Leibniz)
> (en pensant à <u>la table</u>).
> PhS**

** Note non datée sur papier à en-tête de *Tel Quel,* et de la main de Philippe Sollers. L'enveloppe jointe porte Francis Ponge / 34 rue Lhomond / Paris (5) avec cachet en date du 11.2.1969.
(Note des éditeurs)

[29]

"Itaque plurium Mentium creatione Deus efficere voluit, de universo, quod pictor aliquis de magna urbe, qui varias ejus species sive projectiones delineatas exhibere vellet, pictor in tabula, ut Deus in mente."
(Leibniz)[22]
(pensando n<u>a távola</u>).
PhS**

** Nota não datada em papel com cabeçalho de *Tel Quel*, e da mão de Philippe Sollers. O envelope anexo traz Francis Ponge / 34 rue Lhomond / Paris (5) com carimbo datado de 11.2.1969.
(Nota dos editores)[23]

[30]

Paris
15 février 1970

> Ce n'est pas sur une métaphysique que nous appuierons notre morale mais sur une physique[a], seulement, (si nous en éprouvons le besoin.)

> Cf Epicure et Lucrèce.

[a.] (La physique atomistique = celle des signes, des signes espacés, (discontinus) celle des Lettres)

[30]

Paris
15 de fevereiro de 1970

Não é em uma metafísica que apoiaremos nossa moral mas em uma física[a], somente, (se disso sentirmos necessidade.)

Cf Epicuro e Lucrécio.

―――

[a.] (A física atomística = a dos signos, dos signos espaçados, (descontínuos) a das Letras)

[31]

22-8-70

une note aujourd'hui pour la **Table**.

                 solidement   le   l
  La table est   **sous mon coude gauche et ma cuisse**
                le   de celui qui écrit ceci sur un feuillet fixé
gauche, non devant mon ventre,
sur un écritoire oblique   épais   solidement[a]
               un   **plateau de bois horizontal**
élevé sur quatre pieds de hauteur égale, et de bois également,

---

                                  quel qu'il soit
[a.] à 75 centimètres environ d'un sol, lui aussi, aussi horizontal que possible.

[31]

22-8-70

uma nota hoje para a <u>Mesa</u>.

                  firmemente   o   a
A mesa está   **sob meu cotovelo esquerdo e minha coxa**
          do   daquele que escreve isso em uma
esquerda, não diante de meu ventre,
folha fixada em uma escrivaninha oblíqua   espessa
                                      uma   **plataforma de**
         firmemente [a]
madeira horizontal   **levantada sobre quatro pés de altura**
igual, e de madeira igualmente,

---

                                                 qualquer que seja
[a.] **a 75 centímetros aproximadamente de um chão, este também, tão horizontal quanto possível.**

[32]

La Table

La façon dont je m'y <u>appuie</u> est significative.

A Mesa

A maneira com que me apóio nela é significativa.

[33]

Le charme de la table est de se trouver là

[33]

Todo o encanto da mesa é que ela está aí

[34]

**21/23
octobre 70**

LA TABLE

21 octobre 70

la table attend / ait l'homme
(Tout peut servir de table) (Tout? — Non.)
L'homme s'est fait une petite table
une mesquine table

23 oct. 70

(I)

X

I (suite)

La Table est (aussi) le renversement d'arrière en avant (de derrière l'homme en avant de lui) du mur, sa mise en position non plus verticale mais horizontale. (oblique, en réalité: comme le billard de Braque est cassé de l'horizontale en verticale oblique)

X

Etudier la position (assis en tailleur) du scribe égyptien. (Les caractères égyptiens sont inscrits sur les murs)

X

La tablette de cire [y écrivait-on <u>à plat,</u> ou   la tenait-on   obliquement (comme <u>je</u> fais)?]

X

Le burin inventé par Picasso (pour buriner de haut en bas, et en tous sens, et non plus seulement de bas en haut) (avec effort)

[34]

**21/23
de outubro de 70**

A MESA

21 de outubro de 70

> a mesa espera /va o homem
> (Tudo pode servir de mesa) (Tudo? — Não.)
> O homem fez para si uma mesinha
>   uma mesquinha mesa

23 out. 70
(I)

X

I (continuação)

A Mesa é (também) a derrubada de trás para frente (de atrás do homem para a frente dele) do muro, sua colocação em posição não mais vertical mas horizontal. (oblíqua, na verdade: como o bilhar de Braque é quebrado da horizontal para a vertical oblíqua[24])

X

Estudar a posição (acocorado) do escriba egípcio. (Os caracteres egípcios estão inscritos nos muros)

X

                                                seguravam-na
A tabuinha encerada [escrevia-se nela <u>deitada</u>, ou obliquamente (como <u>eu</u> faço)?]

X

O buril inventado por Picasso (para burilar de cima para baixo, e em todos os sentidos, e já não somente de baixo para cima) (com esforço)[25]

[35]

23-X-70
II

LE MUR, LA TABLE

L'homme d'abord a écrit, ou peint sur le mur vertical [ou le plafond (des dolmens)] sur les parois verticales (stèles funéraires), socles des statues, fronton des temples.

L'homme penché sur son écritoire (moi, généralement, je l'élève quasi verticalement à mes yeux) a pourtant l'impression qu'il <u>dresse</u> quelque chose pour barrer, limiter son horizon. Chaque ligne comme une barrière ou une rangée de pierres ou de parpains ou de briques dont la succession (horizontales sur horizontales), constituera le mur, la page écrite... Mais que dis-je: "dresse"?

                              se bâtit
Le bizarre est que la page s'étage de haut en bas, au contraire
                         opère
du mur. Le scripteur travaille,   en sens contraire du maçon.
           je dois le dire   à priori
Peut-être (mais cela   me semble   mince, maigre, mièvre) pourrait-on en inférer que le mur, c'est la page nue, blanche et que l'écrit est fait pour nier, annuler (de haut en bas), rayer, détruire le mur, transformer le mur en ouverture (en porte ouverte). Contraire
aussi
    d'une fenêtre à guillotine. (L'écrit transformerait le mur en fenêtre: store vénitien, <u>volet</u> à lamelles, jalousies). En ce sens le contraire de ce que dit Blanchot.

23-X-70
II

O MURO, A MESA

O homem inicialmente escreveu, ou pintou no muro vertical [ou no teto (dos dolmens)] nas paredes verticais (estelas funerárias), soclos das estátuas, frontão dos templos.

O homem debruçado sobre sua escrivaninha (eu, geralmente, a levanto quase verticalmente até meus olhos) tem no entanto a impressão de <u>erguer</u> algo para barrar, limitar seu horizonte. Cada linha como uma barreira ou uma carreira de pedras ou de perpianhos ou de tijolos cuja sucessão (horizontais sobre horizontais), constituirá o muro, a página escrita... Mas que digo: "erguer"?

                    se constrói
O estranho é que a página se estrutura de cima para baixo, ao
                                 opera
contrário do muro. O escrevedor trabalha,   em sentido contrário do
                  devo dizê-lo   a priori
pedreiro. Talvez (mas isso   me parece   fraco, magro, amaneirado) se pudesse inferir daí que o muro é a página nua, branca e que o escrito é feito para negar, anular (de cima para baixo), riscar, destruir o muro, transformar o muro em abertura (em porta aberta). Contrário também
            de uma janela de guilhotina. (O escrito transformaria o muro em janela: estore veneziano, <u>persiana</u> com lâminas, gelosias). Nesse sentido o contrário do que diz Blanchot[26].

[36]

                                        grosse
Cette merveilleuse   table de bois blanc, rue des Chanoines, où j'écrivais

Aquela maravilhosa ^grande^ mesa de pinho, rue des Chanoines[27], onde eu escrevia

[37]

12 nov 70
matin

(<u>Page bis</u>, durant mon travail sur Hélion)

Me voici, sur le tard, devenu tout à fait "réactionnaire". Communisme, anarchisme, démocratisme etc. me paraissent de l'histoire ancienne: ils le sont en effet pour moi. Il me paraît effarant, à vrai dire, que l'on puisse <u>encore</u> penser cela (puisque je ne le pense plus). que l'on puisse <u>en être</u> encore, aujourd'hui, à penser cela.

X

Tandis que les maçons, les constructeurs bâtissent les murs de bas
                  écrite
en haut, la Loi   a commencé et va continuer à descendre, comme un store qui se ferme (il se ferme et s'ouvre à la fois: store vénitien),
                     sur le mur,
sur la page blanche   la stèle,
                     le socle.

12-XI-70
Après-midi

La loi, les lignes, la lecture, la leçon de lecture,
[La loi, les assertions, la règle, la portée, <u>la grille des decryptations</u>].

X

continué
le 13-XI-70

Ce qui serait intéressant? — Que je me rappelle quand, pourquoi et comment je suis sorti du Parti (vers (1947-48-49). Ce n'est pas (explication marxiste) que je sois devenu riche: cela se produisit durant mes années les + noires. Ni conformiste: mes écrits le prouvent assez. Ni religieux d'aucune religion, ni mystique d'aucun mythe. Je pris mon propre parti: celui de la parole naissante (à l'état naissant)

[37]

12 nov 70
manhã

(Página bis, durante meu trabalho sobre Hélion[28])

Eis que, tardiamente, me tornei de todo "reacionário". Comunismo, anarquismo, democratismo etc. me parecem história antiga: e o são efetivamente para mim. Parece-me espantoso, na verdade, que se possa <u>ainda</u> pensar isso (pois não o penso mais). que se possa <u>estar</u> ainda, hoje, pensando isso.

X

Enquanto os pedreiros, os construtores constroem os muros de baixo para cima, a Lei escrita começou e vai continuar a descer, como um estore que se fecha (fecha-se e abre-se ao mesmo tempo: estore veneziano), sobre a página branca sobre o muro, a estela, o soclo.

12-XI-70
Tarde

A lei, as linhas, a leitura, a lição de leitura,
[A lei, as asserções, a regra, o pentagrama, <u>a grade das decriptações</u>[29]].

X

continuado
em 13-XI-70

O que seria interessante? — Que eu me lembrasse quando, por que e como saí do Partido (em torno de (1947-48-49[30]). Não é (explicação marxista) que me tenha tornado rico: isso ocorreu durante meus anos + negros. Nem conformista: meus escritos o provam bastante. Nem religioso de nenhuma religião, nem místico de nenhum mito. Tomei meu próprio partido: o da palavra nascente (em estado nascente)

[38]

Noté le
20 nov. 70

>"... Agedum, pauca accipe contra.
>Primum ego me illorum, dederim quibus esse poetis,
>Excerpam numero." (Horace, Satires, Livre I, 4.)
>
>[Ecoute ma réponse: elle sera courte.
>D'abord, je ne me mets pas au nombre de ceux que
>j'appelle poètes
>(traduction François Richard)]

[38]

Anotado em
20 nov. 70

"... Agedum, pauca accipe contra.
Primum ego me illorum, dederim quibus esse poetis,
Excerpam numero." (Horacio, Satyras, Livro I, 4.)

    [Pois bem; curta resposta em cambio escuta:
Antes de tudo eu me segrégo desses
A quem concedo o titulo de vates
(tradução Antonio Luiz de Seabra[31])]

[39]

```
Les Vergers
23
XI
70    Très tard dans la soirée
```

> DE LA TABLE

     A la différence d'autres meubles en bois, tels que pianos, cercueils, ou bahuts et armoires
                        court et   prolongement aucun
Table rend un son mat froid, sans vibrations aucunes. Et Encore
         pour cela   ou prononcée.
faut-il   **qu'elle soit frappée**   **d'une façon brutale.**[a]
         bouche close,
Sinon,   **rien. Elle ne répond pas.** Voilà surtout ce dont je la félicite et **je l'admire.**

     C'est seulement les objets qu'elles portent qui ressentent et demandent à être balayés.

     Table rase.

     C'est seulement un support et un appui.

| Il est vrai que **sa dentale dure appelle,** incite à **l'attaquer ainsi** | Lévres serrées (et pas de gorge) Elle résiste, s'en tient à son rôle de pur support ou appui (à quoi que ce soit) |

X

                          il suffit mais   sa vérité
     Pour avoir une véritable table, il faut   **d'enlever**   **à**
                      cet insupportable
véritable. A supportable   **suppor, à portable ce por, à**
                                         quelqu'il soit
épouvantable son épouvante à démontable son démon (il suffit de le démontrer), à redoutable sa redoute[b]

voir encore
acceptable
présentable

     Bref

         n'
     Table   **est qu'un support, à peine plus qu'un suffixe, un suffixe avec sa consonne** ou je dirai mieux: **sa colonne d'appui, appuyé le dos contre sa colonne d'appui**

X

[a.] nette, nettement découpée (taillée) à gauche et à droite du silence
[b.] **En un mot, de ne garder que le suffixe hors toute signification. Mais, à y mieux réfléchir ce suffixe, pourtant, signifie lui-même quelque chose: il indique la possibilité pure pour le sujet auquel il est attribué, la possibilité d'être, selon le radical. Il qualifie le sujet auquel il est attribué comme <u>pouvant être</u> selon le radical.**
<u>capable</u> de la qualité de son radical

[39]

Les Vergers
23
XI
Muito tarde à noite 70

DA TÁVOLA

Diferentemente de outros móveis de madeira, tais como pianos, ataúdes, ou baús e armários
                 curto e   prolongamento nenhum
Távola produz um som surdo frio, sem vibrações nenhumas. E Ainda é
     para tanto   ou pronunciada.
preciso   **que ela seja batida**   **de maneira brutal.**[a]
    boca fechada,
Senão,   nada. Ela não responde. É por isso sobretudo que eu a felicito e **a admiro.**

São somente os objetos que elas portam que sentem e pedem para serem varridos.

Tábua rasa.

É apenas um suporte e um apoio.

| É verdade que **sua dental dura chama,** incita a **atacá-la assim** | **Lábios cerrados (e sem garganta) Ela resiste, mantém-se em seu papel de puro suporte ou apoio (para qualquer coisa)** |

X

                       basta mas   o inconteste
    Para se ter uma incontestável tável, deve-se   **retirar**
             este insuportável
de incontestável. De suportável   **supor, de portável este**
                                     qualquer que seja
por, de desdentável seu desdém de hidratável sua hidra (basta demonstrá-lo), de formatável sua forma[b]

ver ainda
aceitável
descartável

     Em suma

   não
Tável   **é senão um suporte, apenas mais que um sufixo, um sufixo com sua consoante** ou direi melhor: **sua coluna de apoio, apoiado com o dorso contra sua coluna de apoio**

X

[a.] nítida, nitidamente recortada (talhada) à esquerda e à direita do silêncio
[b.] Em uma palavra, reter apenas o sufixo fora de qualquer significação. Mas, refletindo melhor esse sufixo, no entanto, significa ele próprio algo: indica a possibilidade pura para o sujeito ao qual é atribuído, a possibilidade de ser, conforme o radical. Qualifica o sujeito ao qual é atribuído como <u>podendo ser</u> conforme o radical.
<u>capaz</u> da qualidade de seu radical

255

[40]

24
XI
70

      Encore faut-il, pour obtenir table à partir de ce suffixe, obtenir qu'il se tienne debout le dos contre sa colonne d'appui: ce <u>T</u> qui, pictographiquement, la signifie.

                                    par
      Alors, ainsi, ce suffixe, qualificatif   d'essence, se trouve-t-il substantifié. (sustenté, substanté, substantifié)

      Ainsi pourrait donc dire que Table n'est que la substantification d'un suffixe qualificatif, indiquant seulement la possibilité pure.

      Voici à quelle magnification de ce mot, de cette notion, nous sommes
         Et
parvenus!   A quelle grandeur peut conduire une analyse. Noble et <u>simple</u> grandeur. La plus brève, la plus sobre possible.

                      si le lecteur en est digne,
La plus   fut
     Inoubliable aussi,   je veux, je peux le croire.

Allons! Redites Table ainsi — et ne l'oubliez plus.

X̄X̄X̄

                      sur quelque couple de pieds en X   ses
     Son plateau quelque fois   sur
deux pieds accouplés en X (notamment sous le Directoire). **Comme s'il avait été décidé que Le signe du mystère, de l'inconnu devait être couvert**
                                                horizontal
d'un plateau qui tout uniment, comme un couvercle   s'y superpose

X̄

                      signification et aussi
     Le 10 en chiffres romains: l'inconnu,   le mystère de l'arithmétique.

24
XI
70

Deve-se ainda, para obter tável a partir desse sufixo, obter que ele se mantenha de pé com o dorso contra sua coluna de apoio: esse T̲ que, pictograficamente, a significa.

Então, assim, esse sufixo, qualificativo por de essência, se encontra substantificado. (sustentado, substantado, substantificado)

Assim poderia, pois, dizer que Tável não é senão a substantificação de um sufixo qualificativo, que indica somente a possibilidade pura.

E
Eis a que magnificação dessa palavra, dessa noção, chegamos! A que grandeza pode conduzir uma análise. Nobre e simples grandeza. A mais breve, a mais sóbria possível.

A mais se o leitor é digno dela,
Inesquecível também, foi quero, posso crê-lo.

Vamos! Repitam Tável assim — e não esqueçam mais.

X X X

Sua plataforma algumas vezes sobre algum par de pés em X seus sobre dois pés acoplados em X (especialmente sob o Diretório[32]). Como se houvesse sido decidido que O signo do mistério, do desconhecido devia ser coberto com uma plataforma que sem rodeios, como uma tampa horizontal a ele se sobrepõe

X

O 10 em algarismos romanos: o desconhecido, significação e também o mistério da aritmética.

[41]

24
XI
70

│de La Table│

(2) Dans un développement narratif (qui devra venir en contrepoint de l'article "définition-description", c-à-d. du texte proprement dit), et qui devra être d'expression courante, heureuse, simple, libre (bonheur d'expression),

donc, dans un développement narratif, je dévoilerai, avouerai, confesserai, raconterai avec le bonheur, avec la joie, le plaisir que procure le dévidement de la bobine de la mémoire sensible,

je parlerai des principales tables demeurées en ma mémoire et, principalement (c'est elle qui m'obsède ces jours-ci), cette table sur laquelle j'écrivais au 2ᵉ étage de la maison de la rue des Chanoines en 1922/1923, grande table de bois-blanc (de cuisine?) au plateau fort épais (j'y ai été photographié: par mon père? par Hélène? et cette photographie figure dans le livre de Thibaudeau sur moi)

Aussi, de la table (simple plateau sur tréteaux?) où je me suis plusieurs nuits (de mai 1940) allongé tout habillé pour dormir, au Château de Montmorency, à la fin de notre séjour et notamment la dernière nuit,
          pour nous
avant que   commence l'exode. (cf "Souvenirs interrompus")

[41]

24
XI
70

d'<u>A Mesa</u>

② Em um desenvolvimento narrativo (que deverá vir em contraponto do verbete "definição-descrição", i. é, do <u>texto</u> propriamente dito), e que deverá ser de expressão corrente, feliz, simples, livre (felicidade de expressão),

portanto, em um desenvolvimento narrativo, desvelarei, admitirei, confessarei, contarei com a felicidade, com a alegria, o prazer que proporciona o desenrolar da bobina da memória sensível,

falarei das principais tábuas alojadas em minha memória e, principalmente (é ela que me obseda nestes dias), aquela mesa na qual eu escrevia no 2° andar da casa da rue des Chanoines em 1922/1923, grande mesa de pinho (de cozinha?) de plataforma muito espessa (fui fotografado nela: por meu pai? por Hélène?) e essa fotografia figura no livro de Thibaudeau sobre mim[33])

Também, da mesa (simples plataforma sobre cavaletes?) em que por várias noites (de maio de 1940) me estendi vestido para dormir, no Castelo de Montmorency, no final de nossa estada e especialmente na última noite, antes de para nós começar o êxodo. (cf "Lembranças interrompidas"[34])

[42]

29-XII-70

<u>Les plaisirs de la
table</u> —   (à écrire
    ↙   à déposer)
(le faire un peu, ce texte,   les choses
comme (dans l'esprit de) celui   (vide-poches)
des plaisirs de la porte)   (non du tout de la table à
                                    manger qu'il ne m'est agréable
                                    que de <u>desservir</u>)

[42]

29-XII-70

<u>Os prazeres da mesa</u> —
✓

(fazê-lo um pouco, este texto, como o (no espírito do) dos prazeres da porta[35])

(para escrever para depositar) as coisas (criado-mudo) (absolutamente não da mesa de jantar que só me é agradável <u>tirar</u>)

[43]

Tout (de la table) est contenu dans ce nom, la Table: dans son apparence écrite (ou lue) sur la page, et (tout à la fois) dans sa sonorité le son mat du (bois) (elle rend un son impératif, bref, mais mat.)

x x x

                y   on le piétine.
Le tréteau, on   monte dessus,   La table, (féminine) on y appuie les coudes, on s'y appuie, mais on s'appuie aussitôt sur les accoudoirs d'un fauteuil, me direz-vous. La différence est que sur la table on s'y appuie mais, horizontale, elle invite (et c'est aussi inscrit dans sa seconde syllabe, muette (et donc dirigée vers l'infini) — elle invite, dis-je, à suivre, à pratiquer son parcours, elle incite à tracer, jusqu'à son
                                       ou à la pensée
bout, des lignes, elle invite à l'écriture — (téléologique?)

(Pour essayer mes nouveaux crayons, le 7 juin 1971. Fr.P.)

[43]

    Tudo (da mesa) está contido neste nome, <u>a Távola</u>: em sua aparência escrita (ou lida) na página, e (ao mesmo tempo) em sua sonoridade o som surdo da (madeira) (ela produz um som imperativo, breve, mas surdo.)

X X X

                                nele   pisamos nele.
O tablado, subimos   em cima,   A mesa, (feminina) nela apoiamos os cotovelos, nela nos apoiamos, mas apoiamo-nos logo nos braços de uma poltrona, dir-me-ão vocês. A diferença é que na mesa nos apoiamos mas, horizontal, ela convida (e isso também está inscrito nas sílabas finais de távola, voláteis (e, portanto, dirigidas para o infinito) — ela convida, digo, a seguir, a praticar seu percurso, ela incita a traçar,
                                                 ou ao pensamento
até sua ponta, linhas, ela convida à escritura — (teleológica(o)?)

(Para experimentar meus novos lápis, em 7 de junho de 1971. <u>Fr.P.</u>[36])

[44]

**7 juin 71
corrigé puis poursuivi
le 9-6-71**

<u>La Table</u>

<u>Voilà</u> <u>par quoi il faut commencer</u> (car je le sais maintenant, par expérience plusieurs fois renouvelée: c'est le <u>bois</u> et <u>sa sonorité</u> qui surgissent pour moi chaque fois que je re-songe à la table.)

J'aime, j'admire et respecte

                                          que rend le

Le son impératif, bref, <u>mais mat</u>, du   **bois.**

            plutôt

Cette note   **un bruit,
asséné par la dentale dure: le <u>T</u>**[a]

                                          quand on le frappe
                                          quand on le fait réagir
                                          quand on exige de lui qu'il parle,
                                          qu'il fasse entendre sa voix.

Mais la table peut aussi bien être de pierre, comme celles qui devaient couvrir les sarcophages (ceux des Alyscamps, — quelle
                                   j'avais moins de dix ans
impression inoubliable la première fois   **), ceux
d'Arles.**

———

                                et dès lors sa voix est plus ou moins sérieuse
                                                          ou grave
                          planche plus ou moins épaisse

[a] Notamment celui de la table, portée en élévation   sur deux trois ou quatre piliers [bien mal nommés pieds, car ce seraient plutôt jambes ou pattes — Pattes d'animal récalcitrant à avancer (ou reculer). Pattes d'âne.]

[44]

7 de junho de 71
corrigido depois prosseguido
em 9-6-71

A Távola

<u>Eis</u> <u>por onde se deve começar</u> (pois sei agora, por experiência várias vezes renovada: é a <u>madeira</u> e <u>sua sonoridade</u> que surgem para mim cada vez que re-cismo na mesa.)

Amo, admiro e respeito
                                        que produz a
O som imperativo, breve, <u>mas surdo</u>, da   **madeira.**

      antes
Essa nota   **um ruído,
desferido pela dental dura: o T**^{a}

                        quando é batida
                        quando se faz com que reaja
                        quando se exige dela que fale,
                        que faça ouvir sua voz.

Mas a mesa pode também ser de pedra, como as que deviam cobrir os sarcófagos (os dos Aliscampos, — que impressão inesquecível a
                eu tinha menos de dez anos
primeir vez   **), os de Arles**[37].

———

                          e assim sua voz é mais ou menos séria ou grave
                          tábua mais ou menos espessa
[a.] **Especialmente o da mesa, erigida**   **sobre dois três ou quatro pilares [bem mal nomeados pés, pois seriam antes pernas ou patas — Patas de animal recalcitrante para avançar (ou recuar). Patas de asno.]**

[45]

La Table
note du 15 octobre 71
(prise
du mémoire
de G. Dufour)

$$\overbrace{\phantom{Le suffixe able \text{«presque exclusivement de sens passif permet de}}}^{?}$$

Le suffixe <u>able</u> "presque exclusivement de sens passif permet de connoter une action virtuelle du lecteur"

"remarquable: qui peut être remarqué: que le lecteur peut et doit remarquer"

"ressuscitable: qui peut être ressuscité: que le lecteur ressuscite donc par une "lecture-écriture" du texte"

[45]

A Tável
nota de 15 de outubro de 71
(tomada
da dissertação
de G. Dufour[38])

$\overbrace{\qquad\qquad\qquad\qquad\qquad}^{?}$

O sufixo <u>ável</u> "quase exclusivamente de sentido passivo permite conotar uma ação virtual do leitor"

"observável: que pode ser observado: que o leitor pode e deve observar"

"ressuscitável: que pode ser ressuscitado: que o leitor ressuscita, portanto, por uma "leitura-escritura" do texto"

[46]

Note pour la Table (1)
(du 22 octobre 71)

      L'horizontalité de toute table est, sans doute, je crois (je n'en doute pas...
ce matin...) **une des qualifications** premières (ou **essentielles**) convenant
à cette notion (à appliquer à cette notion)
           (concernant nos objets familiers)
(plus encore   qu'à la notion de <u>lit</u>
Mais, pourtant...! La table-à-dessin est oblique....
    L'écritoire (la tablette) souvent oblique, elle aussi.
Le <u>tableau</u> (noir) est installé verticalement....—>

[46]

Nota para a Mesa (1)
(de 22 de outubro de 71)

A horizontalidade de qualquer mesa é, sem dúvida, creio (não duvido disso... esta manhã...) uma das qualificações primeiras (ou essenciais) que convêm a essa noção (a serem aplicadas a essa noção)
        (em relação a nossos objetos familiares)
(mais ainda   do que à noção de leito
Mas, porém...! A mesa-de-desenho é oblíqua....
    A escrivaninha (a tábua) muitas vezes oblíqua, também.
O quadro (negro) está instalado verticalmente....—>

[47]

Note pour la Table (2)
(du 22 octobre 71)

                 <u>planitude</u>
 Ce ne serait donc pas tant <u>l'horizontalité</u> que <u>la platitude</u>, <u>la planéité</u> (obligatoire) de sa surface, (<u>l'attitude plane</u>)?
 [Je préférerais <u>planitude</u> à <u>platitude</u> (ce second terme étant malheureusement
     affecté d'un coefficient (dépréciatif)]
         péjoratif

*

    donc, plutôt,
 Dirai-je   qu'il s'agit d'un mouvement, d'une tendance, à quitter la verticalité pour l'horizontalité?

 D'un mouvement de bascule (d'avant en arrière) du <u>mur</u> (symbole du "vertical-comme-barrière", "comme-limite") <u>vers</u> l'horizontalité?

      , peut-être,
 Cela commencerait ainsi à devenir plus juste, plus adéquat...

                  F.P.

[47]

Nota para <u>a Mesa</u> (2)
(de 22 de outubro de 71)

<u>planitude</u>
Não seria, pois, tanto <u>a horizontalidade</u> quanto <u>a platitude</u>, <u>a planeza</u> (obrigatória) de sua superfície, (a atitude plana)?
[Eu preferiria <u>planitude</u> a <u>platitude</u> (pois esse segundo termo é infelizmente
        afetado por um coeficiente (depreciativo)⎤
                          pejorativo   ⎦

*

          portanto, antes,
Direi eu   que se trata de um movimento, de uma tendência, a deixar a verticalidade pela horizontalidade?

De um movimento de báscula (de frente para trás) do <u>muro</u> (símbolo do "vertical-como-barreira", "como-limite") <u>em direção à</u> horizontalidade?

          , talvez,
Isso começaria assim   a ficar mais justo, mais adequado...
                                                <u>F.P.</u>

[48 ro]

Lettre à Maldiney

page 29: vous affirmez = "Cette façon de briser le silence des choses ne s'accorde pas à leur cri muet"
J'aimerais discuter cela!

x

Vous employez souvent (et j'espère que ce n'est pas seulement par indulgence, ou gentillesse) le mot <u>nécessaire</u> pour justifier mes contradictions, mes "fluctuations". Merci!

x

<u>Sous</u> l'horizon, sub-spatial, etc. implique une transcendance une supériorité d'un autre espace, etc.

D'accord, mais, restons ici-bas, puisque nous ne pouvons faire autrement.

(et ne <u>divinisons</u> pas l'impossible)

x

[48 r.]

Carta a Maldiney[39]

página 29: você afirma = "Essa maneira de quebrar o silêncio das coisas não afina com seu grito mudo"
Eu gostaria de discutir isso!

X

Você emprega freqüentemente (e espero que não seja apenas por indulgência, ou gentileza) a palavra <u>necessário</u> para justificar minhas contradições, minhas "flutuações". Obrigado!

X

<u>Sob</u> o horizonte, sub-espacial, etc. implica uma transcendência uma superioridade de um outro espaço, etc.

De acordo, mas, fiquemos neste mundo, pois não podemos fazer outra coisa.

(e não <u>divinizemos</u> o impossível)

X

[48 vo]

h. du droit ————————————> **h. de la culture**

[48 v.]

h. do direito ──────────────> **h. da cultura**[40]

[49]

27-9-73
1)

        Ce qui paraît essentiel, consubstantiel, ou disons caractéristique,
                logique
                psychologie
                morale
                métaphysique
            votre philosophie
typique de votre <u>vue</u> du monde c'est (justement) qu'il s'agisse d'une <u>vue</u>,
de qq. chose liée au <u>regard</u>, et <u>à l'espace</u>, donc à ce qui est le propre de <u>la</u>
           dessin
<u>plastique</u> (peinture architecture, sculpture)

    (Il en est de même chez Heidegger, semble-t-il)

    Les termes les plus fréquents dans votre texte sont: le <u>lieu</u>, l'<u>horizon</u>,
avec l'opposition du "<u>sous</u> l'horizon", <u>sub</u>spatial, avec le <u>sur</u>saut, le
                le <u>sur</u>plus
<u>sur</u>gissement, la <u>sur</u>prise,   et aussi l'opposition entre la parabole
(du monde ouvert) et le péribole (du "monde écrit".)

    (De même, chez Heidegger, le <u>lieu</u>, l'<u>habitation</u>)

                    X

l'être-là	Cela n'est pas étonnant chez un tel amateur de
(espace)	peinture que vous! — et je comprends que vous
le là	finalement de préférence
(espace)	citez en fin de compte Bonnard
	ou Cézanne — (et jamais aucun poète, sinon
	moi-même) ou musicien (jamais!)

                    X

lieu	La "<u>mise en pièces</u>" du jugement, c'est aussi un
non-lieu	terme d'<u>espace</u> tandis que le terme "moment"
(espace)	est évidemment de la catégorie du <u>temps</u>
formes	Pervertir-invertir = espace
passées	Terrain de jeu = espace
(espace)	Sens (direction): espace et temps

[49]

27-9-73
1)

O que parece essencial, consubstancial, ou digamos característico,
        lógica
        psicologia
        moral
        metafísica
    sua filosofia
típico de sua <u>visão</u> do mundo é (justamente) que se trate de uma <u>visão</u>, de algo ligado ao <u>olhar</u>, e <u>ao espaço</u>, portanto ao que é próprio d<u>a</u>
      desenho
<u>plástica</u> (pintura arquitetura, escultura)

(Ocorre o mesmo em Heidegger, parece)

Os termos mais freqüentes em seu texto são: o <u>lugar</u>, o <u>horizonte</u>, com a oposição entre "<u>sob</u> o horizonte", <u>sub</u>espacial, e o <u>sobre</u>ssalto, o
              a <u>sobra</u>
<u>surgimento</u>, a <u>surpresa</u>,   e também a oposição entre a parábola (do mundo aberto) e o períbolo (do "mundo escrito".)

(Da mesma maneira, em Heidegger, o <u>lugar</u>, a <u>habitação</u>[41])

                X

<u>o ser-aí</u>	Isso não é surpreendente em um amante de
(espaço)	pintura tal como você! — e compreendo que você
o aí	finalmente de preferência
(espaço)	cite afinal de contas Bonnard ou Cézanne[42] — (e jamais nenhum poeta, senão a mim) ou músico (jamais!)

                X

lugar	O "<u>despedaçamento</u>" do julgamento é também um
não-lugar[43]	termo de <u>espaço</u> ao passo que o termo "momento"
(espaço)	é evidentemente da categoria do <u>tempo</u>
formas	Perverter-inverter = espaço
passadas	Campo de jogo = espaço
(espaço)	Sentido (direção): espaço e tempo

[50]

27-9-73
2)

       les pensées qui sont à grande distance les unes des autres (espace)
       rassembler (espace)

       <u>obscurité</u> du néant, <u>éclat</u> du rire
       <u>scintillante</u> d'esprits (lumière: espace)
           personnalité <u>scindée</u> (espace)
       <u>sous l'horizon et selon les coordonnées</u> (espace)
       chaque mot ds le discours <u>focalise</u> la langue entière et change la <u>courbure</u>
       de <u>l'espace linguistique</u> (espace)
       Univers du discours (espace) monde qu'elle ouvre (espace)
           articuler (espace et temps)
       questions <u>localisées</u> (espace)   rencontre (espace)
       horizon incontournable (espace)
       système clos (espace)
           <u>péribole</u> morphologique (espace)
       <u>paraboloïde des significations possibles</u>, à <u>une distance déterminée
de</u> l'origine (espace)

       Traduire <u>ad litem</u> par <u>au seuil</u> (espace)
       et non par "<u>pour le procès</u>" (temps)

                                                  Mais enfin!:

[50]

27-9-73
2)

os pensamentos que estão a grande distância uns dos outros (espaço)
reunir (espaço)

<u>obscuridade</u> do nada, <u>claridade</u> do riso
<u>cintilante</u> de espíritos (luz: espaço)
    personalidade <u>cindida</u> (espaço)
<u>sob o horizonte e segundo as coordenadas</u> (espaço)
cada palavra no discurso <u>focaliza</u> a língua inteira e muda a <u>curvatura</u>
do <u>espaço lingüístico</u> (espaço)
Universo do discurso (espaço) mundo que ela abre (espaço)
    articular (espaço e tempo)
questões <u>localizadas</u> (espaço)   encontro (espaço)
horizonte incontornável (espaço)
sistema fechado (espaço)
    <u>períbolo</u> morfológico (espaço)
<u>parabolóide das significações possíveis</u>, a <u>uma determinada distância
da</u> origem (espaço)

Traduzir <u>ad litem</u> por <u>no limiar</u> (espaço)
e não por "<u>para o processo</u>" (tempo)[44]

                                              Mas enfim!:

[51]

27-9-73
3)

> le temps n'a <u>lieu</u> que dans l'espace et l'espace est le lieu (le théâtre) du temps

---

un des passages les plus importants est celui qui commence avec la page <u>61</u> jusqu'à <u>64</u> (fin du chapitre troisième

---

A partir de là (donc dès le début du chap. IVème) il passe de Hegel à Heidegger..
 La <u>Pathématique</u> de Sophocle...

"La langue est la mémoire du monde" formule de Maldiney (<u>épos</u>)
 Cfer ma réflexion sur la conférence de J. P. Faye à <u>Tel quel</u> (sur l'épique, la cavalcade vers le lieu inconnu et le récit de cette aventure)

---

[51]

27-9-73
3)

o tempo só tem <u>lugar</u> no espaço e o espaço é o lugar (o teatro) do tempo

---

uma das passagens mais importantes é a que começa com a página <u>61</u> até <u>64</u> (fim do capítulo terceiro

---

A partir daí (portanto desde o início do cap. IV) passa de Hegel a Heidegger..
    A <u>Patemática</u> de Sófocles...[45]

"A língua é a memória do mundo" fórmula de Maldiney (<u>epos</u>)
    Cf minha reflexão sobre a conferência de J. P. Faye em <u>Tel quel</u> (sobre o épico, a cavalgada rumo ao lugar desconhecido e a narrativa dessa aventura)[46]

[52]

27-9-73
4)

> **Page 78:**
> Au nom de l'<u>arbitraire du signe</u>, la séméiologie peut en sourire, Mais elle arrive trop tard (Etc. ... jusqu'à la fin)

[52]

27-9-73
4)

Página 78:
Em nome do <u>arbitrário do signo</u>, a semiologia pode sorrir, Mas ela chega tarde (Etc. ... até o fim)

[53]

27-9-73
dans le soirée
⑤

       La première chose à dire est l'émotion que je ressens
(émotion d'ailleurs, se retournant en quelque mesure vers moi-même
— en raison de la longue méconnaissance dont j'ai souffert)

                      ainsi   le
mais qu'on s'occupe   de moi (et je puis bien   dire: spontanément)

                                                          à cause de la
       La seconde est la difficulté d'entrer tout à fait (terminologie), d'où
          plusieurs
nécessité de   lectures attentives successives

       La troisième est l'<u>admiration</u> de la complexité de l'expression (pathématique), de ses profondeurs et quasi-absurdités (au sens où j'emploie ce mot
               de ma définition de l'objeu)

             vrai
    Et ici j'entre le   sujet qui est le sujet qui nous importe à tous = _____ Ne faut-il pas une référence à un concret (muet) "extérieur" pour ne pas se perdre dans l'absurdité du langage. Il faut <u>buter</u> sur qq chose

[53]

27-9-73
à noite
⑤

A primeira coisa a dizer é a emoção que sinto
(emoção, aliás, que se volta em alguma medida para mim mesmo —
em razão do longo desconhecimento que sofri)

                            assim   isto
mas que dêem atenção   a mim (e posso dizer   :
espontaneamente)

                                                por causa da
A segunda é a dificuldade de entrar totalmente (terminologia), daí
            várias
necessidade de   leituras atentas sucessivas

A terceira é a <u>admiração</u> pela complexidade da expressão
(patemática), por suas profundidades e quase-absurdos (no sentido
em que emprego essa palavra
                        de minha definição do objoego[47])

                verdadeiro
E aqui adentro o   assunto que é o assunto que nos importa a todos = _____ Não será necessária uma referência a um concreto (mudo) "exterior" para não nos perdermos no absurdo da linguagem. Deve-se <u>tropeçar</u> em algo

[54]

4 octobre 73

①

(Notes pour la Table)

D'un travail sur la table

sert d'appui au corps de ce scripteur
La table supporte le haut du corps de ce scripteur [(acteur, joueur), dansant du bout des doigts, tenant du bout des doigts son petit balancier;] que je me veux parfois pour ne pas m'effondrer.

J'écris le plus souvent pour ma consolation

(Je vais à ma table), j'y vais comme à ma mère, à ma consolatrice

(ou la tablette)
La table sur laquelle (sur le sol de laquelle, je me suis appuyé pour écrire tout ce que j'ai écrit sans qu'il soit question d'elle, qu'il soit enfin question d'elle aujourd'hui.

La table est une consolatrice fidèle mais il faut y aller: elle ne se déplace pas toute seule

[54]

4 de outubro de 73

①

(Notas para a Mesa)

De um trabalho sobre a mesa

      serve de apoio ao corpo deste escrevedor
A mesa suporta o alto do corpo deste escrevedor [(ator, jogador), que dança com a ponta dos dedos, que segura com a ponta dos dedos seu pequeno bastão;] que me quero às vezes para não me abater.

Escrevo geralmente para minha consolação

(Vou a minha mesa), vou a ela como a minha mãe, a minha consoladora

      (ou a tábua)
A mesa na qual (no solo da qual, me apoiei para escrever tudo o que escrevi sem que a questão fosse ela, que finalmente a questão seja ela hoje.

A mesa é uma consoladora fiel mas deve-se ir a ela: ela não se desloca sozinha

[55]

4 octobre 73

②

                    (notes pour <u>la Table</u>)

                        j'écris pour ma consolation)
La Table est ma consolation (ma table est ma console)
<u>Console</u>, <u>Consolation.</u>
Etude du dictionnaire:

    Littré:

<u>Consolation</u> = 1°) allègement de ce qui peine
               2°) Sujet de satisfaction ou d'allègement de peine
               3°) Raisons que l'on emploie pour consoler qq un. Titre de qqs ouvrages de philosophie morale. Les Consolations de Boèce.
               4°) La personne ou la chose même qui peut consoler
               5°) Terme de jeu de cartes. Fiche de consolation, celle que l'on donne en surcroît de bénéfice // Figuré. Dédommagement, adoucissement. Populairement: Débits de consolations, nom qu'on donne, par dérision, aux cabarets où l'on débite de l'eau-de-vie aux gens du peuple.

<u>Consoler</u> = 1°) alléger l'affliction, les souffrances. "On se peut assurer Qu'il (l'amour) est maître équitable, et qu'enfin il console Ceux qu'il a fait pleurer (Malherbe, V, 26)
             2°) Donner de l'allègement aux sentiments pénibles. "Je ne viens pas ici consoler tes douleurs" (Corneille, Cid, IV, 2.)
             3°) Se consoler, verbe réfléchi. "Quiconque se plaint cherche à se consoler" (Corneille, Pompée, V, 1.)
           consoler a signifié au moyen âge: réjouir. Une consolation était une réjouissance (une fête)
           <u>Etym.</u> du latin <u>consolari</u>, de <u>cum</u>, et <u>solus</u>, dont le sens propre est <u>entier</u>. <u>Consolari</u> est proprement rendre entier, et, par extension, satisfaire.
                   (Cela ne me satisfait nullement, F. P.) cette étym. (cette interprétation de Littré)
                   (il faudrait voir à <u>solus</u>. c-à-d. dans Littré à <u>seul</u>.)

<u>Console</u> = 1°) Terme d'architecture. Pièce en saillie, qui sert à porter des vases, des figures, ou à soutenir une corniche, un balcon. On dit aussi corbeau.
            2°) Meuble sur lequel on pose des bronzes, des vases, etc.
           3°) Terme de musique. Partie qui couronne une harpe et qui renferme les chevilles
           4°) _____
           <u>Etym.</u> Mot peut-être abrégé de <u>consolider</u>
          (mais à l'étym. de consolider je trouve <u>cum</u> et <u>solidus</u> (solide) il faudrait donc voir à <u>solide</u> et si cela se distingue <u>bien</u> de <u>seul</u>

[55]

4 de outubro de 73

②

(notas para a Távola)

escrevo para minha consolação)
A Távola é minha consolação (minha mesa é meu consolo)
Console, Consolation. [Consolo, Consolação.]
Estudo do dicionário:

Littré:

Consolation = 1°) alívio daquilo que aflige
[Consolação] 2°) Motivo de satisfação ou de alívio de aflição
3°) Razões que se empregam para consolar alguém. Título de algumas obras de filosofia moral. As Consolações de Boécio[48].
4°) A própria pessoa ou coisa que pode consolar
5°) Termo de jogo de cartas. Ficha de consolação, aquela que se dá para aumentar o benefício // Figurado. Indenização, atenuação. Popularmente: Vendas de consolações, nome que se dá, por derrisão, aos cabarés em que se vende cachaça às pessoas do povo.

Consoler = 1°) aliviar a aflição, os sofrimentos. "Pode-se acreditar Que ele (o amor) é mestre imparcial, e que no fim consola A quem fez chorar (Malherbe, V, 26[49])
[Consolar] 2°) Dar alívio aos sentimentos penosos. "Não venho para aqui consolar tuas dores" (Corneille, Cid, IV, 2.[50])
3°) Consolar-se, verbo reflexivo. "Quem diz padecer busca se consolar" (Corneille, Pompeu, V, 1.[51])
consolar significou na idade média: regozijar. Uma consolação era um regozijo (uma festa)
Etim. do latim consolari, de cum, e solus, cujo sentido próprio é inteiro. Consolari é propriamente tornar inteiro, e, por extensão, satisfazer.
(Isso não me satisfaz de modo algum, F. P.) essa etim. (essa interpretação de Littré) (seria necessário ver em solus. i. é, em Littré em *seul* [só].[52])

Console = 1°) Termo de arquitetura. Peça saliente, que serve para suportar vasos, figuras, ou para sustentar uma cornija, uma sacada. Diz-se também corvo.
[Consolo] 2°) Móvel sobre o qual se colocam bronzes, vasos, etc.
3°) Termo de música. Parte que coroa uma harpa e que contém as cravelhas
4°) _____
Etim. Palavra talvez abreviada de *consolider* [consolidar]
(mas na etim. de *consolider* encontro cum e solidus (sólido) seria preciso, portanto, ver em *solide* [sólido] e se isso se distingue bem de *seul* [só]

[56]

4 octobre 73

③

    seul. (Littré)

    Etym. du latin solus, ancien latin sollus; osque, sollo, comparez le grec ὅλος, lat. salvus, entier, sain, et sanscrit sarva, tout.

    Solide (Littré)   (voir sol 2)

    Latin sŏlidus, de sŏlum, le sol   . Solide a été refait sur le latin au XVIe s.; la forme ancienne et régulière est soude.

    sol (2) définition: 1°) surface sur laquelle reposent les corps terrestres. Du latin solum.

[56]

4 de outubro de 73
(3)

seul [só]. (Littré)

Etim. do latim <u>solus</u>, latim antigo <u>sollus</u>; osco[53], sollo, compare o grego ὅλος, lat. <u>salvus</u>, inteiro, são, e sânscrito <u>sarva</u>, todo.

Solide [Sólido] (Littré) (ver *sol* 2)

Latim sŏlidus, de sŏlum, o solo . *Solide* foi refeito sobre o latim no séc. XVI; a forma antiga e regular é *soude* [solda].

sol [solo] (2) definição: 1°) superfície na qual repousam os corpos terrestres. Do latim solum.

[57]

5 octobre 73

①

        La Table, il ne me reste que la table à écrire pour en finir absolument.

X

    La table (de l'écritoire: table ou tablette), qui m'a permis d'écrire mon œuvre, reste (très difficile à écrire) ce qui me reste à écrire pour en finir.

X

(Littré)   Table, tu me deviens urgente.

Effacer: proprement, ôter la face
Face: les étymologistes ont rapproché <u>facies</u>, de <u>fax</u>, <u>facis</u>, flambeau, et du grec φάσις, apparition.
Dévisager: Déchirer le visage avec les ongles ou les griffes
Puis (seulement et populairement) faire effort pour reconnaître les traits de quelqu'un.

        Je t'ai laissé survivre au paradis du non-dit, au paradis de l'existence, jusqu'au
                        à me servir de toi
moment où n'ayant plus
(sans te prendre en considération)
                        besoin de
        grâce à toi
de toi, ayant   terminé mon œuvre,
                te dévisageant —> à
je peux maintenant, te prenant
ton tour   et de ce fait
        comme référent,   <u>t'effa-</u>
<u>çant</u> enfin toi-même, <u>en finir</u> absolument.
        me référant à toi
        m'en prenant à toi

X

Mais il faut encore que tu souviennes à mon coude, en même temps qu'à mon esprit ta notion.

X

Table, viens donc m'aider à te soumettre aujourd'hui à la question, à recevoir de toi ta leçon.

X

                                        cf.
Table, qui fut (et reste) la table d'opération, de dissection (**la leçon d'anatomie), ou (si l'on veut) la roue sur laquelle je mis les mots à la question,** comment t'y mettre toi-même? (je ne peux t'y mettre toi-même sans que tu viennes encore à mon appui.)

X

Ut Deus in mente, pictor in tabula (Leibniz)

                                  a toujours été
Table, qui toujours m'a attendu, où tout est disposé pour écrire, table toujours à ma disposition, fidèle consolatrice,
    mur où me projeter,
    mur à transformer en fenêtre.

Ô Table, ma console et ma consolatrice, table où je me console,
où je me consolide.
et qui me consolide.

292

[57]

5 de outubro de 73

(1)

A Távola, só me resta a mesa para escrever para acabar absolutamente.

X

A mesa (da escrivaninha: mesa ou tábua), que me permitiu escrever minha obra, continua sendo (muito difícil de escrever) o que me resta para escrever para acabar.

X

(Littré)   Mesa, tu me és agora urgente.

Effacer [apagar]: propriamente, tirar a face
Face [face]: os etimologistas aproximaram *facies*, de *fax*, *facis*, facho, e do grego φάσις, aparição.
Dévisager: Rasgar o rosto com as unhas ou as garras [desfigurar]
Depois (somente e popularmente) fazer esforço para reconhecer os traços de alguém [encarar].

Eu te deixei sobreviver no paraíso do não-dito, no paraíso da existência, até o momento em que não tendo mais que me servir de ti (sem te tomar em consideração)
          necessidade de ti, tendo graças a ti
    terminado minha obra, posso desfigurando-te —> por tua vez
agora, tomando-te
    e com isso
como referente,   **apagando-te enfim a ti, acabar absolutamente.**
    referindo-me a ti
    lutando contigo

X

Mas é preciso ainda que tu subvenhas a meu cotovelo, ao mesmo tempo que a meu espírito tua noção.

X

Távola, vem pois ajudar-me a torturar-te hoje, a receber de ti tua lição.

X

cf.
Mesa, que foi (e continua sendo) a mesa de operação, de dissecação (a lição de anatomia), ou (se se quiser) a roda na qual torturei as palavras, como torturar-te a ti? (não posso torturar-te a ti sem que venhas ainda em meu apoio.)

X

Ut Deus in mente, pictor in tabula (Leibniz)

              sempre esteve
Mesa, que sempre me esperou, na qual tudo está disposto para escrever, mesa sempre à minha disposição, fiel consoladora,
    muro onde me projetar,
    muro a transformar em janela.

Ô Mesa, tu és consolo e és consoladora, mesa onde me consolo, onde me consolido.
e que me consolida.

293

[58]

5 octobre 73

②

il te faut devenir la table d'harmonie qui vibre à l'unisson des cordes.

[58]

5 de outubro de 73

②

deves tornar-te o tampo harmônico que vibra uníssono coas cordas.

[59]

7 octobre 73
①

D'UN TRAVAIL SUR LA TABLE DE TRAVAIL

(Littré)
TRAVAIL

La Table, il ne me reste plus que La Table à écrire, pour en finir absolument.

La table, ma console et ma consolatrice, comme elle souvient à mon corps en même temps qu'à mon esprit sa notion.

Qu'elle vibre aujourd'hui à l'unisson des cordes.

Ce n'est pas sur une métaphysique que nous appuierons notre morale: sur une physique seulement.

Qu'ainsi les matières présentées méthodiquement et en raccourci
{ pour / puissent } être vues d'un seul coup d'œil et qu'ainsi devenue table d'harmonie elle vibre aujourd'hui à l'unisson des cordes.

8 octobre 73
①

                        quant à moi, Vous le constatez,
                        la langue française
Nous sommes enfermés dans notre langue, mais quelle merveilleuse prison! Quelle chance! Quelle chance d'intérêt, d'instruction, de découvertes, de jeux, d'aventures, de surprises

                    dire
Il me faut commencer par   mon amour, ma reconnaissance pour la table

Table, tu me deviens urgente

Oui, c'est à t'ébaucher que je veux à présent m'ébaudir.

Mais il m'est difficile de te placer en abîme puisque je ne puis me dispenser de ton appui.

Indispensable à ton ébauche.

Je ne puis donc te placer en abîme, je ne puis t'ébaucher: je ne puis que te <u>dévisager</u> (déchirer ta surface) de mon stylet t'imprimer un rythme. Faire de toi une table d'harmonie.

[59]

7 de outubro de 73
①

DE UM TRABALHO SOBRE A MESA DE TRABALHO

(Littré)
TRAVAIL [TRABALHO]

A Mesa, só me resta <u>A Távola</u> para escrever, para acabar absolutamente.

A mesa, que é consolo e que é consoladora, como ela subvém a meu corpo ao mesmo tempo que a meu espírito sua noção.

Que vibre neste dia uníssona coas cordas.

Não é em uma metafísica que apoiaremos nossa moral: em uma física somente.

Que assim as matérias apresentadas metodicamente e em resumo
      lidas
{ para serem vistas de uma só olhada e assim feita tampo harmônico
{ possam ser
que vibre neste dia uníssona coas cordas.

8 de outubro de 73
①

    quanto a mim, Vocês constatam,
    na língua portuguesa
**Estamos encerrados em nossa língua, mas que maravilhosa prisão!
Que sorte!** Que sorte de interesse, de instrução, de descobertas, de jogos, de aventuras, de surpresas

    dizer
Devo começar por meu amor, meu reconhecimento para com a mesa

Mesa, tu me és agora urgente

Sim, é esboçando-te que quero agora **deleitar-me.**

Mas é difícil para mim colocar-te em abismo pois não posso dispensar teu apoio.

Indispensável para teu esboço.

Não posso, portanto, colocar-te em abismo, não posso esboçar-te: posso apenas <u>desfigurar</u>-te (rasgar tua superfície) com meu estilete imprimir-te um ritmo. Fazer de ti um tampo harmônico.

[60]

Vendredi
12 octobre 73
(1)

La Table

"Planitude" et solidité   Pas de mot en français pour la <u>qualité</u>
(stabilité)   <u>de ce qui est plat ou plan</u> (sinon
"Planéité" et solitude   <u>platitude</u>, employé péjorativ[t])
(solitude et "planéité")   Ni planitude
                                     Ni planéité n'existent
                                     (je les forgerai donc)

Qu'elle soit horizontale, oblique, ou **verticale** une table ou tablette est
Indispensable à l'inscription de sa propre qualité

*

                                              pure
Au suffixe indiquant la possibilité   , le tau ayant été mis, table
apparaît.

A la possibilité pure infliger le <u>tau</u>.

Adossée au <u>tau</u> des prédestinés.
Le dos **Appuyé au signe (au pictogramme)** de la prédestination, le suffixe
indiquant la possibilité pure

                                   que soit marqué
pour avoir une Table, il suffit de marquer
Marquons du <u>Tau</u> de la prédestination le suffixe exprimant la possibilité
pure

X

                                       eh bien
Pour obtenir une véritable <u>table</u>   il suffit d'ôter à <u>véritable</u> ce naïf
et prétentieux <u>véri</u>

X

Sexta-feira
12 de outubro de 73

(1)

A Mesa

"Planitude" e solidez
(estabilidade)
"Planeza" e solidão
(solidão e "planeza")

Não há palavra em português para a <u>qualidade daquilo que é chato ou plano</u> (a não ser <u>platitude</u>, chateza e chatice, empregadas pejorativa^{te})
Nem planitude
Nem planeza existem
(forjá-las-ei, portanto)[54]

Seja ela **horizontal, oblíqua,** ou **vertical** uma mesa ou tábua é
Indispensável à inscrição de sua própria qualidade

*

Ao sufixo que indica a possibilidade ^{pura}, tendo sido aposto o tau, tável aparece.

À possibilidade pura infligir o <u>tau</u>.

Encostada no <u>tau</u> dos predestinados.
O dorso **Apoiado** no signo (no pictograma) da predestinação, o sufixo que indica a possibilidade pura

para se ter uma Tável, basta marcar ^{que seja marcado}
Marquemos com o <u>Tau</u> da predestinação o sufixo que exprime a possibilidade pura

X

Para se obter uma incontestável <u>tável</u> ^{pois bem} basta tirar de <u>incontes-tável</u> este ingênuo e pretensioso <u>incontes</u>

X

[61]

Samedi 13 octobre 1973

①

(Titre possible): DE L'AMOUR DE L'HOMME-SCRIPTEUR POUR SA TABLE

> DU
> DE L'AMOUR D'UN SCRIPTEUR POUR SA TABLE

TABle indispensable (j'en dépends, j'en suis dépendant, j'en suis le sujet (comme on est sujet d'un monarque) comme on est l'esclave d'un maître [La Table maîtresse] comme on est intoxiqué, incapable de se déprendre d'un besoin) La Table: moyen, besoin impérieux. (L'empire de la Table: l'univers de la table: sous l'empire de la table)

②

X

La Table depuis la nuit des temps attendait l'homme, verticale d'abord puis il la rabattit devant lui en oblique ou horizontale.

Verticale d'abord devant lui comme un mur dès l'instant qu'il s'arma d'une pointe et par hasard pour peut-être la dévisager la dévisa-ger il s'aperçut du pouvoir qu'il avait de lui imprimer quelque son rythme et d'ainsi défier l'oubli, défier le temps

Dès lors, elle devint pour lui un besoin.
Elle lui devint indispensable

(de plus loin)   (face, visage)
(Reprise)   Quelque surface de bois ou de pierre
                          le 1er homme
depuis la nuit des temps attendait l'homme   armé d'une
                          marquée, remarqua cet effet,
pointe, qui par hasard peut-être l'ayant
c-a-d. le lut
        l'en ayant dévisagé s'aperçut alors de son pouvoir d'ainsi défier l'oubli, défier le temps

[61]

Sábado 13 de outubro
de 1973

①

(Título possível): DO AMOR DO HOMEM-
ESCREVEDOR POR SUA TÁVOLA

> DO
> DO AMOR DE UM ESCREVEDOR
> POR SUA MESA

TÁVel indispensável (dependo dela, sou dependente dela, sou o súdito dela (como se é súdito de um monarca) como se é o escravo de um mestre [A Mesa mestra] como se é intoxicado, incapaz de se desprender de uma necessidade) A Mesa: meio, necessidade imperiosa. (<u>O império da Mesa</u>: <u>o universo da távola</u>: <u>sob o império da mesa</u>)

X

②

A Mesa desde a noite dos tempos esperava o homem, vertical
                          de si
inicialmente depois ele a deitou diante   em oblíqua ou horizontal.

Vertical inicialmente diante dele como um muro tão logo ele se
              e por acaso   talvez desfigurá-la
armou de uma ponta   para   desfigurá-la
                                        algum
deu-se conta do poder que tinha de imprimir-lhe seu ritmo e de assim desafiar o esquecimento, desafiar o tempo

Desde então, ela se tornou para ele uma necessidade.
Ela se lhe tornou indispensável

        (de mais longe)   (face, rosto)
(Repetição)   Alguma superfície de madeira ou de
                                  o 1º homem
pedra desde a noite dos tempos esperava o homem   armado
                                    marcado, notou este efeito,
de uma ponta, que por acaso talvez tendo-a
i. é, leu-o
        tendo-a com ela desfigurado deu-se então conta de seu poder
de assim desafiar o esquecimento, desafiar o tempo

[62]

**Lundi
15 octobre 73**

①

La Table

(0) J'éprouve <u>le besoin</u> de réfléchir aujourd'hui <u>au besoin</u> etc... (et pourquoi éprouvé-je aujourd'hui ce besoin, c'est ce sur quoi j'éprouve <u>aussi le besoin</u> de réfléchir (il me faut, telle est ma nature, réfléchir

Je réfléchis aujourd'hui (0) <u>au besoin</u> que j'ai toujours eu (ou, du moins, depuis bien longtemps) à la fois d'une table (comme on entend ce mot à présent) et d'une tablette (comme on l'entendait autrefois).

Voici, en effet, comment je m'installe pour écrire, c'est à dire, en somme, pour être avec moi-même (selon l'expression de Montaigne <u>1</u>[**]), pour me livrer à ma consolation (selon le mot de Boèce <u>2</u>[**]).

Je vais alors à ma table (car elle ne vient pas d'elle-même à moi, il s'agit d'un quadrupède immobile, d'un meuble, sans doute, mais en quelque façon immeuble, qui ne se déplace pas facilement :   pour le déplacer   il faut le traîner, un peu comme un animal rétif) <u>3</u>

(3) <u>Je vais</u>, dis-je, à ma table et plus exactement encore pourrais-je dire que <u>je m'y rends</u> : en effet je me rends à ma table un peu comme un vaincu à son vainqueur comme un habitué à son habitude : elle m'attendait, elle est depuis toujours à ma disposition, et voici que maintenant je m'y rends, me mets à la sienne, je me livre à elle, je m'y soumets. Mais voici un mot pas tout à fait juste. En effet voici alors ce qui se passe :

→ Je m'assieds sur le siège qui doit, de toute   auprès   qui s'y trouve nécessité, se trouver devant elle (couple indis-   accouplé   aussi pensable) et qui doit   , de préférence, être muni d'un dossier et tel que je puisse m'y renverser en arrière. En effet, je ne m'attable pas, à proprement parler (c'est à dire les jambes sous la table, les pieds posés par terre, et les avant-bras sur le plateau). Non. J'imprime à mon siège un mouvement tel que, m'étant assis, la table se trouve contre le côté gauche de mon corps, je soulève alors mes membres inférieurs et place mes mollets (jarrets) sur le plateau, mon coude gauche appuyé sur le bras gauche de mon fauteuil ou sur le plateau de la table, mon corps à ce moment renversé obliquement en arrière, presque allongé et souvent les pieds plus hauts que la tête.

[**] Ces deux notes manquent dans le manuscrit (note des éditeurs).

[62]

Segunda-feira
15 de outubro de 73

①

| A Mesa |

(0) Sinto <u>a necessidade</u> de refletir hoje <u>na necessidade</u> etc... (e por que sinto hoje essa necessidade, é sobre isso que sinto <u>também a necessidade</u> de refletir (preciso, esta é minha natureza, refletir

Reflito hoje ⁽⁰⁾ <u>na necessidade</u> que sempre tive (ou, pelo menos, há muito tempo) ao mesmo tempo de uma mesa (como se entende essa palavra atualmente) e de uma tábua (como era entendida outrora).

Eis, com efeito, como me instalo para escrever, isto é, em suma, para estar comigo mesmo (segundo a expressão de Montaigne <u>1</u>**55), para me entregar a minha consolação (segundo a palavra de Boécio <u>2</u>**).

Vou então a minha mesa (pois ela não vem por si só a mim, trata-se de um quadrúpede imóvel, de um móvel, sem dúvida, mas de certa forma imóvel, que não se desloca facilmente: para deslocá-lo
 é preciso arrastá-lo, um pouco como um animal recalcitrante) <u>3</u>

(3) <u>Vou</u>, digo, a minha mesa e mais exatamente ainda poderia dizer que <u>me rendo a ela</u>: com efeito rendo-me a minha mesa um pouco como um vencido a seu vencedor como um habituado a seu hábito: ela me esperava, ela está desde sempre à minha disposição, e eis que agora me rendo a ela, me ponho à sua, me entrego a ela, me submeto a ela. Mas esta é uma palavra não totalmente justa. Com efeito eis então o que se passa:

→ Sento-me no assento que deve, necessaria-
   junto   que com
mente, encontrar-se diante dela (casal in-
ela se encontra acasalado   também
dispensável)   e que deve   ,
de preferência, ser dotado de um encosto e tal que eu possa deitar-me para trás. Com efeito, não me sento propriamente à mesa (isto é, com as pernas sob a mesa, os pés postos no chão, e os antebraços sobre a plataforma). Não. Imprimo a meu assento um movimento tal que, tendo-me sentado, a mesa se encontre encostada no lado esquerdo de meu corpo, levanto então meus membros inferiores e ponho minhas panturrilhas (jarretes) sobre a plataforma, meu cotevelo esquerdo apoiado no braço esquerdo de minha poltrona ou na plataforma da mesa, meu corpo neste momento reclinado obliquamente para trás, quase deitado e muitas vezes os pés mais altos que a cabeça.

** Estas duas notas faltam no manuscrito (nota dos editores).

[63]

**Mardi
16 octobre 73**

①

　　　Ô Table, ma console et ma consolatrice, table qui me console, où je me consolide

[63]
**Terça-feira
16 de outubro de 73**
①

Ô Távola, és consolo e és consoladora, mesa que me consola, onde me consolido

"UN EXTRAIT DE MON TRAVAIL SUR LA TABLE"

Ô Table, ma console et ma consolatrice, pourquoi, table, aujourd'hui me deviens-tu urgente?

Table de l'écritoire (table ou tablette), qui dès longtemps souvins à l'appui de mon corps comme aujourd'hui, enfin, à mon esprit ta notion,

Ô Table, ma console et ma consolatrice?

— C'est qu'il ne me reste plus que ta formulation à entendre (de toi) et transcrire, pour en avoir, du **tout**, *pour en avoir,* **c'est l'heure**, *absolument fini.*

*

Table rase ayant été faite, qu'est-ce donc, je te le demande, qui en résulte ou en reste, sinon toi encore, table encore et seulement.

(Non, du tout, ni **je pense**, *ni* **donc**, *ni* **je suis**).

Ce n'est pas sur une métaphysique que nous aurons appuyé notre morale: sur une physique seulement.

*

Vibre donc aujourd'hui à l'unisson des cordes, deviens une table d'harmonie!

*

Table *rend un son mat et froid, sans vibrations prolongées aucunes.*

Et encore faut-il qu'elle soit proférée de façon bien nette: nettement découpée, à droite et à gauche, du silence.

Sinon, elle ne répond pas; résiste; s'en tient à son rôle de pur support ou appui.

*

Pour avoir une véritable table, il suffit d'ôter à **véritable** *son insupportable* **véri**, *à* **insupportable** *son insupportable* **insuppor**.

Table *n'est qu'un support, à peine plus que ce suffixe attribuant à quiconque la possibilité-d'être selon quelque radical que ce soit: oui, cet* **able**, *appuyé seulement à cette colonne, le* **T** *(qui, pictographiquement, la désigne).*

Ainsi, pour t'obtenir, ô Table, suffit-il de marquer du **Tau** *de la prédestination le suffixe exprimant la possibilité-d'être toute pure.*

Voici donc à quelle magnification nous sommes parvenus. La plus sobre, la plus simple; la plus singulière aussi.

Table! *Redis table ainsi, lecteur:* **ainsi**, *tu ne l'oublieras plus.*

Francis Ponge

"UM EXTRATO DE MEU TRABALHO SOBRE A MESA"[56]

Ô Mesa, que és consolo e que és consoladora, por que, mesa, hoje tu me és urgente?
Mesa da escrivaninha (mesa ou tábua), que há muito tempo subvieste em apoio a meu corpo como hoje, enfim, a meu espírito tua noção,
Ô Mesa, que és consolo e que és consoladora?
— É que não me resta mais senão tua formulação a ouvir (de ti) e trancrever, para ter, de **todo***, para ter, é* **hora***, absolutamente acabado.*

*

Tendo sido feita tábua rasa, o que então, te peço eu, disso resulta ou resta, senão tu ainda, mesa ainda e somente.
(Não, de modo algum, nem **penso***, nem* **portanto***, nem* **existo***).*
Não é em uma metafísica que teremos apoiado nossa moral: em uma física somente.

*

Vibra, pois, neste dia uníssona coas cordas, torna-te um tampo harmônico!

*

Távola *produz um som surdo e frio, sem vibrações prolongadas nenhumas.*
E ainda é preciso que ela seja proferida de maneira bem nítida: nitidamente recortada, à direita e à esquerda, do silêncio.
Senão, ela não responde; resiste; se atém a seu papel de puro suporte ou apoio.

*

Para se ter uma incontestável távél, basta tirar de incontestável *seu* insuportável *incontes, de* insuportável *seu insuportável* insupor.
Tável *não é senão um suporte, apenas mais do que este sufixo que atribui a qualquer um a possibilidade-de-ser de acordo com qualquer radical: sim, este* **ável***, apoiado somente nesta coluna, o* **T** *(que, pictograficamente, a designa).*
Assim, para te obter, ô Tável, basta marcar com o **Tau** *da predestinação o sufixo que exprime a possibilidade-de-ser toda pura.*
Eis, portanto, a que magnificação chegamos. A mais sóbria, a mais simples; a mais singular também.
Tável! *Repete távél assim, leitor:* **assim***, não a esquecerás mais.*

FRANCIS PONGE

LE MUR, LA TABLE

23·X·70

L'homme d'abord a écrit, ou peint sur le mur vertical [ou le plafond (des dolmens)] sur les parois verticales (stèles funéraires), socles des statues, fronton des temples.

L'homme penché sur son écritoire (moi, généralement, je l'élève quasi verticalement à mes yeux) a pourtant l'impression qu'il dresse quelque chose pour barrer, limiter son horizon. Chaque ligne comme une barrière ou une rangée de pierres ou de parpaings ou de briques dont la successien (horizontales sur horizontales) constituera le mur, la page écrite… Mais que dis-je "dresse"? Le bizarre est que la page s'étage se bâtit de haut en bas, au contraire du mur. Le scripteur travaille, opère, au sens contraire du maçon. Peut-être (mais cela j'ovais à dire émions pourrait-on en inférer que le mur, c'est la page nue, blanche et que l'écrit est fait pour nier, annuler (de haut en bas), rayer, détruire le mur, transformer le mur en ouverture (en porte ouverte). Contraire d'une fenêtre à guillotine. (L'écrit transformerait le mur en fenêtre, store vénitien, volet à la malle jalousies). En ce sens le contraire de ce qu'a dit Blanchot.

Fac-símile da folha 35, "Le mur, la table", do manuscrito de *La table*.

NOTAS CRÍTICAS

¹ Trata-se de Le Mas des Vergers, casa de campo em que Ponge residiu a maior parte do tempo a partir de 1965, situada em Bar-sur-Loup, centro administrativo de um cantão no distrito de Grasse, no departamento dos Alpes Marítimos, no sudeste da França, perto da Côte d'Azur.

² Roquefort e Le Rouret são comunas do cantão de Bar-sur-Loup.

³ Além do emprego normal do verbo pronominal *se souvenir* ("lembrar-se"), ocorre em francês a construção impessoal do tipo *il me souvient de/que* (como nos célebres versos de *Le pont Mirabeau*, de Apollinaire: "Sous le pont Mirabeau coule la Seine / Et nos amours / Faut-il qu'il m'en souvienne"), à qual corresponde em português um uso impessoal do verbo *lembrar*, como, por exemplo, em "lembra-me haver falado com essa pessoa". O primeiro uso encontra-se, no texto de Ponge, na primeira frase da folha 3 ("Je me souviendrai de toi..."); o segundo, na terceira frase da folha 5 r. ("... il me souvient de la table").

O emprego, em francês, da construção verbal *souvenir à* com o sentido literal de "venir sous" não é habitual, constituindo, aqui e em outras passagens do texto (por exemplo, folhas 3, 5 r. e 5 v.), um uso criativo de Ponge, como um jogo formal e semântico sobre a idéia de que a lembrança, o "souvenir", surge no fundo da memória conjugada com a idéia de que algo vem sob ou se coloca sob, incluindo um sema de apoio, que já estava presente no verbo *subvenire* usado pelos latinos (Ovídio, Plínio). Na tradução, criou-se a construção verbal equivalente *subvir a*.

Ponge utiliza também o verbo *souvenir/subvir* com o mesmo sentido num outro imenso canteiro intitulado *Comment une figue de paroles et pourquoi:* "**Como remodelo cada um [os figos secos] entre o polegar e o indicador um instante antes de o trincar, / Uma idéia me subvém, ou sobrevém, prontinha para ser logo deixada de lado**" (Paris: Flammarion, 1977, p. 205).

⁴ Trata-se de Philippe Sollers e de Julia Kristeva-Sollers. Ponge costuma anotar em seus dossiês de escritura as idéias que lhe ocorrem durante suas conversas e muitas vezes as utiliza em seus textos.

⁵ *Harper's bazaar* é um dicionário bilíngüe inglês-francês.

⁶ Ver nota 10.

⁷ Hoje, *dévisager* significa "encarar". Hatzfeld e Darmesteter, em seu *Dictionnaire général de la langue française*, assinalam que *dévisager* teve sucessivamente dois sentidos: "desfigurar" (de *dé*, em lat. "dis", e *visage*), a partir de 1539, e "encarar" (de *dé*, em lat. "de", e o radical de "envisager"), adotado pela Academia Francesa em 1878. Na folha 57, Ponge cita duas definições do *Littré* que nos fazem compreender que, em seu contexto, *dévisager* é tomado no sentido de "dilacerar o rosto", "desfigurar". Na realidade, Ponge usa a noção de *desfigurar* num sentido bem mais amplo. Pretendendo levar adiante o projeto de Lautréamont e de Mallarmé, de *des-figurar* as figuras da retórica e da filosofia, já em seu primeiro livro, publicado em 1926, *Douze petits écrits*, define seu projeto de "... d'un coup de style le défigurer un peu ce beau langage..." ("... com um estilaço desfigurá-la um pouco esta bela linguagem...") (TP, 10).

⁸ Ver, a respeito da criação *tável*, as subseções "A decifração e a tradução de *table*" e "Tradução com mudança de valência", da seção "O canteiro da tradução", e a folha 39 d'*A mesa*.

⁹ É um jogo de palavras: *areia* é a tradução do elemento inglês *sand* da palavra *sanduíche*.

¹⁰ A expressão *mettre à la question* significava outrora "torturar acusados ou condenados para obter confissões". *Rouer*, em português *rodar*, significava na Idade Média "submeter ao suplício da roda".

A "mesa de dissecação" remete ao célebre canto VI dos *Chants de Maldoror*, de Lautréamont (1869) ("Il est beau [...] comme la rencontre fortuite sur une table de dissection d'une machine à coudre et d'un parapluie!"); e a "lição de anatomia", à conhecida "Lição de anatomia do doutor Tulp", de Rembrandt (1632).

[11] A passagem "Viens sur moi je préfère t'embrasser sur la bouche **Lecteur** amour de lecteur" é uma variante de um dos textos de *Proêmes*, intitulado "Il n'y a pas à dire", no qual se lê: "Viens sur moi: j'aime mieux t'embrasser sur la bouche, amour de lecteur." A passagem "Serre toi contre moi" constitui talvez uma alusão discreta ao canto V dos *Chants de Maldoror*. Vale a pena citar a passagem inteira, porque ela esclarece a problemática da relação entre o escritor e o leitor desenvolvida por Ponge. Conviria destacar as palavras por nós grifadas, que também figuram no texto de Ponge: "Que ne puis-je regarder à travers ces *pages* séraphiques le *visage* de celui qui me *lit*. S'il n'a pas dépassé la puberté, qu'il s'approche. *Serre-toi contre moi*, et ne crains pas de me faire du mal; rétrécissons progressivement les liens de nos muscles. Davantage. Je sens qu'il est inutile d'insister; l'opacité, *remarquable* à plus d'un *titre*, est un empêchement des plus *considérables* à l'*opération* de notre complète jonction" (*Œuvres complètes*. Paris: José Corti, 1973, p. 304-5).

[12] O verbo *chasser* tem pelo menos dois sentidos, de certa maneira opostos: o primeiro corresponde em português a "caçar" (do lat. *captare*); o segundo corresponde a "expulsar", "eliminar", "limpar". Embora a dificuldade de se encontrar um termo equivalente em português, no texto devem-se ler os dois sentidos ao mesmo tempo. Note-se que, especialmente no que tange ao segundo sentido, a problemática da eliminação das impurezas da linguagem é desenvolvida ao longo de toda a obra de Ponge e ilustrada particularmente no texto *Le savon*.

[13] *Conceptáculo* é lexicalizado como termo de botânica, designando: 1º — órgão urceolado onde se formam os propágulos nas hepáticas; 2º — órgão esférico mergulhado no talo de muitas algas, e que se abre para o exterior por um ostíolo; em seu interior formam-se os órgãos reprodutores. *Conceptáculo* provém do latim *conceptum*, supino do verbo *concipere*, que significa: 1º — engendrar, reproduzir, formar um filho; 2º — formar um conceito. Se a definição da botânica se baseia no primeiro desses sentidos, Ponge trabalha principalmente o segundo.

[14] Este aparente desconchavo explica-se porque Ponge trabalha na mesma época em *La fabrique du pré*. A versão dita definitiva é publicada no *Nouveau recueil*. No final dessa versão, encontra-se o mesmo jogo com *Francis/Fenouil, Ponge/Presle*, embora a disposição tipográfica difira da que é proposta aqui.

[15] Nesta folha, como na seguinte, Ponge realiza uma análise fonética menos metódica do que empírica sobre o significante-chave de seu texto. Bastaria lembrar, por exemplo, que os lingüistas não designam a consoante *l* como labial. Entretanto, o que ele procura realizar, como fazia Claudel em seus *Idéogrammes occidentaux*, é sobretudo um trabalho poético no qual toma a liberdade de interpretar o *T* e outras letras como representação pictográfica da távola/mesa.

[16] Esta citação é parte de um verso alexandrino tirado das *Satires*: "On s'assied: mais d'abord notre troupe serrée / Tenoit à peine autour d'une table carrée" (III, v. 53-54).

[17] Efetivamente, encontra-se no romance *L'Ingénu* a seguinte passagem: "Chacun par là des ministres et du ministère avec cette liberté de table, regardée en France comme la plus précieuse liberté qu'on puisse goûter sur la terre."

[18] Esta citação é tirada do capítulo II do *Traité de l'existence et des attributs de Dieu*, no qual é desenvolvido um tema caro a Ponge, o da relação entre o livro e a memória: "On ferme et on ouvre son imagination comme un livre; on en tourne, pour ainsi dire, les feuillets; on passe soudainement d'un bout à l'autre: on a même des espèces de tables dans la mémoire, pour indiquer où se trouvent certaines images reculées" (c. 1685).

[19] Pode-se ler aqui uma alusão à *Lógica de Port-Royal*, segundo a qual as proposições modais são aquelas que modificam a afirmação ou a negação por um dos quatro modos seguintes: possível, contingente, impossível, necessário. Na medida em que Ponge concebe seu trabalho de reescritura como fugas sob o signo de Bach, pode-se ler também nas "modais" uma alusão à música modal, atonal.

Como em outras seqüências do texto, Ponge apoia-se no *Littré* para sugerir uma relação entre a tabela das modais lógicas e a expressão *ponte dos asnos*, ao encontrar no dicionário esta citação de Oratius Tubero: "La table des modales, appelée le pont aux ânes" (*Diálogos*, t. II).

A expressão *ponte dos asnos* é consagrada em várias línguas: latim (*pons asinorum*), francês (*pont aux ânes*), espanhol (*puente de los burros*), alemão (*Eselsbrücke*), inglês (*asses'bridge*). Tubero retoma uma expressão antiga que designava a demonstração gráfica do teorema de Pitágoras, o qual, de alguma forma, já era conhecido e usado um milênio antes pelos babilônios e, provavelmente, foi introduzido na Grécia por Pitágoras. Isso faz compreender o uso da expressão, nas diversas línguas, com o sentido metafórico de "coisa sabida", "coisa fácil", "banalidade". O *Petit Robert*, que, a exemplo de outros dicionários, define a expressão como "dificuldade que pode embaraçar somente os ignorantes", remete às expressões analógicas *guide-âne*, definida, por sua vez, como "livrinho, memorando que contém instruções elementares para guiar os principiantes em um arte, uma profissão", e *pense-bête*, definida como "coisa, marca destinada a lembrar o que se projetou fazer".

[20] As diferentes traduções do *Apocalipse* que consultamos (Martinho Lutero, Pe. Matos Soares, Pe. Antônio Pereira de Figueiredo, André Chouraqui, Escola Bíblica de Jerusalém e Nestle-Aland) relatam que um anjo marcou a fronte dos predestinados, não com um T, mas sim com um selo/*sceau*/*Versiegel* (7, 3). Nestle-Aland usam os verbos *assinalar*, *selar*. O Padre Antônio Pereira de Figueiredo igualmente usa o verbo *assinalar* e faz o seguinte comentário: "Depois do Evangelista Profeta ter dito no cap. 6, vv. 10 e 11, que as almas dos Santos gritavam diante do trono de Deus por vingança, e que lhes fora respondido que esperassem sossegadamente por um pouco de tempo. Agora a razão por que Deus dilatava a vingança, é que ainda restava uma grande parte dos escolhidos, que primeiro se haviam de tirar dentre os judeus. Em **Ez 9, 4**, o sinal que distinguia os escolhidos posto na testa era o **Tau** ou letra T, que figurava a Cruz de Jesus Cristo." Também Lutero, em sua tradução da *Bíblia*, na citada passagem do *Apocalipse*, remete a *Ezequiel*, 9, 4: "Und der HErr sprach zu ihn: Gehe durch die Stadt Jerusalem, und zeichne mit einem Zeichen an die Stirn die Leute, so da † seufzen un und jammern über alle Greuel, so darinnen geschehen." Onde Lutero emprega a fórmula *zeichne mit einem Zeichen* ["sinal"] e o pictograma †, Matos Soares diz *marcar com um tau*. Chouraqui usa a expressão *tracer une trace*, e a Escola Bíblica de Jerusalém, *marquer d'une croix*. Na *Tora*, encontra-se o Tau, mas a letra hebraica ת não representa pictograficamente a cruz. A tradução da Escola Bíblica de Jerusalém, *marcar com uma cruz*, já constitui uma interpretação cristã. Na versão dos Setenta, o termo utilizado é *sinal*. Já Tertuliano, em *Contra Marcião*, comentando Ezequiel, diz: "Signum Tau in frontibus vivorum Ipsa est enim littera graecorum Tau, nostra autem T, species crucis quam portendebat futuram in frontibus nostris" ("Este sinal é a letra Tau dos gregos, e nosso T latino, uma espécie de cruz que anunciava aquela que marcaria nossas frontes."). Isso confirma que o sinal que se encontra na *Bíblia* para assinalar os justos era o tau. Ao comentar *Ez 9, 4*, o Padre Antônio Pereira de Figueiredo explica oportunamente: "O Tau era a figura da cruz de Cristo; porque a letra T entre os hebreus antes do cativeiro tinha o feitio duma cruz, como também o tem entre os gregos e entre os latinos, de onde não sem mistério foi o título da cruz escrito nestas três línguas. E entre os hebreus e os gentios era o **T** sinal de vida. Com este sinal marcava o anjo, que estava vestido de hábito de linho, os que haviam de ser salvos, para dar a entender que só os que forem marcados com a cruz de Cristo escaparão da morte. **Duhamel**. Contudo esta inteligência no sentido de Calmet não é necessária, nem obrigatória. Porque a voz hebraica **Tau**, tomada à letra, significa propriamente sinal, e assim a tomaram aqui os Setenta, Áquila e Símaco, como adverte S. Jerônimo. De sorte que em lugar do que a Vulgata diz, **Signa Thau super frontes**, marca com um Tau as testas, lêem entre os gregos S. João Crisóstomo e Teodoreto; entre os latinos S. Cipriano e Santo Agostinho, **signa signo frontes**, marca com um sinal as testas."

[21] Para a leitura desta folha, remetemos o leitor à subseção "A decifração e a tradução de *table*", da seção "O canteiro da tradução". Parece, entretanto, indispensável acrescentar aqui alguns dados semânticos e etimológicos.

A palavra *fábula* provém do latim *fabula* ("conversação", "assunto de conversação", "narração"), originada do verbo *fari* ("falar"), a partir do qual é formada a palavra *infans* (*enfant*, *infante*), que significa literalmente "que não fala". Isso é bastante significativo, considerando-se que o projeto inicial de Ponge, desde *Le parti pris des choses*, é dar a palavra ao mundo mudo, a saber, às coisas.

Ponge concebe a possibilidade do termo francês *hâble*, não lexicalizado, a partir das formas lexicalizadas *hâblerie* ("tagarelice") e *hâbleur* ("tagarela"), que provêm do espanhol *hablar* ("falar").

A palavra *râble* provém do latim *rutabulum*, através da forma *rouable*, séc. XIII, e designa um instrumento, em forma de T, de cabo longo terminado por um pequeno ancinho, que serve para revolver matérias em fusão, limpar fornos, eliminar impurezas. É interessante constatar que Ponge, em *Pour un Malherbe*, define o poeta como um metalúrgico (ver *supra*, nota 12).

[22] "Por isso, pela criação de uma multiplicidade de Mentes, Deus quis executar no universo o mesmo que o pintor de uma grande cidade, que quisesse mostrar várias de suas espécies ou projeções delineadas. O pintor na tela como Deus na mente." Esta citação de Leibniz é tirada do *Systema theologicum* (1686).

[23] A partir de outubro de 1945, Ponge reside na rua Lhomond, no 5º distrito administrativo, em um apartamento cedido pelo pintor Jean Dubuffet. Além disso, a partir de 1965, possuirá também uma casa de campo em Le Mas des Vergers.

[24] Ponge coloca-se na perspectiva do célebre quadro "O bilhar" (1944), do pintor cubista Georges Braque, que se encontra no Museu Nacional de Arte Moderna, em Paris.

[25] Ponge era fascinado pela obra de Picasso, pela multiplicidade de suas perspectivas, pela sua capacidade criadora, a ponto de considerá-lo um "semideus". Em "Texte sur Picasso", Ponge caracteriza o processo criador do artista, o qual, aliás, poderia ser aplicado ao próprio trabalho do poeta: "Ébauches seulement, peut-être, ou simples schémas parfois, mais à tel point réussis qu'ils sont bien plus proches de la perfection qu'aucune perfection de labeur et de patience. Pas de corvée. Création heureuse. Créations heureuses. Non pas être, mais êtres. / L'infinitif pluriel." ("Esboços somente, talvez, ou simples esquemas por vezes, mas tão bem sucedidos que estão bem mais próximos da perfeição do que qualquer perfeição de labor e de paciência. Não corvéia. Criação feliz. Criações felizes. Não ser, mas seres. / O infinitivo plural.") Esses esboços picturais têm suas correspondências no plano do tempo lingüístico, tal como o concebe Ponge: "Analogie de la peinture de Picasso avec le concassement de la langue (des langues) et du temps logique chez Joyce." ("Analogia da pintura de Picasso com o britamento da língua (das línguas) e do tempo lógico em Joyce") (AC, 341 e 334).

[26] Ponge discute aqui a meditação de Maurice Blanchot sobre as idéias e as palavras como *profundidade elementar* sobre a qual surge sua aparência, bem como aquela sobre o poema enquanto experiência original do poeta, cuja tarefa consiste em manter aberta a questão da arte, questão que revela a "maravilha do começo". Ver, de Blanchot, *L'espace littéraire*. Paris: Gallimard, 1955; "Où va la littérature?" In: *Le livre à venir*. Paris: Gallimard, 1959; "L'absence de livre". In: *L'entretien infini*. Paris: Gallimard, 1969.

[27] É uma rua de Caen, em que Ponge reside periodicamente de 1919 a 1922. Na mesma cidade freqüentara, de 1909 a 1916, o liceu Malherbe.

[28] Ponge dedicou vários estudos ao "Realismo Absurdo" do pintor e desenhista Jean Hélion: "Hélion" (1950), in: LY; "Hélion", in: *Cahier d'art*, 1955; o prefácio para *Hélion, trente ans de dessin*, Paris: Galerie Yvon Lambert, de 4 a 24 de setembro de 1964; "Hélion - Dessins" (1965), in: NR, e *Hélion*, Paris: Galerie Karl Flinker, 1980.

[29] Expressão de criptografia que designa um cartão com furos convencionados para a leitura de textos redigidos em linguagem cifrada.

[30] Trata-se do Partido Comunista Francês. Ver a seção "Dados biobibliográficos".

[31] Horacio. *Satyras e Epistolas*. Paris, Rio de Janeiro: Garnier [s.d.].

[32] Ponge alude certamente menos ao poder executivo implantado pela Constituição do ano III (agosto de 1795) do que ao estilo Diretório.

[33] Este livro, intitulado *Ponge*, foi publicado por Gallimard, Paris, 1967 (Col. La bibliothèque idéale). Hélène é a irmã caçula de Ponge.

[34] Em maio de 1940, Ponge, que trabalha nos escritórios da C.O.A. (Funcionários e Operários de Administração), organismo encarregado de nutrir o III corpo do Exército francês, em Grand-Quevilly (subúrbio de Rouen), é nomeado lugar-tenente. O êxodo aqui evocado conduz o C.O.A. e Ponge a pé até Bourg-Théroule, depois, de trem, a Blois, onde, após haver sido desmantelado, o C.O.A. é reconstituído. Ponge desloca-se a seguir de bicicleta até Jean-

d'Angély, de lá, de trem, a Langon, e depois novamente, de bicicleta, a Montgauzy. Volta a seguir a Bonson e, finalmente, a Saint-Étienne. "Souvenirs interrompus", relato desse êxodo, encontra-se no tomo I do *Nouveau nouveau recueil*, que reúne textos anteriormente publicados entre 1923 e 1942.

[35] O poeta refere-se ao título *Les plaisirs de la porte*, de um de seus textos inseridos em *Le parti pris des choses*, 1942.

[36] Ponge utiliza no manuscrito diferentes instrumentos (caneta hidrográfica, caneta esferográfica, caneta-tinteiro) de várias cores, que não são reproduzidas aqui, mas que permitem relacionar entre si e, às vezes, datar diferentes camadas da composição.

[37] Les Alyscamps (do lat. *Elysii campi*, "Campos Elísios") é uma antiga necrópole galo-romana, situada perto de Arles, que foi adotada pelos cristãos no século IV.

[38] Provavelmente um estudante universitário. De acordo com um dos editores franceses de *La table* e da obra completa de Ponge na coleção "Bibliothèque de la Pléiade", existe uma correspondência entre o estudante e o poeta.

[39] Henri Maldiney, filósofo, teórico da arte e da literatura, é autor de dois ensaios consagrados à obra de Ponge: *Le legs des choses dans l'œuvre de Francis Ponge* e *Le vouloir dire de Francis Ponge*. Os extratos citados da carta a Maldiney remetem ao primeiro ensaio.

[40] A abreviatura *h*. designa, com certeza, a palavra *homem*. No início de *Le legs des choses...*, Maldiney escreve: "Se ele [o "mundo escrito"] é uma das figuras do espírito do mundo, deve-se crer que Hegel se enganou sobre o sentido do tempo, pois, ao contrário, na *Fenomenologia do espírito*, o homem da cultura segue o homem do direito? Não" (p. 13).

[41] Estas notas de Ponge remetem ao último capítulo do livro de Maldiney, "La chose et le poème", no qual servem de referência maior certos textos de Heidegger, entre os quais "Bauen - Wohnen - Denken" e "Das Ding", que se encontram em *Vorträge und Aufsätze*.

[42] Pierre Bonnard (1867-1947) é um pintor francês conhecido por seu trabalho sobre as qualidades expressivas da cor e por suas pesquisas cromáticas, o que motivou sua influência sobre certos pintores da abstração lírica. Após ter apresentado, em seus primeiros quadros, um universo plano de cores frias, evolui para cores incandescentes. Cézanne, evidentemente, dispensa apresentações. Ressaltemos, no entanto, que dois elementos essenciais de sua pintura interessam a Ponge: as séries (por exemplo, a "Montanha Sainte-Victoire") e o abandono do ponto de vista único em favor da apresentação dos mesmos objetos a partir de ângulos diferentes, descoberta que conduz ao cubismo. Maldiney interessa-se por esses dois pintores (*Le legs des choses...*, p. 100-3).

[43] A tradução de *non-lieu* por *não-lugar* justifica-se aqui pela oposição à noção heideggeriana de "lugar". Entretanto, o segmento à direita da página permite ler também a expressão com o sentido de decisão pela qual o juiz declara que um processo será arquivado.

[44] Encontramos em latim duas expressões foneticamente próximas entre si: *ad litem* e *ad limen*. A primeira significa "para o processo, o debate, a controvérsia"; a segunda, "no limiar, na soleira, no princípio". Um dos títulos dos *Proêmes* de Ponge intitula-se justamente "*Ad litem*", e nele se trata do debate do homem com a linguagem: "Or, la faiblesse de notre esprit... il faut bien avouer que la chose est possible: nous en avons assez de signes manifestes au cours de notre lutte même avec nos moyens d'expression." ("Ora, a fraqueza de nosso espírito... deve-se confessar que a coisa é possível: temos disso bastantes sinais manifestos no decorrer de nossa própria luta com nossos meios de expressão") (TP, 192).

[45] É ao verso 177 de *Agamêmnon*, de Ésquilo, que Maldiney alude (p. 78), e não a Sófocles, como anota Ponge. O termo *patemática* significa literalmente "ensino pela prova". Para Maldiney, o conhecimento da coisa é, em Husserl, essa patemática.

[46] Não temos conhecimento de que esta conferência à qual Ponge assistiu tenha sido publicada. Num diálogo com Jean Thibaudeau, Jean-François Chevrier e Philippe Berthet, o poeta, ao falar de seu *Malherbe* como de um romance autobiográfico, passa a tratar da questão da narração, lembrando uma de suas intervenções por ocasião da referida conferência: "Houve uma conferência em que ele [Jean-Pierre Faye] falou da narração, do fato de que os cavaleiros iam num sentido, o sentido lhes era dado, a direção, o sentido na acepção do termo que significa, enfim que é empregado nas palavras contramão, mão única, etc. — a direção, o sentido, a direção era dada pelo desejo de ver um território outro que o deles. Pois bem fiz a

reflexão naquele momento de que era sempre a mesma coisa. Que se ia, bom com isso volto a Proust, que se ia para sua memória, se quiserem, para, como direi, também é uma direção, é um sentido, busca-se em sua memória, vai-se ao paraíso perdido, não é, ao tempo perdido, vai-se para lá. Que há sempre algo, uma idéia de movimento, uma idéia dinâmica, uma idéia de direção. Mas porque não há outro meio de impulsar, de bater com os estribos na barriga, nos flancos de seu cavalo, de meu cavalo de escritura enfim. É preciso que haja, para se conseguir um certo galope da inspiração, para falar depressa, é preciso ter um território em vista, um lugar outro, é preciso ter vontade de encontrar algo." (*Cahiers critiques de la littérature*, n. 2, déc. 1976, p. 25-6). Além de membro da comissão editorial da revista *Change*, Jean-Pierre Faye é autor, entre outros, de dois livros extremamente importantes: *Le récit hunique*. Paris: Seuil, 1967, e *Langages totalitaires. Critique de la raison/l'économie narrative*. Paris: Hermann, 1972.

[47] Para a definição de "objoego", ver a nota 10 da seção "Francis Ponge: *De emendatione temporum*".

[48] *A consolação da filosofia* é a principal obra de Boécio (Roma, 480-525), conhecido também por ter traduzido e comentado em latim os tratados de Aristóteles. Desenvolvendo os temas estóicos, Boécio quer dar ao homem os remédios contra os reveses da Fortuna.

[49] A referência (V, 26) dada por Ponge é tirada do *Littré*, o qual remete à edição *Les poésies de M. de Malherbe avec les observations de Monsieur Ménage*. Paris: Thomas Jolli, 1666. Gilles Ménage — que elaborou o primeiro *Dictionnaire étymologique*, a partir de sua própria obra *Origines de la langue française* (1650) — não se baseia nos textos revistos e corrigidos por Malherbe, como puderam fazê-lo, mais recentemente, Philippe Martinon e Antoine Adam. Consultamos a edição de Martinon: *Les poésies de Malherbe*. Paris: Garnier, 1937. O extrato citado são os versos 34 a 36 do sexto poema dos *Vers d'amour de commande*, intitulado *Stances [Pour le comte de Charny]* (Charles Chabot), p. 144-5. Martinon indica que o poema foi composto provavelmente em 1619 e publicado em 1620, o que Antoine Adam confirma em sua edição: *Œuvres*. Paris: Gallimard, 1971, p. 868-9 (col. Bibliothèque de la Pléiade).

[50] É a primeira frase do diálogo entre a Infanta e Ximena na cena 2 do ato IV de *Le Cid* (1636).

[51] O título completo da peça é *La mort de Pompée* (entre 1643 e 1646). O verso alexandrino "Et quiconque se plaint cherche à se consoler" são palavras que Cornélia dirige a Felipe no início da cena 1 do ato IV (v. 12).

[52] A estranheza de Ponge se justifica, pois, com efeito, os dicionários de latim traduzem o adjetivo *solus* por "só, único, solitário, deserto".

[53] Língua falada pelos oscos, antiqüíssimo povo de estirpe pelágica, habitante da Campânia italiana.

[54] A respeito das palavras *planitude* e *planeza* e de seus equivalentes franceses *planitude* e *planéité*, ver a subseção "Do francês pongiano a um português pongiano", na seção "O canteiro da tradução".

[55] Alusão ao célebre cap. XVI do Livro II dos *Ensaios* de Montaigne: "Il semble que l'estre conneu, ce soit aucunement avoir sa vie et sa durée en la garde d'autruy. Moy, je tiens que je ne suis que chez moy..." ("Dir-se-ia que ser conhecido consiste em outorgar a outrem o cuidado de nossa vida e sua duração. Quanto a mim, considero que estou somente em mim..." Tradução de Sérgio Milliet, ligeiramente modificada. Porto Alegre: Globo, 1972, p. 329). No mesmo capítulo, encontra-se igualmente o questionamento de Montaigne sobre seu nome próprio, trabalho que, evidentemente, está ligado à auto-bio-grafia e à morte, interrogações essas que, todas, comandam a obra de Ponge.

[56] Este *estado* d'*A mesa* foi inicialmente publicado como abertura do livro de Maldiney *Le legs des choses dans l'œuvre de Francis Ponge* e posteriormente na edição do texto em *Études françaises*. Não figura, no entanto, nem na versão das Éditions du Silence nem na da editora Gallimard. A tradução desta página é baseada no texto tal como consta no livro de Maldiney.

DADOS BIOBIBLIOGRÁFICOS

1899   Nascimento de Francis Ponge, a 27 de março, em Montpellier, em uma família de ascendência huguenote.

1900   Curta passagem da família por Nîmes, depois mudança para Avinhão.

1901   Nascimento de Hélène, irmã de Francis.

1909   O pai é transferido para Caen. Ponge estuda no liceu Malherbe.

1914   Férias na Alemanha, na Turíngia. Ponge participa de uma manifestação organizada por Maurice Barrès.

1916   Diploma de conclusão dos estudos secundários de filosofia. No outono, Ponge prepara a Escola Normal Superior no liceu Louis-le-Grand, em Paris. A revista *Presqu'île* publica seu primeiro texto, "Sonnet", assinado anagramaticamente Paul-François Nogère.

1917   Ponge prepara a licenciatura em direito e em filosofia na Sorbonne. É aprovado em direito, mas reprovado em filosofia por "mutismo". É mobilizado em Falaise na infantaria, depois em Metz e em Chantilly, no início de 1919. Prepara a Escola Normal Superior em Estrasburgo, mas fracassa ainda por "mutismo".

1922   A revista *Le mouton blanc*, "órgão do classicismo moderno", dirigida por Jean Hytier, Jules Romains e Gabriel Audisio, publica "Esquisse d'une parabole".

1923   A mesma revista publica "Fragments métatechniques", e a *Nouvelle revue française*, dirigida por Jacques Rivière, "Trois satires". Conhece Jean Paulhan e é admitido no serviço de fabricação da editora Gallimard.

1924   Viagem à Itália. Vários textos nas revistas *Nouvelle revue française* e *Commerce*.

1926   Os *Douze petits écrits* são publicados na editora da Nouvelle Revue Française.

1929   Ponge encontra Odette Chabanel, de 18 anos. Distancia-se de Paulhan e aproxima-se dos surrealistas. Publica "Plus-que-raisons" no primeiro número da revista *Le Surréalisme au service de la révolution*. Sua mãe compra uma propriedade em Les Fleury, no departamento do Yonne.

1931   Ponge entra em Messageries Hachette para poder desposar Odette.

1935   Nascimento de Armande, filha única de Odette e Francis Ponge.

1936   Greve na Hachette. Ponge é responsável sindical na C.G.T. (Confederação Geral do Trabalho).

1937   Filiação no Partido Comunista. É demitido pela Hachette.

1938   Ponge trabalha em companhias de seguros.

1942   Mobilizado perto de Rouen no III C.O.A. (Funcionários e Operários de Administração).

1942   Publicação, por Gallimard, de *Le parti pris des choses*. Responsável, em Bourg-en-Bresse, pelo jornal *Le Progrès de Lyon*, no qual publica 53 artigos não assinados, intitulados *Hors Sac*. Agente da Resistência. Publica Eugène Guillevic, René Char, Raymond Queneau, Jean Tardieu, Georges Limbour e outros. Encontra Joë Bousquet, Luc Estang, Paul Éluard e Jean Tortel. Corresponde-se com Gabriel Audisio, Pascal Pia e Albert Camus.

1944   Ponge dirige a seção literária do jornal comunista de Louis Aragon, *Action*. Textos sobre Georges Braque, Pablo Picasso e Jean Dubuffet. Jean-Paul Sartre publica um artigo importante sobre Ponge: "L'homme et les choses".

1945   Odette e Francis Ponge instalam-se na rua Lhomond, no bairro Mouffetard.

1946   Ponge rompe com *Action* por não se entender mais com o P.C.F. (Partido Comunista Francês). Morte de seu amigo Bernard Groethuysen.

1947   Deixa o P.C.F. Profere "Tentative orale" em Paris e Bruxelas.

1948   Viagem à Argélia em companhia de Henri Calet, Eugène Kermadec e Michel Leiris. Ali escreve, entre outros, "My creative method".

1950   Conferência em Florença.

1951   Conferências em Liège e Lille.

1952   Professor na Aliança Francesa. A editora suíça Mermod publica *La rage de l'expression*, uma reviravolta na obra de Ponge. Discussões radiofônicas com André Breton e Pierre Reverdy. Conferência em Tours.

1953   Conferências em Liège, Bruxelas e Gand.

1954   *Texte sur l'électricité*, encomendado pela E.D.F. (Électricité de France).

1955   Conferência em Gand sobre Malherbe.

1956   Conferência em Stuttgart. Número de homenagem da *Nouvelle revue française* a Ponge. Conferências na Aliança Francesa, assistidas por Philippe Sollers.

1958   Torna-se amigo do poeta Max Bense.

1959   Viagem a Düsseldorf com Jean Fautrier. Recebe um prêmio de poesia em Capri e a comenda da Legião de Honra. Encontra Haroldo de Campos em Paris.

1960   Conferência sobre Braque. Sollers faz na Sorbonne uma palestra sobre Ponge e publica "La figue", do poeta, como texto de abertura do n. 1 da revista *Tel Quel*. Viagem à Suíça.

1961   Vende um desenho de Seurat e compra a casa de campo de Le Mas des Vergers, na Provença. Conferências na Itália e na Iugoslávia. Publicação dos três volumes de *Le grand recueil*.

1964   Aposenta-se na Aliança Francesa.

1965   Publicação de *Pour un Malherbe* e do *Tome premier*. Conferências na Itália, no Canadá e nos Estados Unidos.

1966   Professor visitante na Columbia University até fevereiro de 1967.

1967   Publicação de *Le savon* e do *Nouveau recueil*. De 18 de abril a 12 de maio, difusão pela rádio France-Culture dos diálogos de Ponge com Sollers.

1969   Leituras em Gand e Amsterdam. Membro correspondente da Academia Bávara.

1970   Publicação dos *Entretiens de Francis Ponge avec Philippe Sollers*. Viagem aos Estados Unidos.

1971   Conferências na Inglaterra. Publicação de *La fabrique du pré*.

1973   The Ingram Merrill Foundation outorga-lhe seu Prêmio Internacional de 1972.

1974   Polêmica com *Tel Quel* e publicação do libelo *Mais pour qui donc se prennent ces gens-là?* A Universidade de Oklahoma confere-lhe o Prêmio Internacional de Literatura *Books Abroad Neustadt*.

1975   Em agosto, colóquio no Centro Cultural Internacional de Cerisy: *Ponge inventeur et classique*, com a presença de poeta.

1977   Publicação de *L'atelier contemporain, Comment une figue de paroles et pourquoi* e *L'écrit Beaubourg*.

1981   Grande Prêmio Nacional de poesia. Primeira publicação, na revista *Études françaises*, de *La table*.

1983   Publicação de *Nioque de l'avant-printemps* e de *Petite suite vivaraise*.

1984   Publicação de *Pratiques d'écriture ou l'inachèvement perpétuel*.

1986   Publicação, por Gallimard, da *Correspondance* entre Jean Paulhan e Francis Ponge.

1988   Morte de Francis Ponge.

1992   Publicação dos três volumes do *Nouveau nouveau recueil*.

1999   Publicação do primeiro volume de *Œuvres complètes* na coleção "Bibliothèque de la Pléiade".

Francis Ponge, 1967.

ELEMENTOS BIBLIOGRÁFICOS

Bibliografia das obras de Francis Ponge[1]

- * *Le grand recueil. t. I. Lyres.* Paris: Gallimard, 1961.
- * *Le grand recueil. t. II. Méthodes.* Paris: Gallimard, 1961.
- * *Le grand recueil. t. III. Pièces.* Paris: Gallimard, 1961.
- *Tome premier.* Paris: Gallimard, 1965 (compreende: **Douze petits écrits,* * *Le parti pris des choses,* * *Proêmes,* * *La rage de l'expression, Le peintre à l'étude* e *La Seine*).
- *Pour un Malherbe.* Paris: Gallimard, 1965.
- * *Le savon.* Paris: Gallimard, 1967.
- *Nouveau recueil.* Paris: Gallimard, 1967.
- *Entretiens de Francis Ponge avec Philippe Sollers.* Paris: Gallimard, Seuil, 1970.
- *La fabrique du pré.* 2. ed. Genève: Skira, 1990.
- *L'atelier contemporain.* Paris: Gallimard, 1977.
- * *Comment une figue de paroles et pourquoi.* Paris: Flammarion, 1977.
- *Francis Ponge. Manuscrits. Livres. Peintures* (23 fev. - 4 abr. 1977). Organizado por François Chapon. Biblioteca Pública de Informação. Paris: Centre Georges Pompidou, 1977.
- *La table.* Montréal: Éditions du Silence, 1982.
- *Pratiques d'écriture ou l'inachèvement perpétuel.* Paris: Hermann, 1984.
- *Correspondance 1923-1946, Jean Paulhan, Francis Ponge.* Edição crítica comentada por Claire Boaretto. Paris: Gallimard, 1986.

---

[1] Indicamos somente os títulos mais facilmente disponíveis. Aqueles que foram publicados em coleções de bolso são precedidos de asterisco. Dos dois volumes de *Œuvres complètes* de Francis Ponge, na coleção "Bibliothèque de la Pléiade", preparados sob a direção de Bernard Beugnot, o primeiro inclui as obras do período que vai de *Douze petits écrits* (1926) a *Le grand recueil* (1961); e o segundo (no prelo), além de uma bibliografia exaustiva das entrevistas concedidas por Ponge, incluirá as obras desde *Pour un Malherbe* (1965) até os três tomos do *Nouveau nouveau recueil*, publicados postumamente (1992). Para bibliografias mais exaustivas, ver: François Chapon. *Francis Ponge: une œuvre en cours.* Catálogo da exposição realizada na Biblioteca Jacques Doucet (Paris) de 14 a 28 de junho de 1960; Claire Boaretto. *Bibliographie des textes de Francis Ponge (mars 1926-octobre 1976).* Paris: *Bulletin du bibliophile*, 1976, e Jean-Marie Gleize, org. "Bibliographie des œuvres de Francis Ponge". *Cahiers de l'Herne.* Paris: L'Herne, 1986, p. 596-615. Os leitores que se interessarem pela correspondência de Ponge poderão consultar a lista provisória das cartas publicadas ou identificadas estabelecida por Bernard Beugnot e Bernard Veck em "Les amitiés et la littérature: Francis Ponge épistolier". *The Romanic Review*, New York: Columbia University, v. 85, n. 4, 1995, p. 615-28.

- *Correspondance 1946-1968, Jean Paulhan, Francis Ponge*. Edição crítica comentada por Claire Boaretto. Paris: Gallimard, 1986.
- *Nouveau nouveau recueil. t. I. 1923-1942*. Paris: Gallimard, 1992.
- *Nouveau nouveau recueil. t. II. 1940-1975*. Paris: Gallimard, 1992.
- *Nouveau nouveau recueil. t. III. 1967-1984*. Paris: Gallimard, 1992.
- *Treize lettres à Castor Seibel*. Caen: L'Echoppe, 1995.
- *Correspondance Ponge-Tortel*. Paris: Stock, 1998.
- *Œuvres complètes. v. I*. Paris: Gallimard, 1999 (col. Bibliothèque de la Pléiade).

Bibliografia das obras consagradas a Francis Ponge[2]

ARON, Thomas. *L'objet du texte et le texte-objet: La chèvre de Francis Ponge*. Paris: Éditeurs Français Réunis, 1980.

ASSOUN, Paul-Laurent, dir. *Pièces: les mots et les choses*. Paris: Ellipses, 1988.

AUGUST, Marilyn Ann. *A study of the modern autobiographical fragment: writing as a self-affirmation in the works of Francis Ponge, Michel Leiris, and Roland Barthes*. Tese de doutorado. New York: Columbia University, 1982.

BAEHLER, Aline. *Literary pilgrimages (20th century french literature)* [Marcel Proust, Violette Leduc, Jacques Réda, Francis Ponge, Philippe Jaccottet, Julien Gracq, Jean Roudaut]. Tese de doutorado. New York: New York University, 1993.

BARDÈCHE, Marie-Laure. *Francis Ponge ou la fabrique de la répétition*. Bruxelles: Delachaux et Niestlé, 1999.

BECCHETTI, Catherine. *La peinture, unité retrouvée de la poésie (Yves Bonnefoy, Francis Ponge)*. Tese de doutorado. Paris: Université de Paris VII, 1991.

BELLATORE, André. *"Templa serena". La rhétorique singulière de Francis Ponge*. Tese de doutorado. Aix: Université d'Aix-Marseille I, 1994.

BENSE, Max. *Rationalismus und Sensibilität*. Stuttgart: Agis, 1956.

BESNEHARD, Pierre. *Francis Ponge: l'homme, le monde, et la parole*. Tese de doutorado. Aix-en-Provence: Université d'Aix-en-Provence, 1975.

BEUGNOT, Bernard. *Poétique de Francis Ponge: le palais diaphane*. Paris: PUF, 1990.

_____, MARTEL, Jacinthe, VECK, Bernard. *Bibliographie critique de Ponge*. Paris: Memini, 2000.

BIGONGIARI, Piero. *Il senso della lirica italiana e altri studi*. Firenze: Sansoni, 1952.

BOIS, M. *Ponge au travail: élaboration de "La Figue". Étude conduite à l'aide d'outils d'analyse automatique, de l'avant-texte et du texte de "La Figue"*. Tese de dou-

---

[2] Esta bibliografia, que não pretende ser nem original nem exaustiva, e que não inclui artigos de periódicos, foi organizada com base no catálogo de Otto Klapp, *Bibliographie der französischen Literaturwissenschaft*, Frankfurt, desde 1957, e nos seguintes bancos de dados (CD-ROM): *Dissertation Abstracts Ondisc*, teses do mundo inteiro desde 1860; *MLA International Bibliography*, obras e artigos sobre literatura, lingüística e folclore desde 1963; *DocThèses*, teses de doutorado francesas desde 1972. A respeito das traduções de Ponge para o português e dos trabalhos consagrados a sua obra no Brasil, ver *supra* a seção "Francis Ponge: *De emendatione temporum*".

torado, 1985 [referência extraída de EVRARD, Claude, 1990, cf. *infra*].

BOLTE, Dorothea. *Wortkult und Fragment: die poetologische Poesie Francis Ponges, ein postmodernes Experiment*. Heidelberg: Carl Winter, 1989.

BONNEFIS, Philippe & OSTER, Pierre, orgs. *Ponge inventeur et classique*. Colloque International de Cerisy-La-Salle. Paris: Union Générale d'Éditions, 1977.

BOARETTO, Claire. *Bibliographie des textes de Francis Ponge parus en volume (mars 1926 - octobre 1976)*. Paris: Bulletin du Bibliophile, 1976.

BUTTERS, Gerhard. *Francis Ponge, Theorie und Praxis einer neuen Poesie*. Rheinfelden: Schauble, 1976.

CANKO, Ricardo Iuri. *Le "cratylisme" de Francis Ponge à l'épreuve de la traduction*. Dissertação de mestrado. Porto Alegre: Universidade Federal do Rio Grande do Sul, 1998.

CARO, F. *La signification de l'objet poétique chez Francis Ponge*. Tese de doutorado. Melbourne: 1972.

CHAPON, François. *Francis Ponge: une œuvre en cours*. Catálogo da exposição realizada na Biblioteca Jacques Doucet (Paris) de 14 a 28 jun. 1960.

CHARBONNEAU, Alain. *Francis Ponge, critique de Paul Valéry*. Dissertação de mestrado. Montréal: Université de Montréal, 1992.

CHENIEUX-GENDRON, Jacqueline. *L'objet au défi*. Paris: PUF, 1987.

COLLOT, Michel. *Francis Ponge: entre mots et choses*. Seyssel: Champ Vallon, 1991.

CRUMMETT, Vance. *The poetics of immanence: Heidegger, Wittgenstein, and the language of modern poetry (Ezra Pound, D.H. Lawrence, Rainer Maria Rilke, Francis Ponge)*. Tese de doutorado. Milwaukee: University of Wisconsin at Milwaukee, 1993.

DAHLIN, Louis. *Birth imagery in the writing of Francis Ponge*. Tese de doutorado. Iowa: Iowa University, 1977.

DERRIDA, Jacques. *Signéponge/Signsponge*. New York: Columbia University Press, 1984 (versão unilíngüe francesa: Paris: Galilée, 1988).

DUCHÊNE, H. & TOMADAKIS, A. *Ponge, Borges*. Montreuil: Bréal, 1988.

EL-HADIB, Mellakh Mohamed. *La pratique poétique pongienne*. Tese de doutorado. Tunis: Université des Lettres, Arts et Sciences de Tunis 1, 1989.

EVRARD, Claude. *Connaissance et création dans l'œuvre de Francis Ponge*. Tese de doutorado. Paris: Université de Paris III, 1987.

_____. *Francis Ponge*. Paris: Belfond, 1990.

EWALD, D. *Die moderne französische Fabel, Struktur und Geschichte*. Münster: Schauble, 1977.

FAHNESTOCK, Lee. *The making of The Pre*. Columbia: University of Missouri Press, 1979.

FARASSE, Gérard. *Paraphrases pour Ponge*. Tese de doutorado. Paris: Université de Paris VIII, 1977.

_____. *L'âne musicien. Sur Francis Ponge*. Paris: Gallimard, 1996.

_____ & VECK, Bernard. *Guide d'un petit voyage dans l'œuvre de Francis Ponge*. Villeneuve d'Ascq: Presses Universitaires du Septentrion, 1999.

FRITZ-SMEAD, Annick. *Francis Ponge: de l'écriture à l'œuvre*. New York: Peter Lang, 1997.

FUSCO-GIRARD, Giovanella. *Questioni di metodo. La retorica di Francis Ponge*. Salerno, Roma: Ripostes, 1991.

GANEM, Arlene Miriam. *Francis Ponge figuring poetry: trials and tribulations of poetic inscription*. Tese de doutorado. New Haven: Yale University, 1986.

GATEAU, Jean-Charles. Le parti pris des choses *suivi de* Proêmes *de Francis Ponge*. Paris: Gallimard, 1997.

GAVRONSKY, Serge. *Francis Ponge, the power of language*. Berkeley: University of California Press, 1979.

GIMBUTAS, Zivile Vilija. *The riddle in the poem (Francis Ponge, Rainer Maria Rilke, Wallace Stevens, Richard Walbur)*. Tese de doutorado. Bloomington: Indiana University, 1991.

GIRARD, Guylaine. *La fleur comme objet poétique dans l'œuvre de Francis Ponge*. Dissertação de mestrado. Montréal: Université de Montréal, 1992.

GLEIZE, Jean-Marie & VECK, Bernard. *Introduction à Francis Ponge*. Paris: Larousse, 1979.

_____. *Francis Ponge: Actes ou textes*. Lille: Presses Universitaires de Lille, 1984.

GLEIZE, Jean-Marie. *Francis Ponge*. Paris: Seuil, 1988.

_____. *Pièces de Francis Ponge: les mots et les choses*. Paris: Belin, 1988.

GUEST, J.-A. *Francis Ponge, a poet of things*. Tallahassee: Florida State University, 1961.

HEMERY, Benoît. *La poétique indivise du texte et de l'image: Francis Ponge, René Char, Georges Braque*. Tese de doutorado. Aix: Université d'Aix-Marseille I, 1992.

HIGGINS, Ian. *Francis Ponge*. London: Athlone Press, 1979.

HUH, Jung-A. *Mouvements des objets, mouvements de l'écriture dans l'œuvre de Francis Ponge*. Tese de doutorado. Paris: Université de Paris VIII, 1992.

JÄGER, Georg. *Einige Aspekte der Dichtung Francis Ponges*. Turbenthal: Buchdruckerei Turbenthal AG, 1962.

JORDAN, Shirley-Ann. *The art criticism of Francis Ponge*. London: Maney, 1994.

KAUFMAN, Vincent. *Le Livre et ses adresses: Mallarmé, Ponge, Valéry, Blanchot*. Paris: Klincksieck, 1986.

KINGMA-EIGENDAAL, Albertine Wilhelmina Gertrudis. *Le plaisir de la suggestion poétique: quelques analyses de la forme suggestive chez Rimbaud, Verlaine et Ponge*. Leiden: Rijksuniversität te Leiden, 1983.

KOSTER, Serge. *Francis Ponge*. Paris: Henri Veyrier, 1983.

LANCASTER, Candida Gould. *Francis Ponge, the revolutionnary poet*. Tese de doutorado. Baltimore: Johns Hopkins University, 1989.

LANG, Catherine. *L'objeu: étude du* Soleil placé en abîme *de Francis Ponge*. Dissertação de mestrado. Paris: Université de Paris VII, 1977.

LAVOREL, Guy. *Francis Ponge*. Lyon: La Manufacture, 1986.

_____. *Le bestiaire et la création poétique contemporaine (René Char, Henri Michaux, Francis Ponge)*. Tese de doutorado de Estado. Paris: Université de Paris IV, 1991.

LECLAIR, Danièle. *Lire* Le parti pris des choses *de Ponge*. Paris: Dunod, 1995.

LUEBBERS, Marie-Hélène H. *La problématique de l'idiomaticité chez Tzara et Ponge*. Tese de doutorado. Irvine: University of California at Irvine, 1994.

MALDINEY, Henri. *Le legs des choses dans l'œuvre de Francis Ponge*. Lausanne: L'Age d'Homme, 1974.

_____. *Le vouloir dire de Francis Ponge*. La Versanne: Encre marine, 1993.

MARTEL, Jacinthe. *Les "rouages" de l'invention: Le soleil en abîme de Francis Ponge*. Tese de doutorado. Montréal: Université de Montréal, 1994.

MARTIN, Serge. *Francis Ponge*. Paris: Bertrand-Lacoste, 1994.

MEADOWS, Patrick Alan. *Bursting at the semes: Francis Ponge's atomistic wor(l)d*.

Tese de doutorado. Princeton: Princeton University, 1990.
MÉNARD-HALL, Marie-Claire. *Francis Ponge: question de forme, texte oral, texte écrit*. Tese de doutorado. Columbus: Ohio State University, 1980.
MET, Philippe. *Formules de la poésie. Études sur Ponge, Leiris, Char et Du Bouchet*. Paris: PUF, 1999.
MICHELINO, T.-C. *Ponge, poète des objets?* Tese de doutorado. Exeter: University of Exeter, 1972.
MÜLLER Jr., Adalberto. *A palavra poética e o desvelamento das coisas: uma leitura de João Cabral e Francis Ponge*. Dissertação de mestrado. Brasília: Universidade de Brasília, 1996.
NUMAN, Gerard Mark. *The poetic genesis of Francis Ponge: from fragmentation to reconciliation*. Tese de doutorado. Stanford: Stanford University, 1983.
NUNLEY, Charles Arthur. *Between two centuries: Francis Ponge and the dynamics of cultural engendrement in "Le parti pris des choses"*. Tese de doutorado. Princeton: Princeton University, 1993.
PETERSON, Michel. *Le statut des réécritures dans l'œuvre de Francis Ponge*. Dissertação de mestrado. Montréal: Université de Montréal, 1986.
_____, org. *Francis Ponge. L'établi du texte*. Paris: Les Lettres Modernes (no prelo).
PIERROT, Jean. *Francis Ponge*. Paris: José Corti, 1993.
PRECKSHOT, Judith. *The fiction of poetry. The prose poems of Ponge and Michaux*. Tese de doutorado. Irvine: University of California at Irvine, 1977.
PRIGENT, Christian. *La poétique de Ponge*. Tese de doutorado. Paris: Université de Paris VIII, 1977.
RENARD, Isabelle. *Pour une lecture (radio)active. Leçon de Ponge. Les atouts d'un langage en "Pièces"*. Tese de doutorado. Tours: Université de Tours, 1986.
SAMPON, Annette. *Francis Ponge: La poétique du figural*. New York: Peter Lang, 1988.
SARTORIS, Ghislain. *Cinq pièces faciles pour un Francis Ponge*. Cognac: Le Temps qu'il fait, 1990.
SAVIETO, Maria do Carmo. *Um novo olhar e um novo dizer sobre as coisas:* Le parti pris des choses *de Francis Ponge*. Dissertação de mestrado. Assis: Universidade do Estado de São Paulo, 1991.
SEARS, Dianne Elizabeth. *Francis Ponge: On the limits of poetry*. Tese de doutorado. New Haven: Yale University, 1991.
SHERMAN, Rachelle. *Dialectical tensions in the work of Ponge*. Tese de doutorado. Cleveland: Case Western Reserve University, 1975.
SIMONIS, F. *Nachsurrealistische Lyrik im zeitgenossischen Frankreich*. Heidelberg: Winter, 1974.
SOLLERS, Philippe. *Francis Ponge*. Paris: Seghers, 1963.
SORRELL, Martin. *Francis Ponge*. Boston: Twayne, 1981.
SPADA, Marcel. *Francis Ponge*. Paris: Seghers, 1974.
STEINMETZ, Jean-Luc. *La poésie et ses raisons: Rimbaud, Mallarmé, Breton, Artaud, Char, Bataille, Michaux, Ponge, Tortel, Jaccottet*. Paris: José Corti, 1990.
STOEKL, Allan. *Politics, writing, mutilation: the cases of Bataille, Blanchot, Roussel, Leiris, and Ponge*. Minneapolis: University of Minnesota Press, 1985.
SUESS KAUSHIK, Anita B. *Une lecture postmoderne de 'Ut pictura poesis': Étude de la relation entre les arts verbaux et picturaux avec une analyse du dialogue interartistique chez Francis Ponge et chez Michel Butor*. Tese de doutorado. Cincinnati: University of Cincinnati, 1994.

TCHOLAKIAN, Marie-Thérèse. *La pierre, métaphore de la poésie chez Francis Ponge.* Dissertação de mestrado. Montréal: Université de Montréal, 1988.
THIBAUDEAU, Jean. *Francis Ponge.* Paris: Gallimard, 1967.
TORTEL, Jean. *Francis Ponge, cinq fois.* Saint-Clerment-la-Rivière: Fata Morgana, 1984.
VECK, Bernard. *Oui, mais non. Pratiques intertextuelles dans l'écriture de Francis Ponge (Claudel, Proust, Rimbaud, Valéry).* Tese de doutorado. Aix: Université d'Aix-Marseille I, 1991.
_____. *Francis Ponge ou le refus de l'absolu littéraire.* Liège: Mardaga, 1993.
_____. *Le parti pris des choses.* Paris: Bertrand Lacoste, 1994.
VOELLMY, J. *Aspects du silence dans la poésie moderne.* Tese de doutorado. Zürich: Université de Zürich, 1952.
VOUILLOUX, Bernard. *Un art de la figure. Francis Ponge dans l'atelier du peintre.* Villeneuve d'Ascq: Presses Universitaires du Septentrion, 1998.
WALTHER-BENSE, Elisabeth. *Francis Ponge. Eine Ästhetische Analyse.* Köln, Berlin: Kiepenheur und Witsch, 1965.
WIDER, Werner. *La perception de Ponge.* Tese de doutorado. Zürich: Juris Druck, 1974.
WILKENS, P. A. *The man-made objects of Ponge.* Tese de doutorado. Birmingham: University of Birmingham, 1984.
WILLARD, Nancy. *Testimony of the invisible man. William Carlos Williams, Francis Ponge, Rainer Maria Rilke, Pablo Neruda.* Columbia: University of Missouri Press, 1970.
WOWINCKEL, I. *Ponge, Poesie und Poetik.* Tese de doutorado. Freiburg: Freiburg Universität, 1967.

Números especiais de periódicos consagrados a Francis Ponge

Nouvelle revue française. Paris: NRF, n. XLV, set. 1956.
TXT. Rennes, n. 3-4, primavera 1971.
Revue des sciences humaines. Lille: Université de Lille, n. 151, jul./set. 1973.
Books abroad. Norman: University of Oklahoma, n. 48, outono 1974.
Sud. Marseille, n. 16, 1975.
Digraphe. Paris: Flammarion, n. 8, maio 1976.
Les cahiers critiques de la littérature, n. 2, dez. 1976.
Études françaises. Montréal: Presses de l'Université de Montréal, v. 17, n. 1-2, 1981.
Cahiers de l'Herne. Paris: L'Herne, 1986.
Magazine littéraire. Paris, n. 260, dez. 1988.
L'école des lettres II. Paris, n. 8, fev. 1989.
Nouvelle revue française. Paris: Gallimard, n. 433, fev. 1989.
Europe. Paris: Europe, Éditeurs Français Réunis, n. 755, mar. 1992.
Revue des sciences humaines. Lille: Presses Universitaires de Lille III, n. 4, 1992.
CRIN. Amsterdam, n. 32, 1996.
Genesis. Paris: Jean-Michel Place, n. 12, 1998.
Œuvres & critiques. Tübingen, Paris: Gunter Narr, Sedes, v. XXIV, n. 2, 1999.
Action poétique. Paris, n. 153/154, 1999.

NOTA SOBRE OS TRADUTORES D'*A MESA*

Ignacio Antonio Neis

Foi professor titular de língua francesa na Pontifícia Universidade Católica do Rio Grande do Sul e na Universidade Federal do Rio Grande do Sul. Tradutor e especialista da obra de Marcel Proust. Publicou artigos sobre teorias do texto e da tradução, bem como traduções técnicas e literárias. Entre as últimas, obras de Francis Ponge: *O partido das coisas* (com vários tradutores, São Paulo: Iluminuras, 2000), *Doze pequenos escritos* (com Michel Peterson e Ricardo Iuri Canko, Porto Alegre: Instituto de Letras da UFRGS, *Cadernos de Tradução*, n. 13, 2001) e *O pré-prado: a fábrica* (com Michel Peterson e Ricardo Iuri Canko, no prelo).

Michel Peterson

Crítico literário, tradutor, cronista e psicoterapeuta. Foi professor nos cursos de Graduação e Pós-Graduação em Letras da Universidade Federal do Rio Grande do Sul. Atualmente é membro do grupo de pesquisas ECHO do Campus Notre-Dame do Centro Hospitalar da Universidade de Montreal e terapeuta no Centro de Saúde L'Harmonie, em Montreal. Publicou, entre outras obras, Estética e política do romance contemporâneo (Porto Alegre: Ed. da UFRGS, 1995), além de artigos sobre teoria literária e traduções. Entre estas, obras de Francis Ponge: *O partido das coisas* (com vários tradutores, São Paulo: Iluminuras, 2000), *Doze pequenos escritos* (com Ignacio Antonio Neis e Ricardo Iuri Canko, Porto Alegre: Instituto de Letras da UFRGS, *Cadernos de Tradução*, n. 13, 2001) e *O pré-prado: a fábrica* (com Ignacio Antonio Neis e Ricardo Iuri Canko, no prelo).

Este livro terminou
de ser impresso no dia
09 de agosto de 2002
nas oficinas da
R.R. Donnelley América Latina,
em Tamboré, Barueri, São Paulo.